JULI ZEH

ÜBER MENSCHEN

Roman

Büchergilde Gutenberg

Lizenzausgabe für die Mitglieder
der Büchergilde Gutenberg Verlagsges. mbH,
Frankfurt am Main, Wien und Zürich
www.buechergilde.de
Mit freundlicher Genehmigung
des Luchterhand Literaturverlags, München
© 2021 Luchterhand Literaturverlag, München
in der Penguin Random House Verlagsgruppe GmbH, München
Umschlaggestaltung: Katja Holst, Frankfurt am Main
Satz: Uhl + Massopust, Aalen
Druck und Bindung: Pustet, Regensburg
Printed in Germany 2021
ISBN 978-3-7632-7303-4

TEIL EINS

RECHTE WINKEL

1 Bracken

Weitermachen. Nicht nachdenken.

Dora rammt den Spaten in den Boden, zieht ihn wieder heraus, durchtrennt mit einem Hieb eine hartnäckige Wurzel und wendet das nächste Stück sandiger Erde. Dann wirft sie ihr Werkzeug beiseite und presst die Hände ins Kreuz. Rückenschmerzen. Mit – sie muss kurz rechnen – 36 Jahren. Seit dem fünfundzwanzigsten Geburtstag muss sie immer nachrechnen, wenn es um ihr Alter geht.

Nicht nachdenken. Weitermachen. Der schmale Streifen umgegrabener Erde taugt noch lange nicht zum Erfolgserlebnis. Wenn sie sich umsieht, wird das Gefühl existenzieller Chancenlosigkeit übermächtig. Das Grundstück ist viel zu groß. Es sieht nicht aus wie etwas, das »Garten« heißen könnte. Ein Garten ist ein Stück Rasen, auf dem ein Würfelhaus steht. Wie in dem Münsteraner Vorort, in dem Dora aufgewachsen ist. Oder vielleicht auch eine Miniaturblumenwiese auf einer Baumscheibe in Berlin-Kreuzberg, wo Dora zuletzt gewohnt hat.

Was sie jetzt umgibt, ist kein Garten. Es ist auch kein Park oder Feld. Am ehesten ist es ein »Flurstück«. So heißt es im Grundbuch. Aus dem Grundbuch weiß Dora, dass eine Fläche von 4.000 Quadratmetern zum Haus gehört. Ihr war nur nicht klar, was 4.000 Quadratmeter sind. Ein halbes Fußballfeld, darauf ein altes Haus. Eine verwilderte Brachfläche, platt gedrückt und ausgeblichen von einem Winter, der gar nicht stattgefunden hat. Eine botanische Katastrophe, die sich durch Doras Anstrengung in einen romantischen Landhausgarten verwandeln soll. Mit Gemüsebeet.

Das ist der Plan. Wenn Dora im Umkreis von 70 Kilometern schon niemanden kennt und keine Möbel besitzt, will sie wenigstens eigenes Gemüse. Weil Tomaten, Möhren und Kartoffeln täglich davon erzählen würden, dass sie alles richtig gemacht hat. Dass der plötzliche Kauf eines alten Gutsverwalterhauses, sanierungsbedürftig und fernab aller Speckgürtel, keine neurotische Kurzschlussreaktion war, sondern der nächste logische Schritt auf dem Wanderweg ihrer Biographie. Wenn sie einen Landhausgarten besitzt, werden Freunde aus Berlin am Wochenende zu Besuch kommen, auf alten Stühlen im hohen Gras sitzen und seufzen: »Mann, hast du es schön hier.« Falls ihr bis dahin einfällt, wer ihre Freunde sind. Und falls man sich jemals wieder gegenseitig besuchen darf.

Dass Dora vom Gärtnern nicht die geringste Ahnung hat, ist kein Hindernis. Wozu gibt es YouTube. Glücklicherweise gehört sie nicht zu den Menschen, die glauben, man müsse Maschinenbau studieren, bevor man den Heizungszähler ablesen kann. Wie Robert mit seiner Bedenkenträgerei und seinem Perfektionismus. Robert, der ihre Beziehung einfach weggeworfen und sich in die Apokalypse verliebt hat. Die Apokalypse ist eine Nebenbuhlerin, mit der es Dora nicht aufnehmen kann. Die Apokalypse verlangt Gefolgschaft, hinauf zu den Höhen kollektiver Schicksalsbewältigung. Dora ist nicht gut im Folgen. Warum sie fliehen musste und dass es nicht um den Lockdown ging, hat Robert nicht verstanden. Als sie ihre Sachen die Treppe hinuntertrug, sah er sie an, als hätte sie den Verstand verloren.

Nicht nachdenken. Weitermachen. Aus dem Internet weiß sie, dass die Pflanzzeit im April beginnt, dieses Jahr aufgrund des milden Winters sogar noch früher. Jetzt ist Mitte April, also muss sie sich mit dem Umgraben beeilen. Vor zwei Wochen, kurz nach ihrem Umzug, hat es plötzlich geschneit. Das erste und einzige Mal in diesem Jahr. Große Flocken schwebten vom Himmel und sahen aus wie etwas Künstliches, ein Special Effect der Natur. Das Flurstück verschwand unter einer dünnen weißen Decke. Endlich sauber, endlich still. Dora erlebte einen Moment tiefer Ruhe. Ohne Schnee erzählt das Flurstück unablässig von Verwüstung und Vernachlässigung. Ein ständiger Imperativ, alles in Ordnung zu bringen, und zwar schnell.

Dora ist kein typischer Großstadtflüchtling. Sie ist nicht hergekommen, um sich mithilfe von Biotomaten zu entschleunigen. Natürlich ist das Leben in der Stadt oft stressig. Überfüllte S-Bahnen und die ganzen Spinner auf den Straßen. Dazu Deadlines, Meetings, der hohe Zeit- und Konkurrenzdruck in der Agentur. Aber das kann man auch mögen, und der Stress in der Stadt ist wenigstens einigermaßen gut organisiert. Hier draußen auf dem Land herrscht eine Anarchie der Dinge. Dora ist umgeben von Sachen, die tun, was sie wollen. Gegenstände, die reparaturbedürftig, halb funktionstüchtig, verdreckt, verwahrlost, völlig zerstört oder gar nicht vorhanden sind, obwohl man sie dringend benötigt. In der Stadt sind die Dinge halbwegs unter Kontrolle. Städte sind Kontrollzentren für die dingliche Welt. Für jeden Gegenstand gibt es dort mindestens eine Person, die zuständig ist. Es gibt Orte, an denen man Sachen bekommt und an die man sie bringen kann, wenn man sie nicht mehr will. Auf dem Flurstück hingegen gibt es nur Dora als Zuständige sowie eine herrschsüchtige Natur, die alles überwuchert, was sie in die rankigen Finger kriegt.

Ein paar Amseln fliegen heran, um in der umgegrabenen Erde nach Regenwürmern zu suchen. Einer der schwarzen Vögel setzt sich auf den Spatenstiel, eine Impertinenz, die Doras kleine Hündin namens Jochen-der-Rochen den Kopf heben lässt. Eigentlich erholt sich Jochen-der-Rochen gerade in der Frühlingssonne von einer weiteren Nacht im kalten Landhaus. Aber jetzt muss sie aufstehen, mit der Würde eines Großstadttiers, das den gefiederten Landpomeranzen die Meinung sagt. Danach kehrt sie auf ihr sonnenwarmes Plätzchen zurück, lässt sich auf den Bauch sinken und spreizt die Hinterbeine, was ihrem Körper die dreieckige Rochenform verleiht, der Jochen ihren Namen verdankt.

Manchmal bleibt Doras Verstand an Sätzen hängen, die sie irgendwo gelesen hat, oder, besser gesagt, die Sätze bleiben an ihr haften, und ihr Geist betastet sie wie eine Kruste, die sich nicht entfernen lässt. So eine Kruste ist der zweite Hauptsatz der Thermodynamik, der besagt, dass Unordnung immer ihrem maximalen Wert zustrebt, wenn man nicht enorme Energie aufbringt, um wieder Ordnung zu schaffen. Entropie. Daran muss Dora denken, wenn sie sich umsieht, nicht nur auf ihrem Flurstück, sondern im ganzen Dorf, im ganzen Landkreis. Bröckelnde Straßen, halb eingestürzte Scheunen und Ställe, von Efeu überwucherte ehemalige Kneipen. Schrottberge auf den Brachflächen, aufgeplatzte

Mülltüten im Wald. Die Gärten mit ihren neuen Zäunen und frisch gestrichenen Häusern sind Inseln, auf denen die Menschen gegen die Entropie kämpfen. Als reiche die Kraft jedes Einzelnen nur für ein paar Quadratmeter Welt. Dora hat noch keine Insel. Sie steht gewissermaßen auf einem Floß, bewaffnet mit rostigen Werkzeugen, die sie im Schuppen gefunden hat, und stemmt sich der Entropie entgegen.

Sie hat das Dorf gegoogelt, damals vor sechs Monaten, in einer anderen Epoche, in einer anderen Welt, als sie die Anzeige auf eBay Kleinanzeigen entdeckte. Laut Wikipedia ist »Bracken ein Wohnplatz der Gemeinde Geiwitz nahe der Stadt Plausitz im Landkreis Prignitz des Landes Brandenburg. Zugehörig ist der Siedlungsplatz Schütte, unbewohnt. Das Dorf wird erstmals in einer Urkunde des Bischofs Siegfried vom Jahre 1184 erwähnt. Aufgrund slawischer Funde in der Ortslage lässt sich davon ausgehen, dass Bracken aus einer slawischen Siedlung hervorgegangen ist«.

Ein typisches ostdeutsches Straßendorf. In der Mitte eine Kirche mit Dorfplatz. Bushaltestelle, Feuerwehr, Briefkasten. 284 Einwohner. Mit Dora 285, wobei sie noch nicht beim Meldeamt gewesen ist. Das hat wegen Corona geschlossen. Derzeit kein Publikumsverkehr. So steht es auf der Homepage vom Amt Geiwitz.

Dora wusste gar nicht, dass sie zu einem Publikum gehört. Wer sind die Schauspieler? Nicht darüber nachdenken. Nicht hängen bleiben. Es gibt jetzt so viele seltsame neue Begriffe. *Social Distancing.* Exponentielles Wachstum. Übersterblichkeit und Spuckschutzscheibe. Dora kommt schon seit Wochen nicht mehr mit. Vielleicht auch schon seit Monaten oder Jahren, aber durch Corona ist das Nicht-mehr-Mitkommen manifest geworden. Die neuen Begriffe umschwirren ihren Kopf wie Fliegen, die sich nicht vertreiben lassen, egal, wie heftig man mit den Armen wedelt. Deshalb hat Dora beschlossen, dass alle diese Wörter sie nichts mehr angehen. Sie stammen aus einer fremden Sprache in einem fremden Land. Zum Ausgleich hat sie das Wort »Bracken« bekommen. Auch dieses Wort fühlt sich noch fremd an. Es klingt nach einer Mischung aus Brachen und Baracken. Oder nach einer Tätigkeit, die auf Baustellen ausgeübt wird, unter starker Lärmentwicklung, mit schwerem Gerät. Morgen wird gebrackt. Wir brauchen noch ein paar Leiharbeiter zum Bracken. Bevor die Fundamente gegossen werden können, müssen wir das hier noch einmal gründlich bracken.

En-tro-pie, En-tro-pie, skandieren die Gedanken. Weitermachen, setzt Dora bewusst dagegen. Sie kann das: weitermachen, auch wenn es sich unmöglich anfühlt. In der Werbeagentur gehört das Weitermachen zum Alltag. Neue Deadline, neuer Pitch. Zu wenig Leute, zu wenig Zeit. Präsentation lief super, Präsentation lief scheiße. Etat gewonnen, Etat verloren. Wir müssen digitaler denken, wir müssen 360 Grad denken, von der Karussell Ad über den Funkspot bis zum Social Video, sagt Susanne, die Gründerin von Sus-Y, bei jedem *Monday Breakfast*, einem als Frühstück getarnten Zwei-Stunden-Meeting. Wir verdienen an kreativer Exzellenz und unserer einzigartigen Positionierung. Und daran, dass wir unsere Kunden wirklich verstehen. Dass wir ihnen helfen, ihre Probleme nachhaltig zu lösen. – Das *Monday Breakfast* vermisst Dora nicht. Was das *Monday Breakfast* betrifft, könnte Corona noch ewig dauern.

Wenn man weitermacht, obwohl es sich unmöglich anfühlt, kommt manchmal das Würgen. Als hätte man etwas Verdorbenes auf dem Teller, das es trotzdem zu schlucken gilt. Dagegen hilft nur Augen schließen, Nase zuhalten und durch. Den Spaten in die Erde stechen. Entropie. En, zustechen. Tro, nachtreten. Pie, die nächste Ladung heraushebeln.

Sie hat eine schöne Stelle zwischen den Obstbäumen ausgesucht – Äpfel, Birnen und eine Kirsche, die gerade zaghaft zu blühen beginnt. Ein Stück entfernt vom Haus, aber nah genug, um das Beet vom Küchenfenster aus zu sehen. Die Fläche ist einigermaßen eben und nicht so dicht mit Jungbäumen bewachsen wie der vordere Teil des Flurstücks, der stellenweise vergittert wirkt von daumendicken Stämmchen. Ahorn und Robinie. Mit Bäumen kennt Dora sich aus. Robert hat Biologie studiert und ihr bei jedem Spaziergang im Tiergarten ausführlich von den Bäumen erzählt. Wie sie wachsen, wie sie sich vermehren. Was sie denken und fühlen. Dora mochte diese Gespräche, und sie hat einiges gelernt. Die Robinie ist ein invasiver Neophyt, ein Baum-Migrant. Sie vermehrt sich schnell und verdrängt andere Arten. Von den Bienen wird die Robinie allerdings heiß geliebt. Die unzähligen Bäumchen mit Gartenschere und Handsäge zu entfernen wird Wochen in Anspruch nehmen.

Zwischen den Obstbäumen wächst kein Robiniendickicht, dafür aber Brombeeren, besser gesagt ein trockenes Rankengewirr vom Vorjahr, das den Boden bei Doras Ankunft fast vollständig bedeckte. Die alte Sense kann sie zwar führen, trotz YouTube-Tutorial aber nicht richtig schärfen, weshalb sie mit der stumpfen Klinge auf die Brombeeren eingedroschen hat, als wollte sie mit einer Machete den Dschungel durchqueren. Am ersten Tag ist sie nach einer durchfröstelten Nacht noch in Winterkleidung rausgegangen: langes Baumwollhemd, dickes Sweatshirt, gefütterte Jacke. Eine Viertelstunde später fing sie an, sich wie eine Zwiebel zu häuten, und stand bald im Unterhemd neben einem Berg Klamotten. Seitdem geht sie nur noch im T-Shirt vor die Tür, egal, wie frostig der Morgen wirkt. Morgens ist die Luft wie frisch gewaschen; die Gänsehaut fühlt sich angenehm an. Während es im Haus kühl bleibt, klettert die Temperatur draußen im Lauf des Tages fast auf zwanzig Grad. Sehr zur Freude von Jochen, die seit dem Umzug ins neue Domizil darauf besteht, die Nächte unter Doras Bettdecke zu verbringen. Tagsüber zieht die Hündin auf der Suche nach den kräftigsten Sonnenstrahlen durch den Garten wie eine wandelnde kleine Solarzelle.

Ostern ist geräuschlos vorübergegangen. Der Lockdown, heißt es, vergrößere viele Unterschiede; den zwischen Werktagen und Feiertagen ebnet er ein. Nach der Rodung hat Dora zwischen den Obstbäumen ein Rechteck von zehn mal fünfzehn Metern freigelegt und die Grenzen mit einer gespannten Schnur markiert. Die Kanten sind herrlich gerade geworden und die Winkel extrem rechts. Die roten Schnüre ließen die neu eröffnete Baustelle professionell und den Rest der Aufgabe wie reine Formsache wirken.

Was sich als Irrtum herausstellt. Seit Tagen stößt Dora den Spaten entlang der Schnüre in die Erde, um die Grasnarbe in großen Brocken zu entfernen. Wobei von Gras eigentlich keine Rede sein kann; »Unkrautnarbe« müsste es heißen. Die Wurzeln halten den Boden so fest zusammen, dass sich Dora mit beiden Füßen aufs Spatenblatt stellen und mehrmals auf und nieder springen muss, um es in die Erde zu treiben. Ein Knochenjob und erst der Anfang der Probleme, denn die eigentliche Herausforderung beginnt ein Stück tiefer. Sie besteht in den Hinterlassenschaften eines Systems, in dem anscheinend niemand glaubte, für den Kampf gegen die Entropie zuständig zu sein. Wer auch immer zu DDR-Zeiten im alten Gutsverwalterhaus gelebt hat, fand es angemessen, Schutt, Schrott und Müll in den Garten zu werfen. Doras Spaten trifft auf zerbrochene Ziegelsteine, rostige Metallteile, alte Plastikeimer, kaputte Flaschen, einzelne Schuhe und rostige Kochtöpfe. Auch Kinderspielzeug ist dabei: bunte Sandförmchen, Räder von kleinen Autos, einmal sogar ein Puppenkopf, der unheimlich aus der Erde heraufschaute. Die Fundstücke sammelt Dora am Rand, sie säumen den Streifen umgegrabener Erde.

Sie hebt den Spaten auf und stützt sich auf den Griff. Langsam kehrt die Kraft in Arme und Beine zurück. Schon nach zwei Wochen Landleben wirken ihre Hände rot und schwielig. Dora wendet sie hin und her und betrachtet sie wie Gegenstände, die nicht zu ihrem Körper gehören. Die Hände waren schon immer zu groß. Manchmal bekommt Dora Angst, sie könnten sich ohne ihr Zutun bewegen. Als stünde ein größerer Mensch hinter ihr und hätte seine Arme durch ihre Ärmel gesteckt. Früher hat sie ihr Bruder Axel deswegen gehänselt. »Doraflossen!«, rief er, worüber sie stets in heftige Wut geriet. Bis zum Tod der Mutter. Danach ärgerten sie einander nicht mehr, sondern waren unentwegt nett zueinander. Als wäre alles, sogar Doras große Hände, zu zerbrechlichem Glas geworden.

Robert hat immer behauptet, ihre Hände zu mögen, jedenfalls solange er überhaupt noch etwas an ihr gemocht hat. Bevor sie sich erst in ein CO_2-Problem, dann in eine potenzielle Corona-Keimschleuder verwandelt hat.

Aus Erfahrung weiß Dora, dass sie sich nicht zu lange ausruhen darf. Wenn die Pause zu lang dauert, beginnt sie zu rechnen, und auf Berechnungen folgt die Sinnfrage. Vor knapp zwei Wochen hat sie mit dem Roden begonnen; seit drei Tagen verausgabt sie sich beim Umgraben. Der fertige Streifen ist etwa anderthalb Meter breit. Folglich hat Dora nicht einmal ein Sechstel der Gesamtfläche geschafft. Wenn sie in diesem Tempo weitermacht, geht noch der halbe Mai vorbei, bis sie aussäen kann. Das Schlimme ist, dass das nicht schlimm ist. Gemüse kann man im Supermarkt kaufen. Wahrscheinlich ist es dort sogar günstiger als im eigenen Garten, wenn man die Kosten der Bewässerung einberechnet. Der Lockdown ist unheimlich, aber nicht bedrohlich genug, um den Anbau eigener Kartoffeln zwingend zu machen. Es gibt keinen Grund für einen Gemüsegarten. Außer Landhausromantik und Freunde, die zu Besuch kommen sollen. Nur dass Dora mit Landhausromantik nichts anfangen kann und keine Freunde hat. In Berlin fiel das nicht auf. Die Arbeit ließ wenig Zeit, und Robert hatte genug Freunde für sie beide. Hier auf dem Land wird die Nicht-Existenz von Freunden zu einem dumpfen Grollen am Horizont.

Es war idiotisch, gleich ein so großes Terrain abzustecken. Typischer Anfängerfehler. Fünfzehn Quadratmeter statt hundertfünfzig hätten für den Einstieg vollkommen gereicht. Aber Dora hat keine Lust, ihre sauber gespannten Fäden wieder abzubauen. Immerhin lebt sie seit Jahren von der Fähigkeit, angefangene Projekte zu Ende zu bringen, ganz egal, wie absurd es sich anfühlt. Der Umgang mit Kunden, die ihre Meinung täglich ändern, die immer wieder neue Varianten verlangen, sich gegenseitig widersprechen und aus Angst vor ihren Vorgesetzten keine Entscheidungen treffen, ist mit Sicherheit schwieriger als Gartenarbeit.

Weitermachen. Wenn sie den Garten nicht schafft, muss sie sich fragen, warum sie das Haus gekauft hat.

Die Antwort wäre einfach, wenn sie behaupten könnte, schon im letzten Herbst geahnt zu haben, dass Corona im Anmarsch war. Dann wäre das Haus auf dem Land ein Refugium, in dem sie sich verstecken kann, bis die Pandemie vorbei ist. Aber sie hat nichts geahnt. Als Dora anfing, Immobilienanzeigen im Internet zu lesen, schienen Klimawandel und Rechtspopulismus die wichtigsten Probleme zu sein. Als sie im Dezember heimlich zum Notar in Berlin-Charlottenburg ging, war Corona eine Schlagzeile, für die man weit nach unten scrollen musste, irgendetwas, das in Asien stattfand. Als sie das kleine Erbe ihrer Mutter sowie sämtliche Ersparnisse zusammenkratzte, um den Eigenkapitalanteil des Kaufpreises zu überweisen, wusste Dora immer noch nicht, ob sie überhaupt aufs Land ziehen wollte. Sie wusste nur, dass sie das Haus brauchte. Dringend. Als Idee. Als mentale Überlebenstechnik. Als hypothetischen Notausgang aus dem eigenen Leben.

In den vergangenen Jahren hat Dora immer wieder gehört, dass Menschen ein Haus auf dem Land erwerben. Meist als Zweitwohnsitz. Sie tun das in der Hoffnung, dem Kreislauf der Projekte zu entkommen. Alle Leute, die Dora kennt, sind mit diesem Kreislauf vertraut. Man beendet ein Projekt, um gleich darauf das nächste anzufangen. Für eine Weile glaubt man, das aktuelle Projekt sei das Wichtigste auf der Welt, man tut alles dafür, um es rechtzeitig und so gut wie möglich zu beenden. Nur um dann zu erleben, wie alle Bedeutung im Moment der Fertigstellung kollabiert. Gleichzeitig beginnt das nächste, noch wichtigere Projekt. Es gibt kein Ankommen. Streng genommen gibt es nicht mal ein Weiterkommen. Es gibt nur Kreisbahnen, auf denen sich alle bewegen, weil sie Angst vor dem Stillstand haben. Inzwischen hat fast jeder heimlich verstanden, dass das sinnlos ist. Auch wenn man ungern darüber spricht. Dora sieht es in den Augen ihrer Kollegen, im tief verunsicherten Blick. Nur Neueinsteiger glauben noch, man könne »es« schaffen. Dabei ist »es« unschaffbar, weil »es« die Gesamtheit aller denkbaren Projekte darstellt und weil in Wahrheit nicht das Eintreffen, sondern das Ausbleiben des nächsten Projekts die größte anzunehmende Katastrophe wäre. Die Schaffbarkeit von »es« ist die Grundlüge der modernen Lebens- und Arbeitswelt. Ein kollektiver Selbstbetrug, inzwischen lautlos zerplatzt.

Seit diese Erkenntnis in die U-Bahn-Schächte der Metropolen eingesickert ist und an jedem Kaffeeautomaten, in jedem Fahrstuhl, auf jeder Etage der Bürotürme heimlich umgewälzt wird, bekommen die Menschen Burn-out. Gleichzeitig dreht sich das Rad immer schneller. Als könnte man der Unsinnigkeit des Rennens durch Schneller-Rennen entkommen.

Das kann man auch. Jedenfalls hat Dora es immer gekonnt. Sie hat sich nie gegen den Kreislauf der Projekte gewehrt, sondern ihn als zeitgemäßes Lebensmodell akzeptiert. Aber dann hat sich etwas verändert. Nicht in Dora, sondern außen herum. Dora kam nicht mehr mit, und die Idee vom Landhaus hat dem Nicht-mehr-Mitkommen ein Gehäuse gegeben. Das war letzten Herbst, und jetzt steht sie hier, inmitten ihrer Brackener Brache, und bekommt es mit der Angst zu tun. Der Kreislauf der Projekte könnte außer Kontrolle geraten. Der Anblick des Flurstücks macht das klar. Das Flurstück ist ihr nächstes verdammtes Projekt, und vielleicht ist es dieses Mal eine Nummer zu groß.

Verärgert beschließt sie, mit dem Weitermachen aufzuhören. Sie wird sich zwingen, eine halbe Stunde Nichtstun zu ertragen. Sie lässt den Spaten los und stapft durch die Brennnesseln vom Vorjahr Richtung Haus, wo im Schatten der Linde eine kleine Sitzgruppe steht. Die wackligen Gartenmöbel hat Dora im Schuppen gefunden, genau wie die anderen Requisiten ihrer Landhauszukunft. Wie sagte der Makler? »Idylle ist, wenn man sich's gemütlich macht.« Wahrscheinlich einer der Sprüche, die man dringend braucht, um in dieser Gegend kaputte Häuser zu verkaufen.

Dora setzt sich auf einen der Stühle, streckt die Beine und fragt sich, ob sie inzwischen genauso bescheuert ist wie die Leute in Prenzlauer Berg, die zur Entschleunigung Yoga-Stunden und Meditation in ihre übervollen Zeitpläne packen. Sie weiß, dass der Projekte-Kreislauf eine Falle ist, der man nicht leicht entkommt. Er verwandelt auch die Ent-Projektierung des Daseins in ein neues Projekt. Andernfalls würde er nicht Millionen von Opfern fordern. Dora atmet tief in den Bauch und sagt sich, dass ihr Problem völlig anders gelagert ist. Sie hat kein Problem mit Projekten, sondern mit Robert. Etwas ist passiert, und sie kommt einfach nicht mit.

2 Robert

Dora weiß nicht mehr, wann es angefangen hat. Sie weiß noch, dass sie schon während Roberts Klimaschützerphase manchmal dachte, dass er übertreibt. Wenn er die Politiker als Volltrottel und seine Mitmenschen als selbstsüchtige Ignoranten beschimpfte. Wenn er sich über Doras Fehler bei der Mülltrennung aufregte, als hätte sie ein Verbrechen begangen. Da schien er ihr manchmal übereifrig und unversöhnlich, und sie überlegte, ob er vielleicht an einer Neurose, an einer Art politischem Waschzwang litt, der aus dem nachdenklichen, sanften Menschen einen Besessenen gemacht hat.

Wobei sie am Anfang vor allem Bewunderung für ihn empfand, gewürzt mit einer Prise schlechtem Gewissen. Robert nahm die Sache ernst. Robert wurde politisch aktiv. In der Online-Zeitung, für die er arbeitete, gründete er ein eigenes Ressort für Klimafragen. Außerdem fing er an, sein Leben zu ändern, ernährte sich vegan, kaufte klimafreundliche Klamotten und ging regelmäßig zu den Freitagsdemonstrationen. Dass Dora nicht mitkommen wollte, verstörte ihn. Glaubte sie nicht an den menschengemachten Klimawandel? Sah sie nicht, dass die Welt auf den Untergang zusteuerte? Die Statistiken hielten Einzug in ihre Gespräche. Robert verwies auf Zahlen, Experten und Wissenschaft. Dora saß vor ihm als Repräsentantin der dummen Masse, die sich partout nicht überzeugen lassen wollte. Wenn er richtig in Fahrt kam, warf er ihr sogar ihren Job vor. Dass sie mit ihrer Arbeit den Konsum ankurbele. Dass sie Menschen dazu bringe, Dinge zu kaufen, die sie gar nicht wollten und erst recht nicht brauchten. Dora als Agentin der Wegwerfgesellschaft. Energievernichtend und müllbergvergrößernd. Sie hatte noch nie das Bedürfnis, die Werbebranche zu verteidigen. Trotzdem tat es weh, wenn Robert so mit ihr sprach.

Schließlich mangelt es ihr nicht an Überzeugung. Natürlich hält sie den Klimawandel für ein schwerwiegendes Problem. Was sie lähmt, ist die Ansprache. *»How dare you«* statt *»I have a dream«*. Statt über Temperaturziele zu streiten, sollte man sich ihrer Meinung nach lieber auf das Wesentliche konzentrieren – das Ende des fossilen Zeitalters, welches sich nicht erreichen lässt, indem man die Bürger besser erzieht, sondern nur durch einen Umbau von Infrastruktur, Mobilität und Industrie. Dass Robert im Angesicht dieser Aufgabe stolz darauf ist, kein Auto zu fahren, kommt ihr merkwürdig vor.

Dora mag keine absoluten Wahrheiten und keine Autoritäten, die sich darauf stützen. In ihr wohnt etwas, das sich sträubt. Sie hat keine Lust auf den Kampf ums Rechthaben und will nicht Teil einer Meinungsmannschaft sein. Normalerweise ist ihr Sträuben kein Sich-Wehren. Man sieht es nicht. Sie lebt angepasst. Das Sträuben erzeugt eher eine Art Trotz, ein inneres Ankämpfen gegen die Verhältnisse. Deshalb musste sie Robert irgendwann sagen, dass er aufpassen solle, ab wann es bei seinen Statistiken nicht mehr um ernsthafte Anliegen, sondern ums Rechthaben gehe. Er schaute sie erschrocken an und fragte, ob sie die alternativen Fakten eines Donald Trump bevorzuge.

Da zeigte sich zum ersten Mal das Problem mit Doras Gedanken: Sie waren jetzt unverständlich, vielleicht sogar verwerflich. Man konnte nicht darüber sprechen. Jedenfalls nicht mit Robert. Nicht mehr. Er saß vor ihr wie eine Instanz, strahlend und selbstsicher. Über jeden Irrtum, jeden Zweifel erhaben. Angehöriger einer Gruppe, die das Mängelwesen Mensch transzendiert hat. Da kam Dora nicht mit.

Gleichzeitig schämte sie sich für ihr Sträuben und den Trotz. Im Grunde war es doch gleichgültig, ob es Robert ums Rechthaben ging, solange er wirklich recht hatte. Klimapolitik war und ist eine wichtige Sache. Außerdem wirkte Robert zufrieden, während Dora häufig an Selbstzweifeln litt. Es musste sich gut anfühlen, für eine wichtige Sache zu kämpfen. Robert brauchte sich die Sinnfrage nicht mehr zu stellen. Er hatte sogar den Projekte-Kreislauf überwunden, indem er viele kleine zu erreichende Ziele gegen ein vermutlich unerreichbares Großziel eintauschte. Ein genialer Schachzug, eine geschickte Rochade.

Dora beschloss, sich Mühe zu geben. Sie verzichtete auf Fleisch. Sie kaufte im Bioladen ein. Robert zuliebe wechselte sie sogar die Agentur. Sus-Y ist mittelgroß, auf nachhaltige Produkte sowie Non-Profit-Organisationen spezialisiert und hat sich vorgenommen, verantwortungsvolle Unternehmen bei der Umsetzung ihrer sozialökologischen Ideen zu unterstützen. Statt Dosensuppen, Luxus-Kreuzfahrten oder Direktversicherungen zu bewerben, entwickelt Dora bei Sus-Y Ideen für vegane Schuhe, den plastiktütenfreien Tag oder fair gehandelte Schokolade. Dass auf ihrer Visitenkarte statt »Senior-

Copywriter« nur noch das einsame Wörtchen »Text« steht, hat sie nie gestört. Auch nicht, dass sie etwas weniger verdient als zuvor. Aber aus Roberts Sicht genügte das alles nicht. Noch lange nicht. Schließlich begriff Dora, was er wollte, und das konnte sie ihm nicht geben. Er wollte Gefolgschaft. Er wollte ihr Sträuben bezwingen. Er wollte, dass sie einen Treueschwur auf die Apokalypse leistete, und wurde immer wütender auf ihren heimlichen Trotz. Auf ihre Unfähigkeit, mit ihm gemeinsam in erster Reihe zu marschieren. Er war unzufrieden mit ihr, und sie lachten weniger miteinander als früher. Aber irgendwie waren sie trotz allem noch ein Team.

Dann kam Corona, und Robert entdeckte seine wahre Berufung. Mit der Empfindlichkeit eines Katastrophen-Seismographen sagte er schon im Januar voraus, dass die Lage weltweit eskalieren würde. In seiner Online-Kolumne empfahl er der Regierung die Anschaffung von Atemschutzmasken, während der Rest der westlichen Welt noch glaubte, es handele sich mal wieder um ein chinesisches Problem.

Erst belächelten ihn die Journalistenkollegen wegen seiner Kassandrarufe. Wenig später hatte er den Status eines Hellsehers inne. Robert wurde zum Corona-Experten. Als hätte er heimlich schon jahrelang auf das Virus gewartet. Endlich hat das Warten ein Ende, die Katastrophe ist da. Das Schiff ist leck geschlagen, endlich kann man etwas tun. Alles hört auf ein Kommando, jeder Zweifel wird zur Meuterei. Endlich denken alle dasselbe. Endlich reden alle über dasselbe. Endlich gibt es verbindliche Regeln für eine außer Kontrolle geratene Welt. Endlich geht die verdammte Globalisierung in die Knie. Endlich Schluss mit dem grenzenlosen Herumwandern von Menschen, Waren, Informationen.

Dora versteht ihn. Der Klimakampf ist mühsam. Niemand kommt so richtig aus dem Quark. Aber jetzt. Was auf einmal alles möglich ist. Was eben noch als ausgeschlossen galt, ist plötzlich kein Problem. Ausbremsen des Raubtierkapitalismus, Radikaleinschränkung der Mobilität. Corona ist anschaulich. Schnell, dramatisch, gut zu bebildern. Messbar in den Folgen. Außerdem scheint dem Virus eine geradezu biblische Zwangsläufigkeit innezuwohnen. Wie lange ist es schon fünf vor zwölf? Irgendwann musste das dicke Ende kommen. Alle wussten das. Alle haben es geahnt. Die abendländische Kultur ist längst zu einer großen Untergangsahnung geworden, falls sie das nicht schon immer war. Und da ist sie nun, die große Seuche, die Strafe für alle Sünden, für Gier und Ausbeutung und den ganzen entfesselten Lebensstil.

Daran kommen all jene, denen Robert seit zwei Jahren Untätigkeit vorwirft, nicht mehr vorbei. Aufgescheucht rennen sie durcheinander und sind mit einem Mal bereit, auf die Experten zu hören. Politiker und Private, Linke und Rechte, Reiche und Arme, in Angst vereint.

Dora wurde den Eindruck nicht los, dass die allgemeine Panik Robert Genugtuung bereitete. Er stürzte sich regelrecht in das Endzeitspiel. *The Walking Dead* in Berlin. Er füllte die Vorratsschränke, bestellte Klopapier und Handdesinfektionsmittel im Internet und redete ständig davon, dass man sich auf das Schlimmste gefasst machen müsse. Auch Dora war verunsichert. Manchmal bekam sie sogar heftige Angst. Aber sie fand es am besten, Ruhe zu bewahren. Erst einmal abzuwarten. Darauf zu vertrauen, dass die Politiker die Lage richtig einschätzen und die richtigen Empfehlungen abgeben würden. Robert lachte sie aus. Er lachte auch die Politiker aus, die in seinen Augen nichts richtig machen konnten. Zu wenig, zu spät. Wenn Dora daran erinnerte, dass sie in einer Demokratie lebten, in der Entscheidungsprozesse eine gewisse Zeit in Anspruch nahmen, wurde er wütend. Mit einer früh bestellten Atemmaske vor Mund und Nase radelte er durch die Stadt und sammelte Meinungen in Ämtern und auf der Straße. Tagsüber saß er auf dem Fahrrad, nachts vor dem Computer, wo er seinen Eifer mit immer neuen Meldungen, Zahlen und Berechnungen fütterte. Er war wie im Rausch. Seine Kolumne wurde von Tag zu Tag erfolgreicher. Dora schien er immer fremder. Unter jeden Text, jede E-Mail, jede SMS setzte er die Formel »Bleib gesund!«, wie die Parole eines Geheimbunds, der zur Massenbewegung wurde.

Mit Robert zusammenzuleben war schon im letzten Jahr anstrengend gewesen. Im Januar wurde es nervtötend, im Februar unerträglich. Im März schlossen Schulen, Restaurants und Geschäfte. Noch mehr neue Begriffe machten die Runde. *Lockdown, shutdown, flattening the curve.* Mortalität, Morbidität, Triage. Die Panik stieg, als wären Krankheit und Tod neu erfunden worden.

Von einem Tag auf den anderen fand sich Dora im Home-Office wieder. Was ihr erst gar nicht so schlimm erschien, im Gegenteil, sie dachte, dass es auch Vorteile habe. Bei Sus-Y gibt es, wie in fast allen Agenturen, keine Einzelbüros für Kreative. Stattdessen sitzen rund fünfundzwanzig Leute im sogenannten »Open Space«, was für eine enorme Lärmkulisse sorgt. Vor allem die Berater hängen den ganzen Tag am Telefon, versuchen, den Kunden Informationen zu entlocken und gute Stimmung zu verbreiten. Im Grunde reden sie ununterbrochen, ohne dabei irgendeinen Mehrwert zu erzeugen, was den Textern, die sich auf Ideenfindung konzentrieren müssen, das Leben schwer macht. Im Home-Office war es definitiv ruhiger. Allerdings schmollte Jochen, die die Agentur vermisste, wo sie als Maskottchen verhätschelt wird. Während Dora an der Kaffeemaschine auf den ersten Espresso des Tages wartet, pflegt die Hündin von Schreibtisch zu Schreibtisch zu laufen, um ihre Fans zu begrüßen und Leckerlis einzusammeln, die in kleinen Beuteln extra für sie mitgebracht werden.

Die ersten Tage im Home-Office funktionierten ganz gut. Brainstormen mit den Kollegen konnte Dora per WhatsApp. Meetings absolvierte sie per Videokonferenz. Eigentlich vermisste sie vor allem den randvollen Kühlschrank mit kostenlosem Bio-Feierabend-Bier, den Sus-Y nach dem Etatgewinn der Kröcher Braumanufaktur angeschafft hatte.

Aber dann wurde es in der Kreuzberger Wohnung zu eng. Als freier Journalist arbeitet Robert schon immer zu Hause und hat das einzige Arbeitszimmer mit Beschlag belegt. Beim Einzug waren Dora die Räume riesig erschienen. Jetzt schrumpfte alles um sie herum. Wegen der Kontaktbeschränkungen reduzierte Robert seine systemrelevanten Stadtexkursionen auf eine Stunde pro Tag. Die restliche Zeit waren Dora, Jochen und er einander auf 80 Quadratmetern ausgeliefert. Im Wohnzimmer stand nur ein flacher Couchtisch, so dass Dora mit ihrem Notebook in der Küche sitzen musste. Sie ging viel mit Jochen spazieren. Die Gassi-Pflicht der Hundebesitzer wurde zum Privileg.

Auf den leeren Straßen herrschte gespenstische Atmosphäre. Wenige Autos, kaum Passanten. Im Viktoriapark waren die Rollatoren verschwunden. Weiß bedeckte Gesichter hinter den Schaufenstern einer Apotheke. Robert sagte, diese Menschen kämpften an vorderster Front. Solche Formulierungen verstörten Dora. Ein Krieg war die Pandemie trotz allem nicht. Kriege richteten sich gegen Menschen.

Einmal zog ein Mann auf der Straße hastig seinen Hund zur Seite, als könnte Jochen-der-Rochen sonst das Virus übertragen. Das Keuchen des Vierbeiners und das Kratzen der Pfoten auf dem Asphalt waren ebenfalls verstörend. Eine junge Mutter schrie einen Jogger an, er solle nicht so heftig atmen. In manchen Fenstern verkündeten Fahnen: »Wir bleiben zu Hause!« Diese Menschen waren Teil von etwas, auch wenn Dora nicht wusste, wovon. Sie saßen hinter den Fahnen und hofften, dass es in Berlin nicht so schlimm werden würde wie anderswo.

Die Spaziergänge waren bedrückend und gleichzeitig eine Erleichterung. Ein kurzes Ausbüxen aus der Klaustrophobie. Robert hingegen fand es unmöglich, dass Dora dreimal am Tag mit Jochen das Haus verließ. Überhaupt konnte er sich wegen des fehlenden Gehorsams der Bevölkerung furchtbar aufregen. Während sie am Küchentisch versuchte, die Wünsche ihrer Kunden in kreative Konzepte zu verwandeln, marschierte er durch die Wohnung und schimpfte lautstark darüber, wie unfassbar dumm sich die Leute verhielten. Er wartete, damit Dora Zustimmung signalisieren konnte. Wenigstens ein Nicken. Aber Dora konnte nicht. Sie wusste nicht, ob die Leute dumm waren. Welche Leute denn genau? Die mit den weggezogenen Hunden oder diejenigen, die demonstrativ vor den Spätis ihr Gruppenbier tranken?

Wer sind die Guten und wer die Bösen? Dora weiß es nicht

und will es auch nicht wissen. Sie findet, dass das eine sehr gefährliche Frage ist. Sie weiß, dass sie es nicht mag, wenn man von »historischem Ausmaß« und »Zeitenwende« spricht, obwohl weltweit ständig viel schlimmere Dinge passieren, nur eben meistens anderswo. Sie beharrt darauf, sich keine klare Meinung bilden zu müssen, wenn es keine einfache Lösung gibt, und die gibt es momentan noch weniger als sonst. Weder Politiker noch Virologen verfügen über Wahrheiten, die man einfach nur befolgen müsste, damit alles gut wird. Meistens besteht das Leben aus *Trial and Error*, und der Mensch kann viel weniger begreifen und kontrollieren, als er glaubt. Auf dieses Dilemma kann weder Nichtstun noch Aktionismus die richtige Antwort sein. Nach Doras Ansicht geht es um Augenmaß beim Handeln und größtmögliche Ehrlichkeit in der Kommunikation. Voraussetzung von Ehrlichkeit ist das Bekenntnis zum Nicht-genau-Wissen. Deshalb richtet sich ihr Sträuben nur gegen Denk-Imperative, nicht gegen die Regeln an sich. Dora kann Regeln befolgen, sie will sie nur nicht gut finden müssen. Sie muss nicht mit zehn Leuten Bier vor dem Späti trinken, um sich zu beweisen, dass sie frei oder wichtig ist. Wenn *Social Distancing* die Strategie ist, für die sich die Gesellschaft entschieden hat, dann ist sie bereit, den Weg mitzugehen. Auf vernünftige Weise. Nicht als Vorreiterin. Vielleicht würde der schwedische Ansatz besser zu ihr passen, aber sie ist hier und nicht in Schweden. Sie hält sich an die Bestimmungen. Die Gedanken bleiben frei. Niemand kann sie zwingen, Biertrinker vor dem Späti für gemeingefährliche Volksverräter zu halten.

Außer Robert. Er wollte, dass sie ihm beipflichtete. Da war sie wieder, die verweigerte Gefolgschaft. Der fehlende

Schwur auf die Apokalypse. Weil Dora in seine Hasstiraden nicht einstimmte, sondern weiter stur auf das Notebookdisplay schaute, richtete sich seine Aggression zunehmend gegen sie. Ihr Notebook entwickelte die Angewohnheit, mindestens einmal am Tag abzustürzen, was das Schließen sämtlicher Programme erforderlich machte. *Runtime Error 0x0. We are sorry for the inconvenience.* Dora ertappte sich bei dem Gedanken, dass das mit Robert zu tun habe. Sie hätte fast geweint. Er war ihr Partner, ihr Gefährte, ihr bester Freund gewesen. Jetzt glaubte sie, dass seine Aura ihren Computer zum Absturz brachte.

Einmal sah sie beim Spazierengehen einen Mann, der ein Abstandsmessgerät bei sich trug. Wenn es piepste, wedelte er mit den Armen und schrie: »Bleiben Sie weg!«

Das erschreckte sie mehr als alles zuvor. Konnte es passieren, dass eine Gesellschaft kollektiv den Verstand verlor? Als sie Robert davon erzählte, nannte er sie ignorant. Er warf ihr vor, sich nicht ausreichend zu informieren. Die Augen vor der Gefahr zu verschließen. Er hielt den Mann mit dem piepsenden Kästchen für vernünftig. Dora fühlte sich wie ein Kind, das nicht versteht, worum es geht.

Roberts Vorwurf der mangelnden Information traf einen wunden Punkt. Tatsächlich hat Dora ihren Nachrichtenkonsum seit Ausbruch der Pandemie stark eingeschränkt. Sie will nicht die Augen verschließen. Aber sie erträgt es nicht, dass plötzlich nur noch Corona existiert. Als wären der Krieg in Syrien, das Leid von Flüchtlingen, Nazi-Terroristen und die Armut überall auf der Welt niemals reale Probleme gewesen. Nur Infotainment, ein Zeitvertreib für gelangweilte Medienkonsumenten. Jetzt, da es eine Pandemie gibt, braucht man den anderen Quatsch nicht mehr. Das macht Dora fassungslos. Ihr wird übel, wenn sie die Schlagzeilen liest. Gleichzeitig schämt sie sich heimlich dafür, dass sie die neuesten Infektionszahlen nicht kennt. Als gäbe es eine Mitmachpflicht in Sachen Medienkonsum. Wie Robert glaubt, der ihre Abstinenz verbrecherisch findet.

Abgesehen vom Ringen um die richtigen Gedanken waren sie einander schlicht im Weg. Wenn Dora ein Fenster schloss, hatte Robert gerade vorgehabt, ein weiteres zu öffnen. Wenn sie auf der Toilette saß, klopfte es an der Tür, und Roberts Stimme fragte, wie lange es noch dauere. Während sie gerade seitenweise Claims schreiben musste oder nach einer Funkspot-Mechanik suchte, die für eine lang laufende Kampagne geeignet war und am besten noch jede Menge Award-Potenzial mitbringen sollte, verfiel er auf die Idee, zwanzig Zentimeter neben ihrem Ellenbogen die Spülmaschine auszuräumen. Robert stolperte über Jochen und trat auf Doras Unterlagen, die sie aus Platzmangel auf dem Boden verteilte. Wollte sie an den Kühlschrank, stand er mit Sicherheit gerade davor. Machte sie sich einen Kaffee, stellte er sich daneben und wartete demonstrativ darauf, dass sie mit ihren Verrichtungen fertig wurde. Wenn sie auf dem Balkon eine Zigarette rauchte, rief er von drinnen, man könne den Rauch in allen Zimmern riechen. Beim Schreiben seiner Kolumnen lief er im Flur auf und ab und redete halblaut vor sich hin. Als Dora ihn bat, damit aufzuhören, behauptete er, anders nicht produktiv sein zu können.

Obwohl sie sich die Miete teilten, schienen die Räume allein ihm zu gehören. Schließlich hatte er immer hier gearbeitet, während Dora in die Agentur gegangen war. Außerdem hatte sie aufgrund ihrer fehlenden Bereitschaft zu apokalyptischem Denken sowieso ihr Existenzrecht verwirkt. Doras Sträuben wurde so übermächtig, dass sie die Sache mit den Pfandflaschen anfing, an die sie heute äußerst ungern zurückdenkt.

Außerdem blieb sie immer länger fort. Sie setzte sich am Rand des gesperrten Spielplatzes auf eine Parkbank, nahm Jochen auf den Schoß und versuchte, auf dem Handy ein Buch zu lesen. Meistens gab sie nach wenigen Minuten auf und schaute einfach vor sich hin. Auf einmal schwieg alles. Stimmen, Gedanken, Schlagzeilen, Ängste. Ihre großen Hände streichelten das warme Hundefell. Um sie herum dehnte sich ein Raum, der in diesen Augenblicken niemandem gehörte. Dora durfte still sein. Sie durfte hier sitzen. Dann kam sie nach Hause, und Robert fragte, warum sie so lange weg gewesen sei und was sie gemacht habe. Sie fing an, ihn in Gedanken »Robert Koch« zu nennen. In Bayern erklärte die Polizei, es sei verboten, auf Parkbänken zu sitzen. Wenig später teilte Robert ihr mit, dass er ihre Spaziergänge nicht länger toleriere. Er sprach langsam und deutlich, als litte Dora unter Verständnisschwierigkeiten. Bei jeder Form von Bewegung im öffentlichen Raum bestehe ein Ansteckungsrisiko. Indem sie sich unvernünftig verhalte, gefährde sie auch ihn, Robert, und das hinzunehmen sei er nicht länger bereit. Für Jochen sei es schließlich absolut ausreichend, dreimal am Tag eine Baumscheibe aufzusuchen.

Zunächst hielt Dora das für einen Aprilscherz. Sie wies darauf hin, dass es in Berlin keine totale Ausgangssperre gebe. Dass einsames Spazierengehen immer noch erlaubt sei, vor allem mit Hund.

Robert antwortete, das sei nicht der Punkt. Es gehe darum, in der jetzigen Situation alles zu tun, um eine Ausbreitung des Virus zu vermeiden. Jeder müsse mithelfen, so gut er könne. Jede Bewegung, die nicht unbedingt notwendig sei, solle man gefälligst unterlassen.

Dora erinnerte ihn daran, dass er selbst noch immer mit dem Fahrrad durch die Stadt fahre, wenn auch nur eine Stunde täglich.

Robert sagte wütend, das gehöre zu seinem Job. Er schreibe über die Krise, und seine Kolumnen gehörten inzwischen zu den meistgelesenen Texten der Online-Zeitung. Seine Arbeit sei absolut systemrelevant, was man von ihrer, mit Verlaub, wohl nicht behaupten könne.

Sie fragte noch einmal nach, ob er tatsächlich gerade versuche, ihr das Verlassen der Wohnung zu verbieten.

Robert dachte kurz nach, er lachte sogar verlegen. Dann nickte er. Doras Notebook, das auf dem Küchentisch lief, stürzte ab. 0×0. *We are sorry for the inconvenience.*

Das war der Augenblick, in dem sich in Doras Kopf ein Schalter umlegte. Sie schaute das schwarze Display an und dann Robert, der immer noch vor ihr stand. Sie glaubte, diesen Mann nicht mehr zu kennen. Es gab drei Möglichkeiten: Entweder war sie in einen absurden Film geraten, in dem sie eine Rolle spielen musste, ohne das Drehbuch gelesen zu haben. Oder Robert war verrückt geworden. Oder sie selbst. Dora wollte nichts davon. Sie wollte nur noch weg. Ihr Gehirn kam bei dem, was gerade passierte, nicht mehr mit. Sie spürte keinen Schmerz. Nur Verstörung und einen überwältigenden Fluchtreflex. Sie sagte Robert, dass sie eine Weile woanders leben werde, und packte ihre Sachen.

Von dem Haus auf dem Land hatte sie ihm noch immer

nichts erzählt, und jetzt war definitiv nicht der richtige Moment, um das nachzuholen. Er fragte sowieso nicht, wo sie hinwolle. Vielleicht war er erschrocken. Vielleicht froh, dass sie ging. Vielleicht glaubte er, sie würde für eine Weile nach Charlottenburg ziehen, in die Wohnung ihres Vaters, die meistens leer steht, weil Jojo nur alle zwei Wochen zum Operieren nach Berlin kommt. Robert half ihr nicht, die Sachen runterzutragen. Wahrscheinlich merkte er gar nicht, was sie alles mitnahm. Zwei Koffer und drei Umzugskartons mit Klamotten, Büchern, Bettzeug, Handtüchern, ein paar Küchenutensilien, Arbeitsunterlagen und technischen Geräten. Die schwere Matratze von ihrer Bettseite ließ Dora wie auf einer Rutschbahn die Treppe hinuntergleiten.

Ein Miet-Kombi brachte sie aus der Stadt. Mit jedem gefahrenen Kilometer wurde ihr leichter zumute. Sie ließ nicht nur Robert hinter sich, sondern auch die Großstadt, die Enge, das Dauerfeuer der Informationen und Emotionen. Es fühlte sich an, als verließe sie die bekannte Welt, in einem Raumschiff auf dem Weg zu neuen Galaxien. Sie kannte das Gefühl schon von ihren heimlichen Besichtigungstouren im vergangenen Herbst.

Ausgebüxt. Sie mochte das Wort. Es klang nach Aus-der-Büchse-Entwischen. Bei ihren Besichtigungen war sie meistens ohne Makler gefahren, was den Maklern nur recht war. Zu weit weg, zu niedrige Provision. PDF, Fotos, Adresse, Außenbesichtigung. Der Gedanke, dass es tatsächlich möglich war, ein Haus zu kaufen, hatte sie elektrisiert. Wenn man weit genug fuhr, waren die Preise noch immer erschwinglich. In ihrem Alter, mit festem Job sollte es kein Problem darstellen, einen Kredit zu bekommen. Die Zinsen waren im Keller, und Dora besaß eine Rücklage: das kleine Erbe ihrer Mutter sowie Erspartes, das sie Monat für Monat zurückgelegt hat, seit sie als Senior-Texterin so gut verdient wie ein Oberstudienrat. Ein Haus im Grünen. Das hätte ihrer Mutter gefallen. Sie hätte es geliebt. Und sie hätte darüber gelacht, dass Dora niemandem von ihren Plänen erzählte. »Meine Räubertochter«, hätte sie gesagt und ihr über die Haare gestrichen. Manchmal dachte Dora, dass das Sträuben ein Vermächtnis ihrer Mutter sei.

Ein schlechtes Gewissen hatte sie bei ihren heimlichen Fahrten trotzdem gehabt. Warum saß Robert nicht neben ihr? Warum fuhr sie hinter seinem Rücken und nicht mit ihm gemeinsam? Als würde sie ihn betrügen und den Betrug genießen. Aber es fühlte sich einfach so gut an. Ausgedehnte Felder, blasse Farben, ein riesiger Himmel. Es war lange her, dass Dora etwas in vollen Zügen genossen hatte. Auch wenn ihr die besichtigten Häuser nicht gefielen. Sie waren zu klein, zu groß oder zu seelenlos. Als die Blätter von den Bäumen fielen, glaubte sie nicht mehr daran, ein Haus zu finden. Trotzdem setzte sie die Ausflüge fort, an den Wochenenden, während Robert glaubte, dass sie bei einem Workshop sei.

Doch dann war sie auf das Gutsverwalterhaus in Bracken gestoßen. Sie hatte mit dem Mietwagen vor dem wackligen Zaun gehalten und sofort gewusst: Das ist es. Große Bäume, verwildertes Grundstück, graue Stuckfassade. Dorfrandlage. Sechs Wochen später saß sie bei einem Provinznotar und unterschrieb den Kaufvertrag.

Dann kamen Weihnachten, Silvester und schließlich Corona, und jetzt fuhr sie wieder nach Bracken und hatte den Mietwagen mit ihrer Habe vollgepackt. Heimlich fürchtete sie, das Haus könne in Wahrheit gar nicht existieren. Drei Monate waren seit dem Kauf vergangen. Erst hatte es sechs Wochen gedauert, bis sie den Kaufpreis überweisen konnte, dann hatte sie wegen des Lockdowns in Berlin festgesessen. Vielleicht würde man sie gleich an einer Straßensperre aufhalten und zurück in die Stadt schicken. Oder sie käme in Bracken an, und der Platz am Dorfrand wäre leer. Alles Einbildung. Bei diesen Gedanken brach Dora der Schweiß aus. Aber sie traf auf keine Straßensperre. Und als sie Bracken erreichte, stand das Gutsverwalterhaus auf seinem Flurstück wie beim ersten Mal.

Dora sprang aus dem Auto, blieb stehen und schaute. Sie musste sich die Augen reiben, nicht aus Unglauben, sondern weil ihr die Tränen kamen. Es war so schön. Im Spätherbst waren die ausladenden Kronen der Bäume bunt gefärbt gewesen. Jetzt waren sie von zartem Hellgrün bedeckt, wie angesprüht. Unter den Bäumen stand das Haus, wie sie es in Erinnerung hatte, weit zurückversetzt von der Straße, erbaut in beruhigender Symmetrie. Links und rechts jeweils drei Fenster, dazwischen die doppelflügelige Eingangstür. Fenster und Türen eingerahmt von Stucksäulen, die dreieckige Dächlein tragen. Das Erdgeschoss liegt im Hochparterre, zur Haustür führt eine Freitreppe mit sechs Stufen, die in einen Absatz mündet, so geräumig, dass man einen Tisch mit vier Stühlen darauf platzieren könnte. Wie ein Balkon ist der Absatz von einem gusseisernen Geländer umgeben. Das Dach des Gutsverwalterhauses sitzt direkt auf dem Erdgeschoss, als hätte es sich einen schwarzen Hut tief in die Stirn gezogen. Anscheinend hat der Gutsverwalter von Bracken einst nicht genug Geld für eine weitere Etage besessen.

Vom Makler weiß Dora, dass das Haus nach der Wende an eine Erbengemeinschaft übereignet wurde, die Jahre brauchte, um sich auf einen Verkauf zu einigen. Danach erwarb es ein junges Pärchen, das zaghaft mit der Sanierung begann, sich aber bald zerstritt und kapitulierte. Bevor Dora kam, hatte das Haus lange leer gestanden. Wie lange genau, sagte der Makler nicht. Er nannte es »ein Schmuckstück mit zahllosen Möglichkeiten«, was ein anderer Ausdruck für »desolater Zustand« ist.

Dora ist das egal. Sie hat sofort gespürt, dass das Haus zu ihr passt. Irgendwie wirkt es zu klein für seinen Stuck und für das große Dach. Aber es besteht trotzig auf seiner Würde wie ein komischer alter Herr, der streng auf Haltung achtet. Die Dreiecke über den Fenstern sehen aus wie hochgezogene Augenbrauen. Offensichtlich braucht das Haus eine Menge Platz um sich herum. Die wacklige, mindestens zwei Meter hohe Mauer des Nachbarn zur Rechten liegt einen Steinwurf entfernt. Als Kind hätte Dora auf die Freitreppe gezeigt und gesagt: »Guck mal, das Haus streckt die Zunge raus.«

Erst war das Gutsverwalterhaus eine fixe Idee. Jetzt ist es eine Folgerichtigkeit. Ein Zufluchtsort. Trotzdem kann Dora immer noch kaum glauben, dass es möglich ist, etwas so Großes zu besitzen. Wenn sie das Haus ansieht, scheint es immer noch zu fragen: »Wer besitzt hier wen?«

3 Gote

Hinten hat das Gutsverwalterhaus keinen Stuck. Von hinten sieht es einfach nur aus wie ein alter Kasten. Die graue Wand wirkt pockennarbig; vor allem die obere Hälfte ist von runden Flechten bedeckt. Dora sitzt hinter dem Haus und überblickt das Flurstück. Eine Frau und ihr Land. Jede Menge Beinfreiheit. Wenn man das Nachdenken unterbricht, sind unzählige Vogelstimmen zu hören. Rotschwänzchen fliegen zur Schuppentür hinein und heraus und sind so vom Nestbau in Anspruch genommen, dass sie Dora auf ihrem Gartenstuhl gar nicht bemerken. Im hohen Wipfel einer Robinie hockt ein Star, singt laut und viel schöner, als sein proletarisches Federkleid vermuten ließe.

Kein Mensch ist zu sehen, nur gelegentlich ein Auto zu hören. Kein Fernseher, der CNN-Nachrichten in die Gegend plärrt. Kein Smartphone, auf dem sich Podcaster und YouTuber gegenseitig erzählen, wie sie ihre Tage im Home-Office verbringen. Doras Handy liegt im Haus; im Garten gibt es sowieso kaum Empfang. In Bracken scheint Corona gar nicht stattzufinden. Die Luft schmeckt sauber, jeder Tag hat ein anderes Aroma.

Dora erlaubt sich den Gedanken, dass alles in Ordnung sein könnte. Gut gelaufen. Glück gehabt. Wenn sie ohnehin nicht in die Agentur darf, kann sie ebenso gut in Bracken arbeiten wie in Berlin. Zumal sie wenig zu tun hat. Unter normalen Umständen absolviert sie zehnstündige Arbeitstage in der Agentur, führt noch auf dem Heimweg Telefonate und beantwortet ihre letzten E-Mails vor dem Schlafengehen. Wenn ein Berater die neuen Headline-Varianten an den Kunden geschickt hat, steht der nächste schon mit dem Briefing für einen Muttertag-Spot auf der Matte, während im Hintergrund eifrige Junior-Beraterinnen mit weiteren Aufgaben lauern. Aber jetzt hat Corona alles verändert, sogar die Werbung. Kunden frieren Etats ein. Lang geplante Kampagnen-Flights werden gestrichen. Sus-Y hat Kurzarbeit angemeldet. Deshalb hat Dora nur noch zwei Jobs auf dem Tisch und kommt sich beinahe vor wie eine Arbeitslose. Eine dünne Broschüre für den Bio-Bier-Hersteller, die sie nebenher schreiben kann. Und eine Launch-Kampagne für einen nachhaltigen Textilhersteller mit Namen »FAIRkleidung«.

Alles kein Grund zur Panik. Dora bekommt noch einen großen Teil ihres Gehalts. Das WLAN läuft, und zwar auf Glasfaser – in Bracken vielleicht das einzige Stück funktionierender Infrastruktur. Möglicherweise schafft sie es, sich zeitnah einen Schreibtisch zu organisieren. Wenn nicht, kann sie mit dem Notebook in der Küche sitzen oder auf ihrer Matratze mit dem Rücken zur Wand oder hier draußen im Gartenstuhl. Kein Problem. Irgendwann wird es auch Jochen gefallen. Irgendwann wird das Flurstück erträglicher aussehen. Sie wird sich im Haus noch ein wenig einrichten, viel braucht sie ja nicht. Außer Kaminöfen gibt es keine Heizung, aber der Winter ist noch weit weg, und wer weiß, ob Dora dann überhaupt noch hier sein wird. Vielleicht ist bis dahin alles wieder normal. Corona verschwunden und Robert zurückverwandelt, so dass man wieder mit ihm reden und lachen und nachdenken kann. Die Flucht nach Bracken könnte im Rückblick wie eine Großstadtpause aussehen, ein Dorf-Sabbatical, ermöglicht durch die Verwerfungen einer Pandemie. Dora könnte wieder in die Agentur gehen, hart an ihrer Karriere arbeiten, in den nächsten Jahren ein paar internationale Awards erkämpfen, sich endlich zur Kreativdirektorin befördern lassen und in den Nachtschichten auf Agenturkosten nachhaltiges Sushi oder vegane Pizza mit den Kollegen bestellen. Sie würde in Berlin-Kreuzberg leben und die Wochenenden gemeinsam mit Robert in Bracken verbringen, wo sie gemeinsam am Haus basteln und das Landleben genießen könnten, wie es den Landlust-Träumen vieler Großstädter entspricht. Glückliche Menschen in einer normalen Welt.

Erst zehn Minuten um. Eine halbe Stunde Nichtstun hat sich Dora verordnet. Noch zwanzig, bis sie weitergraben darf.

»Ist das dein Hund?«

Erschrocken schaut sie sich um. Die Stimme ist männlich, tief und kräftig, und sie kommt aus dem Nichts. Auch als Dora aufsteht, kann sie niemanden entdecken. Jochen-der-Rochen ist ebenfalls nicht zu sehen. Eben lag die Hündin noch zwischen den Ahornsprösslingen auf einem Sonnenfleck. Oder nicht? Wann hat Dora sie zuletzt bewusst wahrgenommen? Als Jochen die Amseln verbellt hat. Und danach?

»Hey! Ob das dein Scheißköter ist!«

Endlich kann sie den Mann orten. Er steht hinter der hohen Mauer aus Hohlbausteinen, die die Flurstücke trennt. Ein runder, kahl geschorener Kopf guckt über den Mauerrand. Wie eine Kugel scheint er auf der Kante zu balancieren. Der Mann muss mindestens 2,50 Meter groß sein.

In Doras Augen ist Nachbarschaft eine Form von Zwangsehe. Man kann glücklich miteinander werden, aber die Wahrscheinlichkeit ist nicht sehr hoch. In den letzten zwei Wochen hat sie nebenan niemanden bemerkt. Sie ist davon ausgegangen, dass das Nachbargrundstück unbewohnt sei. Vom Wohnhaus sieht man nur die obere Hälfte. Es liegt viel dichter an der Straße als das Gutsverwalterhaus und wird auch nach vorne von einer hohen Mauer abgeschirmt, mit einem breiten, stets verschlossenen Holztor. Ein Fenster im ersten Stock ist mit Sperrholzplatten abgedeckt, was aussieht, als wäre das Haus auf einem Auge blind. Einmal ist Dora auf einen Stuhl gestiegen, um über die Mauer zu sehen. Wider Erwarten ist das Grundstück nebenan nicht verwildert, sondern relativ gepflegt. Kein Flurstück, sondern ein Garten. Das Gras gemäht. Kein herumliegender Schrott. Ein aufgebockter Bauwagen, hübsch gestrichen in Dunkelgrün und Weiß, der Eingang mit Geranientöpfen geschmückt. Ein alter Pick-up in Weiß, ordentlich geparkt neben dem Haus.

Dora hat vermutet, dass ein Berliner den Bauwagen gelegentlich als Ferienhäuschen nutzt. Den Garten pflegt und mit dem Pick-up herumfährt. Zurzeit kann er nicht kommen, weil die Brandenburger wegen Corona versuchen, die Berliner auszusperren. Vielleicht ein Kreativer aus Friedrichshain. Vielleicht jemand, mit dem sie sich gut verstehen könnte. Wobei Gut-Verstehen in Bezug auf Nachbarn nur die zweitbeste Alternative darstellt. Gar-nicht-da-Sein ist noch besser.

Das aktuelle Exemplar an der Mauer wirkt nicht wie ein Kreativer aus Friedrichshain. Zögernd geht Dora auf den

Mann zu. Als sie die Mauer erreicht, muss sie den Kopf in den Nacken legen. Hoffentlich steht der Mann auf einer Kiste.

»Bist du schwerhörig?« Er kratzt sich den geschorenen Schädel. »Ich hab dich was gefragt.«

Bevor Dora erwidern kann, dass sie die Frage verstanden habe, ihre Antwort aber davon abhänge, welchen Hund er genau meine, kommt Jochen-der-Rochen durch die Luft geflogen. Die kleine Hündin hat alle viere ausgestreckt, als könnten die aufgespannten Häute an den Hinterbeinen beim Segelflug helfen. Fast gelingt es Dora, ihr Haustier aufzufangen, aber dann rutscht ihr der kompakte Körper durch die Hände und schlägt auf den Boden, wo Jochen einen halben Purzelbaum vollführt wie eine Comicfigur. Sogleich beginnt die Hündin, euphorisch an Dora hochzuspringen, als hätten sie einander jahrelang nicht gesehen.

»Sind Sie verrückt geworden?«, schreit Dora und tastet Jochens Beine ab, obwohl bereits feststeht, dass der Kleinen nichts passiert ist. Wenn Jochen etwas weh tut, leidet sie mit der Ausdruckskraft einer Diva.

»Dein Köter buddelt in meinen Kartoffeln.«

Tatsächlich trägt Jochen dunkle, erdige Strümpfe, ein Anblick, der Dora rührt. Jochen hat noch nie in ihrem Leben gebuddelt. Dort, wo sie bislang gelebt hat, gab es keine Buddelplätze, sondern nur Baumscheiben und Bürgersteige und eingezäunte Spielplätze. Kieswege und Blumenbeete. Leinenzwang und Plastiktüten, in denen am Wegesrand abgesetzte Häufchen einzusammeln sind. Vielleicht schläft tief in Jochens Herzen sogar eine Art Beutetrieb. Auch wenn gewiss keiner ihrer Vorfahren ein langbeiniger, stromlinienförmiger Jagdhund war.

»Das mit den Kartoffeln tut mir leid.« Dora richtet sich auf und stemmt die Hände in die Seiten. »Aber Jochen hätte sich was brechen können!«

»Du hast nicht richtig gefangen«, sagt der Nachbar.

Jochen scheint die Aufregung zu gefallen. Begeistert hechelnd sitzt sie vor Dora, klopft den dünnen Schwanz auf den Boden und schaut sie aufmunternd an. Nur zu! Kämpfe für mich! Eine Weile schauen sie gemeinsam auf Jochen hinunter, Dora auf der einen Seite der Mauer, der Nachbar auf der anderen.

»Ziemlich hässlicher Köter, oder?«, fragt er schließlich.

Das lässt sich nicht von der Hand weisen. Rassemäßig müssen ein Mops, eine französische Bulldogge und vielleicht noch ein Chihuahua zu Jochens Erscheinungsbild beigetragen haben. Ihr Fell ist von gelblichem Weiß und weder lang noch kurz. Der Körper gedrungen, die Beine krumm. Das Gesicht geprägt von Glubschaugen, Klappohren und einem so stark hervortretenden Unterkiefer, dass man sich fragt, ob sie eigentlich in der Lage wäre, jemanden zu beißen, falls sie eines Tages, was ziemlich unwahrscheinlich ist, einen solchen Entschluss fassen sollte. Erstaunlicherweise geraten die meisten Leute, die Jochen kennen lernen, trotz aller Makel in helles Entzücken. Sie finden Jochen nicht hässlich, sondern drollig. Dora findet, dass Jochen aussieht wie etwas, das sich die japanische Spielzeugindustrie ausgedacht hat. Etwas, das auf Knopfdruck blinkt, zappelt und Musik spielt. Aber das macht nichts. Dora liebt Jochen für ihren lakonischen Missmut, der von plötzlichen Euphorieschüben unterbrochen wird. Sie muss ihren Hund nicht hübsch finden.

»Total hässlich ist der«, wiederholt der Nachbar, als wäre die Aussage beim ersten Mal nicht klar gewesen.

»Sie ist eine Hündin«, sagt Dora würdevoll.

»Ich denk, der heißt Jochen.«

Dora zuckt die Achseln. »Ich fand das mal lustig, schätze ich.«

»Euch Städtern muss echt langweilig sein.«

Spontan will Dora zurückfragen, wieso er glaubt, dass sie aus der Stadt kommt. Sie hat zwar zuletzt in Berlin und davor in Hamburg gelebt, ist aber in einem Vorort von Münster aufgewachsen, der den Titel »Stadt« nur bedingt verdient. Aber aus Brackener Perspektive zählt vermutlich jede nennenswerte Ansammlung von Häusern zur Kategorie »Stadt«, und dass Dora keine Hiesige ist, liegt wohl auf der Hand.

»Sehr langweilig. Besonders in Zeiten wie diesen«, sagt Dora im Bemühen, das Stadt-Land-Thema mit einem kleinen Scherz zu krönen.

Aber der Nachbar scheint den Witz nicht zu verstehen. Vielleicht weiß er nichts von Corona oder nichts von Berlin oder ihm ist beides völlig egal. Schweigend betrachten sie sich gegenseitig, er sie von oben bis unten, sie ihn vom Hals aufwärts, weil der Rest seines Körpers von der Mauer verdeckt wird. Sein Schädel ist sauber rasiert und glänzt wie eine Bowlingkugel, dafür ist die untere Hälfte des Gesichts mit Bartstoppeln bedeckt. Tränensäcke, verwaschener Blick. Das Kompliment mit dem hässlichen Köter hätte Dora ohne Weiteres zurückgeben können. Das Alter des Mannes ist schwer zu schätzen. Vielleicht Mitte vierzig und damit rund zehn Jahre älter als sie.

»Gote«, sagt der Nachbar.

Irritiert schaut Dora zur Straße, ob sich irgendetwas nähert, das diese Bezeichnung verdient.

»Gote«, wiederholt der Nachbar nachdrücklich, als wäre Dora schwerhörig oder jedenfalls schwer von Begriff. Anscheinend soll das ein Name sein, auch wenn nicht klar ist, ob es sich um Vor- oder Nachnamen handelt.

»Westgote oder Ostgote?«, fragt Dora.

Jetzt ist es wieder am Nachbarn, irritiert zu schauen. Ein Zeigefinger erscheint über der Mauer und deutet auf seine rechte Schläfe.

»Gote«, sagt er noch einmal. »Wie Gottfried.«

Ein bisschen fühlt sich das an wie die Kommunikation zwischen Robinson und Freitag, nur ohne zu wissen, wer Robinson und wer Freitag ist. Auch Dora hebt einen Zeigefinger und deutet auf sich selbst.

»Dora«, sagt sie. »Wie Dorf-Randlage.«

Das ist ihr spontan eingefallen. Manchmal bringt ihr Werber-Gehirn solche Kurzschlüsse hervor. Der Nachbar ignoriert den Spruch. Er ist in einem komplizierten Bewegungsablauf verstrickt. Er reckt sich, neigt sich zur Seite, verliert fast das Gleichgewicht und fängt sich wieder, bis seine rechte Schulter, dann der ganze Arm über der Mauer erscheinen. Vorsichtig streckt er die Hand zu Dora herüber, bemüht, die obere Reihe Hohlbausteine nicht runterzuwerfen. Anscheinend nimmt man es mit dem Händeschüttelverbot in Brandenburg nicht so genau. Wahrscheinlich wäre es leichter, einem Schwaben die Kehrwoche zu verbieten. Dora beschließt, keine Spielverderberin zu sein, kommt dicht an die Mauer heran, streckt den eigenen Arm nach oben und drückt schnell Gotes Hand, damit er das Manöver beenden kann.

Der Gedanke, was Robert bei diesem Anblick sagen würde, lässt sie beinahe auflachen.

»Angenehm«, sagt Gote. »Ich bin hier der Dorf-Nazi.«

In der Agentur entwickeln sie ständig solche Szenen. Junge Frau, die aufs Land gezogen ist. Leicht verunsichert von der neuen Umgebung, aber fest gewillt, alles toll zu finden. Trifft ihren neuen Nachbarn. »Angenehm, ich bin hier der Dorf-Nazi« – und *freeze*. Die Szene friert ein. Langsamer Zoom auf das völlig entgeisterte Gesicht der Hauptdarstellerin, die vor Entsetzen zur Wachsfigur erstarrt ist. Quer darüber der von Dora entwickelte Claim: »Neue Challenge – neuer Chill«. Für Tee. Oder ein Hustenbonbon.

Leider befindet sich Dora nicht in einem ihrer eigenen Spots. Sie hat auch keine Teetasse dabei. Nicht einmal eine Zigarette. Dabei wäre es ein wirklich guter Moment, um sich eine anzuzünden.

»Du musst den Zaun reparieren.« Gote zeigt zum hinteren Bereich des Flurstücks, wo die Mauer endet und von einem schiefen Maschendrahtzaun abgelöst wird. Mehrere Pfosten sind halb weggesackt.

Wegsacken in Bracken, schlägt das Claim-Tool in Doras Gehirn vor.

»Wenn dein Köter noch einmal meine Saatkartoffeln ausgräbt, trete ich ihn platt«, sagt ihr neuer Nachbar.

Eigentlich hält sich Dora für schlagfertig, berufsbedingt. Aber jetzt schaut sie Gote an wie eine Idiotin und sagt nichts. Sie muss an die Worte ihres Vaters denken, als sie ihm am Telefon von ihrem spontanen Umzug aufs Land erzählte:

»In die Prignitz? Was willst du denn bei den ganzen Rechtsradikalen?«

Dafür zu sorgen, dass Jojo nicht recht behält, gehört zu Doras wichtigsten Antrieben. Sie hat Kommunikationswissenschaft studiert, weil er nur Medizin und Jura für echte Ausbildungen hielt. Sie hat ihr Studium abgebrochen, weil er es wichtig fand, zu Ende zu studieren. Sie ist gern in der Werbung, während Jojo die ganze Branche als überflüssig bezeichnet. Gott sei Dank hat er Robert gemocht, sonst hätte Dora bis in alle Ewigkeit mit ihm zusammenbleiben müssen.

Als Nächstes muss sie beweisen, dass Bracken eine hervorragende Idee darstellt. Ein ideales Exil, am besten zu hundert Prozent nazifrei. Momentan sieht es aus, als könnte das schwierig werden.

Langsam wird es Zeit, etwas zu sagen. Wenn sie schon in Zwangsehe mit einem Neonazi leben muss, sollte sie sofort zeigen, dass sie sich nichts gefallen lässt.

»Machen Sie das doch selbst«, sagt sie hoheitsvoll.

»Nee.« Gote fletscht die Zähne, was wohl ein Grinsen darstellen soll. »Ich bin der Nachbar zur Rechten.«

»Darauf wette ich.« Dora verbucht das als Punkt für ihre Schlagfertigkeit, die auf Gote allerdings nicht den geringsten Eindruck macht. Er starrt sie an, als fragte er sich, ob in einem Großstadtkopf überhaupt so etwas wie ein Gehirn vorhanden ist.

»Von der Straße geguckt, wohnst du links und ich rechts. Kapiert? Und der Linke baut immer den rechten Zaun.« Er überlegt kurz. »Du baust also alle Zäune. Weil links von dir keiner ist.«

Mit diesen Worten verschwindet Gotes Gesicht vom oberen Mauerrand wie eine Puppe im Kasperletheater.

»Dorfrandlage« hat in der Anzeige gestanden. Dora hat

sich vorgestellt, wie herrlich ruhig es am Dorfrand sein müsste. Tatsächlich erstrecken sich hinter dem linken Zaun weitläufige Felder. Aber auf denen sind in den letzten Tagen dröhnende Traktoren mit Pflügen, Eggen und Saatmaschinen hin- und hergefahren. Ansonsten bedeutet Wohnen am Ortsschild, dass der Transitverkehr aus Plausitz mit satten 100 Stundenkilometern am Haus vorbeidonnert. Bremsen kommt offensichtlich nicht in Frage, höchstens ausrollen auf 50 km/h bis zur Ortsmitte.

Dora dreht sich um, pfeift nach Jochen und stapft Richtung Haus. Es ist höchste Zeit für einen Kaffee.

4 Müllinsel

Durch die Hintertür des Hauses gelangt man in einen kleinen Windfang, wo Dora die Turnschuhe von den Füßen schüttelt. Eine Treppe führt hinab in den Keller, eine andere hinauf zum Hochparterre und in den Wohnungsflur. Hinter der ersten Tür links ist die Küche.

Die Küche mag Dora von allen Räumen am liebsten. Sie liebt den bunten alten Kachelboden mit seinen hellgrünen Ranken und rosafarbenen Blüten. Der Makler hat gesagt, dass Sammler für jede einzelne dieser Kacheln ein Vermögen zahlen. Mit dem Kachelboden sieht die Küche aus, als wäre sie fertig eingerichtet, zumal es hier etwas mehr Möbel gibt als im restlichen Haus. Einen kleinen Tisch und zwei abgegriffene Holzstühle hat Dora im Schuppen gefunden und unter das Fenster gestellt. Die Spüle, ein klappriges Küchenbuffet mit Butzenscheiben sowie einen alten Kühlschrank hat sie mit dem Haus übernommen. Tisch, Stühle und Buffet könnte man mit etwas Aufwand in echte Vintage-Schmuckstücke verwandeln. Eins von eintausend Projekten, mit denen Dora sich verrückt machen könnte, wenn sie nicht beschlossen hätte, damit aufzuhören.

Als sie bei Robert auszog, hat sie im Kellerabteil des Kreuzberger Mietshauses eine Kiste mit Restbeständen aus ihrer Studentenzeit gefunden. Die Kiste hat sich als wahrer Segen erwiesen. Dank der Kiste verfügt Dora über eine Menge Teller und Tassen in verschiedenen Farben und Größen, die sie hinter den Butzenscheiben des Buffets einsortiert hat. Außerdem besitzt sie einige nicht zusammenpassende Gläser, eine Auflaufform und eine Menge Besteck, das in den Schubladen des Buffets Platz gefunden hat.

Mit einem Gefühl der Befriedigung nimmt sie die große blaue Tasse aus dem Schrank, in der sie schon als Studentin Kaffee aufgegossen hat, und gibt zwei Löffel des duftenden schwarzen Pulvers hinein. Es ist schön, die alten Sachen wieder zu benutzen. Es ist schön, die Augen zu schließen, am Kaffee zu riechen und sich zu freuen, dass es ihn gibt. Überhaupt stellt Dora fest, dass es sich gut anfühlt, nur das Nötigste zu besitzen.

Im Kühlschrank findet sie noch eine Packung H-Milch. Die restlichen Vorräte hat sie im unteren Teil des Buffets verstaut, neben dem neuen Einsteiger-Pfannenset und einem Stapel Haushaltsschüsseln, die beim Obst-Aufbewahren, Jochen-Füttern und Wäsche-Einweichen gute Dienste leisten.

Die neuen Dinge stammen aus einem Einkaufszentrum kurz hinter Berlin. Am Tag des Umzugs hat Dora dort angehalten, bevor sie endgültig die Stadt verließ. Nervös bepackte sie den Einkaufswagen mit Konservendosen, Nudelpackungen, Kaffee, Wein, Duschgel, Putzmitteln, Hundefutter und eingeschweißtem Vollkornbrot, in ständiger Sorge, man könne sie wegen Hamsterkäufen zur Rede stellen. Sogar zwei Packungen Klopapier konnte sie ergattern. Vor dem Kassenbereich brachte ein Non-Food-Regal sie auf die glückliche Idee, noch Besen und Wischmopp, das Pfannen-Set sowie einen Campingkocher mitzunehmen. Die Verkäuferin hinter der Plexiglasscheibe sah dem Warenturm auf Rädern gelangweilt entgegen, betrachtete ihre Fingernägel, während Dora die EC-Karte in den Schlitz steckte, und verlor kein Wort zum Thema Hamsterkäufe. Manchmal sind die Brandenburger besser als ihr Ruf.

Dora füllt einen Topf unter dem Hahn, stellt ihn auf den Campingkocher und wartet darauf, dass das Wasser kocht, was, wie sie aus Erfahrung weiß, ziemlich lange dauert. Während sie am Buffet lehnt, rennen ihre Gedanken wie schnüffelnde Jagdterrier durchs Haus, auf der Suche nach etwas, mit dem sich die Wartezeit sinnvoll ausfüllen ließe. Tote Fliegen von den Fensterbänken wischen? Kurz E-Mails checken? Ein paar Gedanken zur Launch-Kampagne für FAIRkleidung notieren? Oder noch ein YouTube-Video über das Anlegen von Gemüsebeeten schauen?

Stopp. Nicht nachdenken. Kein Multitasking. Das will sie sich abgewöhnen. Multitasking ist eine Form von Konzentrationsschwäche. Außerdem hat sie nicht zu wenig, sondern zu viel Zeit. Selbst wenn sie sich nebenher um Haus und Garten kümmert, läuft sie Gefahr, an den Abenden nichts zu tun zu haben. Höchste Zeit zu lernen, einen Kaffee zu machen und ihn zu trinken, einfach so. Ohne nebenher noch zehn andere Dinge zu erledigen. In Romanen ist ständig zu lesen, wie sich jemand mit einer Tasse Tee ans Fenster stellt und nichts weiter tut, als hinauszuschauen. So schwer kann das doch nicht sein.

Dora zwingt sich zu bleiben, wo sie ist, nämlich am Buffet, wo sie in den Topf starrt, von dessen Grund erste Luftbläschen aufsteigen. Das Gleiche passiert in ihrem Körper. Kribbelnd steigen Bläschen aus den Tiefen des Bauchs durch die

Kehle bis ins Gehirn, wo sie zerplatzen und ein irritierendes Gefühl hinterlassen, das sogar in Kopfschmerzen ausarten kann. Die kribbelnde Unruhe begleitet Dora seit geraumer Zeit. Vor allem, wenn sie nichts zu tun hat. Vor allem nachts. Dann liegt sie manchmal stundenlang auf dem Rücken und kann nicht schlafen, weil ihr Körper in helle Aufregung gerät. Eine wachsende Nervosität, wie Lampenfieber ohne Grund. Wenn der Aufruhr unerträglich wird, steht sie auf. In Berlin ist sie in solchen Nächten auf den Balkon getreten; in Bracken stellt sie sich auf den Absatz der Freitreppe vor dem Haus. Sie raucht eine Zigarette, legt den Kopf in den Nacken und sieht zu den Sternen hinauf. Sie stellt sich vor, in den Weltraum zu fliegen. Wie es wäre, in Schwerelosigkeit zu schweben, umgeben von Dunkelheit, Kälte und Stille. Nachts will Dora weg. Nicht nur ins Robert-Exil, nicht nur aufs Land, sondern richtig weg. Auf fundamentale Weise. Vielleicht sterben. Oder ins All, zu Alexander Gerst, über den man gelegentlich etwas in der Zeitung lesen konnte, bevor nur noch über Corona geschrieben wurde.

Sie weiß noch, wann sie das Kribbeln zum ersten Mal gespürt hat. Robert war gerade bestens gelaunt vom Sommerkongress von Fridays for Future zurückgekommen, wo er sogar kurz mit Greta gesprochen hatte. Überhaupt war er zu dieser Zeit gut drauf, und sie war es auch. Sie fühlte sich wohl in der neuen Agentur, die Leute bei Sus-Y waren entspannt und nett, was auch daran lag, dass die Agentur über ein ausgeklügeltes Wohlfühlsystem verfügt. Die Angestellten können sich die Anzahl ihrer Urlaubstage aussuchen, was alle gut finden, obwohl es dazu führt, dass sie weniger Urlaub nehmen als sonst. Es gibt täglich frisches Obst, einmal

in der Woche Yoga-Stunden und jede Menge Fortbildungs-
angebote. Die Banalität der Werbung wird durch das Nach-
haltigkeitskonzept ein wenig gelindert. Robert freute sich,
weil der Agenturwechsel seine Idee gewesen war. Sie saßen
jetzt wieder häufiger auf dem Balkon und tranken Wein, den
Robert von einem Öko-Winzer in Frankreich bezog und der
wirklich hervorragend schmeckte.

An diesem Abend nach dem Fridays-for-Future-Kongress
erzählte Robert von der Müllinsel, und Dora hörte fassungslos zu. Zwischen Russland und Amerika schwimme eine
Insel aus Plastikmüll, die mittlerweile die Größe von Europa
besitze. In einigen Jahrzehnten werde es in den Weltmeeren
mehr Plastik als Fische geben.

Eine Müllinsel als sechster Kontinent. Ein Abbild der modernen Zivilisation. Dora spürte die ersten Bläschen aufsteigen. Sie fasste sich mit einer Hand an den Kopf und hielt die
andere über ihr Glas, um Robert am Nachschenken zu hindern.

Etwas später stieß sie beim Aufräumen der Küche auf das
Baumwollbeutellager. Die Beutel stammten aus Buch- oder Bio-
läden, von Stadtfesten und Kongressen, von Doras Werbekun-
den oder den Anzeigenpartnern von Roberts Online-Magazin.
Oder einfach vom EDEKA, wo Dora Baumwollbeutel kaufte,
wenn sie mal wieder die Einkaufstasche vergessen hatte. Sie
hoben die Baumwollbeutel auf, weil man sie wiederverwerten
konnte. Wenigstens theoretisch. Die Baumwollbeutel waren
genau wie Pfandflaschen eine Absage an die Wegwerfgesellschaft. Ein Beitrag zum Abbau der Müllinsel. Im Küchenschrank befand sich ein ganzes Nest davon, zusammenge-
knüllt, ineinandergestopft, mindestens dreißig Stück.

Dora hatte im Radio gehört, dass die Herstellung eines Baumwollbeutels viel mehr Energie verbrauche als die Herstellung einer Plastiktüte. Man müsse jeden Baumwollbeutel mindestens 130 Mal benutzen, um ihn gegenüber der Plastiktüte umweltschonender zu machen.

Sie stand vor dem Küchenschrank und rechnete. Bei dreißig Baumwollbeuteln und jeweils 130 Verwendungen kam sie auf 3.900 Einkäufe, die sie noch zu erledigen hatte, um der Umwelt etwas Gutes zu tun. Bei durchschnittlich drei Einkäufen pro Woche war das in 25 Jahren zu schaffen. Vorausgesetzt, es kam in Zukunft nie wieder ein weiterer Baumwollbeutel dazu.

Die kribbelnden Bläschen brachten Doras Magen durcheinander und explodierten im Kopf. Sie fühlte sich schwindelig, als stünde sie vor einem Abgrund. Der Abgrund war die Vergeblichkeit. Robert wollte die Welt retten, aber der Welt war das egal. Die Welt verlangte 3.900 Einkäufe, ansonsten würde sie auf ihrem Untergang bestehen. Das Schwindelgefühl war schrecklich. Noch schrecklicher war die Tatsache, dass ihr Robert, der neben sie trat, den Arm um die Schultern legte und fragte, was los sei. Er schien den Abgrund überhaupt nicht zu bemerken.

Diese Nacht verbrachte Dora auf dem Balkon, wo sie eine halbe Schachtel Zigaretten rauchte. Sie hatte gelesen, dass jede einzelne Zigarette mehr Feinstaub produziere als ein Diesel ohne Partikelfilter in einer Stunde Laufzeit.

Manchmal denkt Dora, dass es Menschen gibt, die einfach nicht zum Leben passen. Die kein Talent dazu besitzen. So, wie nicht jeder fürs Fußball- oder Klavierspielen gemacht ist. Manchen Menschen fehlt das Lebenstalent, und vielleicht zählt Dora in diese Kategorie. Zu allem, was ihr ein- oder auffällt, gibt es immer auch ein Gegenteil. Bei genauer Betrachtung zerbröseln alle Gültigkeiten, und jede Idee hebt sich selber auf. Ihr skeptischer Verstand findet überall Widersprüche, Absurditäten, logische Fehler. Er verwandelt den Mitmach-Impuls in trotziges Sträuben. Das macht nicht nur untätig, sondern, wie Dora vermutet, auf Dauer auch einsam. Möglicherweise passt sie nicht in das Gesamtkonzept von Existenz.

Das Wasser kocht. Sie nimmt den Topf von der Platte und füllt das sprudelnde Wasser vorsichtig in die Tasse. Sie hat mal gelesen, dass es ungesund ist, das Pulver auf türkische Art direkt in der Tasse aufzugießen und den Kaffee mit Bodensatz zu trinken. Aber es schmeckt ihr so einfach am besten. Sie würde gerne mal wieder etwas von Alexander Gerst hören. Ob er vielleicht wieder da oben ist. Mit der vollen Tasse setzt sie sich an den Tisch. Schon beim ersten Probieren verschluckt sie sich so heftig, dass sie aufstehen und sich beim Husten über das Spülbecken beugen muss. Danach hat sie keine Lust mehr auf Kaffee. Sie muss ihre Gedanken beruhigen, die mal wieder tun, was sie wollen. Dora kann sie hundertmal zur Ordnung rufen, sie entwischen trotzdem, greifen nach ihren Lieblingsspielzeugen und veranstalten in ihrem Kopf ein heilloses Durcheinander.

Sie nimmt ihren Mehrwegbecher mit Sus-Y-Aufdruck aus dem Buffet, verbietet sich die Frage, wie oft sie ihn noch verwenden muss, füllt den Kaffee um und ruft nach Jochen. Die kleine Hündin liegt zusammengerollt auf einem Stück Pappkarton, um sich vor der Kälte der Kacheln zu schützen. Ihr Kunstfellkörbchen mit Leopardenmuster steht noch in der Agentur. Als Dora zur Tür geht, folgt Jochen widerwillig.

»Schon wieder Bewegung?«, scheint ihr vorwurfsvoller Blick zu fragen. »Können wir nicht zurück nach Berlin, wo man nur ab und zu die Treppe hinuntergetragen wird, um eine kleine Runde um den Block zu gehen?«

5 Gustav

Doras erster Job war ein Praktikum. Sie hospitierte in den Semesterferien bei einer kleinen Agentur in Münster, lieferte gute Ergebnisse und wurde als Junior-Texterin übernommen. Sie hängte das Studium an den Nagel, zog aus ihrem Elternhaus aus und nahm sich eine kleine Wohnung in der Stadt. Später wurde sie an der Texterschmiede in Hamburg angenommen, absolvierte ein einjähriges Werbetexter-Studium und lernte die großen Kreativagenturen kennen. Dafür musste sie sich zwar weiterhin Praktikantin nennen lassen, doch nach der Ausbildung verfügte sie über ein erstes kleines Netzwerk und bekam ein Job-Angebot der Top-Agentur Notter & Friends. Zu dieser Zeit lernte sie auch ihren ersten festen Freund kennen, Philipp, einen jungen Soziologie-Professor aus Frankfurt, mit dem sie eine glückliche Distanzbeziehung führte, bis sie herausfand, dass er sie betrog.

Dora blieb erst einmal Single und legte sich einen Hundewelpen zu. Sie arbeitete wie besessen. Sagte zu keiner Nachtschicht nein. Meldete sich als Einzige freiwillig für Pitches, auch wenn andere Teams zuständig waren. Genoss es, mit dem Kreativgeschäftsführer nachts um zwei Headlines abzustimmen und dann mit dem Taxi durch die menschenleere Stadt nach Hause zu fahren. Nicht, um sich etwas zu beweisen, sondern weil sie in Bewegung ruhiger war als im Leerlauf. Sie ging früh ins Büro und hatte nichts dagegen, wenn man sie um Mitternacht noch mal anrief. Ihre Mails beantwortete sie mit maximal fünf Minuten Verzögerung, egal, ob sie in einem Meeting saß, in der U-Bahn oder auf dem Klo. Als sie für den Etat einer großen Versicherung eingeteilt wurde, landete sie mit einem Spot einen Riesentreffer. Der kleine Naturfilm zeigte zwei Tauben, deren halb gebautes Nest immer wieder vom Baum fiel. Der Spot ging viral, der Claim »Für alle Fälle« wurde zum Running Gag.

Danach zählte Dora für eine Weile zu den gefragtesten Texterinnen der Branche. Sie bekam ein gutes Angebot aus Berlin, mit dem einzigen Nachteil, dass sie die neue Stelle sofort antreten musste. Die ersten Wochen kampierte sie mit Jochen in einem Hotel. Dann zog sie in eine Berufstätigen-Wohngemeinschaft, in der eigentlich keine Haustiere erlaubt waren.

Es war eine schwere Ankunft in der Hauptstadt, und wenn Dora nicht so überarbeitet gewesen wäre, hätte sie sich eingestehen müssen, dass sie unglücklich war. Sie fühlte sich fremd und fehl am Platz. Berlin war ihr zu schrill. Manchmal kam es ihr vor, als wäre sie die einzige Person in der Stadt, die arbeiten ging, während alle anderen mit Durchdrehen beschäftigt waren. Es lag an ihrem anstrengenden Job, aber auch am inneren Widerstand, dass sie es wochenlang versäumte, sich in der Hauptstadt behördlich anzumelden.

An einem Herbstvormittag schaffte sie es endlich, sich zwei Stunden Zeit zu nehmen. Sie ließ Jochen bei einer Kollegin in der Agentur und fuhr mit ihrem nagelneuen Schindelhauer-Fahrrad namens »Gustav« zum Einwohnermeldeamt in Pankow. Schon als sie die überfüllten Fahrradständer sah, stieg ihr Blutdruck. Wenn es drinnen genauso voll war wie hier, würde der Vorgang Stunden dauern. Zwischen bunten Großstadt-Tretmühlen, umgestoßenen Bike-Sharing-Rädern und Kinderfahrradanhängern suchte sie nach einem Platz, um Gustav sicher anzuschließen. Gustav besaß Zahnriemenantrieb und einen Gepäckträger über dem Vorderrad. Mit seiner mintgrünen Lackierung bettelte er förmlich darum, gestohlen zu werden. Endlich fand Dora einen passenden Mast, sicherte Gustav mit dem Kryptonite-Kettenschloss und zog im Eingangsbereich des Meldeamts eine Nummer.

Im Warteraum saßen die Menschen auf dem Boden und standen an den Wänden. Dora brach der Schweiß aus. Nach anderthalb Stunden schickte sie eine Nachricht an die Agentur, dass sie sich verspäten würde, aber zum 14-Uhr-Meeting auf alle Fälle zurück sein wollte. Sie wusste, dass sie eigentlich aufstehen und gehen sollte, um an einem anderen Tag wiederzukommen. Aber an welchem Tag? Würde es dann leerer sein? Und was war mit der Wartezeit, die sie bereits investiert hatte?

Das war *sunk cost fallacy*. Die Verlorene-Kosten-Falle. Das zwanghafte Gefühl, einen falschen Weg weitergehen zu müssen, nur weil man schon so weit gekommen war. Dora wusste genau, wie *sunk cost fallacy* funktionierte. Sie hatte Mitarbeiter-Coachings absolviert, um sich davor zu schützen. Seitdem las sie keine schlechten Bücher mehr zu Ende, nur weil sie damit angefangen hatte. Sie würde nicht bis ans Lebensende »Farmville« spielen, nur weil schon so viel Zeit in den Aufbau eines virtuellen Bauernhofs geflossen war. Sie verfolgte auch keine aufwändigen Kampagnenansätze weiter, wenn sie ahnte, dass die Tonalität nicht zum Kunden passte. Dora beherrschte Fehlerkultur und Kosten-Nutzen-Rechnung.

Im Einwohnermeldeamt blieb sie trotzdem sitzen. Sie sträubte sich gegen die Kapitulation. Sie sträubte sich dagegen, immer so verdammt clever zu sein. Sie hatte keine Lust, vor Berlin zu kuschen.

Als sie endlich aufgerufen wurde, hatte sie mehr als zwei Stunden mit Warten verbracht. Sie verließ das Bezirksamt mit einem Aggressionsniveau, das locker ausreichte, um den Nächstbesten niederzuschlagen, der ihr in die Quere kam. Es war Viertel vor zwei. Wenn sie jetzt wie ein Weltmeister in die Pedale trat, konnte sie es noch mit akzeptabler Verspätung zum Meeting schaffen.

Im Laufschritt überquerte sie den Vorplatz in Richtung der Fahrradständer. Und sah einen Mann, der sich über Gustav beugte. Dora wusste sofort, dass sie sich nicht täuschte. Der Fahrradparkplatz hatte sich deutlich geleert. Gustav war neu, leuchtete mintgrün und hatte weit über 1000 Euro gekostet. Der Mann fummelte an Doras Zahlenschloss herum.

Ohne nachzudenken, erhöhte sie das Tempo. Schon im Laufen holte sie mit der Hand aus, in der sie ihre Beuteltasche aus genarbtem Rindsleder trug. Sie dachte nicht an den Schwung, den sie beim Rennen entwickelte. Auch nicht an den ziemlich dicken Roman, den sie dabeihatte. Sie erreichte den Mann und schlug ihm die Tasche auf den Kopf. Das Krachen war schauerlich.

Sofort ließ der Mann von Gustav ab und presste beide Hände an die Schläfen. Er stand mit dem Rücken zu ihr und strauchelte so stark, dass Dora dachte, er würde umfallen. Genau genommen hoffte sie das sogar. Während sie ihm beim Taumeln zusah, empfand sie ein Gefühl tiefer Befriedigung. Als hätte sich der verkorkste Ausflug nach Pankow nun doch noch gelohnt. Der Typ war fast 1,90 groß. Trotzdem hatte sie ihn erledigt. Sie hatte Gustav verteidigt. Sie hatte sich von Berlin und seinen ganzen Durchgedrehten nicht unterkriegen lassen.

Der Mann fiel nicht um. Als er sich umwandte, sah Dora, dass er kaum älter war als sie selbst. Er sah ganz normal aus. Nicht wie ein Junkie, nicht wie ein Durchgedrehter, nicht wie ein Fahrraddieb. Mit Absicht verwuschelte Haare, sauber ausrasierter Zehn-Tage-Bart. Chinos und Turnschuhe. Aber wer wusste schon, wie Fahrraddiebe aussahen. Drohend hob sie noch einmal die Tasche. Er sollte verschwinden. Wenn er jetzt abhaute, würde sie auf eine Anzeige verzichten. Sie hatte gewonnen, gegen den Typen, den Tag und die Stadt. Das reichte.

Aber der Kerl lief nicht weg. Stattdessen trat er zwei Schritte auf Dora zu und schrie:

»Bist du total bescheuert?«

Sie war so verblüfft, dass sie im ersten Moment nicht wusste, wie sie sich verhalten sollte. Vielleicht war der Mann doch verrückt. Vielleicht sogar gefährlich. Vielleicht war sie diejenige, die weglaufen sollte. Aber das kam nicht in Frage. Sie war noch aggressiv genug für eine Antwort.

»Das ist mein Fahrrad!«, brüllte sie.

»Eben!«, brüllte der Typ.

»Verpiss dich endlich, du Arschloch!«

Das schien den Mann zu verwirren. Er musterte sie von oben bis unten. Checkte ihre Kleidung, ordnete sie ein. Genau wie er trug sie die Großstadtuniform, wenn auch in gehobener Form. Teure Jeans, dazu einen kleinen Business-Blazer und Merino-Runners von Giesswein in Knallgelb. Ohne Socken. Lockerer Pferdeschwanz, dezent geschminkt.

»Du hast mir fast den Schädel eingeschlagen«, sagte der Mann etwas ruhiger.

»Du hast fast mein Fahrrad geklaut«, erwiderte Dora ohne Zögern.

Plötzlich fing er an zu lachen. Er lachte so heftig, dass er sich buchstäblich die Seiten hielt. Dora zog ihre Zigaretten aus der Beuteltasche und zündete eine an.

»Du bist …«, stieß der Typ lachend hervor, »du bist so eine dumme Nuss!«

Schon lange hatte niemand mehr »dumme Nuss« zu ihr gesagt. Es klang nach Kindheit, Kleinstadt und Westdeutschland. Nach den späten Achtzigern. Wider Willen lachte Dora mit. Der Typ sah auf die Uhr.

»Scheiße«, sagte er. »Ich habe einen echt wichtigen Termin in der Redaktion. Um zwei. Das schaffe ich jetzt nicht mehr.«

»Ich habe auch einen Termin«, sagte Dora. »Um zwei.«

Das klang in ihren eigenen Ohren, als wäre sie die Durchgedrehte. Dabei war das definitiv er. Auch wenn er eigentlich ganz sympathisch aussah.

»Ich warte seit einer Stunde auf dich«, erklärte er. »Ich hab sogar drinnen rumgefragt. Aber das Scheißgebäude ist einfach zu groß.«

Dora nahm noch einen tiefen Zug und warf die Zigarette aufs Pflaster. Es wurde Zeit, die Sache zu beenden.

»Du checkst es immer noch nicht, oder?«, fragte der Typ. Er zeigte auf Gustav. »Du hast mein verdammtes Fahrrad mit angeschlossen.«

Die Erkenntnis funktionierte wie ein Schleudersitz in Zeitlupe. Sie katapultierte Dora von einer Galaxie in die andere. Mit zögernden Schritten ging sie auf Gustav zu. Beugte sich über ihr absolut sicheres Kettenschloss. Die Stimme des Mannes hörte sie wie aus großer Entfernung.

»Ich habe versucht, die Zahlenkombination rauszufinden. Manche Leute verdrehen ja nur ein Rädchen.«

Die Kette umschloss Gustavs Rahmen, den Mast sowie den Rahmen eines ziemlich gebraucht aussehenden Herrenrads. Dora spürte, wie ihr das Blut in die Wangen schoss.

»Okay«, sagte sie. »Mittagessen?«

In den folgenden Wochen gingen sie mehrmals zusammen essen, mittags oder abends, zum Japaner oder in vegetarische Restaurants, weil Robert schon damals auf Fleisch verzichtete. Am Wochenende gingen sie im Wald spazieren und einmal sogar zum Tanzen ins Berghain. Sie gingen auf Flohmärkte und zusammen ins Bett, was viel schöner als mit Philipp war. Außerdem konnte sie sich mit Robert endlos unterhalten. Über Bücher, Fernsehserien und den Zustand der Welt. Als Robert vorschlug zusammenzuziehen, willigte Dora ein. Er war schon länger auf Wohnungssuche, sie musste dringend raus aus ihrer WG. Sie fanden einen Traumpalast: 80 Quadratmeter sanierter Altbau mit Balkon mitten in Kreuzberg. Zu einem erschwinglichen Preis, jedenfalls zu zweit.

Zu diesem Zeitpunkt kannten sie sich noch nicht sehr lang. Am Anfang kam es Dora vor, als würden sie in ihrer schönen Wohnung ein Theaterstück namens »erwachsene Beziehung« spielen. Irgendwann wurde es echt. Mit Philipp hatte sie ständig gestritten, mit Robert gab es wenig Meinungsverschiedenheiten. Robert war fast genauso alt wie sie und kam wie sie aus einer mittelgroßen westdeutschen Stadt. Sein Vater war nicht Arzt, dafür Richter am Landgericht. Robert hatte eine Schwester, mit der er sich nicht besonders gut verstand, genau wie Dora mit Axel. Wenn sie abends nach Hause kam, hörte sie schon im Hausflur das Klappern seiner Notebook-Tastatur. Sie mochte seinen Eifer. Sie mochte die nächtlichen Gespräche auf dem Balkon, wenn es längst Zeit zum Schlafen war. Es gab immer etwas zu besprechen. Keiner blieb mit seinen Gedanken allein.

Eine leichte Irritation kam auf, als die Menschen um sie herum mit dem Kinderkriegen anfingen. Plötzlich wurde es in Roberts Bekanntenkreis schwierig, abends in die Kneipe zu gehen. Robert beschwerte sich darüber, dass er jetzt zum Frühstücken in babyfreundliche Cafés kommen sollte. Er empfand es als Zumutung, mit einem Kumpel am Rand eines Spielplatzes zu sitzen. Er schimpfte auf alte Freunde, die sich in Mutter- und Vatertiere verwandelten. Die keine anderen Themen außer Kita-Schließzeiten und frühkindlichen Entwicklungsphasen mehr kannten. Er regte sich über die notorische Unkonzentriertheit junger Eltern auf. Vor allem hasste er ihre mitleidigen Blicke, die ihm zu sagen schienen, dass er vielleicht mehr Freizeit, dafür aber vom echten Leben keine Ahnung hatte. Beim Kinderthema erlebte Dora zum ersten Mal, dass sich Robert von den Lebensentwürfen anderer Menschen provoziert fühlte.

Sie selbst wusste nicht, ob sie Kinder wollte. Sie hatte ihre Mutter verloren und konnte sich nicht vorstellen, selbst eine zu werden. Aber Roberts heftige Tiraden erschreckten sie. Er bezeichnete es als geisteskrank, in eine überbevölkerte, vom Klimawandel bedrohte Welt noch Kinder zu setzen.

Trotzdem empfand Dora ihr gemeinsames Leben als quasi perfekt. Es gab nichts, was sie ändern wollte. Die Abende auf dem Balkon waren noch immer schön, sie konnten sich noch immer unterhalten und einander die Welt erklären. Sie mochte Robert, Jochen und die Kreuzberger Wohnung. Sie hatte genug Geld und einen Job, der ihr gefiel. Nichts fehlte und nichts störte. Bis Greta Thunberg in ihr Leben trat.

6 Pfandflaschen

Dora folgt dem Sandweg zwischen Waldrand und Feld. So weit ist sie bislang noch nicht aus Bracken herausgekommen. Warum auch Spaziergänge machen, wenn man ein eigenes Flurstück besitzt. Das scheint den anderen Dorfbewohnern ähnlich zu gehen. Keine fremden Fußabdrücke im Sand. Dafür ein hübsches Muster aus Blätterschatten, leicht vom Wind bewegt.

Den Wald hat Dora schon immer geliebt. Dieses riesige, atmende Wesen, voller Leben und Betriebsamkeit und zugleich von unerschütterlicher Ruhe. Der Wald will nichts von ihr. Er braucht keine Unterstützung. Er kümmert sich mit großem Erfolg um sich selbst. Zwischen Bäumen, die viel größer und älter sind als ein Mensch, kommt sich Dora auf erleichternde Weise unbedeutend vor. Sie liebt die Stille, die durch das Summen der Insekten eher verstärkt als gestört wird. Das silbrige Zittern der Blätter und den süßlichen Geruch von Kiefernnadeln. Das geschäftige Treiben der Vögel, die in den ausladenden Baumkronen ihren Frühjahrsangelegenheiten nachgehen. Sogar Jochen hat ihre schlechte Laune vergessen und läuft munter voraus. Wenn es im hohen Gras am Wegrand plötzlich raschelt, vollführt sie einen komischen Bocksprung.

Die Luft ist kühl, Dora muss kräftig ausschreiten, um

warm zu bleiben. Der Sand weicht dem Druck ihrer Schritte. Rechter Hand steigt das Feld eine sanfte Anhöhe hinauf, frisch gepflügt, dunkelbraun, eben wie ein Tuch. Ein paar Kraniche staksen hochbeinig umher, vielleicht auf der Suche nach Saatkartoffeln.

Der Weg biegt ab, verlässt den Feldrand und führt in den Wald. Hier haben Forstfahrzeuge tiefe Spuren in den Boden gedrückt. Der Schrei eines Eichelhähers warnt vor Doras Kommen. Sie bleibt stehen und sucht den bunten Vogel in den Baumkronen.

Früher hat ihre Mutter sie oft ans Küchenfenster geholt, um auf einen besonderen Vogel zu zeigen. Eine Ringeltaube, einen Zaunkönig oder eine Goldammer.

»Ist das nicht sagenhaft?«, hat die Mutter geflüstert. »Wir sehen so viele Vögel hier, als wohnten wir mitten im Wald.«

Die Mutter mochte alle Vögel bis auf Elstern. Die vertrieb sie mit lautem Klatschen. Ihr Liebling aber war der Eichelhäher. Wenn sich einer im Garten zeigte, mussten beide Kinder ans Fenster kommen. Das rötliche Federkleid mit den blauen Intarsien an der Seite. Die Funktion als Wächter des Waldes. Weil Dora ihre Mutter liebte, beantwortete sie die Frage nach ihrem Lieblingstier mit »Eichelhäher«.

Während der letzten Lebenswochen der Mutter schob Jojo das Krankenbett quer vor die Terrassentür, so dass die Mutter mit leicht gedrehtem Kopf nach draußen blicken und bis zum Schluss die Vögel beobachten konnte. Falls Tote zurückkehren, um ihren Liebsten beizustehen, tut Doras Mutter das bestimmt in Gestalt eines Eichelhähers.

Schließlich entdeckt Dora den hübschen Vogel in den Ästen einer Buche und hebt vorsichtig grüßend die Hand. Der

Eichelhäher schaut sie skeptisch an, bevor er flügelschlagend im Wald verschwindet.

Auch Robert hat den Wald geliebt. Lange bevor sie sich kennen lernten, hat er für seine Abschlussarbeit monatelang in einer Hütte im Spreewald gelebt, um die Temperaturentwicklung des Waldbodens in 75 Zentimeter Tiefe zu messen. Manchmal ist er mit Dora in sein ehemaliges Forschungsgebiet gefahren. Für ihn war der Wald ein Buch, das tausend Geschichten erzählt. Er kannte die Bäume mit Vor- und Nachnamen, er konnte die Lebensgewohnheiten der Käfer erklären. Er zeigte Dora die Spuren von Hasen und Füchsen und löste das betriebsame Rätsel eines Ameisenhaufens. In diesen Momenten hat sie sich ihm sehr nah gefühlt.

Es tat weh, als er keine Zeit mehr für gemeinsame Spaziergänge hatte. Kein stechender Schmerz, eher ein latentes Ziehen, das Dora am Anfang selbst kaum bemerkte. Roberts Interesse für Klimaschutz verstärkte sich, aber das ging vielen so, seit Greta Thunberg angefangen hatte, um die Welt zu fahren. Im Fernsehen starrte Robert das Mädchen an wie eine Erscheinung. Das runde Gesicht, die zusammengepressten Lippen, den langen Zopf.

Robert ging zu jeder Klimakundgebung, nicht nur als Berichterstatter, sondern auch als Aktivist. Wenn sich Greta in erreichbarer Nähe zeigte, reiste er hinterher, selbst wenn er zu diesem Zweck fliegen musste. Jede Begegnung schien seine Motivation zu verstärken und seine Ergebenheit auf die nächste Stufe zu heben. Jetzt gab es für ihn nur noch ein Thema. Beim nächtlichen Rotwein sprach er von ansteigenden Temperaturen und Meeresspiegeln, von wachsenden Wüsten, Überschwemmungen, verheerenden Stürmen und anderen Naturkatastrophen. Er beschrieb das Artensterben unter den Tieren, malte klimabedingte Völkerwanderungen in grellen Farben, bis Dora die Elend-Trecks und Slum-Bildungen vor sich sah wie Bilder aus einem Roland-Emmerich-Film. Unvermeidlich waren die anschließenden Bürgerkriege, in denen die Menschheit beginnen würde, sich selbst auszulöschen, bevor der Natur der finale Vernichtungsschlag gelang.

Dora hörte ihm zu, wie sie es immer getan hatte. Aber die apokalyptischen Szenarien schlugen ihr aufs Gemüt. Laut der Weltbank sollte es in den nächsten dreißig Jahren 140 Millionen Klimaflüchtlinge geben. Die Zahlen lähmten Dora. Weltenrettung in solchen Dimensionen war eine Menschenunmöglichkeit. Sie wollte auch mal wieder über andere Dinge reden. Über ihr aktuelles Assignment oder über ein Buch. Zur Not auch über Trump, den Brexit oder die AfD. Robert fand das alles zweitrangig. »Es ist fünf nach zwölf, und keiner merkt es«, pflegte er zu sagen, wobei »keiner« in Doras Augen etwas übertrieben war angesichts der Tatsache, dass Greta quasi täglich ihre Mahnungen in die Mikrophone der Weltöffentlichkeit rief.

In Dora wuchs der Drang zu widersprechen. Nicht, weil sie grundsätzlich anderer Meinung gewesen wäre. Auch sie wollte, dass der Raubbau am Planeten aufhört. Aber sie kam mit der Forderungslogik nicht mehr mit. Auf sie wirkte es absurd, Cola durch eine Makkaroni zu trinken, während Milliardenländer dabei waren, die Industrialisierung nachzuholen. Wie viel Sinn hatte es, das Dieselauto in der Garage zu lassen, während riesige Containerschiffe über die Meere schipperten? Und wo war die klare Faktenlage, auf die sich Robert immer bezog? Lebte ein Pendler, der mit seinem SUV ins Büro gondelt, wo er gemeinsam mit seinen Kollegen verköstigt, beheizt und beleuchtet wurde, am Ende nicht vielleicht CO_2-effizienter als ein Freiberufler in Berlin-Kreuzberg, der zwar Fahrrad fuhr, aber in seinem Miniaturhaushalt täglich drei Mahlzeiten zubereitete, von früh bis spät Musik streamte und seine Wohnung für eine Person hell und warm machte? War Baumwolle wirklich besser als Plastik? Wer war klimaneutraler, ein Aktivist, der quer durch Europa zu Demos fährt, oder eine uneinsichtige Oma, die zwar auf Mülltrennung verzichtet, aber noch nie im Leben ein Flugzeug bestiegen hat? Was war aus der Gewissheit geworden, dass es keine absoluten Gewissheiten gibt, weshalb an allem gezweifelt, über alles gesprochen und gestritten werden muss? Dora verstand nicht, woher Robert das sichere Gefühl für die Überlegenheit seines Lebensstils nahm. Sie kam da nicht mit.

Kürzlich hatte Sus-Y allen Mitarbeitern verboten, ihr Mineralwasser in Plastikflaschen mit zur Arbeit zu bringen. Jeder und jede sollte sich einen Edelstahltrinkbehälter anschaffen. Auf der Konferenz, die den Beschluss fasste, wollte Dora wissen, auf welcher Grundlage man davon ausgehe, dass eine Edelstahltrinkflasche umweltfreundlicher sei als eine PET-Flasche, die man genauso nachfüllen kann. Die Kollegen blickten teils mitleidig, teils missbilligend, als hätte Dora aufgrund einer mentalen Störung das Problem nicht verstanden.

Solche Erlebnisse hätte sie gerne mit Robert geteilt, aber Robert hatte keine Lust mehr auf ihre Erlebnisse. Er gewöhnte sich an, eine Augenbraue hochzuziehen. Das bedeutete: »Bist du jetzt Klimaleugner, oder was?«

In der Hackordnung seiner Zeitung stieg Robert um mehrere Klassen auf. Er schrieb mehr Artikel als je zuvor, führte bei Redaktionssitzungen das große Wort und wurde als Berichterstatter zu Pressekonferenzen des Umweltministeriums geschickt, wo er haufenweise Wortmeldungen aus der Kategorie »unbequeme Fragen« beisteuerte. Sein ohnedies hohes Betriebstempo schien sich annähernd zu verdoppeln.

Obwohl es für Robert gut lief, schlief er nachts schlecht. Dora begriff, dass er wirklich Angst hatte. Seine Besessenheit war keine politische Pose, sondern entsprang dem ehrlichen Glauben an den Weltuntergang. »*I decided to panic*«, hatte Greta gesagt, und Robert tat es ihr nach. Dora versuchte, sich in Roberts Weltsicht hineinzuversetzen. Wohin er auch schaute, sah er Autos, Flugzeuge und Dieselschiffe. Überall Plastik, Billigspielzeug, Billigmöbel, Billigklamotten. Jeder einzelne Tag gründete auf dem Prinzip von Produzieren und Verschwenden. Dora konnte nur ahnen, wie Robert durchs Leben ging, wenn er hinter jeder Tüte einen Tornado, hinter jeder Glühbirne eine Überschwemmung und hinter jedem Geländewagen einen Bürgerkrieg sah.

Dafür wusste er wenigstens, wovor er sich fürchtete. Dora hatte auch Angst, aber ihre Furcht war diffuser. Es ließ sich nichts daraus machen, keine Parole, keine Aktion, kein politisches Engagement. Mehr noch: Sie fürchtete, dass die ganze globale Aufregung das eigentliche Problem darstellte. Dass der Kampf ums Rechthaben und Sagen-Dürfen nur noch den Gesetzen des Wahnsinns folgte. Trump, Höcke und die Brexit-Leute waren vollkommen durchgedreht, das lag auf der Hand. Aber wenn nicht einmal Robert noch bereit war, sich in Ruhe zu unterhalten, gemeinsam die Fakten von allen

Seiten zu betrachten und alles, was absolute Wahrheit sein wollte, immer wieder in Frage zu stellen – was blieb dann noch? Eine Ein-Frau-Weltsicht, die Dora mit niemandem teilen konnte. Die sich zunehmend wie Verrücktwerden anfühlte.

Dora mochte Robert immer noch, aber es wurde schwierig, an seiner Seite zu leben. Ihr gemeinsames Leben verwandelte sich in ein Korsett aus Regeln. Es durften nur noch bestimmte Produkte gekauft und bestimmte Nahrungsmittel gegessen werden. Taxifahren war verboten, Urlaubsreisen kamen nicht in Frage. Nach Einbruch der Dunkelheit rannte Robert durch die Wohnung und knipste Lampen aus, die Dora eingeschaltet hatte. Er übergab ihr eine Liste von Boutiquen, bei denen sie noch Kleidung kaufen durfte, und bat sie inständig, sich auf ein Paar Winterstiefel zu beschränken. Wenn Dora die Heizung hochdrehte, drehte er sie wieder herunter. Es wurde November und kalt in der Wohnung. Dora blieb abends immer länger in der Agentur. Sie verspürte kaum noch Lust, nach Hause zu gehen.

Dann fing das mit den Pfandflaschen an. Beim ersten Mal war es ein Versehen. Dora hörte im Radio einen Bericht über die Traktor-Demonstrationen in Berlin und war so abgelenkt, dass sie eine Mehrwegflasche in den Restmüll warf. Als es ihr auffiel, empfand sie ein seltsames Gefühl von Befreiung. Es fühlte sich so gut an, dass sie es wieder tat. Als das Europäische Parlament den Klimanotstand ausrief, entsorgte sie eine Glasflasche im Badezimmermüll. Als ein Attentäter auf der London Bridge mehrere Menschen niederstach, stopfte Dora mehrere Bio-Limo-PET-Flaschen in den Papierkorb im Arbeitszimmer. Als die AfD ihren Parteitag ausgerechnet in

Braunschweig abhielt, landete ein Glas-Joghurtbecher im gelben Sack.

Als Robert dahinterkam, verlor er fast den Verstand. Ab sofort durchsuchte er mehrmals täglich sämtliche Abfallbehälter in der Wohnung. Er kontrollierte die Gemeinschaftstonnen unten im Hof. Er bat Dora inständig, damit aufzuhören. Sie versuchte, sich zu beherrschen. Aber das Pfandflaschenspiel war eine Sucht. Sie kam nicht dagegen an. Als Norbert Walter-Borjans und Saskia Esken zur Doppelspitze der SPD gewählt wurden, warf sie eine Weinflasche in die blaue Tonne. Als die USA in Bagdad General Kassem Soleimani töteten, als Iran versehentlich ein ukrainisches Passagierflugzeug abschoss, als Australien brannte, versteckte Dora Bierflaschen im Biomüll. Die Auseinandersetzungen mit Robert wurden lautstark. Er drohte, Dora aus der Wohnung zu werfen. Den letzten Verstoß gegen die Gesetze der Mülltrennung beging Dora am Morgen vor ihrer ersten Fahrt nach Bracken. Nachdem sie das alte Gutsverwalterhaus gesehen hatte, konnte sie aufhören. Fortan landete keine Pfandflasche mehr am falschen Ort. Die Stimmung entspannte sich.

Aber dann kam das Virus. Robert konvertierte vom Klimaaktivisten zum Epidemiologen, und die Welt stand kopf. Man rief das Ende der guten alten Zeit aus. Nie wieder würde das Leben sein, wie es gewesen war. Virologen wurden zu Medienstars. Zeitungen fragten Prominente, wofür sie beteten. Das große Mitmachen wurde übermächtig.

Auf einmal störte es Dora, wie Robert immer die Augen aufriss, wenn er in ein Butterbrot biss. Auch seine Essgeräusche machten sie verrückt. Sie wartete darauf, demnächst auch das

Geräusch des eigenen Kauens nicht mehr ertragen zu können, so dass sie sich fortan flüssig ernähren müsste. Ständig bildete sie sich ein, das Summen von Insekten zu hören. Nachts stand sie auf, um das Schlafzimmer nach Fliegen abzusuchen, was ihnen beiden den letzten Rest Schlaf raubte.

Als Robert sagte, dass das Virus in gewisser Weise auch ein Segen sei, weil es den Planeten von der Mobilität befreie, wusste Dora, dass sie gehen würde. Als er ihr die Spaziergänge mit Jochen verbot, ging sie. Ihre ganze 36-jährige Existenz passte in einen Mietwagen. Nur Gustav, das Zahnriemen-Fahrrad, musste in Berlin bleiben.

Tiefer im Wald geht der Sandweg in einen breiten Pfad über. Die gestampfte Erde ist von Moos und trockenen Kiefernnadeln bedeckt. Dora muss aufpassen, nicht über Wurzeln zu stolpern. Die Kronen der Bäume schließen sich zu einem Dach. Zwischen den Stämmen wächst junges Gras, ein Versprechen ewiger Erneuerung. Jochens Eifer weicht der Empörung darüber, dass der Spaziergang nicht genau in dem Augenblick endet, in dem sie erste Anzeichen von Erschöpfung verspürt. Mit heraushängender Zunge schleicht sie hinter Dora her und bereitet sich auf eine ihrer besten Nummern vor, den »Sterbenden Hund«. Demnächst wird sie ins Gras sinken, platt auf den Bauch, die Hinterbeine von sich gestreckt, und keinen Schritt mehr weitergehen.

Als der Pfad auf eine T-Kreuzung trifft, bleibt Dora verwundert stehen. Im Winkel der Kreuzung steht eine Bank. Ein simples Teil, gezimmert aus zwei Holzklötzen mit einem darübergenagelten Brett. Ohne Rücken- oder Armlehnen, weder abgeschliffen noch lackiert. Diese Bank hat jemand mit wenigen Handgriffen gebaut. Jemand, der so etwas kann. Ohne Auftrag, ohne EU-finanziertes Tourismusprogramm, vermutlich ohne Bezahlung. Im Grunde ist an der Bank nichts Auffälliges. Außer der Frage, was sie hier zu suchen hat. Soweit Dora es beurteilen kann, geht man in Bracken nicht spazieren. Die Dorfhunde, allesamt Schäferhundmischlinge und wahrscheinlich alle miteinander verwandt, rennen tagein, tagaus an den Zäunen entlang und bellen empört, wenn eine Katze auftaucht oder ein Mensch es wagt, sich ohne Auto fortzubewegen. Das Angebot, mit ihren Besitzern spazieren zu gehen, würden sie wahrscheinlich gar nicht verstehen. Spazierengehen entspricht wohl eher der Vorstellung der Städter vom Landleben. Der Brackener geht einmal im Jahr in den Wald, zum Pilzesuchen oder Holzmachen.

Und trotzdem steht hier die Bank. Was für ein glücklicher Mensch muss sie gebaut haben. Aus einer Laune heraus hat er ein paar Holzteile zusammengefügt, um eine Sitzgelegenheit, die es bis eben noch nicht gab, neben eine Waldkreuzung zu stellen. Wie gerne würde Dora so etwas können. Einfach etwas machen. Ohne Fragen, ohne Zweifel. Nur, weil es möglich ist.

Bequem ist die Bank allerdings nicht. Die Sitzfläche schmal und uneben. Keine Möglichkeit, sich anzulehnen. Trotzdem erklärt Dora die Kreuzung zu ihrem neuen Lieblingsplatz. Selbst Jochen zeigt sich einverstanden. Sie hat einen mit Moos gepolsterten und von der Aprilsonne beschienenen Flecken gefunden. Dora legt den Kopf in den Nacken und blickt in die flirrenden Baumkronen. Schade, dass sie die Zigaretten zu Hause gelassen hat.

Um sie herum tut der Frühling, was er muss. Zwingt jeden biologischen Organismus zu Wachstum und Fülle. Peitscht das Leben zu Höchstleistungen, nötigt alle Beteiligten zur Reproduktion. Nichts wird beurteilt, alles wird benutzt. Was stirbt, lässt sich verwerten. Verschwindet eine Art, füllt eine neue die Lücke. Tod und Geburt sind keine Dramen, sondern Scharniere der Lebensmechanik. Menschliche Aufregung spielt keine Rolle. Niemandem kann es gleichgültiger sein als einer Tannenmeise, ob die Menschheit zugrunde geht oder nicht.

Außer den Virenstämmen braucht uns keiner, denkt Dora. Weil das ein trauriger Gedanke ist, verdrängt sie ihn wieder.

Eine Bewegung schräg hinter ihr lässt sie zusammenfahren. Ein Rascheln, ein Knacken. Auch Jochen springt auf. Da ist etwas, ohne Zweifel, etwas Großes, das sich jetzt hastig in die Kiefernschonung zurückzieht. Vielleicht ein Wildschwein oder ein Hirsch.

Wobei Dora fast sicher ist, das Aufblitzen von buntem Stoff gesehen zu haben.

7 R2-D2

Die Sense fällt um, und auf der anderen Straßenseite tritt R2-D2 aus dem Haus.

Im letzten Moment zieht Dora den Fuß weg. Nach einigen weiteren Do-it-yourself-Videos auf YouTube klappt das mit dem Schärfen schon besser. Was allerdings die Verletzungsgefahr vergrößert.

Trotzdem ist Dora zufrieden mit sich. Mit der geschärften Sense lassen sich die Ahornsprösslinge im vorderen Bereich des Flurstücks roden. Damit ist sie seit dem frühen Morgen beschäftigt. Sie schafft Platz. In den letzten Tagen hat sie wider Erwarten sogar die Erdarbeiten im Gemüsebeet hinter dem Haus abgeschlossen. Sie weiß jetzt, dass sich Muskelkater wie eine tödliche Krankheit anfühlen kann. Dafür liegt der bockige Boden zu feinen Krümeln verarbeitet im abgesteckten Rechteck, und zwar genau so, wie Dora es gewollt hat, mit geraden Kanten und glatter Oberfläche. Der Anblick erfüllt sie mit Stolz, trotz der Müllhaufen, die sich an den Rändern türmen. Eine Menge Schutt und Scherben sind hinzugekommen, ebenso weitere Kochtöpfe und Puppenköpfe sowie Fetzen von Teddys und ein paar kleine, erstaunlich unversehrte Spielzeugautos aus Metall. Zwischendurch fürchtete Dora, demnächst mit dem Spatenblatt auf die Knochen eines Kinderskeletts zu stoßen.

Beunruhigender als die Müllhaufen ist die Tatsache, dass die umgegrabene Erde schon angefangen hat, sich in trockenen Staub zu verwandeln. Beim leichtesten Windstoß steigt er in Wolken auf. Dora beginnt zu ahnen, dass Gärtnern etwas mit Wässern zu tun hat. Möglicherweise auch mit Düngen. Oder mit Radladern, die den ausgelaugten Sand wegschaufeln und durch fruchtbaren Mutterboden ersetzen.

Leider verfügt Dora weder über einen geeigneten Wasseranschluss noch über Gartenschläuche. Geschweige denn über einen Radlader. Sie hat nicht einmal ein gewöhnliches Auto, mit dem sie zum Baumarkt fahren könnte. Sie muss sich dringend mit dem öffentlichen Nahverkehr auseinandersetzen. In Bracken gibt es keinen Laden, nicht einmal einen Bäcker, und auch keinen Gasthof. Von Doras Ersteinkauf sind noch Nudeln und trockenes Vollkornbrot übrig. Wenn sie nicht bald zu einem Supermarkt kommt, wird nicht nur das Gemüseanbauprojekt sterben, sondern auch sie selbst.

Aber von solchen Überlegungen wird sie sich heute die Stimmung nicht verderben lassen. Die ersten Ahornsprösslinge liegen am Boden. Das Gemüsebeet ist gebrackt. Außerdem läuft es im Job gerade ziemlich gut. Ihr Auftraggeber namens FAIRkleidung ist ein junges Berliner Mode-Label, das eine neue nachhaltige Jeans-Marke herausbringen will. Während sonst im Textilbereich viele Kunden ihre Aufträge einfrieren, weil sie mit geschlossenen Ladengeschäften und sinkenden Umsätzen zu kämpfen haben, bleiben die Gründer von FAIRkleidung hartnäckig, um in der Post-Corona-Ära eine fulminante Produkteinführung auf allen relevanten Kanälen hinlegen zu können. Dora weiß, dass sie froh sein kann. Nicht wenige Kollegen in der Branche fürchten gerade um ihre Arbeitsplätze. Wenn ein großer Etat verloren geht, können schon mal zehn oder zwanzig Leute den Job verlieren. Passiert das in mehreren Agenturen gleichzeitig, fluten hochkarätige Kreative den Arbeitsmarkt. Normalerweise sind Senior-Copywriter Mangelware und können sich ihre Festanstellungen aussuchen. Doch wenn überall massenhaft entlassen wird, ändern sich die Regeln schneller, als man sein MacBook runterfahren kann. Glücklicherweise betont Susanne am Anfang jeder Zoom-Konferenz, dass bei Sus-Y Nachhaltigkeit an erster Stelle steht. Auch bei der Behandlung von Mitarbeitern. Doras Job ist sicher.

Am Vorabend haben sie eine Videokonferenz mit dem Kunden abgehalten. Während Zoom sich noch daran abarbeitete, eine stabile Verbindung in die Hauptstadt herzustellen, ist sich Dora wieder einmal der Verantwortung bewusst geworden, die man ihr bei Jobs wie diesem auflädt. FAIRkleidung steckt sein komplettes Marketingbudget in dieses eine Jeans-Modell aus Bio-Baumwolle mit chlorfreier Waschung und schwermetallfreien Knöpfen. Geht die Sache schief, kann der Laden vermutlich dichtmachen. Es liegt an Dora, ob die neue Hose den Jeans-Markt erobert oder in den Läden verstaubt. Spuckt ihr Gehirn den entscheidenden Geistesblitz aus, den perfekt passenden Satz, an den man sich noch in zwanzig Jahren erinnern wird? Wenn es einen Reiz am Beruf des Werbetexters gibt, dann die Möglichkeit, mit einem einzigen Gedanken einen glorreichen Triumph herbeiführen zu können. Oder wahlweise eine totale Katastrophe.

Als die Verbindung stand, hielt Susanne eine kleine Einführung, danach präsentierte Dora die Strategie auf dreißig PowerPoint-Charts. Zunächst ging es darum, die Auftraggeber davon zu überzeugen, dass Nachhaltigkeit für eine junge, urbane Zielgruppe nicht mehr als Ausnahme auftreten darf. Sondern als neue Normalität. Voller Selbstbewusstsein. Ohne den traditionellen Biedermeier-Mief von Fairtrade-Labeln mit ihren salbungsvollen Tönen und der Aura von braunem Packpapier. *The Style of Sustainability.* Dazu konnten alle nur nicken.

An dieser Stelle machte Susanne noch einmal deutlich, dass das Mediabudget von FAIRkleidung nicht für nationale Sichtbarkeit ausreiche, weshalb nur eine digital getriebene Kampagne in Frage komme, die mutig und provokant sein müsse, um sich viral zu verbreiten. Das Kernstück sollten Social Videos sein, die die Emotionen hochkochen lassen. »Wir müssen *Talk of the Town* werden«, sagte Susanne. Alle nickten, und Dora war wieder an der Reihe.

Die Königsaufgabe hatte darin bestanden, einen Namen für die neue Jeans-Marke zu finden. Dora klickte an ihrem Rechner zwölf Charts mit Vorschlägen durch, bis sie zu ihrem Favoriten kam: GUTMENSCH. Schweigen am anderen Ende. Damit hatte Dora gerechnet. Sie begann zu erklären, dass gerade die Verwendung eines polemischen Begriffs die nötige Aufmerksamkeit sichern werde. Unwort des Jahres 2015. Ein Wort wie ein rotes Tuch. Alle schauen hin. Gleichzeitig mache GUTMENSCH jeden Verwender zum Bekenner. Wer echte Nachhaltigkeit konsequent unterstütze, sei nun mal ein GUTMENSCH und in aller Regel auch stolz darauf. Genau das könne man mit der Wahl der richtigen Hose bald der ganzen Welt zeigen.

Bei den Berliner Gründern von FAIRkleidung fiel der Groschen so laut, dass Dora das Gefühl hatte, den Aufprall noch in Bracken zu hören. Sie nutzte die einsetzende Begeisterung für ihre Pointe und eröffnete, dass sich aus dem Produkt-Naming bereits die komplette Kreation ableiten lasse. Denn natürlich sei der Protagonist, also das Testimonial der Kampagne, ebenfalls ein GUTMENSCH. Allerdings kein verstockter Moralapostel, sondern ein sympathischer Typ, der in den Filmen immer bei einer guten Tat gezeigt werde, die dann auf witzige Weise schiefgehe. Der GUTMENSCH als Antiheld, der die eigene Fehlbarkeit selbstironisch präsentiert. Mut zur Originalität, zum Humor, passend zur online-affinen Zielgruppe. Das Thema Nachhaltigkeit sei schließlich schon ernst genug. Claim: Gut, Mensch!

Der Rest war ein Selbstläufer. Als Dora erklärte, dass der GUTMENSCH auch auf sämtlichen Plakat- und Printmotiven auftauchen und der Kampagne ein Gesicht verleihen werde, war der Kunde längst überzeugt. Als sie ausführte, dass man später eine Bekenner-Kampagne mit echten Jeans-Käufern initiieren könne, die sich selber als GUTMENSCHEN bezeichnen, wurde am anderen Ende der Leitung geklatscht.

Das Home-Office bekommt dir, stellte Susanne fest, nachdem der Kunde das Meeting verlassen hatte.

R2-D2 ist noch da. Jetzt überquert er die Straße. Dora überlegt, ob es sich um eine optische Täuschung handeln kann. Eine von Einsamkeit, körperlicher Anstrengung und Unterzuckerung erzeugte Halluzination. Aber was sie sieht, bewegt sich eindeutig auf ihr Gartentor zu. Vielleicht ein ländlicher Corona-Paranoiker im Schutzanzug? Das Wesen ist höchstens 1,60 Meter hoch, trägt einen Helm mit Visier und integrierten Ohrenschützern, eine Sicherheitsweste, die bis zu den Knien reicht, und Gummistiefel, die, von unten kommend, an derselben Stelle enden. Es macht so kleine Schritte, dass es eher zu rollen als zu laufen scheint, was die Ähnlichkeit mit seinem weißen Verwandten aus *Star Wars* noch verstärkt. An beiden Seiten trägt es je eine große futuristische Waffe, mit der man vermutlich Laserblitze schießen oder einen Strahlenschild erzeugen kann.

»Kann ich Ihnen helfen?«, fragt Dora, während R2-D2 versucht, sich mitsamt seinen Waffen an ihr vorbei durchs Gartentor zu schieben. Er reagiert nicht auf die Frage, was vielleicht an den Ohrenschützern liegt. Stattdessen rangelt er mit ihr, bis es ihm gelingt, den Garten zu betreten.

»Wie viele Araber braucht man, um eine Wiese zu mähen?«, fragt R2-D2 strahlend und ein wenig zu laut, wie alle Menschen, die nichts hören.

Doras Mund klappt auf, allerdings kommen keine Wörter heraus. Das schadet nicht, denn R2-D2 gibt sich die Antwort ohnehin selbst.

»Keinen, denn das können wir selber.«

Er lacht herzlich und ausdauernd, bis sein Lachen vom ohrenbetäubenden Brüllen der ersten Geheimwaffe übertönt wird. R2-D2 packt das Gerät mit beiden Händen und schwingt es hin und her. Dora wird hier nicht gebraucht. R2-D2 fräst sich durch den Garten. Die jungen Ahornbäume fallen scharenweise, eine Armee, die durch überlegene Technik vernichtet wird. Abgerissene Gliedmaßen von Brennnesseln und Brombeeren fliegen umher. Größere Jungbäume lässt R2-D2 stehen. Vermutlich wird er ihnen später mit der zweiten Geheimwaffe zu Leibe rücken. Eine im Futteral steckende Motorsäge mit der Aufschrift »Makita«.

Dora schaut dem Massaker zu, beide Hände auf die Ohren

gepresst. Obwohl sie in den vergangenen zweieinhalb Wochen gelernt hat, das Flurstück zu hassen, empfindet sie keine Genugtuung. R2-D2 und seine Geheimwaffe roden eine tennisplatzgroße Fläche in der gleichen Zeit, die Dora und ihre Sense für ein Stück von der Größe einer Tischtennisplatte benötigt haben. Das ist unfair. Keine Spur von Waffengleichheit. Kein Duell mit der organischen Materie, sondern ein herzloser Vernichtungsfeldzug. Vor dem anhaltenden Brüllen flieht Dora ins Haus.

Sie setzt Wasser für Kaffee auf und überlegt, ob sie in einem Anflug geistiger Umnachtung eine Gartenbaufirma angerufen hat. Wobei es wenig wahrscheinlich ist, dass die Firma ihren Sitz ausgerechnet im Haus gegenüber hat. Auch der Makler kommt als Auftraggeber für eine Gartensanierung nicht in Frage. Der Kaufpreis hat sich definitiv auf ein sanierungsbedürftiges Objekt im Ist-Zustand bezogen. Bei R2-D2s Verhalten muss es sich um eine Form von Nachbarschaftshilfe handeln.

Als das Brüllen verstummt, geht Dora wieder hinaus, in der Hand eine Kaffeetasse, die R2-D2 so selbstverständlich entgegennimmt, als hätte er sie bestellt. Er lehnt die Waffen an den Zaun, schiebt den Helm aus der Stirn und trinkt den ersten Schluck, woraufhin er zustimmend nickt.

»Ich trinke ihn schwarz«, sagt er. »Hoffentlich kriege ich keinen Ärger mit dem Finanzamt.«

»Der war gut.« Dora lacht pflichtschuldig. Das ist das Mindeste, was sie tun kann. Immerhin hat der kleine Mann soeben das gesamte vordere Flurstück gerodet. Außerdem ist sie heilfroh, keinen weiteren Ausländerwitz hören zu müssen.

»Aber ich bin immer noch müde, ich glaube, der Kaffee ist kaputt«, fährt R2-D2 fort.

Dora beschließt, mit einem Witz zu antworten. Vielleicht ist das die Art, mit R2-D2 ins Gespräch zu kommen.

»Ich habe eine Menge Hamsterkäufe gemacht«, erklärt sie. »Jetzt brauche ich nur noch Käfige für die ganzen Viecher.«

R2-D2 schaut sie verständnislos an. Vielleicht mag er keine Corona-Witze. Oder er mag grundsätzlich nur Witze, die er selbst erzählt.

»Ich lebe gesund«, erwidert er schließlich. »Ich trinke drei Liter Wasser am Tag. Ich lasse es vorher nur durch die Kaffeemaschine laufen.«

Den letzten Spruch findet Dora gar nicht schlecht. Vielleicht wird sie ihn einmal an ihrem Bruder Axel ausprobieren, der häufig über Mineralwasser spricht und den Tag damit verbringt, ausreichend zu trinken. Falls sie ihren Bruder jemals wiedersehen wird. Axel nimmt Kontaktsperren und Ausgangsbeschränkungen sehr ernst, weil sie seiner natürlichen Neigung entgegenkommen, den Tag zu Hause auf der Couch zu verbringen.

»Wie kann man eine Blondine am Montagmorgen zum Lachen bringen?«, wechselt R2-D2 das Thema und fügt gleich hinzu: »Freitagabend einen Witz erzählen.«

Blondinenwitze sind die Pest, aber immer noch besser als Araberwitze. Dora ist keine strenge Verfechterin von *political correctness*. Aber mit fremdenfeindlichen Sprüchen kommt sie absolut nicht zurecht. Sie verfällt sofort in Rassismus-Starre. Schnappt stumm nach Luft und schämt sich später, dass sie weder das Gespräch gesucht hat noch lautstark für

Demokratie und Menschlichkeit eingetreten ist. Zwar weiß sie nicht, ob es einem Nicht-Rassisten jemals gelungen ist, einen Rassisten von der Unsinnigkeit des Rassismus zu überzeugen. Aber sie spürt eine moralische Pflicht, ihr Bestes zu versuchen. Und scheitert daran. Sie weiß nicht einmal, ob es stimmt, dass die meisten Rechten nicht gesprächsbereit sind. Weil sie selbst nicht gesprächsbereit ist. Ihre Taktik besteht eigentlich darin, Menschen, die rechte Sprüche klopfen, um jeden Preis zu meiden.

»Der Kaffee ist so schwarz«, sagt R2-D2 fröhlich, »der fängt gleich an, Baumwolle zu pflücken.«

Möglicherweise wird sie ihre Taktik überdenken müssen.

8 Pflanzkanacken

Natürlich hat Dora gegoogelt. Bracken in Zahlen und Fakten. Bei der letzten Landtagswahl ist die AfD in der Gemeinde auf knapp 27 Prozent gekommen. Noch ein paar Punkte mehr als im Landesdurchschnitt.

Das hat ihr am meisten Angst gemacht. Nicht Jagdspinnen, Wasserrohrbrüche und fehlende Kulturangebote. Nicht einmal die ländliche Einsamkeit. Sondern die politische Gesinnung der neuen Nachbarn. Sie hat noch immer Jojos Stimme im Ohr: »Was willst du denn bei den ganzen Rechtsradikalen?«

Die AfD in Brandenburg ist mehr Flügel als Vogel. Trotzdem wählen nicht nur Rechtsradikale die AfD. Sondern, wie Dora glaubt, vor allem Weicheier. Seit Jahrzehnten haben sich Politik und Medien darauf spezialisiert, die niedersten Instinkte der Menschen anzusprechen – Angst, Neid, Egoismus. Da muss man sich nicht wundern, wenn die Leute irgendwann eine Partei wählen, die genauso wehleidig ist wie sie selbst. Aber deshalb ist Bracken ja noch lange keine Nazi-Hochburg.

So weit die Selbstberuhigungsversuche im Vorfeld.

Wie hat sich der Ost-Gote von nebenan vorgestellt? »Hallo, ich bin hier der Dorf-Nazi.« Der Satz würde semantisch keinen Sinn ergeben, wenn alle anderen auch Nazis wären. Obwohl nicht gesagt ist, dass sich Gote mit Semantik auskennt.

Also keine Nazis in Bracken. Nur ein bisschen gepflegter Alltagsrassismus. Wie bei R2-D2.

Aber genau damit hat Dora ein Problem. Bei einem Nazi, der wie ein Nazi aussieht und sich wie ein Nazi verhält, weiß man wenigstens, woran man ist. Alltagsrassisten überrumpeln einen aus dem Nichts. Eben noch ein nettes Gespräch, plötzlich ein unkorrekter Spruch. Was dann? Das Gespräch abbrechen und die Unkorrektheit anprangern? Oder die Sache schweigend übergehen, so tun, als hätte man nichts gehört?

Die Rassismus-Starre fühlt sich an wie ein Schock. Als wären die Nervenbahnen blockiert. Manchmal formuliert Dora noch drei Tage später in Gedanken kluge Erwiderungen, die sie im richtigen Moment hätte sagen sollen.

Sie hat schon oft darüber nachgedacht, was hinter der Rassismus-Starre steckt. Vielleicht ein Dilemma. Die unmögliche Entscheidung zwischen Moralapostel und Feigling. Zwischen persönlicher Überzeugung, gesellschaftlichem Auftrag und individueller Konfliktscheu. Dazu kommt Fremdscham, weil Rassismus so verdammt peinlich ist. Wie wenn man jemanden beim öffentlichen Pinkeln erwischt. Man möchte ihm sagen, er solle seine Körperteile einpacken und sich zum Teufel scheren. Aber dann schämt man sich so sehr, dass man schnell wegschaut und weitergeht.

Außerdem hat Dora wenig Übung mit dem Phänomen. In ihrem bisherigen Umfeld gab es glücklicherweise niemanden, der im Traum darauf gekommen wäre, einen ausländerfeindlichen Witz zu machen. Für Robert sind Rechte vor allem Klima- und Corona-Leugner. Ihr Bruder Axel hält Rechtspopulismus für Proletentum, an dem sich stilvolle Menschen nicht die Finger schmutzig machen. Jojo sieht in der AfD eine Manifestation männlicher Depression, die man mit Amitriptylin behandeln müsste. Und bei Sus-Y wählen, wie Dora seit einer agenturinternen Umfrage weiß, fast alle grün, genau wie sie selbst. Überhaupt finden alle, die Dora kennt, die AfD schrecklich, sind gegen die Festung Europa, fordern Klimaschutz und internationale Zusammenarbeit, betonen Deutschlands historische Verantwortung und brechen Unterhaltungen immer an der Stelle ab, an der man eigentlich fragen müsste, was denn konkret passieren soll, falls fünf Millionen Flüchtlinge nach Europa wollen. Ob es überhaupt vertretbar ist, im Herzen Deutschlands Liberalität und Menschenliebe zu predigen, während die Grenzstaaten damit beschäftigt sind, Transitrouten zu schließen.

In Roberts Umfeld kam es eher mal vor, dass solche Fragen gestellt wurden. Irgendwann nach 2015 gab es eine Phase, in der die Leute in seinem Bekanntenkreis anfingen, aufeinander loszugehen. Willkommenskultur schlug in Problembewusstsein um, Problembewusstsein in Überfremdungsangst. Gleichzeitig wirkte der Rassismusverdacht wie ein Gift, das ein Gespräch über Seenotrettung binnen Sekunden in einen eskalierenden Streit verwandeln konnte. Langjährige Freundschaften wurden zu Feindschaften, weil der eine etwas gesagt hatte, das der andere nicht ertrug. In solchen Situationen hat Dora auch in sich selbst gespürt, wie die Aggression anschwellen kann. Wie sie, wenn die Rassismus-Starre weicht, mit einem Mal von heftiger Wut gepackt wird. Wie sie Dinge sagt, die sie später bereut.

Irgendwann haben sich die Freundeskreise sortiert. Man traf noch bestimmte Leute, andere nicht. Kontakte auf Facebook, Twitter, Instagram wurden aufgelöst und durch andere ersetzt. Nach den Vereinzelungsschleusen »Berufseinstieg« und »Kinderkriegen« trat nun die Politik hinzu, um das Sozialleben noch sortenreiner zu machen.

Trotzdem hat Dora nicht vergessen, welche Sprengkraft hinter der Rassismus-Starre steckt. Kein anderes Thema kann friedliche Menschen dermaßen außer sich geraten lassen, egal, auf welcher Seite sie stehen. Insofern ist die Rassismus-Starre vielleicht nichts weiter als ein Schutzmechanismus. Installiert von der heimlichen Angst, binnen Sekunden die Beherrschung zu verlieren und es sich mit der halben Welt zu verderben. Oder mit einem ganzen Dorf.

Als Dora bei diesem Gedanken angelangt ist, verschluckt sie sich so heftig, dass R2-D2 einen Handschuh auszieht, um ihr auf den Rücken zu klopfen.

»Was ist eigentlich mit dem?«, fragt Dora, immer noch hustend, und zeigt auf die Mauer.

»Hä?«, macht R2-D2. Anscheinend besteht seine Kommunikationsform ausschließlich im Witze-Erzählen; auf das Beantworten einfacher Fragen ist er nicht programmiert. Außerdem trägt er immer noch Ohrenschützer.

»Mit Gote«, ruft Dora laut und zeigt noch einmal nach drüben.

Seit seinem ersten Auftritt ist Gote nicht mehr in Erscheinung getreten. Dreimal ist Jochen verschwunden, um Saatkartoffeln auszugraben, und dreimal unzertreten zurückgekehrt. Irgendwann hat Dora einen Gartenstuhl zur Mauer getragen, ist hinaufgestiegen und hat nach drüben geschaut.

Die Vorstellung, Gote könnte genau im selben Moment seinen Kopf über die Mauerkante heben, ließ ihr Herz schneller schlagen. Aber drüben war niemand. Das Grundstück wirkte aufgeräumt und verlassen. Dora hat sich Zeit genommen, um alles genau zu betrachten. Auf dem gestutzten Rasen steht ein weißer Plastiktisch mit Stühlen. An den Fenstern des Bauwagens hängen gestreifte Vorhänge. Blühende Geranientöpfe stehen auf den Trittstufen. Neben der Gittertreppe sitzt eine überlebensgroße, aus einem Baumstamm geschnitzte Statue eines Wolfs. An der Seite des Wohnhauses steht der alte Pick-up. Ein Toyota Hilux, wahrscheinlich aus den Achtzigern. Dora konnte sehen, dass das Gras unter dem Auto höher gewachsen ist. Offensichtlich wurde der Wagen eine ganze Weile nicht bewegt. Vielleicht fährt er gar nicht mehr. Gote ist jedenfalls mit einem anderen Fahrzeug unterwegs.

Sie fragt sich, warum er sein Auto nicht repariert. Warum er im Bauwagen lebt, während das Wohnhaus leer steht. Bei näherer Betrachtung sieht das Haus gar nicht so verwahrlost aus, auch wenn die Fensterscheiben schmutzig sind. An der Vorderfront hängen zwei Fahnen. Eine rot-weiße, die Dora nicht genau identifizieren kann, sowie eine Deutschlandflagge, groß genug, um ein Regierungsgebäude zu schmücken. Auch vierzehn Jahre nach dem Fußball-Sommermärchen sieht Dora nicht gerne Schwarz-Rot-Gold, vor allem nicht in ostdeutschen Vorgärten.

Vielleicht ist Gote im Urlaub. Oder auf Montage. R2-D2 scheint es auch nicht zu wissen, jedenfalls zuckt er die Achseln, schultert seine Waffen und macht sich bereit zu gehen.

Dora nimmt Jochen auf den Arm und folgt ihm auf die

andere Straßenseite. Sie will einen Blick auf seinen Briefkasten werfen, um herauszufinden, wie er heißt. Damit sie ihn nicht bis in alle Ewigkeit R2-D2 nennen muss.

Ein Stück die Straße runter parken drei weiße Kastenwagen vor einem weiß gestrichenen Gebäude, das zu einem ehemaligen Bauernhof gehört. Das Anwesen ist Dora schon aufgefallen. Ziemlich groß, ein Wohnhaus und zwei Nebengebäude mit Solarzellen auf den Dächern. Gerade springen die Fahrer aus den Autos, schwarzhaarige junge Männer, die lachen und sich so laut unterhalten, dass Dora sie mühelos verstehen könnte, wenn sie ihre Sprache beherrschen würde. Sie kommt nicht einmal darauf, um welche Sprache es sich handelt. Während sie dem von Gelächter begleiteten Singsang lauscht, verspürt sie ein plötzliches Hochgefühl. Wie lang ist es her, dass sie gehört hat, wie Menschen miteinander lachen? Und wie genial wäre es zu erfahren, dass in Bracken eine ganze Handvoll Ausländer lebt! Sie hört sich schon Jojo davon erzählen. Sieht sich lässig mit einer Hand abwinken: »Probleme? Nicht bei uns.«

R2-D2 ist ihren Blicken gefolgt.

»Pflanzkanacken«, sagt er entschuldigend.

»Hä?«, macht Dora.

»Die arbeiten für Tom und Steffen.«

Sein erster nicht-witziger Satz. Doras Verstand beginnt, »Kanacken in Bracken« zu skandieren. Sie muss aufpassen, auf dem Reim nicht hängen zu bleiben. Lieber will sie noch ein bisschen mit R2-D2 reden. Als Trainingsprogramm gegen die Rassismus-Starre. R2-D2 ist ein guter Partner dafür. Er schaut so freundlich unter dem großen orangefarbenen Helm hervor. Dora weiß nicht, ob es möglich ist, Ausländerfeindlichkeit nicht böse zu meinen, aber wenn das einer kann, dann R2-D2. Behutsam fasst sie seinen linken Ohrenschützer und schiebt ihn zurück wie bei einem kleinen Kind.

»Was sind Pflanzkanacken?«

»Kanacken, die pflanzen. Für Steffen und Tom.«

In der Zeitung hat Dora von Problemen bei der Spargelernte gelesen. Von rumänischen Staatsbürgern, die trotz Corona herkommen dürfen, weil die Deutschen zu ungeschickt sind, um ihren eigenen Spargel aus der Erde zu holen. Ermutigt von R2-D2s freundlicher Miene wagt sie einen Vorstoß.

»Ist das nicht gemein?«

»Hä?«

»Kanacken. Das Wort.«

»Alle sagen so.«

»Das könnte verletzend wirken.«

»Wieso?« R2-D2 nimmt den Helm ab und kratzt sich am Kopf. Er ist älter, als Dora dachte. Bestimmt Ende fünfzig. Aber mit vollem, nur leicht ergrautem Haar. »Die verstehen das doch gar nicht.«

Er tritt von einem Bein aufs andere. Er will definitiv ins Haus. Kein Wunder, es muss unbequem sein, mit Geheimwaffen und voller Montur in der Sonne. Durch Doras anstrengende Fragen plötzlich abgeschnitten von der Witze-Versorgung. Auch Jochen wird unruhig. Sie zappelt in Doras Armen und will runter. Leider kann Dora nicht aufhören. Das Trainingsprogramm läuft gerade so gut. Sie ist regelrecht begeistert von ihrer neu gewonnenen Kommunikationsfähigkeit.

»Wo kommen die her?«

»Nicht von hier.«

»Gibt das Probleme?«

»Die arbeiten für Tom und Steffen.«

Bei der dritten Wiederholung betont R2-D2 jedes einzelne Wort, als wäre Dora richtig schwer von Begriff. Anscheinend wissen außer ihr sämtliche Menschen auf dem Planeten, wer Tom und Steffen sind und warum es bei denen niemals zu Problemen kommt. Nicht einmal mit Pflanzkanacken.

Das war das Schlusswort. R2-D2 nickt zum Abschied und wendet sich ab. Während er sich samt Ausrüstung durch sein Gartentörchen bugsiert, das noch schmaler ist als Doras, wirft sie einen Blick auf seinen Briefkasten. »Heinrich« steht darauf.

9 Taschenlampe

Am Abend trägt Dora einen Gartenstuhl auf den Absatz der Freitreppe vor dem Haus. Hier sitzt man wie auf einem Balkon, mit Blick auf die Straße. Dora guckt auf Herrn Heinrichs Haus gegenüber und, wenn sie den Kopf dreht, auf die Mauer zum Nachbarn, hinter der sich nichts rührt. Die dicke Jacke schützt gegen aufkommende Kühle. Mit dem Notebook auf den Knien lässt es sich gut arbeiten. Der *Runtime Error* hat sich schon länger nicht mehr eingestellt. Vielleicht tut dem Notebook die Landluft gut. Nur Jochen-der-Rochen hat darauf bestanden, im Haus zu bleiben.

Wenn die Füße kribbeln, läuft Dora eine Runde ums Haus. Dank Herrn Heinrichs Kampfeinsatz sieht das Flurstück schon viel mehr nach Nutzfläche aus. Zumindest wenn man sich die Haufen gerodeter Jungbäume wegdenkt. Dora hat keine Ahnung, was sie damit machen soll. Auf einen nicht vorhandenen Pick-up laden und zum wahrscheinlich ebenfalls nicht vorhandenen Gartenabfälle-Entsorgungshof fahren? Private Müllverbrennung von der Größe eines Sankt-Martins-Feuers? Vielleicht wäre es ortsübliches Verhalten, den Grünschnitt einfach über die Mauer zu werfen. Dora muss grinsen. Wie Gote gucken würde, wenn er zurückkommt. Ein paarmal hat sie geglaubt, Geräusche von drüben zu hören. Aber wenn sie auf den Stuhl stieg, um über die Mauer zu spähen, war immer alles ruhig. Ein Nazi-Nachbar, der nie da ist, ist fast so gut wie ein Nachbar, der kein Nazi ist.

Was sie wirklich manchmal hört, sind die Stimmen der dunkelhaarigen Männer in mittlerer Entfernung. Sie arbeiten auf dem Anwesen mit den großen Nebengebäuden, das, wenn sie Herrn Heinrich richtig verstanden hat, Tom und Steffen gehört. Vielleicht eine Art Landwirtschaft. Dora muss an Spargel mit Pellkartoffeln und flüssiger Butter denken. Als sie es nicht mehr aushält, macht sie sich einen Teller Nudeln mit viel Salz, zerlässt das letzte Stück Butter darauf und vertilgt alles auf ihrem Platz vor dem Haus.

Als es dunkel wird, beginnt im hinteren Teil des Flurstücks eine Nachtigall zu singen. Sehr laut, sehr psychedelisch. Viel weniger romantisch, als die Dichter behaupten. Eher eine ornithologische Ruhestörung. Dora überlegt, ob sie die irren Tonfolgen vom Schlafen abhalten werden. Schon seit geraumer Weile spürt sie das Kribbeln im Bauch. Der Gedanke an weitere schlaflose Nächte lässt die Bläschen in den Kopf steigen. Schnell beugt sie sich wieder über das bläulich leuchtende Notebook-Display. Während sich die Nacht über Bracken senkt, arbeitet Dora auf der Freitreppe mit Hochdruck an ihrer Kampagne. Wenn der Flow funktioniert, stellen sich die Storys von selbst ein. Zwei Stunden später sind fünf 20-sekündige Spots inklusive Cut-down-Varianten à sieben Sekunden fertig.

Am liebsten mag sie den Spot, in dem GUTMENSCH im voll besetzten Bus fährt. Er möchte einem betagten Mitbürger seinen Platz anbieten und tippt dem Mann mit Glatze von hinten auf die Schulter. Als der Typ sich umdreht, ist es kein alter

Mann, sondern ein grobschlächtiger Skinhead, der sofort die Faust hebt, »HASS« auf die Fingerknöchel tätowiert. GUT-MENSCH weicht erschrocken zurück. Der Skinhead setzt sich auf den frei gewordenen Platz, sein abschätziger Blick fällt auf die Jeans des Helden, dort sieht man das gestickte GUT-MENSCH-Label. »Typisch Gutmensch«, kommentiert der Skinhead verächtlich. Der Off-Sprecher sagt fröhlich: »Trag, was du bist – und mach die Welt zu einem besseren Ort.«

Wahrscheinlich sind Nazis das größte denkbare Tabu der deutschen Werbung. Aber vielleicht wird es Zeit, das zu ändern. Dem Skript kann man nichts vorwerfen. Eher der Realität, die es abbildet. Und darum geht es dem Kunden schließlich: die Welt verändern.

Sie steht auf, lehnt sich gegen das gusseiserne Geländer und dehnt den Rücken. Sie legt den Kopf in den Nacken und schaut in den Himmel. So viele Sterne! Was aussieht wie ein schlieriger Wolkenstreifen, muss die Milchstraße sein. Ob Alexander Gerst gerade dort oben ist? Nur zu gern würde Dora jetzt eine Zigarette mit ihm teilen. Auch wenn Gerst sicher nicht raucht. Vielleicht würde er aus Nettigkeit eine mit ihr paffen. Im Radio hat sie gehört, dass Astronauten die nettesten Menschen der Welt seien. Nicht aus Zufall. Auch nicht, weil ihr Job sie dazu macht. Sondern weil sie danach ausgewählt werden. Sie müssen es aushalten, monatelang mit einer Handvoll Kollegen auf engstem Raum zusammen-gesperrt zu sein. Weltraumquarantäne. Das geht nur, wenn alle Beteiligten echte Nettigkeitsprofis sind.

Dora überlegt, wann sie zuletzt einen wirklich netten Men-schen getroffen hat. Bei Sus-Y sind alle irgendwie nett, aber das ist eine Form von zwischenmenschlicher Servicementalität. Die meisten Kollegen stecken mehr Energie in die Pflege ihrer Social-Media-Profile als in real existierende Freundschaften. Unermüdlich präsentieren sie ihre Kinder, Hunde, Häuser oder Frühstücksteller. Auf der Arbeit machen sie Werbung für Marken, in der Freizeit für sich selbst. Außerhalb der Werbebranche läuft es nicht viel anders. Man ist damit beschäftigt, interessant und wichtig zu sein. Und natürlich erfolgreich, im Beruf und privat. Ein Wettlauf von Konformisten, die sich als etwas Besonderes inszenieren. Um einen wirklich netten Menschen zu treffen, muss man vielleicht ins Weltall fliegen.

Dora ist nicht besser als die anderen, nur ein bisschen einsamer. Sie holt ihren Blick von den Sternen zurück und sieht sich um. Die stille Straße. Das Ortsschild. Dahinter die Felder, die sich jenseits der Straßenbeleuchtung in Dunkelheit verlieren.

Mit einem Mal begreift sie, was es hier alles nicht gibt. Unfassbar viel, beinahe alles. Kein Häusermeer. Kein Autochaos. Keine Fahrradfahrer, keine Fußgänger. Keine Hochbahnen, keine Werbung, keine bunten Lichter. Es gibt nur ein paar Häuser, Bäume, das ewige Gras.

Dora saugt Zigarettenrauch ein und entlässt ihn zu wolkigen Gebilden in die unbewegte Luft. Sie überlegt, ob sie wirklich einsam ist. Für sie gibt es außer Hochbahnen und Fußgängern noch ein paar andere Dinge nicht. Keinen Lebenspartner, der drinnen im Bett liegt. Keine Kollegen, die man am nächsten Morgen im Büro trifft. Keine Familie, bei der man mal eben vorbeischauen kann. Keine beste Freundin, die irgendwo auf einen nächtlichen Anruf wartet. Keine Tanzgruppe, keinen Lesezirkel. Eigentlich hat Dora nur das,

was sie umgibt: Jochen, ein Haus ohne Möbel und eine angebrochene Schachtel Zigaretten. Dazu Gote und Herrn Heinrich. Telkos und Zoom-Konferenzen. Erstaunlicherweise erschreckt sie das nicht. Was sie erschreckt, ist die Frage, ob
sie überhaupt etwas vermisst. Eigentlich vermisst sie nur
Alexander Gerst.

Sie zündet eine zweite Zigarette an. Drinnen seufzt Jochen
im Schlaf. Dora beneidet die Hündin um ihre Fähigkeit,
jederzeit überall einzuschlafen. Manchmal denkt sie, dass
Schlafen die wichtigste Fähigkeit von allen ist. Wer nicht
schlafen kann, hat schon verloren. Wer es beherrscht, ist in
Sicherheit. Was soll einem schon passieren, wenn man sich
jeden Abend einfach hinlegt und verschwindet? Wenn jeder
Morgen einen frischen neuen Tag serviert?

Plötzlich stoppen die Gedanken. Etwas hat sie irritiert.
Da ist es. Drüben bei Gote. Hinter den Fenstern im oberen Stockwerk des Wohnhauses bewegt sich ein Lichtschein.
Dora starrt hinüber. Das Licht wird stärker, heller, zuckt über
die Wände, verschwindet, taucht wieder auf. Kein Zweifel,
da drüben geistert jemand mit einer Taschenlampe durchs
Haus.

Muss sie die Polizei rufen? Gibt es hier überhaupt Polizei?

Das Licht verschwindet. Wer auch immer da herumgeis-
tert, er hat die Lampe ausgeschaltet oder ist ins Erdgeschoss
hinuntergegangen, dessen Fenster Dora nicht sehen kann. Sie
stellt sich auf die Zehenspitzen, beide Hände aufs Geländer
gestemmt. Vor Gotes Grundstück steht kein Auto, schon gar
kein Lieferwagen mit offener Hecktür. Falls ein Einbrecher
zugange ist, muss er seine Beute unter den Arm klemmen
und zu Fuß davontragen. Und was kann es bei Gote schon

zu holen geben? Saatkartoffeln? Noch ein paar Deutschland-fahnen?

Dora wartet. Nichts ist zu hören, niemand verlässt drüben das Haus. Die Straße hält still. Sogar die Nachtigall schweigt. Dora lässt Luft aus den Lungen, versucht, sich zu entspannen. Es muss Gote selbst sein, der nachts mit einer Taschenlampe durchs Haus läuft. Vielleicht hat er die Stromrechnung nicht bezahlt. Sucht etwas im Dunkeln. Wann ist er zurückgekommen? Sie wirft die Zigarette fort und beschließt, ins Bett zu gehen. Was auch immer da drüben los ist – es geht sie definitiv nichts an.

10 Bus

Außer einem halben Stück Butter befindet sich nichts Brauchbares mehr im Kühlschrank. Auf der Anrichte steht ein ausgekratztes Marmeladenglas. Brot ist alle, die angebrochene Milch sauer, sogar das Kaffeepulver geht zur Neige. Aus den letzten Resten kocht Dora Kaffee, schwarz und so stark, dass Herrn Heinrich bestimmt noch ein paar Witze dazu einfallen würden, und setzt sich damit an den Küchentisch. »Shopping 18 km« stand in der Immobilienanzeige. Heute wird sie herausfinden, was sich dahinter verbirgt.

Google Maps kennt ein Einkaufszentrum namens Elbe-Center kurz vor Plausitz. Laut Point-of-Interest-Analyse gibt es dort einen Baumarkt, einen Friseur, diverse Boutiquen und einen REWE. Außerdem existiert eine Buslinie mit der Nummer 42 zwischen Bracken und Plausitz.

Dora sucht ein paar Baumwollbeutel heraus, wobei sie den Gedanken an die Zahl 3.900 verdrängt, tätschelt Jochen den Kopf und verlässt das Haus.

Vor dem Gerätehaus der Feuerwehr stehen fünf Männer in dunkelblauen Uniformen mit gelben Reflektorstreifen an Jackenärmeln und Hosenbeinen. Sie wahren einen Abstand von anderthalb Metern zueinander und halten Zigaretten zwischen den Fingern. Während Dora auf der anderen Straßenseite vorübergeht, drehen sich vier Köpfe langsam mit, während einer zur anderen Seite schaut. Alle fünf Männer heben die Hände, führen sie zu den Mündern, ziehen an den Zigaretten, lassen die Hände wieder sinken. Es sieht aus wie eine Installation auf der Documenta. Die Männer sind groß und breitschultrig. Jeder Einzelne könnte Dora mühelos in die Luft heben. Sie rechnet aus, wie viele von ihnen AfD gewählt haben, und kommt auf 1,35. Einer sagt etwas zu den anderen, worauf diese die Schultern heben und die Mundwinkel nach unten ziehen. Dora denkt, dass es bestimmt um sie geht. Erschrocken überlegt sie, ob heute Sonntag ist. Nein, Samstag, Glück gehabt. Sie beschleunigt ihren Schritt und entspannt sich erst, als die Feuerwehr außer Sicht ist.

An der Bushaltestelle steht ein angekokeltes Plexiglashäuschen mit einem Fahrplan, der nicht mehr Text enthält als ein Glückskeks und auch nicht viel verständlicher ist. Eine fahrplangewordene Absage an die Idee von öffentlichem Nahverkehr. Anscheinend sind Osterferien, obwohl die Schulen wegen Corona ohnehin geschlossen haben. In den Ferien fährt der Bus morgens, mittags und abends. Für die Strecke nach Plausitz, die laut Google Maps tatsächlich 18 Kilometer beträgt, braucht er 40 Minuten.

Für »morgens« ist Dora zu spät, für den Mittagsbus zu früh. Immerhin weiß sie jetzt, was die Feuerwehrmänner zueinander gesagt haben: »Guck mal, die arme Städterin, die glaubt wirklich, man könnte in Deutschland einfach mit dem Bus zum Einkaufen fahren.«

Sie verspürt wenig Lust, noch einmal an den Männern vorbeizulaufen. Sie kann sich ihr Grinsen vorstellen. Aber als sie zum Gerätehaus kommt, sind die Feuerwehrleute verschwunden. Spurlos, geräuschlos. Ausstellung beendet, Installation zurück ins Depot geräumt.

Zu Hause starrt Dora mit leerem Kopf auf ihr angefangenes Skript und versucht zu vergessen, dass sie Hunger hat. Sie muss die GUTMENSCH-Spots auch fürs Radio adaptieren, was sich als echte Herausforderung erweist. Im Radio sieht man den GUTMENSCHEN nicht, und Dora will keinen Off-Sprecher, der einfach nur die Episoden nacherzählt. Es muss eine andere Möglichkeit geben, auf die sie einfach nicht kommt.

Als sie zum zweiten Mal aufbricht, rollt sich Jochen vorwurfsvoll auf ihrer Pappe zusammen und kommt nicht einmal mit an die Tür. »Wenn ihr Menschen schon keine Ahnung habt vom Glück«, sagt ihr Blick, »dann solltet ihr wenigstens gut organisiert sein.«

Dora rechnet damit, ein weiteres Mal vergeblich an der Bushaltestelle zu stehen. Sie wird warten, erst Minuten, dann Stunden und Tage, bis Zeit keine Rolle mehr spielt, bis sich das Dorf auflöst, die Häuser zerfallen und nur noch Dora und die Bushaltestelle übrig sind, auf einer weiten, staubigen Fläche, erstarrt zu einem surrealistischen Gemälde namens »Endzeit«.

Aber der Bus kommt und trägt die Nummer 42 auf der Stirn. Dora überlegt, ob sie eine Atemschutzmaske braucht. Kurze Panik: Dem Fahrer baumelt eine am Ohr. Dora soll hinten einsteigen. Sie hat keine Maske und kein Ticket. Der Fahrer winkt ab, als sie danach fragt. Sie weiß nicht, wo sie sich hinsetzen soll. Der Bus ist komplett leer.

Als sie endlich sitzt, stellt sie fest, dass sie ihre Baumwollbeutel vergessen hat.

Der Bus riecht nach Desinfektionsmitteln und ist nicht

einfach nur unbesetzt. Er ist leer auf eine endgültige Weise. Dora fährt durch entvölkerte Landschaften. Vielleicht ein Seuchengebiet. Die Leichen längst verwest. Sie und der Fahrer sind die einzigen Überlebenden. Sie tun, was Bus, Fahrer und Passagier miteinander tun können: in Endlosschleife die alte Route abfahren, jeden Tag, immer wieder.

Strommasten, Windräder, die flachen Hallen stillgelegter Agrarbetriebe. Dann Spargelfelder, schier endlos. Streng parallel angelegte Wälle, von spiegelnder Folie bedeckt. Ein kubistisches Wellenmeer.

Ein paar Häuser, ein Stück Wald. Zwischen den Ästen ein Eichelhäher. Dora sieht ihre Mutter, das breite Lachen, das blonde Haar. Sie will das Telefon herausnehmen und sie anrufen. »Ist das nicht ein sagenhafter Frühling?«, würde die Mutter sagen. Von den neuesten Vogelbeobachtungen erzählen. Die Corona-Panik einfach weglachen. »Die Angst der Menschen interessiert sich nicht für statistische Wahrscheinlichkeiten.«

Der Tod ihrer Mutter ist extrem unwahrscheinlich gewesen. Dora presst beide Handballen auf die Augen. Manchmal passiert das. Sie weiß, dass sie einfach warten muss, bis es vorübergeht.

Der Bus hält am Straßenrand, ohne dass eine Haltestelle zu sehen wäre. Der Fahrer zieht die Maske über, steigt aus und hilft einer alten Dame, die ebenfalls Mundschutz trägt, beim Einsteigen. Als sie den Parkplatz des Einkaufszentrums erreichen, denkt Dora immer noch darüber nach, ob der Fahrer seine Maske extra wegen der alten Dame dabeihat. Ob er überhaupt nur ihretwegen diese Strecke fährt.

11 Center

In der Passage des Elbe-Centers steht jedes zweite Laden-
geschäft leer, trotzdem herrscht reger Betrieb. Beim Bäcker
und in der Apotheke arbeiten die Angestellten hinter Plexiglasscheiben. Die Kunden halten in den Warteschlangen Abstand voneinander. Wie auf einer Theaterbühne signalisiert
Klebeband am Boden, wo man stehen und gehen muss. Publikumsverkehr. Vom Ausnahmezustand der Großstadt ist
nichts zu spüren. Vielleicht ist das ein Stück ausgleichender
Gerechtigkeit: Während die besserverdienenden Städter in
ihren Wohnungen verrückt werden, gräbt man in der belächelten Provinz die Gärten um und wartet auf Regen. Eine
Weile steht Dora da und schaut den Menschen beim Nor-
mal-Sein zu. Das tut gut. Die Banalität des Alltags. Sie hat
nicht gewusst, wie wichtig das ist.

Am Eingang des REWE steht ein Zeitschriftenregal. Noch
vor wenigen Wochen waren auf allen Covern Donald Trump
oder Greta Thunberg zu sehen. Jetzt wurden sie durch einen
rötlichen Massageball mit Gumminoppen ersetzt, auf jeder
Zeitung, auf jedem Magazin. Dora spürt Bläschen im Magen kribbeln. Sie hat den Einkaufswagen vergessen und muss
zurück auf den Parkplatz. Danach steht sie reizüberflutet im
Non-Food-Bereich und weiß nicht mehr, was sie kaufen soll.
Als hätte sie nach zweieinhalb Wochen Landleben bereits das
Konsumieren verlernt.

Sie reißt sich zusammen. Obst und Gemüse. Brot, Butter, Wein, Käse. Sie darf nicht mehr kaufen, als sie tragen kann. Kaffee, Milch. Aber auch nicht zu wenig, sonst lohnt sich die lange Busfahrt nicht. Zehn Packungen Nudeln und Reis. Das Supermarktradio läuft. Frau Merkel verbittet sich Diskussionen über eine Lockerung des Lockdowns. Duschgel, Putzmittel. Ein Impfstoff wird nach Meinung der Experten bald gefunden werden beziehungsweise nach Meinung anderer Experten noch Jahre auf sich warten lassen. Hundefutter. Zwei Packungen Klopapier. Die Schulen sollen bis zu den Sommerferien auf alle Fälle geschlossen bleiben beziehungsweise auf alle Fälle wieder öffnen.

An der Kasse legt Dora vier neue Baumwollbeutel aufs Band. Für den Einkauf will das Mädchen hinter der Plexiglasscheibe fast 150 Euro. Dora muss schlucken. Offensichtlich funktioniert Strukturschwäche nach Prinzipien, die sie noch nicht versteht.

Mit den Klopapierpackungen links und rechts unter die Arme geklemmt fühlt sich Dora wie die Karikatur eines deutschen Corona-Bürgers. Immerhin sorgt das Klopapier dafür, dass ihr die prallen Beutel nicht so heftig gegen die Knie schlagen. Sie trägt schwer an ihren Einkäufen und geht trotzdem noch zum Baumarkt hinüber.

Dort staunt sie wie ein Kind im Spielzeugladen. Gartenschläuche, Gartenbänke, Gartenlampen. Gerätschaften, mit denen man jedes Dickicht in ein Paradies verwandeln kann. Säckeweise Erde, Dünger und andere Herrlichkeiten, die man nicht nur bezahlen, sondern auch transportieren muss. Pflanzkartoffeln sind ausverkauft.

Nach einem frustrierenden Rundgang durch die Gartenabteilung klaubt Dora ein paar Samentütchen aus einem Regal. Salat, Kräuter, Gurken. Irgendetwas davon wird schon wachsen. Immerhin besitzt sie zwei Gießkannen.

Auf dem Weg zur Kasse wird sie von einer Lastkarre gerammt, auf der sich Säcke voll Blumenerde zu einem wackligen Stapel türmen. Der Stapel gerät ins Rutschen, Doras Baumwollbeutel gehen zu Boden, ein paar Äpfel rollen unters nächste Schraubenregal. Jetzt zahlt es sich aus, dass sie die Eier vergessen hat. Während der Besitzer des Turms versucht, Doras Einkäufe aufzusammeln und gleichzeitig seine Ladung vom Umstürzen abzuhalten, entschuldigt er sich in einem fort. Er hat eine angenehm sonore Stimme, wie ein Synchronsprecher, der immer die Rolle des netten Kerls bekommt. Als sie gemeinsam die Schäden beseitigt und größeres Unglück vermieden haben, hat Dora Gelegenheit, den Mann anzusehen. Er ist mindestens fünfzig, nicht besonders groß, aber mit massigem Kreuz. Das ergraute Haar hat er zum Pferdeschwanz gebunden. Er trägt Cargo-Shorts und trotz des milden Wetters einen Norwegerpulli, anscheinend auf nackter Haut, wie der ausgeleierte Halsausschnitt vermuten lässt. An Doras Unterarmen stellen sich die Haare auf.

»Nichts für ungut«, sagt der Mann und setzt mit dem schweren Wagen seinen Weg zu den Kassen fort.

Komischer Typ, denkt Dora. Passt irgendwie nicht hierher. In Berlin wäre er ein Ex-Manager auf Selbstfindungs-Trip und hätte sich gerade einen Weinladen gekauft.

Sie hat Lust, dem massigen Mann nachzulaufen und ihn von hinten zu umarmen, wie einen Baumstamm, von dem man wissen will, ob man ihn ganz umfassen kann. Bestimmt könnte er sie hochheben. Anscheinend interessiert sie sich zurzeit mächtig fürs Hochgehobenwerden. Robert konnte das nicht. Dora ist weder besonders dünn noch besonders klein. Manchmal hatte Robert so eine vorsichtige Art, als wäre er nicht sicher, ob es überhaupt eine gute Idee ist, einander anzufassen. Eigentlich hat Dora das immer gemocht. Robert zog keine Show ab. Von einem wie ihm fühlt man sich nicht bedroht.

Was er in diesem Augenblick wohl macht? Wahrscheinlich sitzt er im Arbeitszimmer und hackt auf das Notebook ein. Ob er sie vermisst? Irgendwie tut ihr das alles leid. Sie sind nicht offiziell getrennt. Sie machen nur eine Pause. Er weiß immer noch nicht, wo sie ist. Er hat ihr keine einzige Whats-App geschickt. Immer wieder überlegt Dora, ihn anzurufen, aber sie weiß nicht, was sie ihm sagen soll.

Auf dem Weg zum Bus ziehen ihr die schweren Beutel die Arme nach unten. Es fühlt sich an, als würden die Schultergelenke ausgekugelt. Immerhin kann sie jetzt ihre großen Hände gebrauchen. Dora schafft die Strecke mit mehreren Pausen. Erleichtert lehnt sie die Beutel an den Mast, der die Haltestelle markiert. Warum es keine Bank und kein Dächlein gibt und warum die Haltestelle dermaßen weit von den Ausgängen des Einkaufszentrums entfernt liegen muss, stellt ein weiteres Provinzrätsel dar.

Ohne Dächlein kein Schatten. Dora wischt sich den Schweiß von der Stirn und studiert den Fahrplan. Sie wird blass. Mit einer Naivität, die an Idiotie grenzt, ist sie davon ausgegangen, dass für die Rückfahrt andere Regeln gelten als für die Hinfahrt. Aber der nächste Bus kommt erst um 17:35 Uhr. Jetzt ist es kurz vor drei. Dora beginnt zu begreifen, warum manche Ideen für die Klimawende nicht bei allen Menschen im Land gut ankommen.

12 Axel

Sie beschließt, nicht in Panik zu geraten. Es gibt immer eine Lösung. Taxi, Fußmarsch, Autostopp. Als sie das Smartphone herausholt, piepst es. Sie denkt: Robert. Aber es ist Axel.

»Papa + Sibylle wollen Treffen.«

Ihr Bruder hat die Angewohnheit, seine Textbotschaften zu verknappen, als lebten sie noch immer in einer 160-Zeichen-Welt. Oder arbeiteten beim militärischen Fernmeldedienst, wo Funkdisziplin gilt. Oder als wären digitale Buchstaben eine wertvolle Ressource, die man sparsam verwenden muss.

Tatsächlich lässt sich auch mit wenigen Zeichen eine Menge sagen. Weil Dora Zeit hat, gibt sie sich einer analytischen Betrachtung von Axels Nachricht hin. »Papa + Sibylle wollen Treffen.« Weder Axel noch sie selbst haben Jojo jemals »Papa« genannt. Dora weiß nicht genau, warum das so ist. Vielleicht hat Jojo das Papa-Wort nicht gemocht und den Babys auf dem Wickeltisch Jo-Silben statt Pa-Silben vorgesprochen. Falls er jemals in der Nähe des Wickeltischs war. Tatsächlich passt »Papa« auch nicht zu ihm. Das Wort bleibt nicht haften, es rutscht an ihm ab. Mama war Mama, Jojo ist Jojo. Aber seit Axel Kinder hat, benutzt er gelegentlich das Papa-Wort. Er will die neue enkelgestützte Verbundenheit mit seinem Vater herausstellen. Lange Zeit ist Dora die bessere Tochter gewesen. Fleißig und zuverlässig. Gut in der Schule. Nach Mamas Tod war Axel wie ausgeschaltet, während Dora versucht hat, sich um alles zu kümmern. Sie hat verhindert, dass Jojo eine Kinderfrau einstellte. Sie wollte keine Ersatzmama. Nur eine Nachbarin durfte kommen, um Mittagessen zu kochen und zwei Stunden im Haushalt zu helfen. Dora war die Chefin. Sie ist definitiv Jojos Tochter. Aber Axel ist der Stammhalter. Er pflanzt sich fort. Er ist jetzt Papas Sohn. Und er will, dass Dora das weiß.

»Papa + Sibylle wollen Treffen.« Eigentlich heißt Sibylle »Jojos neue Partnerin«, auch wenn Jojo schon seit mehr als fünfzehn Jahren mit ihr zusammen ist. Vielleicht sogar noch länger. Vorgestellt hat er Sibylle den Kindern, kurz nachdem Dora zu Hause ausgezogen war. Dora hat nichts gegen Sibylle, aber sie meidet ihren Namen, als ließe sich Sibylles Existenz dadurch ein bisschen aufweichen. Eigentlich hat Axel dabei immer mitgemacht. Wenn er »Papa + Sibylle« statt »Jojo und seine neue Partnerin« schreibt, bedeutet es, dass er umziehen will. Nicht in eine andere Wohnung, sondern auf einen neuen Planeten. Er möchte die Dora-und-Axel-Welt verlassen und ein Erwachsener-Mann-mit-Familie-Universum besiedeln. Dora kann das verstehen. Trotzdem macht es sie traurig.

»Wollen Treffen« heißt auch eine Menge. Genau gesagt heißt es: »Jojo kommt trotz Corona diese Woche zum Operieren an die Charité, und obwohl er zur Risikogruppe gehört und Familientreffen verboten sind, besteht er darauf, dass wir uns wie sonst auch in seiner Charlottenburger Wohnung zum Abendessen treffen. Ich finde das unverantwortlich und unangemessen, habe aber nicht den Mut, Jojo genau das zu sagen, weshalb ich trotzdem kommen werde, allerdings ohne Christine und die Kinder.«

Dora muss lächeln. Sie ist so daran gewöhnt, ihren Bruder zu verstehen, dass die Textbotschaft vor ihr liegt wie ein offenes Buch. Trotz Funkdisziplin. Sie tippt zurück: »Wann?«

Und Axel antwortet: »Donnerstag.«

Professor Doktor Joachim Korfmacher ist einer der berühmtesten Neurochirurgen der Republik und als solcher über den Alltag der Pandemie-Bekämpfung erhaben. Professor Korfmachers OP-Termine sind nicht eligibel, sondern existenziell. Alle zwei Wochen kommt er nach Berlin, um an der Charité zu operieren, weshalb er eine Zweitwohnung in Charlottenburg besitzt. Wenn Professor Korfmacher beschließt, sich von seiner neuen Partnerin nach Berlin begleiten zu lassen und dort seine Kinder zu treffen, wird das geschehen, ganz egal, was sich die Bundesregierung zum Thema Lockdown einfallen lässt. Als Chefarzt verfügt er ohnedies über medizinisches Geheimwissen, das ihn weit über den medialen Diskurs und die Aufgeregtheit der Massen erhebt. Auf dem kleinen Familientreffen zu bestehen ist seine Art, dem Virus Verachtung zu zeigen.

Dora merkt, dass sie sich darauf freut, ihren Vater zu sehen. Auch wenn seine Überheblichkeit manchmal nervt, kann es verdammt guttun, mit ihm zu reden. Vor allem in Krisenzeiten. Sie werden wie immer erstklassigen Rotwein trinken, gelegentlich auf dem Balkon mit Blick über den Savignyplatz eine Zigarette rauchen und sich in dem Gefühl sonnen, dass sie mehr Stil besitzen als die ganzen Schwächlinge da draußen. Jojo wird darüber sprechen, dass die wahre Pandemie im Land das *Entitlement* sei. Anspruchsdenken. Das ist eins seiner Lieblingsthemen. Das Gefühl der Leute, ein wachsendes Anrecht zu besitzen. Auf mehr Sicherheit, mehr Komfort, weniger Störungen, weniger Schicksal. *Entitlement* führt ins Dauerkrisengefühl. Weil man niemals bekommt, was man will. Weil Anspruchsdenken nicht befriedigt werden kann. Auf die Dauerkrise folgt dann der Apokalypse-Verdacht. Das Zeitalter der Wehleidigkeit, wird Jojo sagen. Jeder ist ständig beleidigt, hat Angst und fühlt sich im Recht. Super Mischung.

An Jojos Seite lassen sich die Geschehnisse aus der Vogelperspektive betrachten. Dora kennt niemanden, der so hoch über den Dingen schwebt wie Jojo. Immerhin sind Leben und Tod seine engsten Mitarbeiter.

Außerdem werden sie über Bücher und Filme sprechen. Und Dora wird von R2-D2 erzählen. Sie werden gemeinsam staunen und lachen. Jojos neue Partnerin wird fröhlich sein und sich die meiste Zeit in der Küche aufhalten, wo sie etwas demonstrativ Gesundes mit Quinoa oder Tofu kocht, über das Jojo seine üblichen Witze reißt: »Gibt es wieder Gummiwürfel mit Soße?« Seine neue Partnerin wird den Spott mit einem liebevollen Lächeln dekorieren, das anzeigt, wie sehr sie Jojo in der Tasche hat. Bestimmt gibt es nicht viele Frauen, die in der Lage wären, so geschickt mit Professor Korfmacher umzugehen. Vor einiger Zeit hat Jojos neue Partnerin ihren Job als Krankenschwester an den Nagel gehängt und arbeitet nach ein paar Fortbildungen als Yoga-Lehrerin und Ernährungsberaterin, womit sie gut verdient. Wegen Corona gibt sie ihre Yoga-Stunden und Ernährungs-Coachings jetzt per Videokonferenz, wofür die gestressten Kunden so dankbar sind, dass das Geschäft noch besser läuft.

Um Axel ein bisschen zu ärgern, schickt Dora ihm einen Witz: »Wir in der Provinz wären ja gern bereit, uns Atemschutzmasken zu besorgen, aber wo kriegen wir diesen ÖPNV her?«

Axel schickt drei Fragezeichen zurück. Er mag keine Corona-Witze. Er mag es auch nicht, dass Dora aus Berlin weggezogen ist. Ende des Gesprächs. Still ruht der See.

In Axels Vorstellung soll Dora eine gute Tante sein, die um die Ecke wohnt, seine Zwillingsmädchen anhimmelt und regelmäßig als Babysitterin zur Verfügung steht. Dora hat nichts gegen die Zwillinge, aber sie ist kein dezidierter Kinder-Fan. Sie arbeitet viel, oft auch am Wochenende. Axel kann das nicht verstehen. In seinem Weltbild sind andere Menschen dazu da, sich um ihn zu kümmern. Besonders Dora. Nach dem Tod der Mutter hat Axel das Passivitätskonzept entwickelt. Erst war es Rettungsinsel, dann Attitüde, später ein Gefängnis. Das Passivitätskonzept besagt, dass alle wichtigen Dinge ohnehin von selbst geschehen, weshalb es sinnlos ist, sich abzustrampeln. Mit diesem Motto lag Axel jahrelang auf der Couch, während sich Dora mit zusammengebissenen Zähnen durchs Leben kämpfte. Das Abitur hat er nur geschafft, weil Dora irgendwann lästiger wurde als die Anstrengung, zu den Klausuren zu gehen. Als sie nach Berlin zog, folgte er ihr in die Hauptstadt, wo er weiterhin Computer spielte und Clubs besuchte, statt zu studieren oder sich einen Job zu suchen. Dass Jojo bereit war, ihn weiter zu unterstützen, hat Dora immer erstaunt. Bis Christine kam und die Gültigkeit des Passivitätskonzepts bewies. Sie übernahm die Aufgabe, für Axels Lebensunterhalt zu sorgen, und erzog ihn zum Hausmann und Vollzeitvater, eine

Rolle, die er inzwischen mit Stolz ausfüllt. Wahrscheinlich genießt er es sogar, mit den fünfjährigen Zwillingen Fenna und Signe in der geräumigen Berlin-Mitte-Wohnung eingesperrt zu sein, während seine Power-Gattin ihre Tage in der systemrelevanten Großkanzlei verbringt.

13 Tom

Dann kommt der Bus. Oder etwas, das Dora zunächst dafür hält. Ein Schatten fällt über sie. Er gehört zu einem großen Lieferwagen, vielleicht einem Ersatzfahrzeug für den Personennahverkehr. Allerdings hat Dora noch keine zweieinhalb Stunden gewartet, sondern erst zehn Minuten. Und der Lieferwagen hat hinten keine Fenster. Was neben ihr am Straßenrand hält, ist ein geschlossener Sprinter, weiß, ohne Aufdruck. Ein typisches Frauen-und-Kinder-Entführungs-Auto. Vermutlich mit Kabelbindern und Chloroform im Laderaum. Dora tritt ein paar Schritte zurück, so dass sich der Fahrer weit über die Sitzbank lehnen muss, damit sie ihn versteht.

»Das können Sie vergessen«, ruft er durch das heruntergelassene Beifahrerfenster. »Da kommt den ganzen Nachmittag nichts.«

Sie erkennt den grauen Pferdeschwanz und die sonore Stimme. Der Mann deutet auf ein vergessenes Wahlplakat, das hinter Dora am Stamm einer Linde hängt. Darauf prangen zwei Worte auf knallblauem Hintergrund: »Diesel retten.« Dazu das Logo der AfD. Falls die Rechtspopulisten solche Claims mit Absicht neben Bushaltestellen plakatieren, haben sie eine ziemlich gute Agentur. Dora denkt, dass sie der AfD zu genau dieser Taktik geraten hätte, wenn sie gefragt worden wäre. Der Gedanke erschreckt sie. Natürlich würde sie niemals für diese Leute arbeiten. Kein Werber, den sie kennt, würde das. Aber wer auch immer den Job erledigt hat, versteht etwas vom Handwerk. Wenn nicht kreativ, dann doch strategisch. Die großen Parteien plakatieren immer nur versteinert lächelnde Gesichter der Spitzenkandidaten, von unterbezahlten Junior-ADs zu seltsam verjüngten Masken glattgebügelt. Dazu zwei Zeilen, in denen meistens die Worte »Deutschland« und »Zukunft« vorkommen. Ohne die entsprechende Farbe wäre kaum zu erkennen, für welche Partei geworben wird. Da sind die vielen kleinen Laternenplakate einfach besser. Man kommt buchstäblich nicht daran vorbei. Dahin gehen, wo es weh tut. Zum Beispiel an diese Haltestelle. Jede Minute, die der Bus nicht kommt, ist eine Minute für die Rechtspopulisten. Erst keinen Nahverkehr auf die Beine stellen können und dann noch den Diesel abschaffen wollen! So wird Ärger zu Wut. Und Wut zu Hass.

»Ich hab die ein Meter fünfzig«, sagt der Pferdeschwanz-Mann und klopft lachend neben sich auf die durchgehende Sitzbank, wo man tatsächlich mit Corona-Abstand sitzen kann. Dora überlegt, ob sie zu einem Fremden in den Lieferwagen steigen darf. Oder ob man, wenn man sich im Baumarkt getroffen hat, nicht mehr fremd ist. In Berlin wäre es Selbstmord, einer solchen Einladung zu folgen. Hier ist es vielleicht eher Selbstmord, mit einem Wocheneinkauf zweieinhalb Stunden an einer fiktiven Bushaltestelle zu stehen. Ohne Dächlein. Dieser Mann hat säckeweise Blumenerde gekauft, die sich schätzungsweise hinten im Laderaum befindet. Bestimmt gibt es eine Kriminalitätsstatistik, die besagt, dass Vergewaltiger niemals Blumenerde kaufen.

»Du willst doch nach Bracken, oder?«

Dora nickt überrascht. »Wissen Sie, wer ich bin?«

»Ich weiß, wo du wohnst.«

Vermutlich soll auch das keine Drohung sein, sondern nur eine Information. Wann und wo haben die Menschen angefangen, so viel Angst voreinander zu haben?

Der Mann wartet nicht, bis Dora mit ihren Überlegungen fertig ist. Er steigt aus und geht um den Lieferwagen herum.

»Tom.«

Statt ihr die Hand zu reichen, bietet er seinen Ellenbogen, und Dora stößt ihren dagegen. Der Mann verlädt die Einkaufsbeutel in den Fußraum des Beifahrersitzes. Er hebt die schweren Beutel so leicht an, als enthielten sie Schaumstoff. Wahrscheinlich hat er die Zentnersäcke Blumenerde mit ähnlicher Leichtigkeit verstaut. Der Vorgang ist faszinierend. Offensichtlich gibt es Menschen, die nicht nur etwas mehr Kraft haben als Dora, sondern zehnmal so viel wie sie. Wenn Tom sich bückt und der ausgeleierte Norwegerpulli nach unten hängt, kann Dora die wollig ergraute Brustbehaarung bis hinunter zum Bauchnabel sehen. Irgendwie fühlt es sich okay an, Tom anzustarren. Sein Bauch ist voluminös, aber nicht fett. Arme und Schultern arbeiten wie bei einer Maschine. Was für unterschiedliche Menschenkörper es gibt. Dieser hier wirkt, als wäre er aus einem anderen Material gemacht als ihr eigener. Vielleicht bis auf ihre Hände. Die Hände sind ein wenig wie Tom. Der Tom-Körper steht auf seinen Füßen, als wäre er fest mit dem Boden verbunden. Obwohl er Flipflops trägt.

»Dann mal los«, sagt Tom, und Dora klettert gehorsam zu ihren Beuteln in die Fahrerkabine.

»Dora«, sagt sie.

»Geht doch«, sagt Tom.

Dora genießt die Fahrt. Sie sitzt hoch oben und kann weit ins Land schauen. Tom hält ein vernünftiges Tempo und bedient Lenkrad, Pedale und Gangschaltung, als wäre er damit verwachsen. Was für ein Leben muss das sein, wenn man ein solches Fahrzeug hat. Man kann den halben Baumarkt kaufen und nach Hause transportieren. Man kann jederzeit mit seiner gesamten Habe umziehen. Im Auto wohnen. Mit der ganzen Familie fliehen, wenn es darauf ankommt.

Hinter einem Waldstück sieht Dora dunkle Wolken aufsteigen, so groß, dass sie ein Stück Himmel verdunkeln. Erschrocken zeigt sie in die Richtung.

»Brennt es da?«

Tom lächelt ein Ach-ihr-Städter-Lächeln.

»Das ist Staub. Wegen der Dürre.«

Als sie das Waldstück durchquert haben und sich der Blick auf das nächste Feld öffnet, sieht Dora eine Maschine, hinter der sich die mächtigen Staubwolken erheben. Die Maschine kriecht durch die Furchen eines Spargelfelds, während aus ihrem Hinterteil eine endlose Bahn schwarzer Plastikfolie quillt. Männer und Frauen mit dunkeln Haaren laufen hinterher und befestigen die Folie auf Erdwällen, die sich über Kilometer erstrecken.

Dora geht mit Baumwollbeuteln einkaufen, während die Agrarwirtschaft das halbe Bundesland mit Plastikfolie bedeckt. Sie wartet auf das Kribbeln. Es kommt nicht. Für einen Moment sieht sie die Szene wie erstarrt. Kantig gepresste Erdwälle, in schwarze Folie gepackt. Eine insektengleiche Maschine. Die dunklen Scherenschnitte gebückter Menschen. Fehlt nur noch ein bisschen Klaviermusik. Anachronistischer Futurismus. Die Versklavung des Menschen durch die Maschine. Toms Stimme schreckt sie aus ihren Gedanken.

»Unsere Leute sind auch dabei.«

Dora spürt, wie in Zeitlupe der Groschen fällt. Dann präsentiert ihr Verstand das eigentlich naheliegende Ergebnis: Ihr neues Körperstudienobjekt ist ein Teil von »Tom und Steffen«.

»Die Pflanzkanacken«, entfährt es ihr.

Tom grinst. »Bist ja schon ganz hier angekommen.«

»Machen Sie … in Spargel?«

»Gott bewahre.« Tom hebt kurz beide Hände vom Lenkrad. »Spargel ist Mafia. Die haben alle Supermärkte im Griff. Da kommst du als Kleinunternehmer nicht rein. Ist wie überall. Die Großen werden gefördert, die Kleinen kaputt gemacht. Und wegen der neuesten Volksverarschung läuft das Geschäft so mies, dass wir unsere Leute verleihen müssen.«

Auch wenn Dora es absurd findet, ein Virus als Volksverarschung zu bezeichnen, ist es erholsam, mit jemandem zu sprechen, dem es nicht ums Prinzip geht, sondern ums Geschäft.

»Tut mir leid für die Jüngelchen«, sagt Tom. »Die haben mächtig Rückenschmerzen.«

Dora überlegt, wann sie zum letzten Mal das Wort »Jüngelchen« gehört hat. Dann fällt der nächste Groschen mit Getöse. Sie sitzt wie gebannt und spürt eine leichte Röte in die Wangen steigen. Tom und Steffen. Ihr Körperstudienobjekt ist mit einem Mann zusammen. Sie merkt, dass Tom sie von der Seite beobachtet. Er hat schon wieder sein Ach-ihr-Städter-Lächeln aufgesetzt. Aus deiner Sicht, scheint seine spöttische Miene zu fragen, leben Homosexuelle wohl nur in hippen Innenstadtbezirken?

Dora freut sich schon darauf, am Donnerstag Jojo und Axel davon zu erzählen. In Bracken leben nicht nur Migranten, es gibt auch homosexuelle Lebenspartnerschaften, und das ist kein Problem für die Leute, alles ganz locker. Wie rechtsradikal kann das Kaff schon sein?

»Habt ihr Saatkartoffeln?«, fragt sie gut gelaunt.

»Willst du Kartoffelbauer werden?«

»Ich habe ein Beet angelegt. Ist ein bisschen groß geraten.«

Das klingt lässig. Der Muskelkater ist vergessen, was zählt, ist das Ergebnis. Dora richtet sich ein Stück auf. Sie ist eine Frau, sie verfügt nicht über Spezialwaffen wie R2-D2, und ihr Körper ist außer den Händen nicht aus diesem besonderen Material gemacht wie der von Tom. Aber sie hat ein Beet angelegt, und zwar eins, das ein bisschen groß geraten ist.

»Du warst doch eben im Baumarkt.«

»Saatkartoffeln waren aus.«

»Und da dachtest du, der Typ mit dem Zopf kauft bestimmt zehn Zentner Torf, um Kartoffeln drin anzubauen. Ach, ihr Städter.«

Es klingt eher liebevoll als verächtlich. Vielleicht ist Tom gar nicht von hier. Vielleicht ist er selbst einmal Städter gewesen.

»Frag deinen Nachbarn«, schlägt Tom vor.

»Gote?«

»Der ist hier der Kartoffelmann.«

»Ich weiß«, behauptet Dora. »Aber der ist nicht da. Hab ihn seit Tagen nicht gesehen.«

Tom wendet den Kopf zum Seitenfenster und schaut hinaus, als gäbe es draußen außer Spargel und Luzerne irgendetwas Interessantes zu sehen. Schließlich räuspert er sich.

»Der ist schon da, denke ich. Warte einfach noch ein bisschen.«

Als der Lieferwagen plötzlich bremst, braucht Dora ein paar Sekunden, um zu begreifen, dass sie vor ihrem eigenen Haus halten. Offensichtlich weiß Tom besser, wo sie wohnt, als sie selbst. Er steigt aus, packt alle Einkaufsbeutel auf einmal und trägt sie die Freitreppe hinauf bis vor die Haustür.

»Falls du was brauchst, komm einfach vorbei.« Er zeigt die Straße hinunter auf das große weiße Haus und ist schon wieder eingestiegen und losgefahren, bevor Dora sich richtig bedankt hat.

TEIL ZWEI

SAATKARTOFFELN

14 AfD

Die ganze Aktion erfordert generalstabsmäßige Planung. Als Erstes sucht Dora den Hunderucksack, einen unverzichtbaren, genau auf Jochens Körpergröße abgestimmten Ausrüstungsgegenstand. Dieser Rucksack stellt das einzige Mittel dar, um Jochen auf längeren Strecken zu transportieren, ohne dass sie erstickt, herausfällt oder Terror macht. Dora versteht nicht, wie es sein kann, dass man etwas so Wichtiges so lange suchen muss. Sie ist kurz davor, Robert anzurufen oder einfach verrückt zu werden, als sie den Rucksack an einem Haken ziemlich hoch oben an der Wand des Schlafzimmers entdeckt. Sie kann sich nicht erinnern, wie er dorthin gekommen ist. Im Rucksack findet sie einige T-Shirts und mehrere Sockenpaare, die sie seit dem Umzug vermisst. Dora räumt die Klamotten aus, setzt Jochen in den Rucksack und trägt sie zu Übungszwecken ein paarmal durchs Haus. Ihr letzter gemeinsamer Ausflug mit Rucksack war im Herbst. Glücklicherweise funktioniert es noch. Jochen guckt oben heraus und lässt sich friedlich tragen. Jetzt braucht Dora nur noch ein Fahrrad. Leider ist Gustav nicht hier.

Als sie das Haus verlässt, heult eine Maschine auf, so plötzlich und schrill, dass Dora zusammenfährt. Sie bleibt stehen und lauscht. Der Lärm kommt aus Gotes Garten. Eine Art Schleifmaschine. Fast spürt Dora am eigenen Körper, wie die Schleifplatte über eine hölzerne Oberfläche fährt. Kampf der Materie, Material gegen Material. Sie geht zur Mauer und steigt auf den Stuhl. Ein Stapel Holzpaletten liegt vor dem Bauwagen. Auf dem Campingtisch sind verschiedene Werkzeuge angeordnet. Ein orangefarbenes, von einer Trommel abgerolltes Stromkabel verschwindet hinter dem Haus. Und da ist Gote. Tagelang war er verschwunden, und jetzt ist er plötzlich wieder da und macht eine Menge Krach. Er beugt sich über eine der Paletten, einen Schwingschleifer in beiden Händen, der jedes Mal aufjault, wenn Gote den Druck erhöht.

Dora steigt vom Stuhl, ohne bemerkt zu werden, verlässt das Flurstück und geht ein Stück die Straße entlang, bis sie Toms Anwesen erreicht. Das Grundstück hat keinen Zaun. Dora nähert sich der Tür des Wohnhauses und sucht den Klingelknopf. Da ist keiner. Auch ein Namensschild gibt es nicht. Am Briefkasten, wo normalerweise ein Name zu finden wäre, klebt ein knallblauer AfD-Sticker. Dora versucht es mit Klopfen. Als nichts passiert, schlägt sie gegen die Tür und fällt fast in den Flur, als jemand öffnet.

»Ist der Weltuntergang gekommen?« Tom bringt sie mit seiner kräftigen Hand wieder ins Gleichgewicht.

»Keine Ahnung«, sagt Dora.

»Brauchst du so dringend Saatkartoffeln?«

»Könnt ihr mir vielleicht ein Fahrrad leihen?«

Sie hätte ihn auch fragen können, ob er sie am späten Nachmittag zum Regionalbahnhof fährt. Aber Dora will das allein schaffen. Sie braucht einen Alltag, den sie selbst bewältigen kann. Die Möglichkeit, Berlin zu erreichen, gehört dazu. Ohne Ausweg verwandelt sich jeder Zufluchtsort in ein Gefängnis. Berlin ist Teil des Maklergesprächs gewesen, oder besser gesagt ein Teil von Doras Selbstüberzeugungsstrategie. Die Formel lautet: »Bisschen einsam hier, aber man kann ja jederzeit in die Stadt.« Ein Satz, den Dora auch zu Jojo und Axel sagen will, um klarzustellen, dass sie absolut nichts vermisst. Der Makler hat damals zweifelnd geguckt, aber berufsbedingt nicht widersprochen.

»Steffen!«, ruft Tom mit Donnerstimme ins Haus.

Gleich darauf erscheint ein zweiter Mann an der Tür, ebenfalls mit Pferdeschwanz, aber ein vollkommen anderer Typ. Er ist wesentlich jünger, sehr schlank, mit langem rötlichem Haar, das besser zu einer hübschen Frau als zu einem mittelmäßig attraktiven Mann passen würde. Er trägt ein weites Leinenhemd, Stoffhosen und eine Nickelbrille mit getönten Gläsern, die ihn wie die Karikatur eines Intellektuellen aussehen lässt.

»Das ist Dora, die neue Nachbarin«, sagt Tom. »Sie braucht ein Rad.«

»Heutzutage ist guter Rat teuer«, erwidert Steffen.

»Ein *Rad*«, wiederholt Tom mit Nachdruck, als spräche er zu einem kleinen Kind. »Ein Fahrrad. Haben wir eins?«

Steffen lächelt in sich hinein und verschwindet lautlos, auf bloßen Füßen. Offensichtlich macht es ihm Freude, seinen lauten Freund auf den Arm zu nehmen, ohne dass der es merkt. Dora bleibt mit Tom an der Tür zurück und weiß nicht, worüber sie reden soll. Am liebsten würde sie ihm von ihrer Entdeckung erzählen. Dora hat nämlich Kobolde im Garten. Oder Heinzelmännchen. Mit Jochen an ihrer Seite und einer Tasse Kaffee in der Hand ist sie am Morgen eine Runde ums Haus gegangen. Sie war sicher, dass sie den Spaten am Rand des Gemüsebeets zurückgelassen hatte. Aber jetzt lehnte er am Stamm einer Buche. Zwei alte Eimer aus dem Schuppen, die sie nicht angefasst hatte, standen im Gras. Der Gartenstuhl an der Mauer war ein Stück zur Seite gerückt. Die von Herrn Heinrich abgeschnittenen Ahornstämme lagen zu ordentlichen und handlichen Haufen gruppiert.

Aber sie will nicht, dass Tom sie für verrückt hält. Schlimm genug, dass sie das Schweigen nicht erträgt. Ihm scheint es nichts auszumachen. Er schaut mit zusammengekniffenen Augen in den Himmel und pfeift vor sich hin. Vielleicht könnte Dora über Vögel reden. In einer Linde gurren zwei Ringeltauben, in der Fliederhecke improvisiert am helllichten Tag eine Nachtigall. In einiger Entfernung ist sogar der Ruf eines Kuckucks zu hören. Das wirkt schon fast übertrieben, wie aus einem Kinderhörspiel. Dora glaubt nicht, dass sich Tom für Vogelstimmen interessiert. Was ist eigentlich so schwierig daran, schweigend voreinander zu stehen? Dora findet es schwierig. Es ist unerträglich peinlich. Fast noch quälender als Rassismus-Starre.

»Habt ihr die gewählt?«, platzt sie heraus und zeigt auf den AfD-Sticker.

Das ist eigentlich das Letzte, worüber sie reden will. Da wären Vogelstimmen oder nächtliche Kobolde im Garten wesentlich besser gewesen. Aber Tom scheint die Frage genauso wenig zu stören wie das Schweigen.

»Geht ja nicht anders.« Er wendet sich um und ruft mit seiner Schauspielerstimme ins Haus: »Nuno! *Don't forget the* Kornblumen *in the drying chamber!*« Dann zieht er einen Tabakbeutel aus der Tasche und fängt an, eine Zigarette zu drehen. Dora bekommt solche Lust zu rauchen, dass ihr der Mund wässrig wird. »Die da oben behandeln uns doch wie Idioten.«

»Wer sind die da oben?«, fragt Dora.

»Die Regierung. In Berlin.«

Tom schafft es, mit geöffnetem Tabakbeutel und zwischen die Finger geklemmtem Blättchen Anführungsstriche in die Luft zu zeichnen, wobei nicht klar ist, ob diese für »die Regierung« oder für »Berlin« gelten sollen. Vielleicht beides. »Die preisen die Bedeutung der Landwirtschaft und ruinieren die Bauern mit Düngerverboten. Faseln von Bildung und lassen die Schulen verrotten. Während die Rentner fast verhungern, entdecken sie plötzlich die Solidarität mit den Alten. Frag mal die Omas im Dorf. Ob die sich mehr Zuwendung wünschen oder einen Lockdown.« Tom leckt am Kleberand seines Zigarettenpapiers. »Durch Corona sieht man das überdeutlich. Als hätten die da oben endgültig den Verstand verloren.«

Der letzte Satz hätte von Robert stammen können. Die Politik hat den Verstand verloren, *how dare you!* Nur dass Robert das Gegenteil eines AfD-Wählers ist.

»Halb Bracken arbeitet in der Altenpflege.« Tom durchsucht seine Hosentaschen nach einem Feuerzeug. »Häusliche Pflege, Essen auf Rädern, Seniorenheime. Beschissene Arbeitszeiten, miese Bezahlung, harter Job. Glaubst du, irgendeiner von denen hätte wegen Corona eine Schulung bekommen? Die tun ihre Arbeit wie immer. Bleibt ihnen ja nichts anderes übrig. Ohne Hygieneplan, geschweige denn Schutzkleidung oder regelmäßige Tests. Fahren von Haus zu Haus, von einem Hochrisikopatienten zum nächsten. Weil sie nicht anders können. Währenddessen quatschen die Politiker hochwichtig herum, machen die Volkswirtschaft kaputt, ruinieren die Existenzen der kleinen Leute. Hocken im Fernsehen ohne Maske und reden davon, wie gefährlich die Pandemie ist.«

Dora findet ein Feuerzeug und fühlt sich kompetent, als sie es ihm reicht. Keine Makita, aber immerhin.

»Das Problem sind nicht die Maßnahmen«, sagt Tom. »Sondern, dass sich die Leute verarscht fühlen.«

»Und die Leute, das seid ihr?«

»Klar. Wer sonst.« Tom zündet seine Selbstgedrehte an und reicht das Feuerzeug zurück. »In Bracken ist man unter Leuten. Da kann man sich nicht mehr so leicht über die Menschen erheben. Wirst dich dran gewöhnen müssen.«

Dora muss wieder an Robert denken. Ihm hat sie tatsächlich einmal vorgeworfen, dass er sich über andere Menschen erhebt. Dass er sich für einen Supra-Menschen hält. Vielleicht nicht direkt in Nietzsches Sinn. Aber für einen, der mehr weiß, mehr kann und mehr darf als die anderen. Weil er im Besitz einer höheren Wahrheit ist. Robert ist wütend geworden. Er hat gesagt, dass er nur das Beste für die Menschen will. Warum Dora genau darin ein Problem sah, hat er nicht verstanden.

»Und bei der AfD sind keine Idioten?«

»Doch. Aber die geben es wenigstens zu.«

Wider Willen muss Dora lachen. Die Rassismus-Starre scheint heute nicht zu funktionieren. Sie hat schon drei Fragen gestellt. Und über den Witz eines AfD-Wählers gelacht. Wie meinte Tom neulich im Auto? »Bist ja schon ganz hier angekommen.« Vielleicht muss sie aufpassen, dass sie nicht zu sehr ankommt. Andererseits, Tom ist mit Sicherheit kein

Rassist. Norweger-Pulli, selbstgedrehte Zigarette, grauer Pferdeschwanz. Das Outfit eines ehemaligen DDR-Bürgerrechtlers oder Wackersdorf-Aktivisten. Daneben der AfD-Aufkleber. Wann ist eigentlich alles dermaßen durcheinandergeraten? Dora wüsste gern, was Tom und Steffen hier tun. Kornblumen. *Drying Chamber.* Die großen Nebengebäude mit den Solarzellen. Vielleicht betreiben sie eine riesige Cannabis-Plantage. Versteckt vor Denen-da-oben, vor Lügenpresse und Firma BRD. Die Selbstgedrehte riecht gut. Dora versucht es mit aktivem Passivrauchen und saugt den Qualm ein, der in der Luft hängt. Tom reicht ihr die Zigarette.

»Kannst den Rest behalten.«

Die Kippe ist feucht von seinen Lippen. Vielleicht kleben Unmengen von Viren daran, aber das ist Dora in diesem Moment egal. Sie nimmt einen tiefen Zug und genießt den leichten Schwindel. Am liebsten hätte sie ein Selfie für Robert geschossen. »Teile gerade mit Corona-kritischem, Haschisch anbauendem AfD-Wähler eine Selbstgedrehte. Liebe Grüße aus dem Paralleluniversum.«

Glücklicherweise hält Steffen sie von der Verwirklichung dieser Idee ab, indem er mit einem staubigen Fahrrad in der Einfahrt neben dem Haus erscheint. Das Rad passt nicht zu seiner Buddhist-aus-Deutschland-Optik. Es ist ein großes Herrenrad, einst im Baumarkt gekauft und dann vergessen. Barfuß schiebt Steffen es über den Kies, was seinen Fußsohlen nichts auszumachen scheint.

»Ich musste ein bisschen suchen«, sagt er. »Ist dieser Drahtesel genehm?«

Auch das Wort »Drahtesel« hat Dora lange nicht gehört, ebenso wenig wie das Wort »genehm«. Es ist schön, solchen

Wörtern wieder zu begegnen, wie alten Bekannten, die man aus den Augen verloren hat. Sie bedankt sich ausgiebig, schwingt ein Bein mit Mühe über die hohe Stange und fährt in Schlangenlinien das kurze Stück zurück zu ihrem Haus.

15 Jojo

Um zum Regionalbahnhof zu kommen, muss man nach Kochlitz, das etwa sieben Kilometer von Bracken entfernt liegt. Mit dem Fahrrad eigentlich keine weite Strecke. Aber wegen der Höhe des Sattels kann Dora nur im Stehen fahren, was ihre Oberschenkel schmerzen und Jochen im Rucksack auf und ab hüpfen lässt. Mit wachsender Sehnsucht denkt sie an Gustav. Wenn Steffens Rad einen Namen trüge, würde es bestenfalls Ronny heißen.

Der Bahnhof ist nur eine Betonplattform mit Uhr, Fahrradständer und Digitalanzeige, auf der sinnlose Botschaften von rechts nach links wandern. Ein Fahrkartenautomat existiert nicht. Die Regionalbahn kommt pünktlich und ist fast leer. Einen Schaffner scheint es nicht zu geben. Dora verbringt die halbe Fahrt damit, auf dem Smartphone einen Fahrschein zu erwerben. Nach einer Stunde und fünfzehn Minuten fährt der Regio-Zug in den Berliner Hauptbahnhof ein. Während Dora mit Jochen im Rucksack eine Rolltreppe nach der anderen hinauffährt, um die S-Bahn-Gleise zu erreichen, fühlt sie sich wie benommen. So schnell durchbricht man also die Grenzen des Provinzuniversums und findet sich in der Metropole wieder. Die Regionalbahn muss ein getarnter Teleporter sein. Oder die Hauptstadt ist Kulisse. An den Statisten hat man allerdings gespart. Viele Läden sind geschlossen, wenige Fahrgäste unterwegs, was die riesige Glashalle gespenstisch wirken lässt. Plötzlich fühlt Dora sich illegal. Sie bekommt Angst, dass man sie fragen könnte, was sie hier will.

Am Savignyplatz schaut sie auf die Uhr. Drei Stunden hat Alexander Gerst von der ISS zurück zur Erde gebraucht. Anderthalb Stunden braucht Dora von Bracken nach Charlottenburg. Der Effekt ist ähnlich. Sie fühlt die Muskelschwäche einer Astronautin in den Beinen, dazu das Bedürfnis, sich Augen und Ohren zuzuhalten. Jochen hingegen gerät in Hochstimmung, kaum dass sie den Rucksack verlassen hat. Begeistert begrüßt sie jede Baumscheibe, inhaliert die tausend Botschaften der Großstadt. Dora gibt ihr Zeit zum Schnuppern. Willkommen zu Hause, Laika. Während sie der Hündin zusieht, begreift sie mit einem Mal, dass der *Clash of Civilizations* tatsächlich existiert. Nur nicht zwischen Morgen- und Abendland. Sondern zwischen Berlin und Bracken. Zwischen Metropole und Provinz, Zentrum und Peripherie.

Davon würde sie Robert gern erzählen. Robert mag Weltformeln, und das ist eine. Sie könnten das Thema bei einer Flasche Rotwein auf dem Balkon diskutieren. Dann fällt ihr ein, dass es den diskussionsfreudigen Robert auf dem Balkon nicht mehr gibt. Es gibt nur noch ein Scheidungsfahrrad namens Gustav, das sie später vielleicht in der Regionalbahn mit nach Hause nehmen könnte, und natürlich Rotwein. Vor allem einen schwarzen Cabernet namens »Montes«, den Jojo für sein Leben gern trinkt. Vom Montes bekommt Dora schon Kopfschmerzen, wenn der Korken aus der Flasche ploppt.

»Hey, cool. Komm rein.«

Axel öffnet die Tür, als wäre er hier zu Hause, und Dora kennt ihn gut genug, um zu wissen, dass er das genießt. Sie hätte ihn gern umarmt, obwohl er mit Mundschutz und Küchenschürze aussieht wie ein großes Insekt, das sich als Hausmädchen verkleidet hat. Aber er tritt einen Schritt zurück, legt die Hände aneinander und verbeugt sich wie ein Japaner. Dora seufzt. Sich nicht anzufassen ist natürlich völlig okay. Aber die theatralische Verbeugung lässt ihr Zwerchfell kribbeln.

An der nicht vorhandenen Geräuschkulisse im Hintergrund erkennt sie, dass Fenna und Signe tatsächlich nicht mitgekommen sind. Kein Opa-Opa-Geschrei, kein zu Boden schepperndes Spielzeug. Also auch keine Christine. Alles hat Vorteile. Dora mag ihre Nichten und auch die Schwägerin. Aber in Anwesenheit von Christine und den Mädchen verwandelt sich jedes Gespräch in ein Enkelinnen-Gespräch und überhaupt der ganze Abend in einen Enkelinnen-Abend, bei dem es in erster Linie darum geht, den Kindern bewundernd beim Kind-Sein zuzugucken. Aus Doras Sicht sind die Mädchen ziemlich schlecht erzogen, was Christine mit »hochbegabt« übersetzt. Wenn die Kleinen einmal nicht im Mittelpunkt stehen, veranstalten sie einen Höllenlärm, bis die Erwachsenen ihre Unterhaltung unterbrechen und die Enkelinnen-Bewunderung fortsetzen.

Jojo und seiner neuen Partnerin, die seit ihrer Ausbildung zur Yoga-Lehrerin Menschen als »aktuelle Manifestationen« und Kinder als »Seelenpforten« bezeichnet, ist das Betragen der Mädchen völlig egal. Schließlich verschwinden die Kinder nach ein paar Stunden wieder in ihrer eigenen Welt und hinterlassen keine bleibenden Schäden außer ein paar neuen

Fettflecken auf der Couch. Wenn sich Dora daran erinnert, welche Donnerwetter in ihrer eigenen Kindheit über sie hereingebrochen sind, wenn sie auch nur versehentlich ein Glas Wasser umgestoßen hat, findet sie die großväterliche Toleranz ziemlich verstörend.

Dora hält Fenna und Signe für normale Mädchen, deren Vater zu träge und deren Mutter zu beschäftigt ist, um Grenzen zu setzen. Als Fachanwältin für Steuerrecht absolviert Christine Power-Arbeitstage, verdient powermäßig viel Geld und hat ihre hübschen Töchter wahrscheinlich gleichzeitig zur Welt gebracht, damit die Sache effizient erledigt ist. Nach einigen Wochen genervten Stillens ist sie wieder zur Arbeit gegangen, während Axel binnen kurzer Zeit vom Sofa-Philosophen zum liebenden Vater und Hausmann mutierte. Seitdem gilt er als der Sohn, der alles richtig macht. In Jojos Augen zählt das Heiraten und Befruchten einer erfolgreichen Juristin offensichtlich genauso viel wie ein eigenes juristisches Staatsexamen, während sich Dora mit ihrem abgebrochenen Kommunikationswissenschaftsstudium, ihrem Job in der Werbung, der gescheiterten Beziehung zu einem Öko-Aktivisten und einer undurchschaubaren Dorfexistenz zusehends in einen Problemfall verwandelt.

Der Montes steht bereits dekantiert auf dem Tisch und atmet. Im Hintergrund läuft Klaviermusik im Stil von Eric Satie, vielleicht ein Kompromiss zwischen Sibylles Meditations-CDs und Jojos Bruckner-Symphonien. Jojo steht auf, um die Luft links und rechts von Doras Gesicht zu küssen. Jochen läuft glücklich von einem zum anderen, während Axel darüber spekuliert, ob beim Streicheln eines Hundes nicht Viren übertragen werden können. Jojos neue Partnerin kommt mit hochgekrempelten Ärmeln aus der Küche, winkt Dora und hebt die Arme mit den feuchten Händen über den Kopf zum Zeichen, dass sie buchstäblich bis über beide Ellenbogen in Arbeit steckt.

»Sibylle, soll ich dir in der Küche helfen?«, fragt Axel.

Dora staunt nicht schlecht. Axel ist ein solcher Schleimer. Aber seine Technik ist gut. Bestimmt hat er Christine mit der gleichen Masche eingefangen. Heutzutage braucht ein Mann wahrscheinlich nicht mehr mitzubringen als jede Menge Zeit und die Bereitschaft zu dienen, um größere Auswahl unter den Powerfrauen zu haben als jeder erfolgreiche Macho im Maßanzug.

»Setz dich doch.«

Jochen-der-Rochen gehorcht der Aufforderung, indem sie auf einen der freien Stühle am Esstisch springt. Jojo lacht und krault ihre gewölbte Stirn, bis sie über die Armlehnen klettert und es sich auf seinem Schoß bequem macht. Trotz ihrer Krummbeinigkeit kann Jochen geschickt sein wie ein Eichhörnchen, wenn es darauf ankommt.

Dora setzt sich zu Jojo und nimmt ein Glas Montes entgegen. Satie spielt herzerweichend, traurig und fröhlich zugleich. Aus der Küche erklingen Topfgeklapper und gedämpftes Lachen. Axel und Sibylle haben die Tür geschlossen, um die anderen Räume vor Essensdünsten zu schützen. Ein seltener Moment der Privatheit zwischen Vater und Tochter. Wann haben sie zuletzt etwas zu zweit unternommen, nur sie beide? Wenn Jojo in Berlin ist, veranstaltet er gern seine »fröhlichen Runden«. Manchmal sitzen außer der Familie auch noch Freunde und Bekannte am Tisch. Vielleicht scheint es ihm effektiver, viele Leute auf einmal zu treffen. Oder er verhindert auf diese Weise, dass die Themen zu persönlich werden.

Als Dora ein Mädchen war, ist Jojo manchmal in ihr Zimmer gekommen, hat sich auf den Schreibtisch gesetzt und ein Gespräch mit ihr begonnen. Über ein Buch, die Schule oder die Frage, ob der Weltraum eine Grenze hat. Er redete mit ihr wie mit einer Erwachsenen. Dann wurde die Mutter krank, und Jojo klopfte nie wieder an Doras Tür. Vielleicht müsste sie ihn mal wieder in Münster besuchen. Wenn sie ehrlich ist, vermeidet sie es, in ihr ehemaliges Elternhaus zu kommen. Zwar haben Jojo und seine neue Partnerin alles umgebaut, aber der Blick aus dem ehemaligen Küchenfenster ist noch derselbe.

Dora trinkt einen großen Schluck vom Montes, der ihr warm durch die Adern strömt. Was das Trinken betrifft, ist sie nicht mehr in Übung, seit es Robert und den Balkon nicht mehr gibt. Was das Reden betrifft, sieht es noch schlechter aus. Sie will Jojo unbedingt von ihrem neuen Leben erzählen. Vom alten Gutsverwalterhaus mit seiner eindrucksvollen, wenn auch etwas bröckligen Stuckfassade. Davon, dass es tatsächlich ihr gehört, ihr ganz allein, und wie unglaublich es sich anfühlt, ein Stück Welt zu besitzen. Von der Sisyphos-Arbeit im Garten, von Herrn Heinrich, Tom und Steffen und davon, dass sie aus Bracken immer noch nicht schlau wird.

Sie grübelt noch über den Einstieg, als die Küchentür aufgeht und eine Woge von Geräuschen und Gerüchen ins Wohnzimmer dringt. Der Duft von Spargel, das Dröhnen der Dunstabzugshaube. Axel und Jojos neue Partnerin kommen herein und servieren den ersten Gang. Rote-Beete-Carpaccio, selbstgebackenes Nussbrot und Limetten-Koriander-Butter.

Dora würde niemals behaupten, aus einer Familie zu stammen, in der die Männer sprechen und die Frauen zuhören. Aber faktisch ist es so. Beim Essen führen ausschließlich Jojo und Axel das Wort, genauer gesagt, sie reden abwechselnd aneinander vorbei. Axel hat die Maske abgesetzt und schimpft auf die immer noch zu lasche Regierungspolitik und auf das weinerliche Volk, das jetzt schon Lockerungen des Lockdowns verlangt. Jojo erzählt von Skat spielenden Ärzten in leeren Krankenhäusern und von Patienten, die notwendige Behandlungen versäumen, weil sie sich nicht mehr trauen, zum Arzt zu gehen.

»Die Leute sind total eingeschüchtert«, sagt Jojo.

»Die Leute kapieren den Ernst der Lage nicht«, sagt Axel, und beide essen weiter ihr Rote-Beete-Carpaccio.

Während Dora ihrem Bruder zuhört, denkt sie schon wieder an Robert. Axel und er sind in ähnlichem Alter. Vielleicht werden nicht mehr ganz junge Männer besonders heftig vom Virusbekämpfungseifer erfasst. Eine Entscheidungsschlacht gegen den Kontrollverlust. Eine Kriegserklärung an die impertinente Art der Zukunft, einen ständig älter zu machen und ansonsten zu veranstalten, was sie will. Dora kennt keine Frau, die so viel Panik verbreitet. Andererseits kennt sie generell nicht viele Leute. Fest steht, dass es sich Robert und Axel leisten können, Hardliner zu sein. Der eine wird von seiner Frau versorgt, der andere profitiert von der medialen Erregung.

»Unverantwortlich, die Schulen öffnen zu wollen«, wettert Axel.

»Unverantwortlich, dass Leute im Land Stimmung machen, die den Unterschied zwischen Morbidität und Mortalität nicht kennen«, wettert Jojo.

»Na, na«, sagt Jojos neue Partnerin, die weder politische Provokationen noch schlechte Tischmanieren mag, und schiebt ihrem Lebensgefährten das Körbchen mit selbstgebackenem Nussbrot hin.

Erstaunlich, wie ruhig Jojo bleibt. Normalerweise ist er explosionsbereit wie eine Stange Dynamit, wenn jemand eine abweichende Meinung vertritt, vor allem im medizinischen Bereich, wo er überlegenes Wissen für sich reklamiert. Jetzt kaut er artig an seinem Nussbrot, während Axel mit Infektionszahlen um sich wirft. Vielleicht ist Jojos Ego heute Abend bereits rundum zufrieden gestellt, weil er es geschafft hat, die Familie trotz Kontaktverbot an seinem Esstisch zu versammeln.

Während Sibylle den ersten Gang abräumt und in der Küche verschwindet, um nach dem Spargel zu sehen, erzählt Jojo die Geschichte einer Patientin, »eine Frau mitten im Leben, zwei Kinder und alles«, die sich wochenlang mit einer expandierenden Raumforderung in ihrer Wohnung verkrochen hat, weil ihr Mann dagegen war, ins Krankenhaus zu gehen.

Dora hat schon als kleines Mädchen gewusst, dass eine Raumforderung nicht der Wunsch nach einem eigenen Zimmer, sondern ein Tumor ist, und dass Jojos Lebensaufgabe darin besteht, solche Raumforderungen aus den Köpfen der Menschen zu schneiden. Wie alle kleinen Mädchen war sie unendlich stolz auf ihren Vater und lauschte den Berichten von wundersamen Lebensrettungen mit Begeisterung. Aber inzwischen erträgt sie seine Geschichten nicht mehr. Als er anfängt, die Ausfallerscheinungen der Patientin im Detail zu schildern, »die konnte weder sprechen noch gucken, aber

Angst vor Corona!«, steigen die Bläschen so heftig auf, dass sie fast ihre Rote Beete herausgewürgt hätte.

Sie flieht vom Esstisch auf den Balkon. Die Zigarette schmeckt wunderbar, der Rauch steht wie eine Skulptur in der unbewegten Luft. Berlin kann schön sein, jedenfalls im Abendlicht und am Savignyplatz, vor allem, wenn man auf dem geschmackvoll bepflanzten Balkon im zweiten Stock eines Jugendstilaltbaus steht. Hier ist etwas mehr los auf den Straßen. Menschen führen ihre Hunde zur Abendrunde oder tragen ihr Abendessen in Einkaufsbeuteln nach Hause. Taxen, Lieferverkehr, Jugendliche mit E-Zigaretten, Männer mit Fahrradklammer am Bein. Erleichtert stellt Dora ein weiteres Mal fest, dass Robert und Axel nicht recht haben. Es gibt das Virus, aber nicht den Weltuntergang. Die Normalität ist stark, eine Naturgewalt. Sie bricht sich Bahn, wo immer sie kann.

Dora nimmt das Smartphone aus der Hosentasche und schreibt eine Nachricht an Robert, mit bester Funkdisziplin:

»Hole Gustav.«

»Wann?«, kommt es zurück.

Dora verrechnet den Weg nach Kreuzberg mit der Abfahrtszeit der letzten Regionalbahn.

»In anderthalb Stunden.«

»Steht unten im Hausflur.«

Klar. Er will sie nicht in die Wohnung lassen. Er will sie nicht einmal sehen. Wahrscheinlich würde er behaupten, dass es an den Abstandsregeln liegt. Dora beschließt, noch am gleichen Abend den Dauerauftrag zu löschen, mit dem sie die Hälfte der Miete überweist.

Sie kehrt an den Tisch zurück und erklärt, dass sie nicht

mehr lange bleiben kann, weil sie noch etwas bei Robert abholen muss und die letzte Regionalbahn um elf fährt.

Bei Erwähnung der Regionalbahn verzieht Axel spöttisch den Mund.

Niemand fragt, wie es mit Robert steht. Niemand will wissen, ob sie jetzt eigentlich richtig in Bracken wohnt. Wie es ihr dort gefällt. Ob sie einsam ist. Sie fragen auch nicht, ob sie im Job zurechtkommt, oder auch nur, was sie in Kreuzberg abholen will. Das ist kein Mobbing. Es ist einfach nur die Art, wie es in ihrer Familie läuft.

»Aber du bleibst noch zum Dessert?«, fragt Jojos neue Partnerin. »Wir hatten vor, euch noch etwas mitzuteilen.«

»Können wir auch gleich machen«, sagt Jojo lapidar, erhebt sich vom Stuhl und klopft mit ironischer Geste an sein Glas. »Wir werden heiraten.«

»Wir alle?«, entfährt es Dora, wofür sie befreites Gelächter erntet.

»Trotz Corona?«, will Axel wissen, woraufhin Jojo zum ersten Mal ärgerlich die Brauen hebt.

»Kein Fest«, sagt Jojos Partnerin beruhigend. »Wir gehen nur zum Standesamt. Aber wir wollten, dass ihr es vorher wisst.«

»Glückwunsch euch beiden«, sagt Axel, der Vorzeigesohn. Manchmal fragt sich Dora, ob auch Axel seine Mutter verloren hat oder ob nur sie in diesem Moment das schmale Gesicht mit den zu großen Augen sieht und das Bett vor der Terrassentür, in dem sie reglos lag und hinausschaute. Der Unterhaltung am Tisch hört Dora nicht mehr richtig zu. Begriffe wie »Steuersplitting«, »Alterssicherung« und »Berliner Testament« ziehen an ihr vorbei. Sie denkt darüber nach, dass sie Jojos neue Partnerin ab jetzt »Jojos neue Frau« nennen muss. Sie bricht früher auf, als es nötig wäre, und läuft mit großen Schritten die Treppen hinunter.

Als sie zwei Stunden später mit Jochen im Rucksack und Gustav an ihrer Seite in Kochlitz aus der Regionalbahn steigt, ist der Himmel schwarz. Fledermäuse flattern durch die Lichtkreise der Bahnhofslampen, wie Vergrößerungen der Insekten, die sie jagen. Ein Nachtvogel gleitet in lautlosem Flug vorbei. Erste Grillen zirpen, in der Ferne bellt ein Fuchs. Die Tiere haben den Bahnhof übernommen. Ronny ist noch da, obwohl Dora kein Schloss für ihn hat. Fast empfindet sie Mitleid. Unabgeschlossen an einem Bahnhof zu stehen und nicht gestohlen zu werden, muss für ein Fahrrad ziemlich hart sein. Es geht erstaunlich leicht, in Gustavs Sattel zu sitzen und Ronny am Lenker zu führen. Schnell und fast lautlos gleitet Dora durch die Dunkelheit. Nach Hause, denkt sie. Ich fahre nach Hause.

Sie verstaut die Fahrräder im Schuppen, schließt die Haustür auf und geht auf direktem Weg ins Schlafzimmer, um sich für die Nacht fertig zu machen. Sie schaltet das Licht an und fährt zusammen. Da steht ein Bett. Ein richtiges Bett, nicht nur eine Matratze auf dem Boden. Das Bett ist aus Holzpaletten gebaut, die jemand abgeschliffen und weiß lackiert hat. Der Geruch frischer Farbe hängt in der Luft. Das Bett ist so groß, dass rings um die Matratze ein breiter Rand verläuft, auf dem man Handy, Bücher, Wecker und Nachttischlampe platzieren kann. Ein besseres Bett könnte sich Dora gar nicht wünschen. Aber das ändert nichts an der Tatsache, dass es nicht hierher gehört. Bei ihrer Abfahrt hat es sich mit Sicherheit noch nicht im Haus befunden.

Langsam geht sie auf das Möbelstück zu. Es löst sich nicht in Luft auf. Es lässt sich sogar anfassen. Dora geht zur Hintertür. Sie ist verschlossen. Auch die Vordertür war verschlossen, da ist sie absolut sicher. Dora stellt sich auf den Absatz der Freitreppe, während Fledermäuse und Eulen durch die kühle Luft fliegen, und schaut zur Mauer hinüber, hinter der sich nichts regt.

16 Brandenburg

»Gote!«, schreit Dora. »Gote!«

Am Morgen steht sie auf dem Gartenstuhl an der Mauer. Bauwagen, Geranien, Wolf. Das leere Haus. Sie ist fest entschlossen, sich nicht abwimmeln zu lassen.

»Gote!«

Den Stuhl musste sie erst einmal zurück an die richtige Stelle tragen. Als sie nach dem Aufstehen aus dem Küchenfenster schaute, standen sämtliche Gartenmöbel ein Stück weiter hinten, unter den Obstbäumen, zu einer Sitzgruppe arrangiert, als hätten die Kobolde dort zum nächtlichen Kaffeekränzchen gesessen. Gott sei Dank sind Gustav und Ronny noch im Schuppen. Sie stehen nebeneinander wie brave Pferde.

»Komm raus! Ich weiß, dass du da bist.«

So geht es eine Weile weiter. Es ist erst halb acht. In Brandenburg später Vormittag, denkt Dora grimmig. Zeit zum Aufstehen. Jochen-der-Rochen sucht umständlich den besten Platz für ihr morgendliches Geschäft. Dora steht auf dem Stuhl und schreit. Drüben rührt sich lange nichts und dann doch. Die Tür des Bauwagens fliegt auf, schlägt mit einem Knall gegen die Außenwand und federt zurück, so dass Gote, der sich mit beiden Händen am Türrahmen festhält, fast getroffen wird. Er schwankt. Er beschattet die Augen mit einer

Hand, als würde die Sonne ihm weh tun. Er muss einen mächtigen Kater haben.

»Hier!«, ruft Dora.

Gote taumelt die drei Gitterstufen des Bauwagens herunter und bewegt sich in ihre Richtung, halbblind, eine Hand noch immer über den Augen. In einigen Schritten Entfernung bleibt er stehen.

»Was?«

»Warst du das?«

»Was?«

»Das mit dem Bett.«

Er überlegt. Als er die Hand sinken lässt, sieht Dora, dass seine Augen stark gerötet sind. Zwischen den zusammengezogenen Brauen steht eine steile Falte, so tief, dass man einen Notizzettel darin festklemmen könnte.

»Jepp.«

Natürlich ist Dora auf diese Antwort vorbereitet. Sie hat die Paletten in Gotes Garten gesehen, und irgendjemand muss es schließlich gewesen sein. Trotzdem bringt sie das unverblümte Geständnis durcheinander. Aber ihre Gefühlslage kann sie später klären. Jetzt muss sie erst einmal das Gespräch in Gang halten, bevor Gote wieder in seiner Höhle verschwindet.

»Warum?«

Gote sieht genervt aus. Dora kennt das. Auch in ihrem Leben ist »Warum?« eine lästige Frage. Warum kann sie schon wieder nicht schlafen? Warum denkt sie ständig daran, dass Jojo und Sibylle heiraten wollen? Warum kann sie nicht wie Axel sein, der immer nur fragt, was ihm schadet und was ihm nützt? Oder wie Robert, der sich in eine Sache verbeißt und den Rest vergisst? Gote räuspert sich, hustet und spuckt aus.

»Du hattest keins.«

Über diese Antwort würde Dora gern länger nachdenken. Ein philosophisches Propädeutikum abhalten: »Die Warum-Frage: eine Chimäre der Moderne?« Weil sie nichts sagt, glaubt Gote, sie hätte ihn wieder einmal nicht verstanden.

»Kein Bett«, erklärt er geduldig.

»Woher weißt du das?«

»Sieht man.«

»Durchs Fenster?«

»Jepp.«

»Du kommst in meinen Garten und schaust durch die Fenster?«

»Jeden Freitag.«

Diese Ansage gilt es zu verdauen. Ebenso wie die Tatsache, dass Jochen gerade auf der falschen Seite der Mauer auftaucht, direkt hinter Gote, der sie nicht bemerkt. Freundlich hechelnd schaut die Hündin zu Dora hinauf und macht sich dann auf den Weg zum Kartoffelbeet. Dora traut sich nicht zu rufen, weil das Jochen verraten würde. Sie entscheidet sich für Ablenkung.

»Du schaust also jeden Freitag bei mir in die Fenster.«

Darauf antwortet Gote nicht. Streng genommen war es auch keine Frage. Außerdem hat er genau das ja gerade gesagt.

»Und warum hast du bei mir die Gartenmöbel umgestellt?«, fragt sie.

Wieder reagiert er nicht. Das Gespräch scheint ihn anzustrengen; immer wieder kneift er die Augen zusammen und massiert sich die Schläfen.

»Gote! Das mit den Gartenmöbeln verstehe ich nicht.«

»Verdammt!«, ruft er. »Was interessieren mich deine Gartenmöbel?«

»Jemand hat sie in der Nacht umgestellt.«

»Ich nicht.«

»Wer dann?«

»Keine Ahnung, Mann!«

Es bringt nichts, ihn wütend zu machen.

»Okay.« Dora verlagert ihr Gewicht auf dem wackligen Stuhl, holt tief Luft und bemüht sich, mit freundlicher Stimme zu sprechen. »Pass auf, Gote, das Bett ist echt schön. Aber ich will nicht, dass du zu mir rüberkommst.«

Er hebt den Kopf und schaut Dora zum ersten Mal richtig an.

»Hab immer aufs Haus aufgepasst.«

»Auf meins?«

»Das stand schon vor dir hier.«

»Du meinst, als das Haus leer stand, hast du ab und zu nach dem Rechten gesehen?«

»Muss ja einer machen.«

»Dann hast du auch einen Schlüssel?«

Gote nickt, und ein weiteres Rätsel ist gelöst.

»Aber jetzt«, Dora spricht extra sanft, »jetzt wohne ich hier.«

Gote zuckt die Achseln. »Du bist allein. Und ne Frau. Kannst nicht mal richtig sensen.«

»Spinnst du? Ich kann super sensen.«

»Ich hab Heini gesagt, er soll mal mit der Hilti zu dir rübergehen.«

Mit einem kleinen Ruck fällt der nächste Groschen. Heini. Hilti. Heinrich.

»Du hast Herrn Heinrich gesagt, dass er bei mir roden soll?«

»Wem?«

»R2-D2. Ich meine, Heini.«

Gote fummelt ein zerdrücktes Päckchen Zigaretten aus der Tasche und kommt zur Mauer, um ihr davon anzubieten. Fiese osteuropäische Filterkippen ohne Steuermarke, und das früh am Morgen. Auf keinen Fall, ruft die Vernunft, während sich der rechte Arm schon über die Mauer schiebt. Damit Gote ihr Feuer geben kann, muss sich Dora auf Zehenspitzen stellen und sich am oberen Mauerrand festhalten, was den Gartenstuhl in Schieflage und die Hohlbausteine zum Schwanken bringt.

Diplomatie verlangt Opfer, lenkt die Vernunft ein, und der Rest von Dora inhaliert genüsslich.

»Kommst du eigentlich aus Polen?«, fragt sie, um das Gespräch nicht einschlafen zu lassen.

Jetzt schaut Gote sie an, als hätte sie endgültig den Verstand verloren.

»Wegen der Fahne.« Sie zeigt aufs Wohnhaus. »Da vorne.«

»Das ist die Deutschlandfahne.«

»Die andere! Die rot-weiße.«

»Brandenburg.«

Dora spürt, wie sie rot wird. Näher kommt man ans Städter-Klischee wahrscheinlich nicht mehr heran.

»Ich bin doch kein Polacke«, erklärt Gote für den Fall, dass sie es immer noch nicht verstanden hat.

Polacken in Bracken, schlägt Doras Sprachzentrum vor. Sie braucht schnell ein anderes Thema.

»Hab dich eine ganze Weile nicht gesehen. Arbeitest du auswärts?«

»Ging nicht so gut«, murmelt Gote.

Danach rauchen sie schweigend und schnippen fast zeit-gleich die Kippen weg. Gote auf Doras Seite der Mauer und Dora auf seine.

»Dann hätten wir das geklärt«, behauptet Dora abschlie-ßend. »Danke noch mal für das Bett. Aber jetzt möchte ich, dass du mir den Schlüssel bringst.«

Ohne sie weiter zu beachten, geht Gote Richtung Bauwa-gen. Seine Schritte wirken etwas sicherer. »Gote? Du holst den Schlüssel, oder?«

Die Tür des Bauwagens schlägt zu.

17 Steffen

Am Vormittag schreibt Dora neue Treatments, um sicherzustellen, dass die Auswahl für die nächste Präsentation groß genug ist. GUTMENSCH im ZOO – er befreit einen Löwen aus dem viel zu kleinen Gehege, woraufhin das Tier ihn fressen will. GUTMENSCH hilft einem Mann dabei, seinen platten Autoreifen zu wechseln, doch der Mann entpuppt sich als flüchtiger Bankräuber. GUTMENSCH bietet einem Fremden sein Gästezimmer an, nur um am nächsten Morgen festzustellen, dass die ganze Einrichtung fehlt.

Je länger sich Dora mit GUTMENSCH und seinen Missgeschicken beschäftigt, desto lieber mag sie ihn. Sie ist selbst wie GUTMENSCH. Jeder, den sie kennt, ist so. Vielleicht abgesehen von Gote, und selbst der baut Möbel für seine neue Nachbarin. Jeder versucht auf seine Weise, mit dieser erbarmungslosen Welt klarzukommen. Etwas Positives hinzuzufügen, etwas Sinn in das Durcheinander zu bringen. Jeder besitzt den Instinkt, anderen zu helfen, egal, wie stark oder wie verkümmert der Antrieb im Einzelfall sein mag. Der GUTMENSCH ist eine ironische Zeitgeist-Karikatur, die möglichst viele nachhaltig produzierte Jeans verkaufen soll. Aber er ist auch eine Ikone des zutiefst menschlichen Wunsches, die Welt zu einem besseren Ort zu machen. Trotz eingebauter Vergeblichkeit. Das ist witzig und tragisch und vor allem existenziell.

Als sie fertig ist, klappt sie den Rechner zu. Das Rauschen des Lüfters verstummt. Bleierne Stille senkt sich über das Haus. Jedes Geräusch – das Ablegen eines Stifts, das Abstellen der Tasse, das Öffnen und Schließen einer Tür – wirkt plötzlich unnatürlich laut. Doras Magen kribbelt. Als Nächstes werden ihre Entwürfe an den Kunden geschickt. Dann heißt es warten, bis Feedback kommt. Vielleicht einige Tage, vielleicht sogar Wochen. Unter normalen Umständen würde Dora sofort das nächste Briefing erhalten. Aber zurzeit ist nichts normal. Dora ist im Leerlauf. Sie hat von einer Sekunde auf die andere nichts mehr zu tun.

Sie duscht, frühstückt ein zweites Mal und geht mit Jochen spazieren. Halb zwölf. Sie schleppt die abgeschnittenen Jungbäume in den hinteren Teil des Flurstücks und stapelt sie zu einem großen Haufen, der eines Tages verbrannt werden kann. Sie duscht ein weiteres Mal und brät Eier zum Mittagessen, die sie am Fleischerwagen erworben hat. Zwei für sich, eins für Jochen. Sie isst so langsam wie möglich und verbietet sich, nebenher Schlagzeilen im Internet zu lesen. Trotz aller Konzentration ist die Mahlzeit nach zwanzig Minuten beendet. Halb zwei.

Halb zwei ist die schrecklichste Uhrzeit der Welt. Halb zwei bedeutet, dass der Tag gerade mal zur Hälfte vergangen ist. Dora sitzt am Küchentisch und wischt die letzten Reste Eidotter mit einem Stück Brot vom Teller, während ihr Körper kribbelt, als wäre er mit Kohlensäure gefüllt. Es gäbe so vieles, womit sie sich beschäftigen könnte. Liegengebliebene E-Mails beantworten, die Festplatte aufräumen, ihren Lebenslauf auf den neuesten Stand bringen. In den sozialen Medien aktiv werden und darüber nachdenken, ob sie sich eine eigene Homepage zulegen sollte. Aber sie spürt sofort, dass es unmöglich ist, sich solchen Dingen zu widmen. Unter Stress schafft sie es, noch fünf Sachen nebenher zu erledigen. Aber die Beschäftigungslosigkeit frisst jede Energie. Es käme ihr geradezu verlogen vor, den brachliegenden Projekte-Kreislauf mit selbsterfundener Arbeit zu füttern.

Natürlich kann sie auch versuchen, ein Buch zu lesen. Sie kann das Bad putzen und noch viele Male spazieren gehen. Nur wird das die Zeit nicht totschlagen. Auf jede leere Stunde wird eine weitere folgen. Dora sagt sich, dass sie eben ein paar Tage Urlaub vor sich hat. Etwas, über das sich normale Menschen freuen. Leider ist Freizeit in Wahrheit nur ein Geschenk, wenn sie gar nicht frei, sondern mit Aktivitäten vollgestopft ist. Mit Ausflügen, Sportereignissen, Familientreffen. Mit dem Schreiben eines Romans oder den Bedürfnissen kleiner Kinder. Echte Freizeit ist der Horror. Sie dehnt sich in alle Richtungen wie ein Schlachtfeld, auf dem kein Feind zu sehen ist. Nur stumme Bedrohung. Loslaufen ist genauso falsch wie stehen bleiben.

Dora erhebt sich vom Küchentisch und lässt eine Fliege ins Freie, die schon seit geraumer Zeit an der Scheibe brummt. Taumelnd schwebt das Insekt durchs Fenster, irgendwie unbeholfen, als wäre die Idee von Freiheit nur schön, solange man eine Fensterscheibe hat, die einen aufhält.

Wenigstens hat das Brummen aufgehört. Die Fliege hatte den unschlagbaren Vorteil, keine Einbildung gewesen zu sein, nicht wie die Fliegen in Roberts und ihrem Schlafzimmer. Dora hat schon länger keine nichtexistenten Insekten mehr gejagt. Vielleicht wird sie eines Tages auch wieder Zeitung lesen können, ohne Magenkrämpfe zu kriegen. Vielleicht kann sie irgendwann aufhören, die ganze Zeit über sich selbst nachzudenken. Einfach etwas tun, weil es möglich ist. Wie die Person, die die Bank im Wald gemacht hat. Für die kommenden Tage braucht sie jedenfalls ein Projekt. Saatkartoffeln beschaffen und pflanzen. Die Wände streichen. Ihr wird schon etwas einfallen. Wichtig ist, es allein zu schaffen. Sie will niemanden um Hilfe bitten. Es kann nicht sein, dass sie nicht in der Lage ist, ein paar Tage mit sich selbst zu verbringen. Auch wenn sie jetzt schon spürt, wie die Leere an ihr nagt. Wie ihr Körper an den Rändern verschwimmt. Sie muss raus hier.

Fürs Erste kann sie etwas Sinnvolles tun: Ronny zurückbringen. Sie holt ihn aus dem Schuppen und schiebt ihn am Straßenrand entlang. Als sie die Vorderfront von Gotes Haus passiert, fährt ein leichter Wind in die Flaggen und hebt sie an, so dass Dora für einen Augenblick den Adler auf den Farben Brandenburgs erkennt.

Dieses Mal öffnet Steffen die Tür. Er trägt das lange rötliche Haar offen, so dass es glatt herunterhängt und sein bebrilltes Gesicht einrahmt wie ein Vorhang, den man schließen kann, wenn die Vorstellung beendet ist.

»Was willst du diesmal?«, fragt er.

»Ich bringe Ronny zurück.«

»Wer ist Ronny?«

Dora deutet auf das große Herrenrad. Sie hat es an einen Laternenmast gelehnt.

»Du hast dem Drahtesel einen Namen gegeben?«

Dora zuckt die Achseln. »Er sieht aus wie Ronny.«

»Und willst ihn trotzdem nicht haben?«

»Nein, ich dachte nur, ihr wollt...«

»Stimmt was nicht mit dem Rad?«

»Doch, doch, es ist nur so, dass ich inzwischen mein eigenes aus Berlin geholt habe. Es war ziemlich teuer.«

»Und weil es teuer war, ist es besser?«

»Nein, es ist …«

»Ronny war auch nicht billig.«

»Kann sein, aber Ronny ist viel zu groß für mich, und …«

»Oder weil das andere aus Berlin kommt?«

»Nein, aber Gustav ist …«

»Gustav!« Steffens Augen funkeln böse hinter den Brillengläsern. »Es ist also ein Gustav, den du unserem Ronny vorziehst?«

Dora fühlt sich wie im falschen Film. »Dachtet ihr, ich wollte Ronny kaufen? Bist du deshalb sauer?«

»Kaufen!« Jetzt steigert sich Steffens schlechte Laune zu echtem Zorn. »Ihr Städter denkt immer nur ans Kaufen! Völlig verstrickt ins Eigentum. Hast du schon mal versucht, etwas wertzuschätzen, ohne dich zu fragen, wem es gehört?«

»So meinte ich das nicht«, versucht es Dora erneut, »ich wollte nur …«

Aber Steffen lässt sie nicht mehr zu Wort kommen.

»Da versucht man, dir einen Gefallen zu tun, und überlässt dir ein nagelneues Rad, vielleicht als Willkommensgruß, vielleicht aus schlichter Hilfsbereitschaft, Leihgabe, Geschenk, was bedeutet das schon, Ronny ist ein phantastischer Drahtesel, und du hättest ihn benutzen können, solange du willst, aber du schmeißt das alles hin, du weist ihn einfach zurück!«

Dora steht fassungslos da und weiß nichts zu sagen. Sie starrt Steffen an, seine schmale Gestalt, die wütende Miene, die runde Brille und das rote Haar, und da bemerkt sie, dass seine bizarre Rede noch immer in der Luft steht, eine Wort-skulptur, eine akustische Installation, vielleicht unter dem Titel »Gustav und Ronny« oder »Städter auf dem Land«, und tatsächlich klappt Steffen jetzt zusammen, als hätte man die Fäden einer Marionette durchtrennt, seine langen Haare fallen nach vorn, er vollführt eine Art Verbeugung, und als er sich wieder aufrichtet, sieht Dora, dass er lacht. Er lacht sie aus. Vielleicht ist er bekifft. Auch wenn seine Augen klar wirken.

»Du müsstest dein Gesicht sehen«, grinst er. Dann legt er die Hände aneinander wie der Dalai Lama. »Komm erst mal rein«, sagt er freundlich. »Dein Hund ist auch schon drin.«

18 Mon Chéri

Im Hausflur ist Jochen-der-Rochen nicht zu sehen. Vermutlich durchsucht sie gerade sämtliche Räume nach Katzenfutterschüsseln oder Keksschalen, die auf flachen Couchtischen stehen. Wenn sie alles Essbare vertilgt hat, wird sie wieder auftauchen, in einem Zustand genervter Langeweile, inklusive ihres jämmerlichen Können-wir-bald-gehen-Fiepens.

»Ganz nach hinten durch«, bittet Steffen und dirigiert Dora über den schmalen Flur zur Rückseite des Hauses. »Du willst doch bestimmt die Cannabis-Plantage sehen.«

Dora fragt sich, ob er Gedanken lesen kann. Oder ob Menschen, die aus der Stadt kommen, tatsächlich so berechenbar sind. Auf dem Weg über den Flur späht sie neugierig durch offene Türen. Eine moderne Küche mit heller Front und Edelstahlelementen. Ein Wohnzimmer mit niedrigen Möbeln und Flachbildfernseher. Ein Badezimmer, in dem sie einen Jacuzzi zu erkennen glaubt. Das Pflanzengeschäft scheint gut zu laufen.

Jochen schlüpft aus einer angelehnten Tür, hinter der Dora das Schlafzimmer vermutet, und kaut an etwas, von dem sie nichts wissen will.

»Hier entlang.«

Steffen öffnet eine Hintertür. Sogleich schießt Jochen an ihm vorbei, um die neuen Jagdgründe als Erste zu erobern.

Wider Erwarten führt die Tür nicht auf den Hof, sondern in eines der Nebengebäude, einen flachen, langgestreckten Anbau. Der süßliche, leicht abstoßende Geruch von Schnittblumen schlägt ihnen entgegen. Auf langen Arbeitstischen entlang der Wände liegt haufenweise Pflanzenmaterial, zu Bündeln geordnet, Farne, Gräser, Blüten, Stängel, viele getrocknet, manche frisch. In einer Ecke sieht Dora die fertigen Produkte: frische Blumengebinde und Trauerkränze, aber vor allem Unmengen von kleinen Gestecken aus Trockenblumen, in Körbchen oder bemalten Keramikschüsseln, hübsch arrangiert, klein genug, um auf die Ablage vor dem Badezimmerspiegel zu passen.

»In diesem Land wird gelegentlich geheiratet und öfter gestorben. Aber am häufigsten wird dekoriert«, sagt Steffen.

Das klingt nach einem Satz, der regelmäßig geäußert wird. Dora kann sich Toms dröhnende Stimme dazu vorstellen. Sie tritt an einen der Tische, um die Gestecke näher zu betrachten. Jedes ist ein Unikat, manche mit bunten Kieselsteinen oder Hagebutten dekoriert, andere eher schlicht, kleine Steingärten mit Variationen aus verschiedenen Gräsern.

»Das Hauptgeschäft machen wir am Straßenrand. Unsere Leute verteilen die Verkaufsstellen im ganzen Landkreis. Ein alter Nähmaschinentisch aus dem Trödelladen, Spitzendeckchen drauf, handgeschriebenes Schild und ein schlichtes Einmachglas als Kasse, für Selbstzahler auf Vertrauensbasis. Da klingelt bei den Touristen aus Berlin der Authentizitätsalarm. In ihrer Vorstellung hat ein altes Mütterchen mit karierter Schürze die Gestecke gebunden. Sie kaufen das Zeug wie verrückt und zahlen im Schnitt fünfzehn Euro pro Gesteck. Unsere Leute fahren die Routen ab, füllen die Tische und leeren die Kassen. An guten Wochenenden verkaufen wir ein paar hundert Stück.«

»Die sind auch echt hübsch.« Dora hat eins der Gestecke hochgehoben. Es ist ein Miniaturwald mit Nadel- und Laubgewächsen und winzigen bunten Glasperlen, die wie Vögel in den Bäumen sitzen.

»Die meisten Blumen und Gräser ziehen wir in unseren Gewächshäusern«, sagt Steffen. »Aber ich sammele auch Material im Wald.«

Irgendwie passt das zu ihm. Eine Mischung aus Kräuterhexe und Lifestyle-Designer. Sosehr er sich um einen ironischen Tonfall bemüht, aus seinen Worten klingt Künstlerstolz.

»Normalerweise verkaufen wir auch eine Menge über Blumengeschäfte und Wochenmärkte. Aber jetzt ist Lockdown. Dummerweise hatten wir gerade in eine neue Trockenkammer investiert. Da laufen Kredite. Aber wir sind Kämpfer. Bevor wir einen Cent von der Regierung annehmen, essen wir lieber unsere Blumen.«

Jochen hat damit schon angefangen. Sie liegt flach auf dem Bauch und kaut an einem Pflanzenstängel.

»Zusätzlich zum Straßenverkauf baut Tom den Internetvertrieb auf. Läuft ganz gut an. In Zeiten wie diesen holen sich die Menschen gern ein Stück Wald auf den Küchentisch.«

Dora stellt sich vor, wie es wäre, noch immer in der Kreuzberger Wohnung zu sitzen, während Robert übertrieben laut telefoniert, und so lange in eins von Steffens Gestecken zu schauen, bis sie das Singen der Vögel hört.

»Eure Leute«, fragt sie, »sind das Flüchtlinge?«

Steffen nickt gewichtig.

»Das sind *Boat People* aus Aleppo. Wir nutzen ihre Notlage aus, indem wir sie quasi umsonst für uns arbeiten lassen.«

»Doofe Frage, doofe Antwort?«

Steffen setzt sein gewichtiges Nicken fort.

»Und in echt?«, fragt Dora.

»Wir beschäftigen jedes Jahr zwei oder drei Erasmus-Studenten aus Portugal. Sie studieren in der Stadt und verdienen sich bei uns was dazu. Wegen Corona wollten sie raus aus Berlin, aber auch nicht nach Lissabon zurück. Also wohnen sie bei uns und helfen bei der Spargelernte.«

»Gibt das keinen Ärger?«

»Mit der Steuerfahndung?«

»Mit dem Dorf.«

»Bracken ist total linksliberal. Eine Hochburg der Willkommenskultur.«

Dora muss lächeln. »Was hast du eigentlich gemacht, bevor du ein altes Mütterchen mit karierter Schürze geworden bist?«

Steffen dreht die Augen nach oben, als müsste er angestrengt nachdenken.

»Kann sein, dass ich in grauer Vorzeit an der Ernst-Busch studiert habe.«

Doras Lächeln vertieft sich. Die Hochschule »Ernst Busch« unterrichtet Schauspielkunst. Berühmt ist sie für die Ausbildung von Puppenspielern.

»Und Gote, ist der auch linksliberal?«

»Gote. Na ja.« Steffen bindet sich die Haare zum Zopf. Anscheinend ist die Aufführung beendet. »Gote ist in letzter Zeit etwas ruhiger geworden. Thor sei Dank.«

»Und früher?«

Steffen schreitet an den Arbeitstischen entlang und beginnt, Material für ein Gesteck zusammenzusuchen. Pampasgras, Birkenblätter, Schleierkraut, ein paar Glasmurmeln.

»Er kam gelegentlich rüber, um vor dem Haus zu randalieren. Arschficker, Kanacken, ich mach euch alle fertig. So in der Art.«

»Oh mein Gott.« Dora wird blass. »Trinkt er?«

»Du meinst, um Nazi zu werden, muss man Alkoholiker sein?«

»So meinte ich das nicht.«

»Tom hat ihm irgendwann die Sachlage erklärt, in ganz einfachen Sätzen.«

»Welche Sachlage?«

»Dass wir ein paar Leute zusammentrommeln und Gote zu Brei schlagen, wenn er uns noch einmal belästigt.«

»Oh mein Gott«, wiederholt Dora wie ein Teenagermädchen.

»Das ist nun mal die Sprache, die Gote versteht.«

Mit geschickten Fingern ordnet Steffen die Pflanzenteile und steckt sie in einen mit Moos beklebten Styroporwürfel. Er hält blaue Glasmurmeln ins Licht, bevor er sie zwischen den Gräsern platziert.

»Hat es geholfen?«, fragt Dora.

»Ein bisschen.« Steffen zuckt die Achseln. »Vielleicht sind Gote und seine Freunde auch zu beschäftigt. Morddrohungen an Haustüren kleben, Briefkästen mit Ketchup füllen, schwarze Holzkreuze in Vorgärten stellen. Der Job des Reichsbürgers ist anspruchsvoll.«

»Sowas machen die hier?«

»Liest du keine Zeitungen?«

Dora schluckt. Sie ist in einem Kriegsgebiet gelandet. Sie kann schon Axels höhnische Stimme hören, wenn sie demnächst bei ihm Asyl beantragt: »Was hast du denn gedacht, wo du hinziehst? Ins Landlust-Wunderland?«

Dora kann keine Leute zusammentrommeln, um jemanden zu Brei zu schlagen. Sie kann nur hoffen, dass Gote nicht eines Tages seine persönliche Feindin in ihr entdeckt.

»Alles okay?«

Anscheinend ist sie noch blasser geworden. Sie nickt, räuspert sich, streicht sich mit beiden Händen die Haare zurück.

»Ich verstehe nicht, wie ihr in einer solchen Situation AfD wählen könnt.«

Steffens Miene verschließt sich. Als hätte er von innen ein Fenster zugemacht.

»Ich wähle nicht«, sagt er. »Wählen ist unspirituell.«

Dora wirft ihm einen Blick zu, um herauszufinden, ob er sie wieder auf den Arm nimmt. Aber sein Gesicht bleibt undurchdringlich.

»Tom wählt«, sagt Dora.

»Da musst du Tom fragen.«

»Er hat es mir erzählt.«

»Dann seid ihr ja schon richtig dicke Freunde.«

Steffen stellt den Styroporwürfel in ein passendes Körbchen und betrachtet es mit zusammengekniffenen Augen. Dann legt er noch zwei leere Schneckenhäuser neben die Murmeln und stellt das Gesteck vor Dora hin. Sie hat keine Lust, ihm zu sagen, dass es hübsch aussieht. Sie ärgert sich über seine Ich-wähle-nicht-Nummer. Da ist ihr Toms blödes Protestwählertum fast noch lieber.

»Ich erzähle dir was über Gote«, sagt Steffen. »Seine Frau hat ihn betrogen. Monatelang, mit dem Bofrost-Mann. Das ganze Dorf hat über ihn gelacht. Er hat es ertragen, bis sie irgendwann abgehauen ist und die kleine Tochter mitgenommen hat. Jetzt lebt sie in Berlin, und er sitzt allein in seinem Bauwagen.«

»Und der ist Ausländer?«

»Gote?«

»Der Bofrost-Mann!«

»Der ist aus Plausitz, glaube ich.«

»Warum ist er dann Nazi geworden?«

»Der Bofrost-Mann?«

»Gote!«, ruft Dora wütend.

»Nazi war der vorher schon«, sagt Steffen seelenruhig.

»Wo ist dann der verdammte Zusammenhang?«

Steffen grinst. »Du hast es gerne schwarz-weiß, stimmt's?«

Dora will protestieren, aber eine kleine Stimme in ihrem Kopf informiert sie darüber, dass Steffen womöglich nicht ganz unrecht hat.

»Weil du alles einfach haben willst, ist die Welt immer falsch für dich. Deshalb bist du auch so unruhig.«

»Ich bin nicht unruhig.«

»Du kannst die Hände nicht still halten und wackelst mit dem linken Fuß.«

Möglichst unauffällig legt Dora ein Stück Kordel beiseite, mit dem sie seit geraumer Zeit herumspielt, und verlagert ihr Gewicht, um den linken Fuß unter Kontrolle zu bringen.

»Weißt du, was man hier draußen lernt?«

Auf einmal klingt Steffens Stimme ernst und freundlich, ganz frei von Ironie. Dora schüttelt den Kopf.

»Es geht nicht darum, Widersprüche aufzulösen«, sagt Steffen, »sondern sie auszuhalten.«

Dora mag keine Glückskeks-Weisheiten. Sie verzieht den Mund.

»Manche Dinge sind eben einfach«, behauptet sie. »Rechtspopulisten zum Beispiel. Die gewinnen sogar Wahlen mit ihrer grandiosen Einfachheit.«

»Was soll an Rechtspopulisten einfach sein?«

»Man ist entweder Rassist oder nicht.«

»Glaube ich nicht.«

»Findest du Ausländer scheiße?«

»Klar. Total.«

»Dann bist du ein Rassist.«

»Aber ich finde die Deutschen genauso scheiße.«

Wider Willen muss Dora lachen. Steffens aalglatte Dreistigkeit ist ebenso ärgerlich wie entwaffnend.

»Mich auch?«

»Dich besonders.«

»Und wenn ich ein Gesteck kaufe?«

»Dann nicht mehr.«

Dora zeigt auf das Arrangement, das Steffen soeben fertiggestellt hat. Durch die blauen Murmeln wirkt es wie die Nachbildung eines kleinen Teichs, von Schilf und Bäumen umgeben.

»Zwanzig Euro. Für dich neunzehn.«

Dora zieht ihr Smartphone aus der Tasche, in dessen Schutzhülle immer ein paar Geldscheine stecken.

»Ich gebe dir dreißig.«

»Danke, reiche Städterin.«

Steffen reicht ihr das Gesteck. »Nimm dich vor Gote in Acht.«

»Warum sagst du das?«

Er hebt die Hände. »Nur so ein Gefühl. Nazi oder nicht, der tickt nicht ganz richtig.«

Bevor Dora etwas erwidern kann, zeigt er in die Ecke, wo die großen Blumengebinde stehen.

»Am besten, du gehst jetzt. Dein Hund hat die ganzen Mon Chéri aus den Präsentkörben gefressen.«

19 Franzi

Als Dora klein war, hat es jede Menge Kobolde und Elfen gegeben. Zwerge, die zwischen Baumwurzeln wohnten, Luftgeister, die den Wind erzeugten, kleine Feen, die für das Wohlergehen der Käfer sorgten. Außerdem gab es noch den Osterhasen, das Christkind und einen Schutzengel für jedes Kind. Dora und Axel waren umgeben von unsichtbaren Wesen, die sie beschützten und die Welt für sie schöner machten. Nichts Schlimmes konnte passieren, solange ihr kleines Universum von Liebe durchdrungen war, die immer neue Zauber hervorbrachte. Als ein Mädchen in der Grundschule die Existenz des Osterhasen in Frage stellte, haute Dora ihr eine runter. Die Schelte der Klassenlehrerin ertrug sie mit Gelassenheit. Es schien ihr nur logisch, die Wesen zu verteidigen, die sie beschützten.

Dann starb die Mutter und sämtliche Zauberwesen mit ihr. Die Wahrheit griff an wie ein erbarmungsloser Psychopath. Dora hatte nichts in der Hand außer ihrer kindlichen Schwäche und einem Haufen Irrtümer. Die Geschichte von Sicherheit und Geborgenheit stimmte genauso wenig wie die vom Osterhasen.

Jetzt sitzt sie zum zweiten Mal auf der Bank an der Wegkreuzung im Wald, und schon ist der Ort zum Stammplatz geworden. Auch Jochen liegt an derselben Stelle im Moos wie letztes Mal. Die Sonne kitzelt Doras Nase, der leichte

Wind spielt mit ihren Haaren. In schrägen Balken lehnt das Licht an den Kiefern; ein Greifvogel segelt lautlos zwischen den Stämmen. Es raunt und wispert. Zauberwesen. Auch der Eichelhäher ist wieder da.

»Hallo, Mama«, sagt Dora, und der Vogel lässt seinen Warnschrei hören. »Du hättest uns ruhig ein bisschen mehr Sinn für die Wirklichkeit beibringen können. Es fühlt sich nicht gut an, wenn man für dumm verkauft wird.« Der Eichelhäher schüttelt das Gefieder, was wie ein Achselzucken wirkt. »Ich falle sogar auf Leute wie Steffen herein. Oder auf ein bisschen Rascheln im Dickicht.«

Tatsächlich hat Dora das Gefühl, dass hinter ihr in den Brombeeren etwas sitzt. Größer als eine Fee. Vielleicht ein Elf oder Kobold. Der Eichelhäher schüttelt sich noch einmal und verschwindet im Wald.

»Da machst du es dir vielleicht ein bisschen zu leicht! Ist doch kein Grund, gleich abzuhauen.«

Jetzt glaubt Dora sogar, ein Kichern zu hören. Langsam dreht sie sich um und springt dann mit drei Sätzen ins Gestrüpp. Sie packt zu und erwischt ein gelbes T-Shirt, in dem ein Mädchen steckt, noch nicht sehr groß, vielleicht acht oder neun Jahre alt. Die Kleine wehrt sich. Ihr langer Zopf peitscht durch die Luft und scheint einen eigenen Kampf zu führen, während die Kleine mit Fäusten um sich schlägt. Endlich erwischt Dora die Handgelenke, fixiert sie und presst das Mädchen an sich, bis es sich beruhigt.

»Jetzt reg dich mal ab«, sagt Dora so freundlich wie möglich. Sie spürt ein Zittern durch den warmen Kinderkörper laufen. Erst denkt sie, die Kleine weint. Dann hört sie wieder das Kichern.

»Du hast mit einem Piepmatz gesprochen.«

»Du hast mich doch neulich auch schon beobachtet, oder? Spionierst du mir nach?«

»Du hast Mama zu dem Piepmatz gesagt!«

Das Kichern steigert sich zu einem Lachen. Die Stimme des Mädchens klingt künstlich, viel zu hoch, als spielte es die Rolle eines Kleinkinds. Auch das Wort »Piepmatz« wirkt gekünstelt, und das Lachen kommt nicht von Herzen.

»Das war ein Eichelhäher.«

»Ein Häher? Macht der immer ›Hä‹?« Das Mädchen lacht noch angestrengter. »Mit Vögeln spricht man doch nicht!«

»Ich spreche auch mit meinem Hund«, sagt Dora so ruhig wie möglich.

Bei Jochens Erwähnung weicht alle Spannung aus dem Kind. Die kleine Rangelei und der Eichelhäher interessieren es nicht mehr. Es dreht den Kopf und sucht Jochen mit Blicken. Die Hündin liegt noch immer auf ihrem Moosbett und hat dem Kampf ungerührt zugesehen. Vielleicht wartet sie, wer gewinnt, um sich dann der Siegerin anzuschließen.

»Der ist so süß. Darf ich ihn streicheln?«

»Wenn ich dich noch ein paar Sachen fragen darf.«

»Okay.«

»Versprochen? Du läufst nicht weg?«

»Versprochen.«

Dora lässt das Mädchen los. Es steigt aus dem Gestrüpp und kniet sich vor Jochen.

»Na, du?«, sagt es sanft und streichelt der Hündin vorsichtig über den Kopf. Jochen wälzt sich auf den Rücken, klappt die Gliedmaßen auseinander und präsentiert ihren rosafarbenen Bauch, um gekrault zu werden.

»Er mag mich!«, ruft das Mädchen begeistert, während Jochen dem ganzen Wald ihre Geschlechtsteile zeigt. Dora fragt sich, ob das Kind nicht in der Lage ist, einen Rüden von einer Hündin zu unterscheiden.

»Es ist eine Sie.«

Vorsichtig löst Dora die Brombeerdornen aus ihrer Jeans, stapft aus dem Unterholz und setzt sich wieder auf die Bank. Ihre Arme sind zerkratzt, nicht nur von den Ranken, sondern auch von den Fingernägeln des Mädchens. Ein Glück, dass die kleine Bestie sie nicht gebissen hat.

Dora betrachtet die Kleine genauer. Vielleicht ist sie doch schon zehn. Ihr Haar muss offen bis über die Hüften reichen. Der Zopf ist schlampig, eher geknotet als geflochten. Arme und Beine sind dreckig, und auch die abgeschnittenen Jeans sehen aus, als wären sie seit Wochen nicht gewaschen worden. An den nackten Füßen trägt das Mädchen Gummisandalen, die einmal pink gewesen sind. So hysterisch sich die Kleine eben noch gebärdet hat, so versunken streichelt sie jetzt Jochens Hals, die Innenseite der Schenkel, die zarte Haut unter den Achseln. Jochen ist im Wellness-Koma. Ihre Ohren liegen wie Stofffetzen auf dem Waldboden. Die Lefzen sind aufgeklappt, die Zunge schaut zwischen den Zähnen hervor.

Eigentlich hat sich Dora nie besonders für Kinder interessiert. Aber man kann dem Thema ja kaum noch entkommen. Elternkolumnen, Psychologeninterviews, Kriegsberichterstattung aus deutschen Schulen. Als gäbe es nichts Wichtigeres auf der Welt. Genau wie in einem Bergwerk wird in modernen Familien permanent gefördert. Das Schicksal der Menschheit hängt an frühkindlichem Englischunterricht und kindgerechten Hobbys. Wenn Dora ehrlich ist, liest sie ziemlich viele der betreffenden Artikel. Sie weiß nicht genau, warum. Vielleicht weil es nichts Entspannenderes gibt als die Probleme anderer Leute. Inzwischen kennt sie die Kriterien der Hochbegabung und die Symptome von ADHS. Sie weiß, was *regretting motherhood* ist. Und sie hat von »regressivem Verhalten« gehört: geistige Rückkehr in ein frühes Stadium der Kindheit, nicht selten als Reaktion auf Vernachlässigung oder Stress. Zehnjährige, die mit Babystimme sprechen, weil sich die Eltern trennen. Zum Beispiel.

»Wie heißt du?«

»Franzi. Wie heißt dein Hund?«

»Jochen.«

»Ich dachte, es ist eine Sie.«

»Du hast recht, das ist ungewöhnlich. Sie heißt Jochen-der-Rochen, weil ihr Körper dreieckig ist, wenn sie auf dem Bauch liegt.«

Stumm runzelt das Mädchen die Stirn, während es sich tiefer über Jochen beugt.

»Weißt du nicht, was ein Rochen ist?«

Ohne aufzusehen, schüttelt Franzi den Kopf. Dora bemüht sich um einen neutralen Tonfall.

»Rochen sind große Fische. Sie sind ganz flach und sehen aus, als hätten sie Flügel und würden durchs Wasser fliegen.«

»Toll.« Franzis Stimme klingt plötzlich nicht mehr babyhaft. Dafür traurig. »Das würde ich gern mal sehen.«

»Ich kann es dir ja mal auf YouTube zeigen.«

»Oh ja! Zeig mir das!« Franzi reißt beide Arme hoch und verfällt sofort wieder in ihr Kleinkindgehabe. »Bitte, bitte! Versprochen?«

Schon bereut Dora ihr Angebot. Dass sie in einer Projekt-
pause steckt, ist noch lange kein Grund, sich Ärger ins Haus
zu holen. Gelangweilte Kinder können zu Stalkern werden.
Wahrscheinlich weiß diese Franzi längst, wo sie wohnt.

»Lebst du in Bracken?«, fragt Dora.

»Nur wegen Corona.«

Noch eine Exilantin, denkt Dora.

»Wo genau?«

»Hm?«

»Wo genau du wohnst.«

»Bei meinem Papa.«

»Wer ist dein Papa?«

Franzi überlegt einen Moment. »Na, mein Papa!«

»Was macht der so?«

»Mein Papa ist Tischler. Aber in letzter Zeit liegt er viel
im Bett.«

Arbeitsloser Vater, denkt Dora. Hartz-IV-Depression.

»Und wo ist deine Mama?«

»Na, in Berlin. Arbeiten.«

»Warum läufst du mir nach?«

Das Mädchen senkt den Kopf, so tief, als wollte sie Jochens Fell nach Parasiten absuchen.

»Franzi! Warum läufst du mir nach?«

»Dein Hund ist sooo süß.« Da ist wieder die Kleinkind-
stimme. »Schenkst du ihn mir?«

Dora verspürt Lust, das Mädchen an den Schultern zu
packen und zu schütteln. Sprich normal! Benimm dich nicht
so! Und schau mich verdammt noch mal an, während du mit
mir redest!

»Ich will nicht, dass du mir nachspionierst. Verstanden?«

Franzi nickt, und Doras Ärger verraucht sofort.

»Kann ich … Kann ich mal mit Jochen spazieren gehen?«

»Jochen geht nicht besonders gern spazieren. Sie ist da nicht wie andere Hunde.«

»Kann ich … kann ich Jochen vielleicht mal besuchen? Nur zum Streicheln?«

Dora will keinen Besuch von diesem Mädchen. Weder zum Filme-Gucken noch zum Jochen-Streicheln. Aber als Franzi aufblickt, stehen ihr Tränen in den Augen. Deshalb hat sie versucht, ihr Gesicht zu verbergen. Dora räuspert sich.

»Mal schauen«, sagt sie.

»Okay.«

Franzi springt auf, klopft sich Erde von den Knien und reicht Dora die Hand. Eine echte Brandenburgerin. Der lange Zopf beschreibt einen Kreis in der Luft, als das Mädchen herumwirbelt und mit ein paar Sprüngen im Unterholz verschwindet.

20 Horst Wessel

Wieder ist etwas anders. Vielleicht wird es Zeit, sich daran zu gewöhnen. Auf dem Absatz der Freitreppe stehen vier Stühle. Keine Gartenmöbel, sondern Küchenstühle mit breiten Rückenlehnen und geflochtenen Sitzflächen. Jemand hat sie abgeschliffen und weiß lackiert. Hier draußen könnten die Stühle zu einem modernen Skulpturengarten gehören, ein Kunstwerk mit dem Titel »Abwesenheit«. Dora nimmt Platz und sitzt Probe. Bequem, kein Wackeln. In der Küche werden sie großartig aussehen. Sie werden die Schäbigkeit in *shabby chic* verwandeln und beweisen, dass hier alles Absicht ist.

Dora will nicht, dass Gote ihr Möbel schenkt, aber diese Stühle will sie haben. Immerhin hat er sie dieses Mal vor der Tür abgestellt. Ein Zeichen, dass er ihre Privatsphäre respektiert. Dass er tut, was sie sagt. Sie lehnt sich zurück. Dora ist der einzige Gast aus Fleisch und Blut in der Vierer-Sitzgruppe. Die freien Plätze sind von Unsichtbaren belegt. Mutter, Vater, Bruder. Oder drei gute Freunde. Oder ein Ehemann und zwei Kinder. Auch Jochen hat unsichtbaren Besuch. Sie kämpft im vorderen Bereich des Flurstücks mit einem Geist, bellt, springt herum, wirft kleine Stöcke in die Luft. Selbst Gote ist heute Abend nicht allein. An der Straße parken zwei Autos. Hinter der Mauer hört Dora männliche

Stimmen. Vermutlich keine Geister. Ein guter Grund, das nächste Gespräch mit ihm noch ein wenig hinauszuschieben. Sie wird sich bedanken und gleichzeitig klarstellen, dass sie keine Geschenke mehr von ihm will. Dass sie sich wohlfühlt in ihrem leeren Haus, auch wenn das nicht stimmt. Dora will nicht bei anderen in der Schuld stehen, und schon gar nicht beim Dorf-Nazi.

Weil sich die unsichtbaren Gäste als langweilige Gesprächspartner erweisen, holt Dora das Smartphone hervor. In den letzten Jahren hat sie immer wieder Romane heruntergeladen, die gut besprochen wurden, aber keinen einzigen davon gelesen. Es erscheinen so viele Bücher. Es werden so viele empfohlen oder verrissen. Die Aufgabe, mit der Gegenwartsliteratur Schritt zu halten, ist zu groß. Eine weitere Menschenunmöglichkeit, gegen die man sich instinktiv sträubt.

Aber jetzt hat Dora Zeit und Stühle. Sie kann das Sträuben beiseitelassen und ihre ganze Smartphone-Bibliothek durcharbeiten. Lesen kann ihr neues Hobby werden. Etwas, das sich gut weitererzählen lässt. »Seit ich auf dem Land lebe, lese ich unheimlich viel.« Sie kann eine Gegenwartsliteraturexpertin werden und eines Tages Amazon-Rezensionen verfassen.

Auf gut Glück klickt sie ein Buch an, das als »kristallklare Auseinandersetzung mit der modernen Lebenswelt« beschrieben wird. »Außerdem eine poetische Analyse der aktuellen *conditio humana*.«

Auf den ersten Seiten des Romans klingeln Wecker auf den Nachttischen von Frauen, überall im Land, zur selben Stunde. Schrillend, piepsend, mit dem Lieblingssong oder dem Muntermacher-Programm eines Radiosenders. In üppigen oder schäbigen Schlafzimmern, in großen Stadtvillen oder kleinen Vororthäuschen, in repräsentativen Altbauwohnungen oder engen Arbeiterapartments. Ein landesweites Konzert, als wären die Wecker durch unsichtbare Kabel miteinander verbunden. Überall Frauen, überall Wecker. Das beschreibt der Roman. Er hört gar nicht mehr auf. Ein Wecker-Lamento, seitenlang.

Dora lässt das Smartphone sinken. Der Autorin scheint nicht bewusst zu sein, dass es in den USA verschiedene Zeitzonen gibt. Aber das ist nicht das Problem. Dora hat ein Problem mit der Botschaft dieser Zeilen: Skandal! Alle diese Frauen müssen früh aufstehen. Sie müssen arbeiten oder sich um die Familie kümmern oder beides. Sie sitzen alle im selben Boot. Ein unerträglicher Missstand. Ein radikal begünstigter Lebensstil, der plötzlich als Hölle auf Erden erscheint. Wenn das die *conditio humana* ist, was gibt es dann zu erreichen? Wenn selbst historisch einzigartiger Massenluxus nicht zu leidlichem Wohlbefinden führt, welche Aufgabe bleibt dann dem Fortschritt? Wenn das Leben eine Zumutung ist und die Tatsache, dass eine Frau morgens aufstehen muss, eine Schande darstellt, wofür soll man sich anstrengen, als Einzelner und als Gemeinschaft? Wenn schon das Klingeln eines Weckers das menschliche Glück bedroht, denkt Dora, können wir einpacken.

Die Tragik unserer Epoche, pflegt Jojo zu sagen, besteht darin, dass die Menschen ihre persönliche Unzufriedenheit mit einem politischen Problem verwechseln.

Vielleicht ist das nicht nur ein typisches Jojo-Bonmot. Vielleicht ist es die Wahrheit. Womöglich liegt nicht einmal eine Verwechslung vor. Die Unzufriedenheit der Leute *ist* ein politisches Problem, und zwar von gigantischem Ausmaß. Die Unzufriedenheit ist in der Lage, ganze Gesellschaften zu sprengen. Man braucht nur ein wenig Zündstoff, Flüchtlinge oder Corona, und schon droht das ganze Gebilde auseinanderzufliegen, weil niemand jemals wirklich an die Segnungen von Frieden und Wohlstand geglaubt hat.

Dora schließt den Reader und öffnet ein Video von Alexander Gerst. Sein nettes Mausgesicht blickt freundlich in die Kamera, während der durchtrainierte Körper in einem schrankförmigen weißen Anzug steckt. Gerst sieht aus wie ein groß gewordener kleiner Junge, der sich zum Abenteuerspielen verkleidet hat. Und im Grunde sagt er das auch: Weltraumforschung ist die Verlängerung der Kindheit ins All. Dem neugierigen Kind wird erst der heimatliche Garten zu klein, dann der Stadtwald, dann das Land und schließlich der Planet. Die Neugier ist grenzenlos. Wahrscheinlich sind Astronauten die letzten Menschen mit einem Ziel. Nach dem Video wird Dora das nächste vorgeschlagen und dann noch eins. Sie guckt immer weiter.

Aber auch die besten Stühle werden mit der Zeit ungemütlich. Die Beine sind steif, der Rücken tut weh. In der Küche füllt sie Jochens Napf und macht für sich selbst einen Teller mit Käsebroten. Nebenbei schaut sie weiter zu, wie Gerst und Wiseman auf der ISS herumklettern, einer vielflügeligen Libelle, die in rasendem Flug durchs All kreist. Im Hintergrund die Erdkugel. Tatsächlich, eine Kugel. Ein großer Ball aus Gestein und Wasser, auf dem fast acht Milliarden Menschen herumlaufen. Nur eine kleine Handvoll Astronauten hat das jemals mit eigenen Augen gesehen. Nur diese verstehen die Antwort auf das große Daseinsrätsel, welche lautet:

Der ganze Mist existiert wirklich. Deshalb hat Neugier auf ewig ein Ziel. Deshalb gibt es keinen Grund, sich für klingelnde Wecker zu interessieren. Deshalb sind Astronauten nicht nur die nettesten, sondern auch die glücklichsten Menschen der Welt. Vor lauter Glück scheinen die Astronauten aus vollem Hals zu singen. Eine Art Volkslied.

Dora öffnet das Fenster. Der Gesang kommt nicht aus dem All, sondern aus dem Nachbargarten. Und es ist kein Volkslied.

»Die Fahne hoch, die Reihen fest geschlossen…«

Die Internationale, meldet Doras verwirrtes Gehirn. Wusste gar nicht, dass die hier noch in Mode ist.

»SA marschiert mit mutig festem Schritt!«

Dora schlägt das Fenster zu und legt das Brotmesser zurück auf die Anrichte. Sie hat keinen Hunger mehr. Nehme ich gern!, signalisiert Jochens sehnsüchtiger Blick auf den Brotteller. Aber Dora schenkt ihr keine Beachtung. Sie steht reglos. Klingelnde Wecker, neugierige Astronauten, singende Nazis. Bei geschlossenem Fenster klingen die Stimmen nur noch gedämpft, die Worte sind unverständlich. Vielleicht lässt sich der Gesang auf diese Weise ignorieren. Dora versucht, sich davon zu überzeugen, einen Tee zu kochen. Den Käsebroten eine Chance zu geben. Noch ein paar Weltall-Dokus zu gucken. Aber ihre Beine tragen sie zur Haustür. Als sich Jochen an ihr vorbei ins Freie drängen will, schiebt sie die Hündin zurück in den Flur. »Du bleibst hier!« Leise schließt sie die Tür.

»Es schau'n aufs Hakenkreuz voll Hoffnung schon Millionen.«

Jetzt sind die Stimmen richtig laut. Dora weiß nicht, was sie vorhat. Eigentlich nichts. Sie will nur mal gucken. Als säße hinter der Mauer ein großes, exotisches Tier, so merkwürdig und furchteinflößend, dass man es unbedingt anschauen muss.

»Schon flattern Hitlerfahnen über allen Straßen.«

Dora geht zur Mauer und steigt auf den Stuhl. Es sind vier Männer, Gote eingeschlossen.

Sie sitzen vor dem Bauwagen um den Campingtisch, eine ganze Batterie Bierflaschen zwischen sich, dazu eine Familienflasche Nordhäuser Doppelkorn. Zwei der Männer scheinen aus derselben Produktionsserie zu stammen wie Gote. Runde Köpfe auf massigen Schultern, Cargo-Shorts im Flecktarn und verwaschene T-Shirts. Der eine trägt einen dunklen Vollbart, mit dem er auch als Dschihadist durchgehen könnte. Der andere ist von Tätowierungen bedeckt, die sich von den Armen über die Schultern bis an den Rand des Gesichts ausbreiten.

Der vierte Mann hingegen wirkt wie ein Fremdkörper zwischen den anderen. Er ist klein und dünn und trägt das glatte Haar etwas zu lang, so dass er sich die Strähnen ständig aus der Stirn streichen muss. Seine Beine stecken in langen Jeans und der schmächtige Oberkörper in einem herbstlich anmutenden Sakko aus braunem Cord. Obwohl er neben Gote und den anderen fast wie ein Kind wirkt, geht eine beunruhigende Energie von ihm aus. Beim Singen gibt er den Ton an, sticht einen Zeigefinger in die Luft und erhebt sich am Schluss halb von seinem Stuhl.

»Die Knechtschaft dauert nur noch kurze Zeit!«

Das Lied ist zu Ende, die vier Männer lassen ihre Bierflaschen zusammenkrachen.

In diesem Augenblick wird Dora eine simple Tatsache bewusst: Wenn sie die Männer sieht, kann sie auch von ihnen gesehen werden. Sie sollte zu ihren Käsebroten zurückkehren, und zwar sofort.

In einem Text über das Dritte Reich hat Dora einmal eine Beschreibung gefunden, wie früh in kippenden Gesellschaften die Angst das Ruder übernimmt. Wie sich fast unmerklich neue Kriterien in die kleinsten Alltagsentscheidungen einschleichen. Was man zu wem noch sagen darf. Wann man ein Restaurant besser verlässt oder einen anderen Weg zur Arbeit nimmt. Das Gehirn gewöhnt sich an die Vorgaben der Angst, integriert sie ins Denken und verwischt die Spuren. Man leidet nicht unter der Angst, sondern praktiziert sie. Man passt sich der veränderten Lage an, bis man schmerzlos mit dem Hintergrund verschmilzt.

Dieser Mechanismus sorgt dafür, dass sich das Schreckliche auf der Welt ständig wiederholt. Es gibt nur ein Mittel dagegen: Zu bekämpfen ist nicht das Böse, sondern die eigene Feigheit.

Halt die Klappe, sagt eine Stimme in Doras Kopf. Geh rein und guck noch ein Gerst-Video.

Aber sie bleibt. Sie will eine gute Staatsbürgerin sein und überlegt, was zu tun ist. Die Polizei rufen. Wenn sie sich nicht täuscht, ist das Horst-Wessel-Lied verboten. Außerdem handelt es sich um eine illegale Corona-Party. Aber werden sich die Beamten wegen ein paar Provinz-Trinkern ins Auto setzen? Und wäre sie dann eine gute Staatsbürgerin oder eher eine Denunziantin, die ihre Nachbarn anzeigt?

Besser doch ins Haus gehen, Käsebrote essen und sich um die eigenen Angelegenheiten kümmern.

Allerdings wäre auch denkbar, dass sich da drüben gerade

der neue NSU formiert. Bier und Schnaps auf Campingstühlen und ein riesiges Waffenlager im Wohnhaus.

Aber so einer ist Gote doch nicht. Er ist einer, der Betten und Stühle verschenkt.

In diesem Augenblick hebt Gote den Kopf, als hätte er seinen Namen gehört. Er kneift die Augen zusammen, stellt den Blick scharf und nickt ihr zu, bevor sie sich ducken kann.

Schwerfällig steht er auf und hält sich erst mal eine Weile an der Tischplatte fest, um seinen Körper an die senkrechte Lage im Raum zu gewöhnen. Dann setzt er sich in Bewegung, schwankend wie ein Matrose nach Monaten auf See.

Es ist zu spät, um sich zurückzuziehen. Gote kommt genau auf sie zu. Doras Nacken beginnt zu kribbeln. Das sind keine aufsteigenden Bläschen, das ist echte Angst.

Dicht an der Mauer bleibt er stehen, ohne auf die Kiste zu steigen. Wahrscheinlich wäre das in seinem Zustand ein zu großes Wagnis. Selbst mit etwas Abstand riecht er so stark nach Doppelkorn, als hätte er darin gebadet.

»Ich war nicht bei dir im Haus«, sagt er.

Das Kribbeln in Doras Nacken lässt nach.

»Ich weiß«, sagt sie.

»Ich hab auch nicht durch die Fenster geguckt.«

Sie nickt.

»Ich geb dir den Schlüssel zurück, irgendwann die Tage.« Er sieht sie direkt an, ein zutraulicher Blick aus geröteten Augen. »Gefallen dir die Stühle?«

»Sie sind toll. Aber, Gote...«

»Das freut mich.« Ein Grinsen verzieht seinen Mund. Er wendet sich ab. Auf ein Dankeschön kommt es ihm offensichtlich nicht an.

»Warte mal!« Dora sucht nach Worten. »Die Stühle sind schön, aber ich will keine Möbel von dir.«

Gotes Miene zeigt deutlich, dass er nicht begreift, worum es geht.

»Warum nicht?«, fragt er, während Dora gleichzeitig »Aus Prinzip« sagt.

Er schaut sie noch eine Weile an, bevor er die Achseln zuckt und zu seinen Freunden zurückgeht.

Dora versucht, ein wenig Stolz in sich zu erzeugen. Immerhin hat sie ihren Standpunkt vertreten. Nicht im Internet, nicht in den Kommentarspalten, nicht beim Weintrinken mit gleichgesinnten Freunden. Sondern einem Nazi gegenüber, der vor wenigen Minuten noch etwas von Hakenkreuzen und Hitlerfahnen gegrölt hat. Das ist gewiss mehr, als neunzig Prozent des linksliberalen Berlins von sich behaupten können. Auch wenn es genau genommen nur um Stühle geht.

»Ich brauche keine Möbel«, ruft Dora. »Es sind ja nicht mal die Wände gestrichen.«

Gote dreht sich nicht mehr um. Dafür starren jetzt die drei anderen Nazis zu ihr herüber, wobei sich der Tätowierte so stark zur Seite lehnt, dass er fast vom Stuhl fällt. Der Kerl im Sakko runzelt die Stirn. Er wirkt weniger betrunken als die anderen.

Dora spürt den Drang, mit Gustav und Jochen nach Kochlitz zu fahren, in die Regionalbahn zu steigen und sich in Jojos Charlottenburger Wohnung zu verschanzen.

»Was ist los, Gote?«, hört sie die Stimme des Sakkoträgers.

»Nüscht, Krisse«, erwidert Gote.

Dora springt vom Stuhl und läuft ins Haus. Jochen begrüßt sie, als hätte man einander Monate nicht gesehen. Dora will jemanden anrufen. Aber nicht die Polizei. Noch im Flur stehend wählt sie Roberts Nummer. Er ist sofort dran.

»Hallo, wie geht's?«

Seine Stimme klingt überwältigend normal. Als wäre alles wie immer. Als gäbe es zwischen ihnen überhaupt kein Problem. Als wäre Dora nur in den Urlaub gefahren, um ein bisschen Abstand zu gewinnen. Sie räuspert sich.

»Eigentlich ganz gut.«

»Was macht die Provinz?«

Dora fragt sich, woher Robert weiß, wo sie ist, aber er beantwortet die Frage gleich selbst: »Axel hat mir erzählt, wo du dich versteckst. Wie heißt das Dorf noch mal?«

»Bracken.«

»Lustig. Wann kommst du zurück?«

»Ich weiß noch nicht.«

»Lass dir ruhig Zeit.«

Da hört sie es in seinem fröhlichen Ton: Sarkasmus. Robert beherrscht sich. Er will nicht zeigen, wie verletzt er ist. Vielleicht aus Stolz. Oder er denkt, sie kommt eher zurück, wenn er so tut, als wäre alles normal.

»Und bei dir?«

»Ach, weißt du. Diese Öffnungsdiskussionsorgien machen mich ziemlich fertig.«

Erst weiß Dora gar nicht, was er meint. Dann fällt ihr ein, dass Angela Merkel gesagt hat, sie wolle keine Diskussionen über Lockerungen des Lockdowns. So weit ist Dora schon vom Diskurs entfernt. Was in der Hauptstadt die erste Geige spielt, ist hier nur leise Hintergrundmusik.

»Der Lockdown muss unbedingt aufrechterhalten werden«, sagt Robert.

»Nebenan sitzen vier Nazis und singen das Horst-Wessel-Lied«, sagt Dora.

Robert schweigt kurz. Den Satz muss er erst mal verdauen. Dora wartet auf eine schadenfrohe Antwort. Von »Siehste« bis »Selber schuld« ist vieles denkbar. Aber dann sagt Robert:

»Vielleicht gehört das einfach dazu.«

Er klingt überhaupt nicht schadenfroh. Eher so, als wollte er sie beruhigen. Das rechnet Dora ihm hoch an.

»Irgendwie habe ich Angst.«

»Vor den Nazis?«

»Vielleicht davor, nicht zu wissen, was ich tun soll.«

»Ich habe Angst vor der zweiten Welle«, sagt Robert. »Die wird heftig.«

Nach ein paar Minuten beenden sie das Gespräch. Dora tritt vor die Tür und lauscht. Es ist ruhig. Kein Gesang, kein Grölen oder Gelächter. Dora geht zur Mauer. Nichts zu hören. Eine Elster fliegt durch die Baumkronen. Sie muss hier irgendwo ihr Nest haben. Oder sagt man »Horst«?

Von Neugier getrieben, steigt Dora ein weiteres Mal auf den Stuhl. Vorsichtig hebt sie den Kopf über die Mauer. Nichts. Der Nachbargarten ist leer. Sogar die Flaschen sind verschwunden. Dora war höchstens zehn Minuten im Haus. Das kann man durchaus einen überstürzten Aufbruch nennen. Wer hat hier Angst vor wem?, denkt sie.

Bleibt die Frage, ob das fluchtartige Verschwinden ein gutes oder schlechtes Zeichen ist.

21 Rochen

Zwei Stunden später hat Dora drei weitere Alexander-Gerst-Dokumentationen geguckt. Sie weiß jetzt, dass die Reise zur ISS kaum länger dauert als ein Flug auf die Kanarischen Inseln, dass man im Weltraum Osteoporose bekommt und es trotzdem nichts Bedeutenderes gibt, als die Erde einmal von außen zu sehen.

Am liebsten würde sie sich selbst einmal von außen sehen. Den Körper in einer kleinen Rakete verlassen, das Gravitationsfeld des Ichs durchbrechen und ins Unpersönliche aufsteigen. Vielleicht würde sie dann endlich begreifen, dass sie wirklich existiert. Dass die Werbetexterin mit der kleinen Hündin genauso anwesend ist wie dieser Treppenabsatz, die Laternen neben der Straße und das Dorf Bracken. Ein Stück des allgemeinen Seins und nicht nur eine plappernde Stimme in einem wirren Film.

Dora kann sich erinnern, dass sie als Kind manchmal Momente von großer Klarheit hatte. Mitten im Spiel verstummte plötzlich die Erzählstimme in ihrem Kopf. Wie ein Hängenbleiben des Betriebssystems. *Runtime Error 0x0*. Es fühlte sich an, als hätte jemand mit einem Ruck den Schleier fortgezogen, der die wahre Natur der Dinge verbirgt. Ein staunender Blick auf den Quelltext dahinter. Mit einem Mal war Dora weder Erzählerin noch Zuhörerin. Sondern ... Sie hielt im Spiel inne, hob den Kopf und betrachtete mit neuen Augen, was sie umgab. Den Schreibtisch mit den angefangenen Hausaufgaben, die Kommode mit den zwei Schubladen, T-Shirts rechts, Socken links. Sie dachte etwas wie: Verrückt, es gibt mich. Genau wie Schreibtisch und Regal. – Dann verblasste das Gefühl, und Dora setzte ihr Spiel fort, als wäre nichts geschehen.

YouTube schlägt das nächste Video vor, aber sie legt das Tablet zur Seite. Es ist spät geworden. Seit Stunden sitzt sie auf einem der neuen Stühle vor dem Haus. Gote und seine Freunde sind nicht zurückgekommen.

Sie ist gerade dabei, sich im Bad die Zähne zu putzen, als Jochen im Flur einen Aufstand veranstaltet. Winseln, Bellen, Kratzen auf den alten Dielen. Hat jemand geklopft? Es ist fast Mitternacht. Vielleicht bringt Gote noch ein paar Möbel. Oder will ihr sagen, dass er sie platt tritt, wenn sie noch einmal über die Mauer guckt. Oder Heini ist gekommen, um eine Robinie umzusägen. Schnell spült Dora den Mund aus. Als sie in den Flur kommt, schlägt jemand mit flacher Hand gegen die Eingangstür. Es klingt gruselig. Vor allem, weil durch die beiden Fenster in der Tür niemand zu sehen ist. Kobolde, denkt Dora. Dann gibt sie sich einen Ruck und öffnet.

»Hallo«, sagt Franzi.

Sie ist so klein, dass ihr blonder Scheitel nicht bis zu den Fenstern reicht. Sie trägt dieselbe Kleidung wie am Nachmittag: gelbes T-Shirt, abgeschnittene Jeans und Gummisandalen. Vielleicht ist der lange Zopf noch ein bisschen zerzauster. Jochen springt an ihr hoch, als hätte sie den ganzen Abend auf diesen Besuch gewartet.

»Es ist mitten in der Nacht«, sagt Dora. »Was willst du hier?«

»Du hast gesagt, du zeigst mir die Rochen.«

»Ich kann mir nicht vorstellen, dass dich dein Papa um diese Zeit durchs Dorf laufen lässt.«

»Bei Papa darf ich alles. Bei Mama nicht.«

Freiheit oder Vernachlässigung, denkt Dora. Laut sagt sie: »Geh nach Hause.«

»Biiitte!« Dora findet es unerträglich, wie sie das »I« in die Länge zieht. Fast wie das Geräusch von Fingernägeln auf einer Schiefertafel. »Biiitte!«

Sie holt schon Luft, um Franzi ein weiteres Mal wegzuschicken. Aber da sind die flehenden Augen und der kleine, wie zum Weinen geschürzte Mund. Sie seufzt.

»Aber nur für eine Zigarettenlänge.«

Als sie auf die Stühle zeigt, schüttelt Franzi heftig den Kopf. Sie will auf der Freitreppe sitzen. Jochen hängt sich halb über ihren Schoß und lässt sich kraulen. Dora öffnet YouTube. Gleich darauf schweben zwei Riesen-Mantas durch den Indischen Ozean. Die Bewegungen ihrer Flügel sind langsam und majestätisch, die offenen Mäuler ein wenig unheimlich. Wie in Zeitlupe ziehen die Mantas ihre Kreise, unbeeindruckt von den Tauchern, die sie filmen. Verrückte Fluggeräte aus einem Science-Fiction-Film. Bei ihrem Anblick spürt Dora die Größe der Schöpfung. Die ungeheure Intelligenz der Natur. Auch ohne Rakete weiß sie plötzlich, dass sie dazugehört. Menschen, Mantas, Mikroben – alles Spielarten desselben Seins. Sie ist so fasziniert, dass sie zu rauchen vergisst. Auch Franzi schaut mit offenem Mund.

Der nächste Film zeigt, wie ein Manta die Nähe von Tauchern sucht, um sich von einer Angelschnur befreien zu lassen, die ihm tief in die Flügel schneidet. Offensichtlich weiß der Manta, dass es ein großes Wir gibt, über die Grenzen sämtlicher Spezies hinweg. Vernichten und retten. Kooperieren und kämpfen. Zerstörung und Fürsorge. Es sind alles Aspekte derselben Beziehung, und das, denkt Dora, könnte man schon fast ein Zuhause nennen.

»Jetzt ist aber Schluss«, sagt sie zu Franzi.

»Noch eins«, bettelt das Mädchen, und sie gucken ein letztes Manta-Video. Dieses Mal raucht Dora eine Zigarette, während Franzis Hände weiter Jochen kraulen, die dabei eingeschlafen ist.

»Das war schön«, sagt Franzi, als das Video zu Ende geht.

Erstaunlicherweise findet Dora das auch. Es ist schön, mitten in der Nacht nebeneinander auf der Treppe zu sitzen, während Fledermäuse und Eulen auf die Jagd gehen und ein Igel im Gras raschelt und schnauft, als wäre er ein Wildschwein. Dora legt Franzi den Arm um die Schultern und drückt sie kurz an sich.

»Zeit fürs Bett«, sagt sie. »Wo wohnst du überhaupt?«

Franzi starrt sie an, als hätte sie die Frage nicht verstanden.

»Bei meinem Papa«, sagt sie langsam und nachdrücklich.

»Ich meine, in welchem Haus.«

Franzi schüttelt den Kopf, vielleicht in Nachahmung einer Lehrerin angesichts der Dummheit ihrer Schüler.

»Die Stühle da«, sagt sie.

»Was ist damit?«

»Da hab ich früher drauf gesessen. Mit drei Kissen.«

Während Doras Verstand sich weigert, eins und eins zusammenzuzählen, spricht Franzi weiter.

»Papa hat sie extra für dich aus dem Haus geholt. Da geht er normalerweise gar nicht rein.«

Franzi schiebt Jochen von ihrem Schoß und steht auf. Verwirrt schüttelt die Hündin ihre Klappohren, während das Mädchen die Stufen hinunter und durch den vorderen Teil des Flurstücks läuft. Zur Mauer, nicht zum Gartentor.

Papa. Die Stühle. Das leere Haus. Die Taschenlampe im oberen Stockwerk. Die Kobolde in Doras Garten.

Franzi klettert auf den Stuhl, hievt sich mit einem Sprung auf den Mauerkamm, schwingt die Beine hinüber und hebt die Hand zum Gruß, bevor sie sich auf der anderen Seite hinunterfallen lässt. Dumpf hört Dora den Aufschlag im Gras.

22 Krisse

In dieser Nacht verzeiht sie sich die Schlaflosigkeit. Die Tochter des Nazis. Das klingt fast wie der Titel eines Romans, der an Tankstellen verkauft wird. Dora liegt auf dem Bett, das noch immer leicht nach Farbe riecht, und surft im Internet.

»Corona-Leugner vom Land – Nazi-Protest im Internet«. Ein Hauptstadtjournalist berichtet darüber, dass ostdeutsche Provinz-Nazis, die wegen Corona ihre Kundgebungen auf Kleinstadt-Marktplätzen nicht mehr abhalten dürfen, ihre Kampagnen in den sozialen Medien verstärken. Zum Beispiel Christian G. aus Plausitz, ehemaliger Grundschullehrer und so rechts außen, dass er Björn Höcke als Softie bezeichnet. Christian G. hat gerade einen YouTube-Kanal namens »FER« eröffnet, was für »Freiheit, Einheit, Reinheit« steht. Er hält Corona allen Ernstes für eine Erfindung von Angela Merkel und die Landflucht für das Ergebnis eines geheimen Programms zum Bevölkerungsaustausch: Die ländliche Infrastruktur wird abgebaut, um ganze Regionen zu entvölkern, die dann mit Muslimen neu besiedelt werden können.

Der Journalist schreibt, dass Christian G. schreibt, dass hier ein Verfassungsverstoß vorliegt, der das Widerstandsrecht nach Artikel 20, Absatz 3, Satz 4 des Grundgesetzes auslöst. Screenshots von entsprechenden Twitter-Postings begleiten den Artikel. Der »Umvolkung« wollen Christian G. und seine Verbündeten die völkische Raumforderung entgegenhalten. Um jeden Preis.

Fast hätte Dora gelacht. Völkische Raumforderung! Sie sollte Jojo einen Screenshot schicken. Mit Bildunterschrift: der Rassismustumor.

Aber sie lässt es sein und liest weiter. Sie versucht, sich darüber aufzuregen, dass Hauptstadtjournalisten immer nur nach Brandenburg gucken, wenn es Hausboote zu mieten oder Nazis zu bestaunen gilt. Aber für echte Aufregung reicht das Heimatgefühl noch nicht aus. Sie zögert den Moment hinaus, in dem sie Christian G.s Videokanal anklicken wird. Ein Foto von ihm hat sie schon gesehen. Schlechte Bildqualität, aber trotzdem eindeutig. Der schmächtige Körper, die zu langen Haare. Sogar das Cordsakko.

Als Dora den Kanal endlich aufmacht, besteht kein Zweifel mehr. Das ist Krisse. Für einen Lehrer hat er eine erstaunlich dünne Stimme, die gut zu seinen dünnen Armen passt. Er sitzt am Schreibtisch wie ein Bankberater, starrt unverwandt in die Handykamera und faselt von Bevölkerungsaustausch, von Umvolkung und völkischer Raumforderung. Vor lauter Volk schwirrt Dora der Kopf. Sie schaltet das Tablet aus und schließt die Augen. Dieser Christian G. hat im Nachbargarten gesessen und das Horst-Wessel-Lied gesungen. Vielleicht haben sie den erfolgreichen Stapellauf seines YouTube-Kanals gefeiert. Inklusive der Tatsache, dass man nur einmal sagen muss, dass Corona-Virus sei eine Erfindung von Angela Merkel, damit ein Nachrichtenportal für kostenlose Werbung sorgt.

Dora denkt, dass sie ihr Leben ändern muss. Sie muss weg.

Aus diesem Dorf, vielleicht aus Deutschland. Sie braucht einen neuen Job, Freunde, ein Auto. Das steht fest. Das ist keine flüchtige nächtliche Idee, sondern eine Tatsache. Gleich am Morgen wird sie die Sache in Angriff nehmen. Sie wird die Zelte abbrechen und noch einmal ganz von vorne anfangen. Irgendwo.

23 Hortensien

Als sie aufwacht, steht die Sonne in den Fenstern. Der alte Dielenboden leuchtet in sattem Goldton; glitzernd tanzt Staub im Licht. Vom Fußende des Betts kommt ein leises Schnarchen. Jochen-der-Rochen liegt ausgeklappt auf dem Rücken und schläft tief und fest. Vielleicht kann man es doch noch eine Weile mit Bracken versuchen.

Etwas hat Dora geweckt. Ein durchdringendes Signal, schlimmer als jeder Wecker. Da ist es wieder. Eine Hupe, mehrfach gedrückt in wachsender Ungeduld. Dora erwartet weder Besuch noch ein Paket. Trotzdem holt die Hupe sie aus dem Bett. Sie muss sehen, was auf der Straße los ist. Gegebenenfalls den Idioten anschreien wegen der Ruhestörung am frühen Morgen. Sie blickt aufs Smartphone. Ganz so früh ist der Morgen nicht mehr. Dass sie so lange schläft, ist ihr lange nicht passiert.

Vor dem Haus steht ein Pick-up. Ein Toyota Hilux in Schmutzigweiß, mit eckiger Schnauze, vielleicht schon ein Oldtimer. Dora hätte nicht gedacht, dass die Karre noch fährt. Gote sitzt am Steuer und drückt die Hupe. Als er Dora entdeckt, lehnt er sich über den Beifahrersitz.

»Mach hinne!«

Sie steht mit verstrubbelten Haaren im Sonnenschein. Sie trägt nicht mehr als ein altes T-Shirt und eine Unterhose. Aber das scheint Gote nicht zu interessieren.

»Biste festgewachsen?«

»Was ... wieso?«

»Einkaufen!«, ruft Gote. »Hopp, hopp.«

Dora gehorcht. Sie läuft zurück ins Haus, steigt in ihre Jeans, hebt Jochen auf den Arm und geht ohne Zögern wieder hinaus. Schon klettert sie in Gotes Wagen, als wäre es die normalste Sache der Welt. Er tritt das Gaspedal durch, kaum dass sie die Beifahrertür geschlossen hat.

Ihr Magen rebelliert. Gegen die Beschleunigung, aber noch mehr gegen die Frage, was sie hier eigentlich macht. Neben ihr sitzt ein Mann, der am Vorabend gemeinsam mit einem Volksverhetzer Nazi-Lieder gesungen hat. Er starrt auf die Straße, während er das Lenkrad mit beiden Händen umklammert. Vielleicht fährt er zum nächsten Steinbruch, um die lästige Nachbarin zu entsorgen. Auch seine Ausdünstungen schlagen ihr auf den Magen. Zigaretten, Schnaps, ungewaschener Mann. Ein Geruch wie eine Kampfansage. Verstohlen mustert sie Gote von der Seite. Zum ersten Mal steht keine Mauer zwischen ihnen. Er ist wirklich groß, bestimmt 1,90 Meter und 100 Kilo schwer. *Homo giganteus brackensis*. Manchmal kneift er die Augen zusammen, als könnte er die Straße nicht genau erkennen. Wahrscheinlich hat er zwei Promille Restalkohol im Blut.

Wie kommt sie dazu, in dieses Auto zu steigen? Biste festgewachsen, hopp, hopp. Sie will nach Hause. Obwohl sie sich dort nur fragen würde, wie sie den Tag verbringen soll und warum sie ins Niemandsland gezogen ist, wenn sie die eigene Gesellschaft so wenig erbaulich findet. Von dieser Seite betrachtet ist sie auf dem Beifahrersitz eines Neonazis womöglich besser aufgehoben.

Dora hält Jochen auf dem Schoß, die bestimmt dringend pinkeln muss. Nach zehn Minuten erträgt sie das Schweigen nicht mehr.

»Wie geht's Franzi?«

»Gut.«

»Was macht sie?«

»Schläft noch.«

»Sie war gestern Abend bei mir.«

Darauf erwidert Gote nichts. Seine Miene verrät nicht, ob er das gut oder schlecht findet.

»Wo fahren wir hin?«

»Baumarkt.«

»Ist heute nicht Sonntag?«

»Wegen Corona geöffnet.«

»Wieso das denn?«

»Keine Ahnung. Ab morgen Maske.«

Brackener Hamsterkäufe, denkt Dora. Rasendünger und Bohrschrauber statt Nudeln und Klopapier. Das Tragen einer Maske ist wohl unter der Würde des *homo brackensis*. Dora wartet auf eine Erklärung, warum sie mitfahren muss. Aber es kommt nichts. Auch keine Auslassungen dazu, dass Angela Merkel und Bill Gates der Weltbevölkerung Mikrochips unter die Haut spritzen wollen. Oder dass das Virus nur eine Form von natürlicher Auslese darstellt, durch die der Volkskörper von Schwächlingen gereinigt wird. Gote schweigt und schaut auf die Straße.

»Wie alt ist Franzi eigentlich?«, nimmt Dora das Gespräch wieder auf.

»Kannst du ruhig sein? Ich muss lenken.«

Falls sie jemals einen Lehrmeister im Kampf gegen das

Multitasking sucht, wäre Gote der richtige Mann. Lenkrad festhalten. Gas geben. Mehr nicht.

Da Gote auf der Plausitzer Landstraße konstant 120 km/h fährt und nur innerhalb geschlossener Ortschaften auf 80 km/h ausrollen lässt, kommt das Elbe-Center schnell in Sicht. Gote parkt ein und wartet nicht, bis seine Mitfahrerin aus dem Wagen geklettert ist, sondern geht einfach voran zu den Drehtüren. Dora setzt Jochen kurz auf die trockene Erde einer Blumenrabatte, wo die Hündin sogleich ihr Morgen-Pippi ablässt, und läuft dann Gote hinterher, der bereits im Baumarkt verschwunden ist. An den Drehtüren müssen sie kurz warten, weil die Leute ihre Einkaufswagen einzeln in die Abteile bugsieren. Niemanden scheint das zu nerven, alle sind geduldig. Die Stimmung ist genauso gelassen wie beim letzten Mal.

Dora folgt Gotes breitem Rücken durch die Baumarktgänge und fragt sich, ob die anderen Kunden sie beide für ein Ehepaar halten. Tatsächlich passen sie an diesem Vormittag gut zusammen. Beide in fleckigen T-Shirts, beide ungewaschen, in Doras Fall überdies ungekämmt und ungefrühstückt. Die Art, wie Gote sich nicht darum kümmert, ob Dora ihm folgt, spricht ebenfalls für eine langjährige Ehe. Die Idee besitzt einen merkwürdigen Reiz. Ein anderes Leben. Das berauschende Gefühl von Freiheit, das sich einstellt, wenn man beschlossen hat, auf alles zu scheißen.

Als Gote stehen bleibt, läuft sie fast auf ihn auf. Sie sind im Wandfarben-Gang. Gote schaut in die Regale, wobei er die Stirn runzelt, als ob er etwas im Kopf berechnen würde. Schließlich zieht er sechs große Eimer heraus. Weiß, für Innenräume, mittlere Qualität. Er dreht sich zu ihr um.

»Oder willst du ne andere Farbe?«

Erschrocken schüttelt Dora den Kopf. Sie will gar keine Farbe. Sie will das alles nicht. Aber Gote ist schon wieder losgegangen, Richtung Kasse. Wenn sie jetzt versucht, ihm die Farbeimer wegzunehmen, gibt es eine Szene. Was hat sie gestern gerufen? »Ich brauche keine Möbel. Es sind ja nicht mal die Wände gestrichen.« Gote hat die Wandfläche ihrer Zimmer im Kopf ausgerechnet. Er trägt in jeder Hand drei Zehn-Liter-Eimer. Dora greift an die hintere Tasche ihrer Jeans. Gott sei Dank hat sie ihr Portemonnaie eingesteckt.

Als Gote kurz vor den Kassen wieder stehen bleibt, läuft Dora tatsächlich in ihn hinein. Es fühlt sich an, als prallte sie gegen eine gepolsterte Wand. Fast wäre sie auch noch auf Jochen getreten. Es ist fast die gleiche Stelle, an der sie neulich mit Tom zusammengestoßen ist. Gote schwankt keinen Zentimeter.

»Die sind aber schön.« Er deutet auf ein pyramidenförmiges Regal, auf dem große Blumentöpfe für eine Rabattaktion werben. Die meisten sind mit Hortensien bepflanzt, deren schaumige Blütenstände in Pastelltönen leuchten.

»Stark reduziert«, sagt er. »Nimm gleich zwei.«

Horst Wessel und Hortensien. Könnte der Anfang eines dadaistischen Gedichts sein. Natürlich steht nirgendwo geschrieben, dass Neonazis keine Hortensien mögen. Komisch ist es trotzdem. Eine Bedrohung des lebenswichtigen Irrtums, man könne das Gute und das Böse spielend leicht auseinanderhalten.

»Die sind am schönsten.« Ohne die Farbeimer abzusetzen, zeigt Gote mit der Fußspitze auf zwei Exemplare »Die stellst du auf deine Treppe.«

Dora hebt die Blumentöpfe auf und trägt sie zur Kasse. Sie will eine Angestellte fragen, ob es wieder Saatkartoffeln gibt. Aber Gote wuchtet schon die Farbeimer aufs Kassenband. Dora muss zahlen.

24 Soldaten

Vor dem Gartentor bremst Gote so abrupt, dass Doras Oberkörper nach vorn klappt. Er lässt den Motor laufen, lädt die Farbeimer aus und trägt sie die Stufen der Freitreppe hinauf, wo er sie zwischen die Küchenstühle auf den Boden stellt. Langsam wird es voll auf dem Absatz. Dazu, dass Dora die Stühle noch immer nicht ins Haus geholt hat, sagt er kein Wort. Er zündet eine Zigarette an und sieht zu, wie Dora die Hortensientöpfe links und rechts der Treppe in Position bringt. Es sieht wirklich gut aus.

»Viel gießen«, befiehlt Gote und bietet ihr eine Zigarette an. Sie rauchen schweigend und folgen Jochen mit Blicken, die durch den Garten rennt. Dora schaut aufs Smartphone. Halb zwölf. Fast hätte sie gefragt: Und was machen wir heute Nachmittag?

Gleichzeitig schnippen sie die Kippen über das Geländer.

Gote sagt: »Ich zeig dir was.«

Er schließt die Tür auf, geht voran ins Haus und schnurstracks die Treppe zum Dachgeschoss hinauf, selbstbewusst wie ein Mann, der sich auskennt. Dora ist nur ein paarmal auf dem Dachboden gewesen. Das obere Stockwerk ist nicht ausgebaut und wirkt unheimlich wie aus einem Kinder-Gruselfilm. Eine Welt aus rohen Balken, Spinnweben, Staub und spärlichem Licht, das durch kleine Dachfenster fällt. Am Boden liegen Unmengen toter Fliegen und Schmetterlinge.

Zielstrebig geht Gote zum Ende des großen Mittelraums. Seine Stiefel hinterlassen Abdrücke im Staub. Wegen der Dachschrägen kann er im hinteren Bereich nur gebückt stehen. Er scheint eine bestimmte Stelle am Boden zu suchen. Er geht in die Knie und wischt mit den Händen Staub und tote Insekten beiseite.

»Was machst du da?«

»Hier war mal der Kindergarten«, sagt Gote.

»Du meinst ... in meinem Haus?«

»Der Dorfkindergarten.« Gote schlägt die flache Hand an einen Stützbalken, als klopfte er die Flanke eines treuen Pferds. »Schon immer. Bis sie dichtgemacht haben.«

Vor Doras Auge läuft ein Film ab, der an *Die Kinder von Golzow* erinnert. Schwarz-weiß und ruckelnd. Uniformierte Kinder winken in die Kamera, gehen paarweise die Freitreppe hinauf und verschwinden im Gutsverwalterhaus, überwacht von den strengen Blicken einer Erzieherin.

»Warst du auch hier? Als Kind?«

»Klar.«

»Heini auch?«

»Alle waren hier.«

Also kennt nicht nur Gote das Haus. Ganz Bracken kennt es. Doras neue Nachbarn haben ihre ersten Lebensjahre in den Räumen dieses Hauses verbracht und können sich wahrscheinlich noch an manches erinnern. An die Form der Türklinken oder die Fugen des Küchenbodens. An die Astlöcher in den Dielen, die an manchen Stellen wie Tieraugen aussehen. An den feuchten Geruch, den der Keller heraufatmet. Dora denkt an das kaputte Spielzeug im Gemüsebeet. Sie hat nicht gewusst, dass sie in fremden Kindheiten wohnt.

Sie tritt näher zu Gote und kniet sich neben ihn. Seine Finger betasten den Boden. Schließlich findet er, was er sucht. Ein großes Astloch, in dem ein dunkleres Stück Holz steckt. Gote schiebt den Nagel des Zeigefingers in den Spalt und hebt das Holzstück heraus. Dann versucht er, etwas aus dem Loch zu fischen, aber seine Finger passen nicht richtig hinein.

»Ich komm nicht dran«, sagt er überrascht. »Mach du.«

Dora will sagen, dass sie bestimmt auch zu große Hände hat, aber tatsächlich schafft sie es, Zeige- und Mittelfinger durch die Öffnung zu schieben. Sie tastet unter den Dielen herum, bis sie auf einen Gegenstand stößt. Vorsichtig klemmt sie eine Ecke des kleinen Dings zwischen die Fingerspitzen und zieht es heraus.

»Da muss noch einer sein.«

Es gelingt ihr, auch den zweiten Gegenstand herauszufischen. Sie legt beide auf ihre Handfläche, tritt aus dem Winkel heraus und stellt sich unter eine Dachluke ins Licht. Es sind Zinnsoldaten, bunt bemalt mit allen Details und erstaunlich schwer für ihre Größe. Der eine kniet im Ausfallschritt mit angelegtem Gewehr, der andere steht stramm und präsentiert. Gote ist neben Dora getreten und beugt sich lächelnd über ihre Hand.

»Sind das … Ich meine, hast du die hier versteckt?«, fragt Dora. »Als du klein warst?«

Gote nickt. »Die fand ich zu wertvoll zum Spielen. Die sollte mir keiner wegnehmen.«

Plötzlich hat Dora Lust zu weinen. Mit der Fingerspitze streichelt sie den Soldaten die kleinen Bäuche. Gote richtet sich auf.

»Schenk ich dir.«

Bevor sie etwas erwidern kann, hat er sich abgewandt und poltert die Treppe hinunter. Er hat ihr schon wieder nicht die Schlüssel gegeben.

25 E-Mail

Dora trägt die Stühle ins Haus und stellt sie an den Küchentisch. Danach holt sie Steffens Gesteck mit den blauen Glasmurmeln. Sie setzt die beiden Zinnsoldaten zwischen die Gräser, so dass es aussieht, als warteten sie im Schilfbewuchs eines Sumpfgebiets auf den Feind. Lange sitzt sie am Tisch und betrachtet das Ergebnis. Aus Steffens Design und Gotes Vergangenheit ist eine Miniaturwelt entstanden. Ein kleines Kunstwerk. Dora findet, dass es gut hierher passt. Das ganze Haus scheint sich rund um das Gesteck zu ordnen. Bunte Fliesen, Dielenboden, Hortensien und Paletten-Bett. Jetzt, da das Gesteck auf dem Tisch steht, lebt Dora nicht mehr in einem Provisorium. Vielleicht könnte sie von Tom und Steffen noch ein paar Pflanzkisten erbitten und sie zu Regalen stapeln, wie man es in Lifestyle-Magazinen sieht. Türme aus Holzkisten mit verblichenem Aufdruck, nur von wenigen, demonstrativ nutzlosen Dingen besetzt. Zwei schräg gestellte Bücher, eine Lampe, die sich selbst beleuchtet, ein einzelner Apfel in einer Schale. Dann wird es hier so aussehen, wie man sich das Landhaus einer Berliner Kreativen vorstellt, und Dora kann mit den Ist-das-schön-hier-Einladungen beginnen. Sie beglückwünscht sich selbst. Die Übereinstimmung zwischen Selbstbild und Wirklichkeit ist so ziemlich das Höchste, was ein moderner Mensch erreichen kann.

Sie überlegt, wen sie einladen könnte, obwohl sie schon weiß, dass sich durch Nachdenken kein Bekanntenkreis materialisiert. Sie denkt an früher. An Treffen mit Robert und seinen Freunden. Wie sie um Berliner Kneipentische saßen, jeder mit einem Glas Wein oder Bier vor sich, jeder mit einem Gehirn im Kopf, das pausenlos damit beschäftigt war, ein Ich zu produzieren. Wie sie redeten und lachten. Für ein paar Stunden vereint zu einem mehrköpfigen, selbstzufriedenen Wesen. Ein schönes Bild, aber leider falsch. Nicht, weil Corona die Kneipen geschlossen hat, sondern weil Dora weiß, wie sich das Bild von innen anfühlt. Sie sitzt dabei, redet und lacht und fühlt sich fehl am Platz. Sie hört die immergleiche Unterhaltung über die neuesten Serien auf Netflix, die verfehlte Politik der Regierung und steigende Mietpreise. Teile des Gesprächs kennt sie auswendig und weiß im Voraus, wer was sagen wird. Später am Abend spricht man über Beziehungen. Abwesende Jungeltern, die nicht dabei sein können, weil sie auf ihre Kinder aufpassen müssen, werden bemitleidet. Jemand will wissen, welcher Kaffeevollautomat die beste Crema produziert. Ein anderer erzählt, dass er nur noch Urlaub in Deutschland macht. Währenddessen überlegt Dora, mit welcher Entschuldigung sie sich vorzeitig verabschieden könnte, und bleibt dann doch bis zum Schluss.

Es ist dumm, sich nach etwas zu sehnen, das man gar nicht will. Aber auch sehr menschlich. Sie nimmt das Smartphone zur Hand und tippt eine WhatsApp an Jojo.

»Habe jetzt Stühle. Kannst zu Besuch kommen.«

Die Worte schmückt sie mit einem grinsenden Smiley, um klarzumachen, dass sie nicht verzweifelt ist.

Das Smartphone piepst nach wenigen Sekunden und präsentiert die Antwort.

»Was meinst du mit Stühlen? LG, Sibylle.«

Perplex starrt Dora auf das Display. Anscheinend gibt es auf Jojos Handy nicht mehr nur Jojo, sondern auch Jojos zukünftige Frau.

»Die Dinger, auf denen man sitzt«, textet sie zurück.

»Die Situation erlaubt derzeit keine Reisen nach Brandenburg«, schreibt Sibylle.

Angewidert verzieht Dora den Mund. Haben sie sich nicht erst letzte Woche in Charlottenburg zum Spargelessen getroffen, und hat Sibylle nicht Jojos trotziges kleines Streikbrechertum unterstützt?

Anscheinend ist ihr der Widerspruch selbst aufgefallen. Es folgen Grinse-Smileys und die Worte: »Joachim ist im Stress. Ich frag ihn mal.«

Es gibt keinen Joachim, will Dora zurückschreiben. Den hast du dir ausgedacht.

Stattdessen öffnet sie ein Nachrichtenportal. Greta Thunberg sieht im Corona-Virus eine Blaupause für die Klimakrise. Angela Merkel droht mit der zweiten Welle. Wieder einmal soll der Berliner Flughafen eröffnen. Ein berühmter Theaterregisseur will sich nicht das Händewaschen befehlen lassen und hat keine Probleme mit dem Sterben.

Bläschen steigen auf. Dora legt sich eine Hand auf den Bauch.

In Kanada hat sich ein Mann als Polizist verkleidet und 22 Menschen erschossen, weil er wütend auf seine Ex-Freundin war. Donald Trump empfiehlt, sich Desinfektionsmittel zu spritzen.

Die Bläschen steigen so schnell, dass Dora das Tablet mit dem Display nach unten auf den Küchentisch klappen lässt und von sich wegschiebt. Sie streckt einen Finger aus und berührt die Gewehrspitze des knienden Soldaten. Ein leichter Piks. Das fühlt sich gut an. Dora pikst sich noch mal und noch mal. Sie denkt an Gote. An den kleinen Jungen, der sein Spielzeug lieber versteckt, als damit zu spielen. Der auf den Dachboden schleicht, um seine Schätze zu bewundern. Vielleicht mochte er es auch, sich in die Fingerspitze zu piksen. Je länger sie daran denkt, desto weniger Bläschen steigen auf. Plötzlich ist es ganz leicht, hier zu sitzen.

Später steht Franzi vor der Tür und fragt, ob Jochen zum Spielen rauskommen darf. Den ganzen Nachmittag hört Dora die fröhliche Stimme des Mädchens und gelegentlich Jochens Bellen. Abends kocht sie Spaghetti. Franzi sitzt auf einem der Stühle ihrer Kindheit und vertilgt drei Portionen. Danach möchte sie malen. Dora gibt ihr Druckerpapier und Stifte und geht hinaus, um zu rauchen. Als sie zurückkommt, hängen zwei regenbogenbunte Herzen am Küchenfenster. Franzi ist mit einem Bild von Jochen beschäftigt, das gar nicht schlecht gelingt. Dora gewährt ihr noch eine halbe Stunde und bittet sie dann zu gehen. Franzi nickt brav und verschwindet ohne Widerstand.

Zum ersten Mal seit Wochen macht Dora Musik an. In der letzten Zeit in Berlin hat sie Musik nicht mehr ertragen. Musik war eine weitere Stimme, die etwas von ihr wollte – Gefühle, Gedanken, eine Meinung. Jetzt stellt sie fest, dass Musik ihr etwas geben kann. Sie lauscht den gefälligen Klavierläufen von Ludovico Einaudi und setzt sich mit einem Glas Wein aufs Fensterbrett, um Teil des Bilds zu werden.

Eine Miniaturwelt, zusammengesetzt aus Wein, Fenster und Gedanken.

Als das Smartphone piepst, glaubt sie, dass Jojo sich doch noch gemeldet hat, um zu sagen, dass er demnächst vorbeikommen will. Aber es ist eine E-Mail von ihrer Chefin Susanne. Sonntagabend, zu vorgerückter Stunde. Es wäre besser, die Mail gar nicht zu öffnen. Draußen ist es dunkel. Das Spiegelbild der Küche im Fenster sieht gemütlich aus. Dora öffnet die Mail doch und liest die ersten Zeilen.

»Liebe Dora, es tut mir leid, dir heute mitteilen zu müssen...«

Weiter muss sie nicht lesen. Sie weiß auch so, was als Nächstes kommt.

26 Farbe

»Ich hab gehört, hier gibt's was umsonst«, sagt Heini. »Nämlich Arbeit.«

Dora muss lachen, was Heinis Gesicht förmlich aufleuchten lässt. Heute sieht er aus wie ein kleiner Astronaut, der losgezogen ist, um den Himmel frisch anzustreichen. Sein Körper steckt in einem weißen Schutzanzug, auf dem Kopf sitzt ein weißes Käppi. Neben ihm steht ein großer Eimer mit Pinseln, Kreppband und Abdeckfolie. Unter dem Arm trägt er einige Farbrollen an langen Stangen. Besonders skurril wirkt die Szene, weil Heini von den Blättern einer großen tropischen Pflanze beschattet wird. Die Pflanze muss über Nacht auf Doras Freitreppe gewachsen sein. Wobei das Gewächs bei näherer Betrachtung in einem Holzübertopf steht. Es ist riesig, mit ausladenden Armen und fingrigen Blättern, auf denen noch Spuren vom Abwischen zu sehen sind.

»Das Unkraut wächst auch immer schneller«, sagt Heini mit Blick auf die Palme.

Wenn Dora sich bei Gote beschwert, wird er bestimmt darauf hinweisen, dass eine Pflanze kein Möbelstück ist.

Heini fasst mit an. Sie öffnen den zweiten Flügel der Eingangstür und zerren das schwankende Ungetüm über den Flur ins Arbeitszimmer, wo es seine Arme in alle Richtungen streckt und phantastisch aussieht. Das Morgenlicht lässt die Blätter leuchten.

Dora merkt, dass es sie mittlerweile nicht mehr so sehr stört, wenn Menschen und Dinge überraschend bei ihr auftauchen. Sie geht in die Küche und kocht eine große Kanne Kaffee, während Heini ohne weitere Erklärung anfängt, die Scheuerleisten im Arbeitszimmer abzukleben.

Eine halbe Stunde später hat er drei Tassen Kaffee getrunken und eine halbe Wand gestrichen. Franzi tritt ein, ohne zu klopfen, fragt, »was los sei«, und bekommt von Heini als Antwort einen Pinsel in die Hand gedrückt. Zur Palme im Arbeitszimmer sagt sie: »Na, du jetzt auch hier?« Dann macht sie sich daran, die Zimmerecken zu streichen.

Gegen elf erscheint Gote, ignoriert Dora, nickt der Palme zu und greift nach der Rolle mit dem längsten Stiel.

Mit so vielen Leuten geht die Arbeit schnell voran. Dora kocht mehr Kaffee und holt für Franzi ein Glas Wasser. Alle schwitzen. Heini erzählt Witze aus seinem überquellenden Fundus und achtet darauf, dass die Abdeckplane richtig liegt.

Als sie Arbeits- und Schlafzimmer fertig haben und sich den Flur vornehmen, beginnt Gote zu pfeifen. Er kann das gut, mit Trillern und Vibrato, wie einer, der nie ein Instrument gelernt hat, obwohl er musikalisch ist. Dora erkennt »Von den blauen Bergen kommen wir«, und Franzi fällt so begeistert ein, als hätten sie das Lied früher auf Familienreisen gemeinsam im Auto gesungen. Beim Refrain schmettert Heini aus voller Kehle, und als sie dreimal die erste Strophe durchhaben, traut sich Dora, weiteren Text beizusteuern, »An der Schule, keine Frage, mag er nur die Feiertage«, und ehe sie sich's versieht, singen sie alle gemeinsam und schwingen die Pinsel im Takt. Als Nächstes stimmt Heini »Eisgekühlter Bommerlunder« an, was ein noch schlimmerer Ohrwurm ist und Dora an Klassenfahrten in westdeutsche Landschulheime erinnert, bei denen die Busreise den amüsantesten Teil darstellte. Seit damals hat Dora nicht mehr gemeinsam mit anderen gesungen. Obwohl es Spaß macht, fürchtet sie sich die ganze Zeit vor Horst Wessel, was sich als unbegründet erweist, weil Franzi als Nächstes »Wer hat die Kokosnuss geklaut?« vorschlägt und danach alte DDR-Lieder an die Reihe kommen, »Bolle reiste jüngst zu Pfingsten« und »Es geht um die Erde ein rotes Band«, bei denen Dora und Franzi passen müssen, während die Männer sämtliche Strophen schmettern und den letzten Satz beinahe schreien: »Das hat einen Namen, den jeder versteht: Solidarität!«, wobei sie sich vor Lachen biegen.

Dann haben sie genug vom Singen und pinseln eine Weile schweigend. Dabei fällt Dora die E-Mail vom Vorabend wieder ein, die sie für eine Weile verdrängt hatte.

»Liebe Dora, es tut mir leid, dir heute mitteilen zu müssen, dass FAIRkleidung nun doch die Stopptaste gedrückt hat und die Kampagne vorerst nicht umsetzen will. Der GUTMENSCH-Ansatz gefällt ihnen nach wie vor sehr gut, aber die Gesamtsituation ist einfach zu unsicher, um ein derart großes budgetäres Risiko einzugehen. Sollte sich die Situation im nächsten Jahr verbessern, möchten sie die Kampagne gerne 2021 realisieren.«

In den folgenden Zeilen spricht Susanne die Kündigung aus, in freundlichen Worten und mit Ausdrücken des Bedauerns. So läuft es eben, und Dora weiß das. Wenn ein Etat platzt, müssen Leute gehen. Vielen ist das schon passiert, und vielen wird es noch passieren. Trotzdem ist sie entsetzt. Anscheinend hat sie geglaubt, zu den Unentbehrlichen zu gehören. Zu denen, die das Schicksal verschonen wird.

Am schlimmsten ist der Schluss, wo Susanne noch einmal betont, dass bei Sus-Y Solidarität und Nachhaltigkeit großgeschrieben würden, dass man aber »in Zeiten wie diesen« keine Wahl habe und hoffe, in Zukunft, wenn sich die Lage beruhigt, wieder auf Dora zählen zu können. Herzlich, Susanne.

Dora hat sich so sehr geärgert, dass sie noch gar nicht darüber nachgedacht hat, was das alles konkret bedeutet. Aber jetzt, während sie den Pinsel mit ruhigen Bewegungen über die Wand führt, kommen die Gedanken. Sie hat gerade ein Haus gekauft. Sie hat dafür sämtliche Rücklagen verbraucht. Sie hat monatliche Tilgungsraten zu leisten. Natürlich weiß sie, was ihr sämtliche Kollegen in diesem Moment raten würden: freelancen. Und zwar sofort. Eine Mappe mit den besten Arbeiten der letzten Jahre erstellen und sich auf der eigenen Website als freie Texterin anbieten. Sich von Agenturen aus ganz Deutschland tage- oder wochenweise buchen lassen, wenn die eigenen Leute krank, schwanger oder überlastet sind. Freelancen ist ohnehin besser, sagen die Freelancer. Weniger arbeiten, mehr verdienen. Tagessätze zwischen 700 und 800 Euro. Wie Doras Ex-Teampartner Oli es gerne ausdrückte: Die Kohle wird eh aus dem Fenster geworfen, du musst dich nur drunterstellen.

Nur dass das für Dora nicht in Frage kommt. Sie ist nicht sicher, ob das Geld in Zeiten von Corona immer noch aus den Fenstern fliegt. Aber das ist nicht einmal das Hauptproblem. Dora hat im Laufe ihrer Karriere mit ausreichend Freelancern zusammengearbeitet, um zu wissen, wie das freie Leben funktioniert. Diese Leute sind hervorragend vernetzt und stressresistent wie Elitesoldaten. Sie werden morgens um 11 Uhr gebrieft und müssen um 17 Uhr Ideen abliefern, die zwischen 700 und 800 Euro wert sind. Jeder Job ist eine Abschlussprüfung, bei jedem Konzept steht die eigene Reputation auf dem Spiel. Die Festangestellten lauern auf Fehler der Freien wie Provinzfußballer, die sich freuen, wenn in der Bundesliga auch mal ein Ball verstolpert wird. Ein Leben unter Hochdruck. Arbeiten unter Dauerbeobachtung. Dora sträubt sich. Gleichzeitig hat sie keine Lust auf Kopfkino und Magengeschwüre. Sie hat auch keine Lust, sich mit Kündigungsschutz oder dem Jobcenter auseinanderzusetzen, genauso wenig, wie sie Lust hat, die Leere mit Fensterputzen oder E-Mail-Schreiben auszufüllen. Genau genommen weiß sie gar nicht, worauf sie Lust hat. Am liebsten will sie, dass alles wieder so ist, wie es vor zwei Jahren war. Sicherer Job, ein Leben voller Gewissheiten, Robert und sie auf dem Balkon. Aber sie ahnt auch, dass sie nicht mehr zurückkönnte, selbst wenn es möglich wäre. Dass sich etwas geändert hat.

So weit ist sie mit ihren Überlegungen gekommen, als Gote neben ihr plötzlich einen Finger in die Farbe taucht und ihn Franzi auf die Nase stupst. Das Mädchen kreischt und läuft mit weißer Nase davon, woraufhin Gote mit ausgestrecktem Finger auf Dora zugeht, die ebenfalls flüchtet, durch Arbeitszimmer, Schlafzimmer, Flur, Küche, Bad, alles Durchgangszimmer, so dass man im Kreis laufen kann. Gote ist erstaunlich schnell, aber Dora ist wendiger. Erst als er überraschend die Richtung wechselt und ihr in der Küche entgegenkommt, erwischt er sie, hält sie fest und verziert ihr Gesicht mit lauter weißen Tupfen. Dora muss lachen, bis sie fast keine Luft mehr bekommt und sich alle E-Mails dieser Welt in ferne Rufe verwandelt haben, Botschaften von Anderswo, die man getrost ignorieren kann.

Heini verschwindet, und kurz darauf ertönt ein Rasseln, das sich ums Haus herum bewegt. Als Dora aus dem Küchenfenster schaut, kommt Heini gerade um die Ecke. Er zieht eine Raumstation auf Rollen hinter sich her. Statt des Schutzanzugs trägt er jetzt eine Schürze, auf der »Achtung, Serien-Griller« steht. Die Edelstahl-Station positioniert er unter dem Fenster, und kurz darauf zieht der Geruch von gebratenen Würsten durchs Haus. Heini reicht die Würstchen durchs Fenster herein, Dora legt sie auf Teller. Sie selbst isst drei Stück ohne Brot, Gote schafft fünf, Franzi zweieinhalb, wobei sie Heinis »Heiße Würstchen!«-Rufe immer wieder mit »Angenehm, heiße Franzi« beantwortet und sich jedes Mal aufs Neue darüber kaputtlacht.

Als sie mit Essen fertig sind, trinkt Heini seinen x-ten Kaffee, während Gote und Dora am Fenster rauchen. Herzlich, Susanne. Dora gönnt sich eine weitere Zigarette. Im Garten fliegen die Schwalben Präventivangriffe gegen eine Elster, die einfach nur durchs Gras stolziert und sich für fremde Nester gerade gar nicht interessiert.

Es wird Abend, bis alle weg sind. Sie haben noch mehr Räume gestrichen, noch mehr Würste gegessen und noch mehr Lieder gesungen. Gote hat gefragt, ob Dora einen richtigen Schreibtisch braucht, was sie mit heftigem Kopfschütteln beantwortete. Heini hat angekündigt, demnächst mit seiner Elektrikerausrüstung wiederzukommen und ein paar Lampen zu installieren.

Dora wollte nicht, dass die anderen gehen. Am liebsten

hätte sie gefragt, ob man nicht gleich mit dem Lampen-installieren anfangen könne. Seit die Haustür zugefallen ist, klingt ihr die Stille in den Ohren. Sie liegt auf dem Bett und spürt jeden einzelnen Muskel. Alles um sie herum wirkt sauber und neu. Es riecht nach frischer Farbe. Sie muss dringend unter die Dusche, bringt aber die Kraft nicht auf. Auch Jochen-der-Rochen scheint völlig erschöpft, obwohl sie den ganzen Tag herumgelegen hat und zu keinem einzigen Spaziergang gezwungen worden ist. Wahrscheinlich hat sie heimlich die restlichen Würste gefressen. Ein schöner Tag. Heini. Von den blauen Bergen. Wie entspannt alle waren. Franzi. Wie hell das Mädchen gelacht und wie fleißig es gearbeitet hat.

Dora versucht sich vorzustellen, dass hier eine Arbeitslose auf dem Bett liegt. Ein Mensch, der nichts mehr zu tun hat und für nichts mehr gebraucht wird. Es gelingt ihr nicht.

Vor langer Zeit hat Jojo einmal gesagt, in Zukunft werde sich das ganze menschliche Leben um Gesundheit drehen:

»Die Idee der Gesundheit wird die Idee der Politik verdrängen. Es wird Ärzte geben und Anwälte, die gegen die Ärzte kämpfen. Dazu Journalisten, die über den Kampf zwischen Ärzten und Anwälten berichten. Such dir einen dieser Berufe aus.«

Das ist Doras Problem: Sie ist nicht systemrelevant. Jojo schon, sie nicht. Nicht mal eine eigene Homepage und Buchungen als Freelancerin würden daran etwas ändern. Herzlich, Susanne.

27 Sadie

Auch am nächsten Morgen steht jemand vor der Tür, dieses Mal sogar mit Klingeln, so dass Dora Zeit hat, sich die Haare zusammenzubinden und eine Hose anzuziehen. Sie hat schlecht geschlafen und fühlt sich, als könnte sie heute überhaupt nichts ertragen. Nicht sich selbst und keinen Besuch.

Vor der Tür steht eine Frau, die sie noch nie gesehen hat. Etwas jünger als sie selbst, dick geschminkt. Kurze platinblond gefärbte Haare, gepiercte Lippen und unzählige Tätowierungen, die ihre Arme bedecken. Auf der linken Schulter erkennt Dora den Busen einer Meerjungfrau, der besser zu einem Mann passen würde.

»Morgen, Sadie«, sagt die Frau.

Da Dora nicht Sadie heißt, muss es sich um den Namen der Besucherin handeln.

»Saatkartoffeln«, fährt Sadie fort und hält eine bauchige Tüte hoch, die mindestens zehn Kilo wiegt. Vielleicht trinken in diesem Dorf alle Zaubertrank. Dora fragt sich, woher die Frau weiß, dass sie Saatkartoffeln braucht. Aber vermutlich ist das eine überflüssige Frage, weil die Antwort einfach »Dorffunk« lautet.

»Kaffee?«, fragt Sadie und schiebt Dora beiseite, um über den Flur Richtung Küche zu gehen. Ein weiteres groß gewordenes Kindergartenkind, das glaubt, hier zu Hause zu sein. Als Dora in die Küche kommt, sitzt Sadie bereits am Tisch. Wenigstens hat sie noch nicht mit dem Kaffeekochen begonnen. Das macht Dora, weil sie selbst einen braucht.

»Schwarz«, sagt Sadie, noch bevor das Wasser kocht, und fügt »Ohne Milch und Zucker« hinzu, als könnte Dora »schwarz« sonst für ihre Lieblingsfarbe halten. Oder für ein politisches Programm.

»Aus Berlin abgehauen?«

Dora will erklären, dass sie aus Münster stammt, kommt aber nicht dazu.

»Machen viele«, sagt Sadie. »Stadt ist scheiße. Jetzt erst recht.«

Dora will sagen, dass die Pandemie tatsächlich zu einer Renaissance des Landlebens führen könnte, weil Home-Office auch im Niemandsland geht und man sich hier draußen irgendwie freier fühlt, fast so, als würde das Virus gar nicht richtig existieren. Nur ein überreizter Alptraum der Metropolen. Aber Sadie braucht keine zweite Person zum Gespräch. Bevor Doras Gehirn einen Satz fertig hat, macht sie schon alleine weiter.

»Das war mal der Kindergarten.«

Dora nickt und gibt es auf, etwas sagen zu wollen. Einsilbigkeit und Redseligkeit sind in Bracken kein Widerspruch. Sie konzentriert sich lieber aufs Kaffeekochen.

»Hamse zugemacht, wie alles. Jetzt gibt's Kita nur noch in Kochlitz. Da muss ich Audrey hinfahren und abholen. André ist schon in der Schule.« Weil sie »Oh-dreh« und »An-dreh« sagt, begreift Dora erst mit Verzögerung, dass es sich um Namen handelt. »In Plausitz. Die Schule. Eine Stunde Busfahrt.

Um sieben geht's los. Da bin ich seit drei Stunden von der Arbeit zurück.«

Dora fragt sich, ob sie richtig verstanden hat, dass Sadie, obwohl sie Kinder hat, morgens um vier von der Arbeit kommt. Aber die Mühe einer Nachfrage muss sie sich nicht machen. Sadies Monolog läuft von selbst.

»Der Große nach Plausitz, die Kleine nach Kochlitz, dann Hausarbeit und bisschen pennen, bevor ich die Kleine wieder abholen muss. Hab nur sechs Stunden Betreuungsanspruch, mehr geht nicht, finanzmäßig. Alleinerziehend, der Ex zahlt nicht. Ist manchmal bisschen kompliziert.«

Dora stellt zwei volle Tassen auf den Tisch und setzt sich. Sadie nimmt einen Schluck und nickt: »Gut.«

Danach dreht sie die Kaffeetasse zwischen den Fingern und legt erst richtig los.

»Jetzt ist Kita und Schule ja zu wegen Corona. Hat mein Chef aber kein Verständnis für. Ich muss trotzdem arbeiten. Dieser Lockdown macht uns kaputt. Das merken die in Berlin nicht einmal.«

Eigentlich will Dora darauf hinweisen, dass es Die-in-Berlin genauso wenig gibt wie Die-in-Bracken und dass über den Lockdown außerdem in den Landeshauptstädten verfügt wird und nicht in Berlin. Aber stattdessen sagt sie:

»Ich habe gerade meinen Job verloren.«

Anscheinend kann man einen solchen Satz äußern, ohne dass etwas umfällt oder verschwindet. Die Worte klingen wie eine Beitrittserklärung. Dora hat ihren Job verloren und gehört jetzt dazu. Sie ist eine von hier. Als Nächstes wird sie es mit »Ich bin arbeitslos« probieren, aber das braucht noch etwas Zeit.

»Krass«, sagt Sadie.

Dann erzählt sie ihre Geschichte. Beim Reden streicht sie sich ständig über die kurzen Haare oder zupft an den Lippenpiercings. Dora schenkt Kaffee nach. Es beginnt sie zu interessieren, was Sadie erzählt.

Sie arbeitet als Ausleererin in einer Gießerei am westlichen Rand von Berlin, wo sie für die Bedienung des Brückenkrans zuständig ist. Dauernachtschicht, eine Stunde Anfahrt. Auch wenn Dora nicht genau weiß, was ein Brückenkran ist, sieht sie die zierliche Frau mitten in der Nacht unter der Decke einer weitläufigen Werkhalle schweben und Hebel bedienen, mit deren Hilfe sie riesige Bottiche voll rotglühender Schmelze aus den Hochöfen holt und zu irgendwelchen Gussformen transportiert.

Um halb sechs am Abend stellt Sadie den Kindern das Essen auf den Tisch und muss meistens schon aufbrechen, bevor die beiden aufgegessen haben. Der zehnjährige André bringt seine kleine Schwester ins Bett und verbringt die halbe Nacht im Internet, was Sadie nicht verhindern kann, auch wenn sie alle halbe Stunde anruft und sagt, dass er ins Bett gehen soll. Gegen vier Uhr früh kommt sie nach Hause, döst zwei Stunden auf der Couch, meistens zu gestresst, um schlafen zu können, und fängt um sechs an, das Frühstück vorzubereiten.

»Erst wollten die mir keine Notbetreuung geben, weil ich tagsüber ja zu Hause bin.« Sadie lacht. »Inzwischen hab ich ein paar Stunden Hort. Aber seit Corona schlaf ich trotzdem nur noch am Wochenende. Kann nur hoffen, dass der Betrieb durchhält. Wenn die mich auf Kurzarbeit setzen, gehen wir unter.« Sie streckt Dora die Tasse hin, schon wieder leer.

»André wünscht sich ein Mountainbike. Darauf spar ich seit nem halben Jahr.« Sie reibt sich das Gesicht, wobei sie darauf achtet, das Augen-Make-up nicht zu verwischen. »Am Wochenende nimmt meine Mutter manchmal die Kinder. Da lieg ich dann zwölf Stunden im Bett.« Sie lächelt und verstummt, als hätte der Gedanke ans Bett eine Art Sekundenschlaf ausgelöst.

Dora fragt, ob sie richtig verstanden habe, dass die Kinder jede Nacht allein zu Hause sind.

Sadie fährt hoch und sagt, ja, klar, der Job in der Gießerei sei die einzige Möglichkeit, überhaupt in Vollzeit zu arbeiten. Nur durch die Nachtschicht kann sie tagsüber für die Kinder da sein.

Was würden die Prenzlauer-Berg-Mütter zu zwei kleinen Kindern sagen, die sich abends gegenseitig ins Bett bringen müssen? Dora versucht, sich vorzustellen, wie es wäre, jede Nacht durchzuarbeiten und sich tagsüber um Haushalt und Kinder zu kümmern. Wie das Leben nur noch aus Übermüdung und Sorgen bestünde, Sorgen um die Kinder, Sorgen um die Finanzen, Sorgen darum, wie lange sie noch durchhalten kann.

Aber es gelingt nicht. Was Sadie erzählt, ist für Dora unvorstellbar. Stattdessen fallen ihr Dinge ein, um die sie selbst sich zu sorgen pflegt. Eingebildete Fliegen im Schlafzimmer. Nervöse Bauchschmerzen, die sich wie aufsteigende Bläschen anfühlen. Ein Lebensgefährte, der Angst vor Corona hat.

Wenigstens hat sie jetzt ihren Job verloren. Vielleicht ist das der erste Schritt in Richtung Normalität. Raus aus den Filterblasen und Echokammern, rein ins echte Leben. In eine Sadie-Wirklichkeit, in der es um wirkliche Dinge geht, von denen in Prenzlauer Berg niemand etwas ahnt. Vielleicht sollte sie Sus-Y dankbar für die Kündigung sein. Herzlich, Susanne.

»Ich geb mir echt Mühe, aber alles krieg ich nicht hin«, sagt Sadie.

Im letzten Halbjahr sei sie mehrmals pro Woche in die Schule zitiert worden, um über Andrés schlechtes Benehmen und seine abstürzenden Noten zu reden. Zuletzt habe er auf dem Schulhof einen Papierkorb angezündet. Manchmal komme er nach der Schule nicht nach Hause, so dass sie am Nachmittag in der Gegend herumfahre, um ihn zu suchen. Wenn sie versuche, mit ihm zu reden, sage er nur, dass sie ein Flittchen sei und den Papa aus dem Haus getrieben habe.

»Dann muss ich flennen, und das Gespräch ist zu Ende.« Sadie lacht. »Dumm ist er nicht, mein Großer.« Sie streckt Dora die Kaffeetasse zum Auffüllen hin. »So gesehen ist Corona ein Segen. Sie waren kurz davor, André von der Schule zu werfen. Jetzt kriegt er eine Pause und danach eine zweite Chance.« Mit einem Nicken bedankt sie sich für den frischen Kaffee und trinkt gleich die halbe Tasse. »Alles hat sein Gutes, nicht wahr?«

Das hat Dora, wenn sie ehrlich ist, immer andersherum gesehen. Alles hat auch sein Schlechtes. Jobs, Wohnungen, Städte, Lebensgefährten, Freunde, politische Parteien, Urlaubsziele. Immer gilt es, die Fehler herauszufinden, zu bedenken, zu besprechen und nach Möglichkeit auszumerzen. Verstohlen beobachtet sie Sadie, die wieder einen ihrer Aussetzer hat und blicklos vor sich hin starrt. Sie ist so jung, vielleicht nicht einmal dreißig. Zusammengesunken sitzt sie am Tisch, Blässe und Augenringe unter der Schminke verborgen. Dora empfindet Ehrfurcht vor der jungen Frau. Ein altmodisches Gefühl, das sie seit Langem nicht mehr hatte und trotzdem sofort erkennt. Außerdem spürt sie Verwunderung. Als blickte sie auf die geheime Unterseite der Nation. Kaum zu glauben, dass sich ein stinkreiches Land Regionen leistet, in denen es nichts gibt. Keine Ärzte, keine Apotheken, keine Sportvereine, keine Busse, keine Kneipen, keine Kindergärten oder Schulen. Keinen Gemüseladen, keinen Bäcker, keinen Fleischer. Regionen, in denen Rentner nicht von der Rente leben können und junge Frauen Tag und Nacht arbeiten müssen, um ihre Kinder zu versorgen. In solchen Gegenden stellt man dann noch eine Menge Windräder ab, verbietet den Pendlern den Diesel, versteigert die Felder der Bauern meistbietend an Investoren, will Menschen, die sich kein Erdgas leisten können, die Holzöfen wegnehmen und denkt lautstark darüber nach, auch noch Grill und Lagerfeuer zu untersagen, an denen die letzten Reste von Freizeitgestaltung stattfinden. Ansonsten erwartet man, dass alle klaglos funktionieren. Wer aufbegehrt, wird verunglimpft, als dummer Bauer, als Irgendwas-Leugner oder gleich als Demokratiefeind.

Irgendwie, denkt Dora, hat Deutschland die AfD beim Universum bestellt und bekommen.

Sadie beklagt sich nicht einmal. Sie findet, dass alles auch sein Gutes hat. Am liebsten würde Dora aufstehen und die junge Frau in den Arm nehmen. Aber das traut sie sich nicht.

Sadie muss den Impuls trotzdem gespürt haben, denn sie schaut auf und blickt Dora zum ersten Mal direkt ins Gesicht.

»Voll schön, hier zu sitzen und Kaffee zu trinken. Bisschen reden. Hab ich lang nicht gemacht.«

Sie stoßen mit den Tassen an. Ein dumpfes Klacken.

»Manchmal hab ich das Gefühl, gar nicht da zu sein«, sagt Sadie. »Ist doch krass. Eines Tages ist man weg und war vorher gar nicht da.«

Am Anfang ihres Studiums hatte Dora einen Dozenten, der ihnen die Grundprinzipien der Dramaturgie beibringen wollte. Er erklärte, dass es in jeder Geschichte einen Punkt gebe, an dem die Hauptfigur eine Erkenntnis gewinnt, die ihr Leben verändert. Meistens stecke die Erkenntnis in einem kleinen Detail. In einer Beobachtung oder einer scheinbar nebensächlichen Information. Oder in einem Satz, den eine Nebenfigur sagt. Dora weiß noch, wie der Dozent diesen Vorgang nannte: das Erlangen des Elixiers. Sie schaut Sadie an. Die Überbringerin des Elixiers. »Manchmal hab ich das Gefühl, gar nicht richtig da zu sein.« Eigentlich immer, denkt Dora. Wieder fällt ihr das Es-gibt-mich-Gefühl ein, das sie als Kind manchmal hatte. *Error 0×0.* Als Kind hat ihr das keine Angst gemacht. Huch, da ist ja das Hier und Jetzt. Der Plapperverstand schwieg einen Moment, dann ging es weiter. Dora überlegt, Sadie davon zu erzählen. Sie zu fragen, ob sie das kennt.

Aber die guckt gerade aus dem Fenster.

»Huch, da ist ja die kleine Proksch.« Sie zeigt in den Garten. »Was macht die denn hier?«

Draußen läuft Franzi über die Wiese, Haken schlagend, gefolgt von Jochen, die versucht, das Mädchen zu fangen. Als sie es geschafft hat, rollen Hund und Kind durchs Gras, bevor sie aufspringen und die nächste Runde rennen.

»Die Tochter von Nadine.« Sadie schaut Dora an. »Kümmerst du dich jetzt um die?«

Proksch, Nadine, kümmern. Mit leichten Anlaufschwierigkeiten setzt Dora die Einzelteile zusammen.

»Franzi ist wegen Corona bei ihrem Vater. Sie spielt gern mit meinem Hund.«

Sadie nickt. »Früher hat sie gern mit André gespielt. Er war traurig, als Naddy mit ihr weg ist. Hätte nicht gedacht, dass sie Franzi noch mal herkommen lässt.«

»Wieso denn? Sie hat Gote doch betrogen.«

»Was?« Sadie lacht.

»Mit dem Bofrost-Mann.«

»Quatsch.« Sadie lacht noch lauter. »Da hat dir aber einer was vom Pferd erzählt.« Sie legt die Hände flach auf den Tisch. Die Fingernägel sind lang, spitz und hellblau. »Ich kannte sie ganz gut. Naddy war auch alleinerziehend, nur eben mit Mann. Aber dann hat Gottfried richtig Mist gebaut, und Naddy ist weg.«

»Was für Mist?«

Dora hat Angst vor der Antwort, aber sie will es wissen, unbedingt. Sie öffnet das Fenster und stellt eine Untertasse als Aschenbecher auf den Tisch.

»Geil.« Sadie bedient sich aus der angebotenen Schachtel. Ein paar Züge inhalieren sie schweigend. Dann sagt Sadie:

»Versuchter Totschlag, gefährliche Körperverletzung.«

Dora macht kein Hehl aus ihrem Entsetzen.

»Flüchtlinge?«

»Linke.«

Da sind die Bläschen, und sie fühlen sich scheußlich an.

»In Plausitz, vor drei Jahren. Gottfried und noch zwei andere.« Sadie schaut auf die Uhr und kriegt einen Schreck. Sie zieht derart heftig an der Zigarette, dass ein Drittel herunterbrennt. »Streit mit einem Pärchen. Die Frau haben sie bedroht und den Mann niedergestochen.«

Dora muss ihre Zigarette ausdrücken. Zu viel Kaffee und noch nichts gegessen. Am liebsten würde sie sich hinlegen. Oder einen langen Spaziergang unternehmen. Sadie muss auch los. Pause beendet, zurück ins Hamsterrad. Aber Dora muss noch etwas wissen.

»Wieso ist Gote auf freiem Fuß?«

»So ist das in unserem Land.« Sadie grinst. »Bisschen was absitzen, der Rest auf Bewährung.«

Dora denkt, dass es dann nicht so schlimm gewesen sein kann. Mildernde Umstände. Vielleicht sogar Notwehr. Das Dorf hat die Geschichte aufgebauscht.

Aber gleichzeitig weiß sie genau, was sie da treibt. Sie sucht Gründe, Sadie nicht zu glauben. Sie rechtfertigt Gote, weil sie nicht neben einem Gewalttäter wohnen will. So geht die Produktion von alternativen Fakten.

»Ich kann die Multikultis ja auch nicht ab.« Sadie steht auf und löscht ihre Zigarette. »Ich schufte mich krumm, und die Ausländer kriegen alles hinten reingeschoben. Aber Messer geht gar nicht. Meine Meinung.« Sie zuckt die Achseln und wendet sich zum Gehen. »Danke für den Kaffee.«

Dora hat keine Zeit für Rassismus-Paralyse oder die Frage, ob Sadie wegen des ausländerfeindlichen Spruchs unten durch ist oder zu den Guten gehört, weil sie Gewalt ablehnt. Sie muss sich beeilen, ihre Besucherin, die im Eilschritt über den Flur marschiert, zur Tür zu bringen.

»Danke für die Kartoffeln«, ruft sie, aber da ist Sadie schon aus dem Haus und steigt in einen knallgelben Clio, der vor dem Gartentor parkt.

Dora bleibt in der offenen Haustür stehen und schaut weiter auf die Straße, wo gelegentlich ein Auto mit überhöhter Geschwindigkeit vorbeibraust. Zwischen den Autos ist es sehr still. Ungewöhnlich still. Die Stille hat eine Botschaft für sie: Franzi und Jochen sind nicht mehr da.

28 Museum

Mit Gustav fährt sie die Dorfstraßen ab, auch die kleinen, was Spaß machen könnte, wenn sie nicht so wütend wäre. Sie versucht, sich zu beruhigen. Wo sollen Franzi und Jochen schon hin sein. Sie werden wohl kaum nach Kochlitz trampen und mit der Regionalbahn nach Berlin fliehen. Wenn sie Franzi erwischt, wird sie ihr gehörig die Leviten lesen. Was fällt ihr ein, einfach mit Jochen zu verschwinden! Und was fällt Jochen ein, einfach mit Franzi mitzugehen, ohne Leine und Halsband, denn beides hängt zu Hause am Haken neben der Tür.

In den Gärten stehen Menschen, die noch mehr Zeit zum Rasenmähen haben als sonst. Niemand hat ein Mädchen mit einem kleinen beigefarbenen Hund gesehen. Dora verlässt das Dorf. Auf den Sandwegen kommt Gustav ins Schlingern. Sie erreichen den Wald und dann die Bank an der Wegkreuzung. Nichts. Die Jochen-Rufe verhallen zwischen den Bäumen. Nicht einmal ein Eichelhäher lässt sich blicken. Wie gern würde sie jetzt ihre Mutter anrufen. Die ganze Welt wird digitalisiert, und im Jenseits gibt es nicht einmal Telefon. »Ach, Mäuschen!«, würde die Mutter sagen. »Was soll schon passiert sein?«

Von wegen. Das sagt die Richtige. Alles kann passieren. Jochen kann beschließen, nach Hause zu laufen, und auf der Brackener Landstraße von einem Auto erfasst werden.

»Wird schon gut gehen«, sagt die Mutter, und Dora knallt den imaginären Telefonhörer auf.

Zurück im Dorf ist sie nass geschwitzt und von einer Staubschicht bedeckt. Was soll sie denn jetzt machen. Sie kann nicht in der Küche sitzen und warten, dass Jochen von selbst wieder auftaucht. Beim Gedanken, die kleine Hündin niemals wiederzusehen, wird sie von einer Verzweiflung gepackt, die sie selbst überrascht. Nichts und niemand soll mehr verschwinden. Es ist genug verschwunden in letzter Zeit. Einer spontanen Eingebung folgend fährt Dora nicht weiter bis zu ihrem Haus, sondern bremst vor Gotes Mauer und probiert das Tor. Unverschlossen. Versuchter Totschlag. Schwere Körperverletzung. Andererseits hat er ihr Zinnsoldaten geschenkt. Sie haben Fangen gespielt und sich gegenseitig mit Wandfarbe betupft. Er wird sie schon nicht umbringen, nur weil sie sein Grundstück betritt. Unwohl fühlt sie sich trotzdem.

Sie schiebt Gustav durchs Tor und schaut sich um. Bislang hat sie Gotes Reich immer nur über die Mauer gesehen. Es ist weitläufiger, als sie dachte. Die Fläche zwischen Wohnhaus und Bauwagen ist groß wie ein Tennisplatz. Aufgeräumt und ordentlich gemäht. Die Campingstühle sind an den Tisch geklappt. Die Geranien vor dem Bauwagen stehen in Saft und Kraft. An der Mauer zu Doras Grundstück steht eine Obstkiste. Das Pendant zum Gartenstuhl. Der einzige Gegenstand, den Gote nicht wegräumt.

Sie stellt Gustav ab und geht zum Bauwagen hinüber. Das Gras ist weich unter den Sohlen. Kein Stoppelfeld wie bei ihr. Der Wolf neben den Gitterstufen sitzt auf den Hinterläufen und hat das Maul leicht geöffnet, so dass Zähne und Zunge zu sehen sind. Er blickt freundlicher in die Welt, als sie auf die Entfernung vermutet hätte. So lebensecht, als müsste er im nächsten Augenblick zwinkern. Sein hölzernes Fell ist kunstvoll gefertigt, in leicht gewellten Strängen bedeckt es die Figur. Wer auch immer das geschnitzt hat, besitzt echtes Talent.

Dora betritt die Gitterstufen und klopft an die Bauwagentür. Nichts. Offensichtlich ist Gote mal wieder nicht da, obwohl der Pick-up auf seinem Platz steht. Vielleicht zum Kaffeekränzchen mit befreundeten Gewaltverbrechern. Sie verdrängt das Bild und umrundet den Bauwagen. Hier erstreckt sich das Kartoffelfeld bis zur hinteren Grundstücksgrenze. Neidisch betrachtet sie den gut gewässerten Boden und die grünen Pflanzen. In ihrem eigenen Beet befindet sich weiterhin nichts als Staub. Sie entdeckt auch die Spuren von Jochens Ausgrabungsarbeiten. Aber keine platt getretene Hündin am Rand. Langsam weiß sie nicht mehr, wo sie noch suchen soll. Eigentlich gibt es nur noch eine Möglichkeit. Sie dreht sich um und läuft über die Rasenfläche zum Wohnhaus.

Der Eingang befindet sich an der Seite. Bevor sie lange nachdenken kann, drückt Dora die Klinke. Unverschlossen.

Das typische Aroma leer stehender Häuser schlägt ihr entgegen. Ein Geruch nach feuchten Wänden und Vergangenheit. Sie betritt einen Vorraum, der als Garderobe dient. An der Wand hängen Jacken, am Boden liegen Schuhe, beim Eintreten achtlos von den Füßen geschleudert. Männerstiefel, Frauensandalen, die Hausschuhe eines Kleinkinds. Alles sieht aus, als wäre gerade eben eine Familie nach Hause gekommen. Wenn die Jacken und Schuhe nicht so einen muffigen Geruch verströmen würden. Dora schaudert. Sie durchquert die Garderobe, öffnet die Tür zum Flur und wendet sich nach rechts in die Küche, wo sie auf ein bizarres Bild trifft. Auf dem Tisch eine aufgeschlagene Fernsehzeitung mit Datum vom 22. September 2017. Daneben eine Kaffeetasse, in der sich Schimmelpilze in schwarze Schmiere verwandelt haben. Verkrustetes Geschirr in der Spüle. Ein halber Laib Brot auf der Anrichte, hart wie Stein. Rings um den Küchentisch fehlen die Stühle.

Mit einer Mischung aus Ekel und Faszination geht Dora durch die übrigen Räume. Im Schlafzimmer ist das Doppelbett ungemacht. Die Türen des Kleiderschranks stehen offen, Schubladen ragen heraus, als hätte jemand in großer Eile das Nötigste zusammengerafft. Im Wohnzimmer ein großer, vom Staub erblindeter Flachbildfernseher. Eine nachlässig gefaltete Decke auf der Couch. Man könnte glauben, hier habe vor Kurzem noch jemand gesessen. Nur dass »vor Kurzem« der 22. September 2017 gewesen sein muss. Dora steht in einer fast drei Jahre alten Momentaufnahme. In einem Stück konservierter Vergangenheit. Im Museum einer Flucht.

Auf dem Teppich entdeckt sie einen kreisrunden Abdruck, sauberer als der restliche Boden. Hier muss die große Pflanze gestanden haben, die jetzt ihr Arbeitszimmer verschönert. Auf einem niedrigen Tisch stehen drei kleinere Palmen, die gesund aussehen. Anscheinend kommt Gote gelegentlich her, um zu gießen. Dora tritt ans Fenster und ist überrascht, ihr eigenes Haus zu sehen. Aus dieser Perspektive sieht es fremd aus, halb verborgen hinter Mauer und Robinien. Als würde es ihr nicht gehören. Als würde es niemandem gehören. Dora spürt, dass sie nicht hier sein sollte. Plötzlich geschieht etwas. Ein Schleier hebt sich. Das Zimmer verändert seine Gestalt. Schärfere Konturen, intensivere Farben. Verwundert schaut sie sich um. Das ist alles echt, sagt ihr Verstand und hält danach die Klappe. Überlässt sie ihren Betrachtungen. Um sie herum Gotes Haus, darunter die Erde, darüber der Himmel. Acht Milliarden Menschen auf einem Gesteinsbrocken, der durchs All kreist. Dora kann es fühlen. Da ist ein uraltes, sprachloses Wissen. Das Wissen vom Unterschied zwischen Etwas und Nichts.

0×0, denkt Dora. Dann fällt etwas um.

Das dumpfe Geräusch kam von oben. Es raschelt.

»Jochen!«

Sie läuft über den Flur und die Treppe hinauf. Sie sieht es sofort: Im Gegensatz zum restlichen Haus wird die Treppe benutzt. In der Mitte der Stufen ist die Staubschicht abgetreten. Auf dem Absatz sind Fußabdrücke, nicht besonders groß, wie von einem Kind.

Im Obergeschoss folgt sie den Spuren über den Flur. Die Türen stehen offen. Flüchtig registriert sie, dass die Räume einst zum Ausbau vorbereitet wurden. Ein halbfertiges Bad, vielleicht ein Gästezimmer. Eine stillgelegte Baustelle, Trockenbauplatten und Abdeckfolie. Nur die letzte Tür auf der linken Seite ist geschlossen. Dora öffnet, ohne anzuklopfen.

Sie braucht einen Moment, um den Anblick zu verarbeiten. Eindeutig ist das ein Kinderzimmer, und ebenso eindeutig wird es bewohnt. Aber der Grad der Verwahrlosung ist atemberaubend. Der Boden ist von kaputten Gegenständen bedeckt, Kleinkindspielsachen, Kleinkindbüchern und Kleinkindklamotten, achtlos beiseitegeschleudert und zur Trittschicht geworden. Auf dem Schreibtisch ein Leichenfeld aus Bastelutensilien: vergilbtes Papier, eingetrocknete Klebstofftuben, Filzstifte ohne Kappen. Die Decken und Kissen im Kinderbett sehen aus wie das Lager eines Obdachlosen. An der Wand sitzt eine Phalanx aus Stofftieren, die zusammengesunken und traurig wirken. Dora sieht leere Chipstüten am Boden und die Taschenlampe auf dem Nachttisch. Anscheinend gibt es keinen Strom und wahrscheinlich auch kein Wasser.

Das ist also der Ort, an dem Franzi lebt, allein in einem mumifizierten Haus. Zwischen den verrottenden Relikten der eigenen Kindheit.

Dora kann sich nicht vorstellen, dass Nadine Proksch von den Zuständen weiß. Vermutlich glaubt sie, ihre Tochter lebe mit dem Papa im früheren Familienheim, so, wie sie es in Erinnerung hat. Doras Aufgabe besteht jetzt darin, die Mutter ausfindig zu machen und Franzi abholen zu lassen. Oder gleich das Jugendamt zu kontaktieren.

Franzi sitzt am Boden und rührt sich nicht, während Dora das Schlachtfeld mustert. Auf dem Schoß hält sie Jochen, deren Fell von Chipskrümeln bedeckt ist. Das erklärt, was die Hündin hier macht. Erst kommt das Fressen, dann die Moral. Wenn überhaupt.

»Hier seid ihr also.«

Dora ist geistesgegenwärtig genug, um mit keinem Ton und keiner Geste ihr Entsetzen zu verraten. Was sie sieht, zerreißt ihr das Herz. Aber das muss Franzi nicht merken. Sie soll nicht denken, dass mit ihr oder ihrer Situation etwas nicht in Ordnung ist.

»Mein Zimmer«, sagt das Mädchen in gespieltem Stolz. Da ist er wieder, der Kleinkind-Modus. Dora bewahrt ihr Pokerface. Sie schiebt die Hände in die Taschen, während sie sich demonstrativ umsieht.

»Schön hast du's hier«, sagt sie.

Als Franzi strahlt, krampft sich ihr Herz erneut zusammen.

»Ich hab alles, was ich brauche«, sagt Franzi mit Babystimme und deutet auf das Chaos um sie herum.

»Kennst du Pippi Langstrumpf?«, fragt Dora.

»Klar!«

»Die wohnt auch allein in einem großen Haus. Mit ihren Tieren.«

»Genau!« Franzi springt auf, so dass Jochen von ihrem Schoß purzelt. »Ich bin Pippi Langstrumpf, und das ist Herr Nilsson!« Sie zeigt auf Jochen, ruft noch einige Male: »Herr Nilsson, Herr Nilsson!«, und beginnt einen albernen Tanz, bei dem sie den Oberkörper von einer Seite zur anderen wiegt. Dazu singt sie lispelnd: »Drei mal drei macht sechs, widewidewitt, und zwei macht neune.«

Der Text ist falsch.

»Okay, Franzi«, sagt Dora. »Alles okay.«

Sofort verstummt das Mädchen, setzt sich auf die Bettkante und lässt den Kopf hängen, als hätte es etwas falsch gemacht. Dora schweigt und wartet.

»Du darfst meiner Mama nichts erzählen«, sagt Franzi schließlich mit normaler Stimme.

»Bist du gern bei deinem Papa?«

Franzi nickt heftig.

»Warum schläfst du nicht im Bauwagen?«

»Er will das nicht. Zu eng. Hier ist es besser.« Sie schaltet die Babystimme wieder an: »Wie Pippi in der Villa Kunterbunt!«

»Ist dein Papa arbeiten?«

»Vielleicht macht er heia. Macht oft heia.«

»Du meinst, er liegt den ganzen Tag im Bett?«

»Manchmal.« Sie überlegt. »In letzter Zeit öfter.« Dann fuchtelt sie wieder mit den Händen herum. »Er ist trotzdem der beste Papa der Welt!«

»Auf jeden Fall.«

»Du sagst keinem was, ja?«, bettelt Franzi.

Und plötzlich weiß Dora, was sie tun wird. Nämlich nichts. Gewiss gehört Gote nicht zu den Vätern, die einmal wöchentlich in der Schule vorsprechen, um die Direktorin von der Hochbegabung ihres Nachwuchses zu überzeugen. Die anschließend im Biomarkt einen Nervenzusammenbruch kriegen, weil die Dinkelkekse ausverkauft sind. Vielmehr ist Gote gewalttätig und hat ein Alkoholproblem. Aber Franzi liebt ihn. Und er liebt sie zurück, auf seine Weise. Was das Mädchen braucht, ist ein bisschen Unterstützung. Was es nicht braucht, ist jemand, der versucht, die Kontrolle zu übernehmen.

»Pass mal auf, Franzi.«

Noch vor einer Viertelstunde wollte Dora dem Mädchen sagen, dass es sich in Zukunft von ihr und Jochen fernhalten soll. Sie betreibt kein Ferienlager für kleine Kinder. Schon gar nicht, wenn diese Kinder Hunde entführen und vorbestrafte Nazis zum Vater haben. Aber das war vor einer Viertelstunde.

»Wenn du mit Jochen spielst, darfst du meinen Garten nicht verlassen. Nicht, ohne mir Bescheid zu sagen.«

»Alles klar.« Franzi nickt ernsthaft. »Mach ich nie wieder.«

»Und dann kannst du…« Dora seufzt und gibt sich einen Ruck. »Komm doch einfach öfter zum Essen, wenn du magst. Ich würde mich freuen.«

29 Messer

Den ganzen Tag streitet Dora mit dem inneren Schweinehund. Ein Teil von ihr verlangt, sich an den Rechner zu setzen und E-Mails zu schreiben. Sie hat sogar eine Idee. Sie könnte sich auf Radiowerbung spezialisieren, am besten für regionale Kunden. Weniger Geld, weniger Konkurrenz, weniger Stress. Dora ist sicher, dass die Potenziale des Funks noch lange nicht ausgeschöpft sind. Sie kennt einen Tonmeister, den sie sofort kontaktieren könnte. Ihm vorschlagen, sich zusammenzutun. Perspektivisch vielleicht sogar eine kleine Agentur zu gründen.

Aber der Schweinehund behauptet, dass es am besten ist, erst einmal zu warten, bis die Welt wieder normal läuft. Es wäre doch völlig idiotisch, während der Corona-Krise in die Selbstständigkeit zu starten! Solange reihenweise Etats eingefroren werden, braucht Dora nicht auf Kundenfang zu gehen. Außerdem müssen die Saatkartoffeln in die Erde.

Unter Normalbedingungen hätte der Schweinehund gegen die nächste Deadline verloren. Jetzt gewinnt er.

Dora lockert den Boden im Gemüsebeet und bringt Sadies Kartoffeln aus, in gebührendem Abstand, wie sie es auf You-Tube gesehen hat. *Social distancing* im Gemüsebeet. Die Erde über der Pflanzung häufelt sie zu kleinen Wällen und stellt sich dabei vor, sie vergrabe die Eier einer Alien-Königin. Bei einem Trip mit Gerst ins All wurde Dora von fremden Wesen entführt, die ihr einen Chip ins Gehirn implantiert haben. Damit können sie Dora fernsteuern. Der Chip zwingt sie, sechzehn Mal zurück zum Haus zu laufen und zweiunddreißig volle Gießkannen zum Beet zu schleppen. Die Kannen sind schwer, schlagen ihr gegen die Schenkel und durchnässen die Hose. Dora hört erst auf, als sich der staubige Sand in Schlamm verwandelt hat. Ihr Rücken protestiert, Arme und Beine schmerzen, aber es ist ein sinnvoller Schmerz, jedenfalls solange man nicht fragt, was an einem Alien-Gelege sinnvoll sein soll. Oder an selbstangebauten Kartoffeln.

Nach dem Abendessen setzt sie sich mit dem Notebook an den Küchentisch. Es wäre besser, nicht zu googeln. Sie sollte lieber den Tonmeister anschreiben oder wenigstens ein paar erste Outlines für ihre Selbstpräsentation entwerfen. Aber der Schweinehund will es wissen. Dora gibt »Gottfried Proksch« und »Messer« in die Suchzeile ein.

Die Trefferreihe ist so lang, dass sie erschrocken innehält. Anscheinend hat sie immer noch heimlich gehofft, Sadie habe gelogen.

»Messerangriff nach Pöbelei: Mann ins Krankenhaus eingeliefert.«

»Frau des Opfers von Plausitz: Ich bin traumatisiert.«

»Mike B. zeigt vor Gericht wenig Reue.«

»Urteil nach Messerattacke: Landgericht erkennt auf versuchten Totschlag.«

»Wie rechtsextrem ist die Prignitz?«

Jeder neue Link ist wie ein Schlag ins Gesicht. Trotzdem kann sie nicht aufhören, eine Seite nach der anderen aufzurufen. Sie liest die Überschriften mit der Gier eines Hypochonders, der seine neuesten Krankheitssymptome googelt.

»Fall Mike B., Gottfried P. und Denis S.: Opferverein kritisiert niedrige Strafe.«

»Anwalt der Nebenkläger kündigt Revision an.«

»Plausitz: Polizei spricht von 50 gewaltbereiten Neonazis.«

Je länger Dora liest, desto heftiger geraten ihre eigenen Schlagzeilen in Unordnung. Freundlicher Nachbar baut Möbel für Zugezogene. Dorfbewohner helfen beim Renovieren des alten Kindergartens. Franzi P.: Glückliche Kindheit oder Fall fürs Jugendamt? Alles wirbelt durcheinander wie Teile eines Puzzles, das jemand mutwillig in die Luft geworfen hat. Dora bekommt kein klares Bild vor Augen. Ihr fehlt der Standpunkt. Ohne Standpunkt gibt es keine Ordnung. Ohne Standpunkt bleibt die Welt chaotisch und unverständlich, und das schmerzt so sehr, dass sie es kaum ertragen kann. Also tut sie, was alle Verwirrten in orientierungslosen Zeiten tun: Sie sucht Wahrheit in Information.

Die Informationslage ist eindeutig. Plausitz, 20. September 2017. Am Nachmittag eines schönen Spätsommertags schlendert ein vierzigjähriges Pärchen über den Marktplatz. Karen M., Bürokauffrau, und Jonas F., Webdesigner, stammen beide aus der Region und leben schon lange in der kleinen Stadt in der Ostprignitz. Plötzlich werden sie von einer Gruppe Männer angepöbelt, die auf einer Bank vor dem Kulturzentrum sitzen und Bier trinken.

»Sie haben ›Zecke, verrecke!‹ gerufen«, berichtet Karen M. »Mich haben sie ›linke Fotze‹ genannt.«

Nach eigenen Angaben ist Jonas F. früher Mitglied der örtlichen Antifa gewesen.

»Das ist eine dünn besiedelte Gegend hier«, erzählt er der *Oder-Zeitung*. »Jeder weiß, wer der andere ist.«

Er bestätigt, zwei der drei Täter, Mike B. und Denis S., schon seit seiner Schulzeit zu kennen.

»Hier hat doch nie einer was gegen die Nazis gemacht«, sagt er. »Nur die Antifa. Die Polizei hat zugeschaut.«

Auf dem Marktplatz entbrennt ein Wortwechsel. Karen M. versucht, ihren Freund beiseitezuziehen. Als die Männer handgreiflich werden, entfernt sie sich, um Hilfe zu holen.

»In den Neunzigern gab es fast täglich auf die Fresse«, sagt Jonas F. »Das war ganz normal.«

Nach Zeugenaussagen ist es Mike B., der das Messer zieht. Jonas F. ist unvorbereitet. Der Stich dringt zwischen die Rippen. Wie durch ein Wunder bleibt die Lunge unverletzt.

»Da sind auch Leute draufgegangen«, sagt Jonas F. am Rande des Prozesses. »Hat die Öffentlichkeit nicht interessiert. So gesehen habe ich Glück gehabt. Ich hoffe, dass mein Fall dazu beiträgt, dass die Behörden aufwachen.«

Dora klappt das Notebook zu. Es war nicht Gottfried P., der das Messer geführt hat. Das ist eine wichtige Information. Aber ist Information dasselbe wie Wahrheit? Auf den Fotos vom Prozess verstecken die Angeklagten ihre Gesichter. Dora hat sie trotzdem erkannt. Mike B. ist der Vollbart und Denis S. der Tätowierte. Gote ist Gote. Alle drei wieder auf freiem Fuß. Die Wahrheit ist, dass es nicht darauf ankommt, wer das Messer hatte. Sie sind alle schuld.

Jonas F. und Karen M. hätten auch Dora K. und Robert D. aus Berlin sein können. Linksliberale Zecken bei einem Spaziergang durch die Provinzstadt. Von Nazis angepöbelt und niedergestochen wegen ihrer politischen Haltung. Wegen ihres Glaubens an die Demokratie. Das ist Deutschland im 21. Jahrhundert.

Jochen-der-Rochen schnarcht auf dem Kachelboden, unberührt von allen Google-Trefferlisten der Welt. Dora hockt sich neben sie und legt eine Hand auf den warmen Körper der Hündin. Sie müssen hier weg. Im Grunde weiß sie das schon die ganze Zeit. Aber wohin? Sie hat ein Haus gekauft und ihren Job verloren. Sie steht nicht gut da. Sie könnte Jojo um Hilfe bitten. Oder sich mit Robert vertragen. Seine Regeln akzeptieren und sich durchfüttern lassen. Schon beim Gedanken daran spürt sie das Sträuben, heftig wie lange nicht. Dann eben ein anderes Dorf. Vielleicht per Häusertausch.

Aber was, denkt Dora, wenn der neue Nachbar auch ein Nazi ist? Vielleicht nicht direkt an der Grundstücksgrenze, aber ein paar Häuser weiter? Wie viel Abstand braucht eine Linksliberale zum nächsten Neonazi, um in Frieden leben zu können? Muss das ganze Dorf nazifrei sein, oder sogar die Gemeinde? Der Landkreis? Oder gleich die ganze Republik?

Dora vergräbt das Gesicht in den Händen. Vielleicht könnte die Alien-Königin sie abholen lassen. Dann wohnt sie im All und pflegt Alien-Gelege. Gelegentlich kommt Gerst vorbei, und sie trinken einen Weltraumkaffee zusammen. Die beiden nettesten Menschen der Welt, die immer nur das Richtige sagen und tun.

Das alles kann man denken und noch viel mehr. Man kann Informationen drehen und wenden. Die Wahrheit bleibt dieselbe. Die Wahrheit lautet, dass es völlig egal ist, ob Dora geht oder bleibt. Weil Nazis nicht aufhören zu existieren, nur weil man nicht mehr neben ihnen wohnt.

30 Über Menschen

Es ist kurz nach neun und schon fast dunkel, als Dora beschließt, zu Tom und Steffen hinüberzugehen. Sie will Steffen zur Rede stellen wegen des Bofrost-Märchens. Oder vielleicht will sie einfach nur mit jemandem sprechen. Immerhin ist es ortsüblich, unangekündigt bei anderen Leuten vor der Tür zu stehen. Jochen muss zu Hause bleiben, wegen der Mon Chéris, aber auch, weil Dora immer noch sauer ist, dass die Hündin mit Franzi mitgegangen ist.

Sie hört Steffen, bevor sie ihn sieht. Genauer gesagt hört sie seine Stimme, und zwar schon von der Straße aus. Er singt, laut, mit lang gezogenen Vokalen und einer großen Portion Vibrato. Das Lied ist von Reinhard Mey. »Über den Wolken«, aber mit anderem Text.

»Besorgte Bürger / eure Dummheit muss grenzenlos sein.«

Getragen schweben die Töne durch die Dämmerung. Dora lauscht. Wie merkwürdig, das abendliche Bracken von Gesang erfüllt zu finden. Keine Musikbegleitung, nur Stimme. Dora hätte nicht gedacht, dass Steffen singen kann. Er sieht irgendwie nicht so aus.

»Eure Ängste, eure Sorgen / werden...«

Dora versucht, die Stimme zu orten.

»...zu dumpfem Hass / und übermorgen / brennt dann...«

Sie geht über das Rasenstück zum Haus. Auf einem Fenstersims steht ein Topf mit einem Rosmarinstrauch. Der gibt ein wenig Deckung. Weil es kein Hochparterre ist, kann sie mühelos ins Haus sehen. Allerdings muss sie die spiegelnde Scheibe mit den Händen abschirmen.

»…irgendwo das nächste Asylantenheim / Und alle fragen: Wie kann das sein?«

Steffen sitzt seitlich zum Fenster, mitten im Raum, auf einem Barhocker. Nur eine einzelne Stehlampe brennt, deren Strahler wie Spots auf einer Theaterbühne direkt auf ihn gerichtet sind. Der restliche Raum ist düster. Trotzdem erkennt Dora das Wohnzimmer, das sie bei ihrem ersten Besuch schon gesehen hat. Alle Möbel haben kurze Beine. Niedrige Sessel, niedrige Couch, niedriger Tisch. Niedriges Sideboard mit flachen Deko-Schalen. Der Barhocker muss aus der Küche stammen. Zwischen den Kurzbeinigen sieht er aus wie eine Giraffe unter Dackeln. Die anderen Möbel scheinen ihn verwundert anzusehen.

Steffen hebt einen Arm, während er den Refrain singt.

»Besorgte Bürger / eure Freiheit soll grenzenlos sein…«

Die rechte Hand hält er, als trüge er die Fackel der Freiheitsstatue. Dann streckt er den Arm mit flacher Hand nach vorn: Hitlergruß. Als Nächstes ballt er die Hand an der Schulter zur sozialistischen Faust. Dann wieder Freiheitsstatue. Hitlergruß. Sozialistenfaust. Die Melodie singt er auf La-la-la weiter, steigert sich immer mehr, immer lauter, das Vibrato wird zum Tremolo, zur Parodie eines Theatersängers, Fackel, Hitler, Sozialistenfaust, den letzten Ton hält er schier endlos und bricht plötzlich ab. Eine Dampfwolke steigt auf und hüllt ihn ein, fast undurchdringlich im Lampenlicht. Dora hält Ausschau nach einer Nebelmaschine. Dann entdeckt sie die E-Zigarette zwischen Steffens Fingern. Er pafft heftig, als wollte er sich ganz im Dampf verstecken. Dora ist sicher, dass er normalerweise nicht raucht. Er sieht anders aus als sonst. Die Haare im Dutt, ohne Brille, die Beine lasziv gekreuzt. Eine schräge männliche Marilyn. Wieder singt er vor sich hin, leise, nur für sich, die Melodie von »Happy Birthday«.

»Neonazi, bu-hu / Neonazi, bu-hu.«

Zwischendurch schüttelt er den Kopf, lacht leise, als müsste er an Dinge denken, die er selbst nicht glauben kann.

»So viel Äääängste / so viel Sorgen…«

Dora zückt das Smartphone und googelt mit einer Hand. Ihr fällt auf, dass sie seinen Nachnamen nicht kennt. Sie versucht es mit »Steffen«, »Berlin«, »Theater«, »Ernst Busch«. Dann fügt sie noch »Bracken« hinzu.

»Neonazi, bu-hu.«

Gleich der erste Link ist ein Volltreffer bei Wikipedia.

»Steffen A. Schaber, geboren 1979 am Niederrhein, ist ein deutscher Kleinkünstler und Kabarettist.«

Die geringe Anzahl der folgenden Zeilen beweist, dass der große Durchbruch noch nicht gelungen ist. Dora klickt auf den zweiten Link und sieht genau das Bild, welches sie auch in Wirklichkeit vor Augen hat: Barhocker, Dampf, männliche Marilyn. Es ist ein Werbefoto, das eine Veranstaltung ankündigt, auf der Homepage eines Clubs namens »Unendlicher Spaß«. Steffen Schaber, neues Programm: »Über Menschen«, Premiere am 28.4.2020 um 21 Uhr.

Der 28.4. ist heute, 21 Uhr ist jetzt. Dora steckt das Smartphone weg und guckt wieder durchs Fenster. Quer über der Website stand noch ein Hinweis, rot gedruckt:

»Abgesagt wegen Corona.«

Steffen ist fertig mit Singen, dampft auf seinem Barhocker vor sich hin, holt gelegentlich Luft, als wollte er etwas sagen, das er dann aber doch lieber für sich behält, weil Sprechen in Zeiten wie diesen sowieso keinen Sinn ergibt. Dann scheint er sich doch noch aufzuraffen, hebt den Kopf, guckt direkt in den ausgeschalteten Flachbildfernseher, als säße dort sein Publikum, oder vielleicht sieht er sein eigenes Spiegelbild in der schwarzen Scheibe.

»Ist es nicht – lustig? Ist es nicht – urkomisch? Ich meine, ist es nicht wahnsinnig witzig, zum Wegschmeißen, zum Schießen? Ja! Es ist zum Schießen! *Ihr* seid zum Schießen!«

Er schaltet die E-Zigarette aus und steckt sie weg. Ein Mann, der ins Reden kommt.

»Wisst ihr noch? Ist gar nicht lange her. Vor siebzig, achtzig Jahren. Da wart ihr Übermenschen. Da wart ihr Herrenmenschen. Blonde Rassehengste auf dem Weg zur Weltherrschaft. Philosophen haben euch beschrieben, Komponisten haben euch besungen, fremde Länder haben vor euch gezittert, und das Volk ist euch hinterhergedackelt. Und heute?« Steffen macht große Augen. »Heute sitzt ihr am Campingtisch. Hinter euch der Bauwagen, vor euch ein warmes Bier. Ihr raucht polnische Zigaretten, salutiert vor der Reichsflagge und malt eure eigenen Personalausweise. Übermenschen im Unterhemd.« Steffen simuliert einen Lachanfall. »Ihr rettet nicht Deutschland. Ihr rettet die Feinripp-Industrie.« Er muss noch heftiger lachen und kann kaum weitersprechen. »Abschaum seid ihr. Ist euch das schon aufgefallen? Ihr seid der Abschaum, den ihr immer ausrotten wolltet. Keiner mag euch, keiner braucht euch. Ihr verschlaft die Tage und versauft die Nächte. Ihr glaubt jeden

Mist, der im Internet steht, und pflanzt Kartoffeln für den Tag X.«

Dora steht wie gebannt. Steffen spricht über Gote, das ist völlig klar. Eine Abrechnung. Eine Zumutung. Darf man so reden? Abschaum. Hat sie eben aus Versehen gelacht? Ist Gote Abschaum? Ein Übermensch im Abstiegskampf? Ist Gote nicht einfach nur... Der Satz bleibt unvollendet. Steffen soll aufhören. Irgendwie hat er recht, aber irgendwie will sie nicht, dass er so spricht. Trotzdem will sie ihm unbedingt weiter zuhören. Einem Künstler vor imaginärem Publikum. Einem Kabarettisten bei seiner Premiere im leeren Raum.

»Und in den Palästen der Republik, wisst ihr, wer da sitzt? Menschen mit Fahrradklammern an den Hosenbeinen, die über dritte Toiletten für das dritte Geschlecht reden! Das 21. Jahrhundert springt euch mit dem Arsch ins Gesicht. Jede Frau bei der Bundeswehr, jede Homo-Ehe, jeder Zuwanderer, jedes neue Klimapaket, das alles springt euch ins Gesicht, und zwar mit dem Arsch!«

Jetzt schreit er fast. Dora stemmt sich auf den Sims, um besser sehen zu können. Sie will etwas hineinrufen, aber sie weiß nicht, was. Wäre ein Publikum zugegen, würde bestimmt Unruhe entstehen. Murren, Lachen, Anfeuern, vielleicht auch Protest. All das findet nun in Dora statt. Sie ist eine Stellvertreterin für alle.

»Ihr unterbelichteten Oberchecker seid aussortiert. Beim Survival nicht die Fittesten gewesen. Der Übermensch ist Unterschicht. Wenn das kein Treppenwitz der Geschichte ist! Lacht doch mal! Zum Schießen seid ihr, Schießbudenfiguren, die bald abgeschafft werden, endgültig beiseitegeräumt von der neuen Zeit. Trinkt euer Dosenbier, während ihr auf die Abholung wartet – durch die Müllabfuhr der Geschichte!«

Plötzlich kracht etwas zu Boden. Dora hat versehentlich den Rosmarintopf vom Sims gestoßen. Steffen fährt auf seinem Hocker herum, gerät fast ins Kippen, weiß nicht, was los ist, bis sein Blick Dora findet, die ihm schuldbewusst zuwinkt. Er vollführt ein paar hektische Armbewegungen, um sie zu vertreiben, sein Gesicht eine wütende Maske, bis er aufgibt, vom Hocker springt und aus dem Zimmer läuft. Fast im selben Augenblick fliegt die Haustür auf.

»Bist du bescheuert?«

Zögernd geht Dora auf ihn zu. Es tut ihr leid um den Rosmarin und dass sie Steffen unterbrochen hat, versteht aber nicht, warum das eine solche Katastrophe ist. Wollte er nicht, dass ihm jemand zusieht? Aber es war doch eine Darbietung. Dora ist sein Publikum.

»Du hast mir die scheiß Aufnahme versaut!«

Jetzt wird sie rot. Er hat also gar nicht in den ausgeschalteten Fernseher gesprochen. Da muss noch ein weiteres Gerät gewesen sein, das sie nicht gesehen hat, eine Kamera, ein Tablet, vielleicht nur ein Handy.

»Ist das ein Livestream?«, fragt sie.

»Nee.« Er fährt sich über das Gesicht, schon etwas ruhiger. »YouTube-Aufzeichnung. Wegen dir kann ich noch mal von vorne anfangen.«

»Entschuldigung, das wusste ich nicht.«

»Was willst du überhaupt? Noch ein Fahrrad zurückbringen?«

Dora versteht nicht mehr, warum sie hergekommen ist. Ihr

ist das alles peinlich. Etwas Besseres als die Wahrheit fällt ihr allerdings auch nicht ein.

»Wegen der Bofrost-Geschichte«, sagt sie.

»Was?«

»Der Bofrost-Mann. Und Gote.«

»Ach Gottchen. Hat dir jemand erzählt, was wirklich passiert ist?«

»Sadie.«

»Dann weißt du ja jetzt, was Gote für einer ist.«

»Warum hast du mich angelogen?«

»Schien mir die schönere Story.«

Wieder fährt sich Steffen durchs Gesicht. Im Licht der Straßenlaternen sieht er aus wie ein Gespenst. Blasse Haut, Ringe unter den Augen. Dora überlegt, ob es ihm schlecht geht. Was es wohl für einen Bühnenkünstler bedeutet, wenn er nicht auftreten kann.

»Mir ist gerade gekündigt worden«, sagt sie.

»Schön für dich. Dann kannst du ja jetzt mit Nachdenken anfangen.«

»Mach ich.« Sie versucht zu lächeln. »Warum sprichst du so über ihn?«

»Was?«

»Über Gote. In deinem Programm.«

»Hm.« Steffen simuliert übertriebene Ratlosigkeit. »Woran könnte das liegen, lass mich mal überlegen …«

»Die größte Gefahr im Kampf besteht darin, dem eigenen Feind immer ähnlicher zu werden.«

»Was ist das, der aktuelle Spruch aus dem Aphorismus-Kalender?«

»Ich glaube, es ist aus *Batman*.«

»Weißt du was, du kannst mich mal. Wenn ich dich noch mal am Fenster sehe ...«

»Dann holst du ein paar Leute, und die prügeln mich windelweich?«

»Genau.«

Die Haustür schlägt zu.

TEIL DREI

RAUMFORDERUNG

31 Au revoir

Eigentlich ist es gar nicht so unangenehm, das Gesicht hinter einem Stück Stoff zu verbergen. Dora hat sich die Maske aus einem alten T-Shirt, zwei Haushaltsgummis und einem Pfeifenputzer gebastelt. Jojo hat versprochen, professionellen Mundschutz aus dem Krankenhaus zu senden, wobei er die Masken »Mitgliedsausweis der Regelkonformen« nannte und fragte, ob die Gesichtsverhüllungspflicht wohl zu einer Steigerung der Toleranz gegenüber Nikab-Trägerinnen führen werde. So oder so ist das Päckchen noch nicht angekommen, was daran liegen könnte, dass Dora keinen Briefkasten hat.

Das Stück T-Shirt ist keine modische Meisterleistung und rutscht ständig herunter, aber dafür sieht man nicht gleich, wie müde Dora ist. Sie hat schlecht geschlafen. Mitten in der Nacht ist die zweite E-Mail von Susanne gekommen. Ob sie bei Gelegenheit, aber möglichst zeitnah und am besten nach 18 Uhr, in der Agentur vorbeischauen und ihren Schreibtisch räumen könne, da der ganze »Laden« nun coronatauglich umgebaut werden solle, mit Plexiglasscheiben, großzügigen Mindestabständen und speziellen Zoom-Konferenz-Arbeitsplätzen. Bleib gesund und so weiter. Herzlich, Susanne.

Die Ankündigung eines Büroumbaus, bei dem ihr Schreibtisch verschwinden soll, hat bewirkt, was nach der eigentlichen Kündigung zunächst ausgeblieben ist: Dora bekommt es mit der Angst zu tun. Statt zu schlafen, ist sie aus dem Bett aufgestanden, hat ihre Kontoauszüge aufgerufen und ausgerechnet, wie lange ihr Geld noch reichen wird, wenn sie nicht zum Amt geht, nicht mit Susanne spricht und dafür außer Lebensmitteln nichts mehr kauft. Sie hat recherchiert, ob sie die Tilgung ihres Hauskredits aussetzen kann und unter welchen Bedingungen sie ein Übergangsdarlehen erhalten würde. Sie hat vorsichtshalber ihren Dispo erhöht und nachgelesen, ab wann die ersten Frühkartoffeln zu ernten sind.

Das Ergebnis war ernüchternd. Dora kann es drehen und wenden, wie sie will, sie muss so bald wie möglich wieder Geld verdienen. Von zu Hause aus. In Bracken.

Beim Umsteigen am Hauptbahnhof fällt ihr Blick auf eine Digitalanzeige: 7. Mai 2020, 17:35 Uhr. Wie wenig ihr Daten und Zeiten inzwischen bedeuten. Sie muss eine Weile überlegen, um darauf zu kommen, welcher Wochentag heute ist. Donnerstag. Vielleicht ist Jojo in Berlin. Sie geht an den Schaufenstern eines Zeitschriftenladens vorbei und stellt fest, dass das massageballfömige Virus auf den Covern der Magazine nicht nur rot und lila, sondern jetzt auch in Grün dargestellt wird, was momentan wohl als Ausdruck von Meinungsvielfalt gelten muss. Seit sie arbeitslos ist, liest sie wieder Nachrichten im Internet, was ihr nicht gut bekommt.

Sie lässt den Zeitschriftenladen hinter sich und setzt ihren Weg durch die Innereien des Hauptbahnhofs fort. Ein Rentner schreit einen jungen Mann an, der zu dicht an ihm vorbeigegangen ist. Ein Obdachloser sucht in den Mülltonnen nach Pfandflaschen, wobei er unentwegt hustet. Mütter ziehen spielende Kinder auseinander. Auf den ICE-Plattformen warten einzelne Anzugträger auf Fernzüge und sprechen systemrelevant in ihre Smartphones. Auf den Displays, die sonst Werbung zeigen, laufen Ermahnungen zum Händewaschen und Abstandhalten. Am S-Bahn-Gleis halten die Menschen demonstrativ Distanz oder bilden trotzige Pulks. Die Frage, wo man steht, ist im buchstäblichen Sinn zum politischen Statement geworden. Wenigstens sind die Bahnen angenehm leer.

In Prenzlauer Berg verlässt Dora die S-Bahn und geht den vertrauten Weg durchs Viertel. Die Straßen sind fast ausgestorben, Cafés und Restaurants geschlossen, Spielplätze mit rot-weißem Flatterband abgesperrt. Nur die üblichen Unberührbaren stehen vor dem Späti, aber die würden vermutlich auch mitten in einem Atomkrieg dort stehen.

Dora kann das Gefühl noch abrufen, Tag und Nacht mit Robert in der gemeinsamen Wohnung verbringen zu müssen. Sie stellt sich vor, mit zwei kleinen Kindern und einem Ehemann auf Kurzarbeit eingesperrt zu sein. Hinter den unzähligen Fenstern der endlosen Straßenzüge sitzen verängstigte Menschen und führen Corona-Tagebücher. Weil sie nicht mehr herumlaufen dürfen, sind die eigenen Gedanken und Gefühle ohrenbetäubend geworden. Sie denken über den Sinn des Lebens und über Selbstmord nach. Währenddessen spaziert Dora im Brackener Wald herum, verbringt den ganzen Tag im Garten und macht sich Sorgen wegen des Nazis hinter der Mauer. Corona hat die Privilegien neu verteilt. Um das zu begreifen, genügt ein kurzer Trip nach Berlin.

Halb rechnet Dora damit, von einem Uniformierten gefragt zu werden, was sie auf der Straße zu suchen hat. Jochen konnte sie nicht zur Tarnung mitnehmen, weil der Rucksack auf dem Rückweg ohnehin voll sein wird. In einem Blog hat sie gelesen, dass in Frankreich bewaffnete Polizisten kontrollieren, ob sich in den Einkaufstüten der Bürger wirklich nur lebenswichtige Produkte befinden. Sie dankt dem Himmel dafür, in Deutschland zu leben. Unbehelligt erreicht sie ihr Ziel.

Sus-Y befindet sich in den oberen Etagen eines schmucken Altbaus. Den Code für die Tür kennt Dora auswendig. Wie stets nimmt sie lieber die Treppe als den Lift, weil sie die bunten Jugendstilfenster auf den Treppenabsätzen so liebt. Im dritten Stock gibt sie den Code ein weiteres Mal ein und stellt fest, dass ihre Liebe auch dem Summen des Türöffners und dem professionellen Klicken des Türschlosses gilt. Fast andächtig betritt sie die breiten, schimmernden Holzdielen, deren Restaurierung einst sehr teuer gewesen sein muss.

Die Räume riechen nach Desinfektionsmitteln und Menschenleere. An den Wänden lehnen große, flache Pakete, die bestimmt Plexiglas-Scheiben enthalten. Auf ein Flip-Chart hat jemand mit rotem Edding wabernde Kreise gemalt, in denen »Moderne Performer«, »Hedonisten« und »adaptiv-pragmatisches Milieu« steht. Eine Zielgruppenanalyse für veganes Fruchtgummi. Von der Marke *sweets4all* hat Dora noch nie gehört.

Sie wendet sich ab und betrachtet den Open Space. Obwohl sie hier oft bis tief in die Nacht saß, hat sie das Großraumbüro noch nie so verwaist gesehen. Über Svens Arbeitsplatz hängt die Happy-Birthday-Papierkette vom letzten Jahr. Lorettas Monitor ist immer noch von Pferdefotos eingerahmt. Bei Vera stapeln sich leere Kaffeetassen. Zwei Schreibtische sind bereits geräumt: die von Simon und Gloria. Offensichtlich wurde noch weiteren Kollegen gekündigt. Nackt stehen die Tische im Raum und warten auf ihre Abholung durch die

Müllabfuhr der Geschichte. Der Anblick erschreckt sie. Mit ziemlicher Sicherheit wird sie Gloria und Simon nicht mehr wiedersehen.

Unter ihrem eigenen Schreibtisch steht Jochens Fellkörbchen mit Leopardenmuster. Jeden Morgen ist die kleine Hündin durch die Agentur gerannt, um alle zu begrüßen. Auf einmal fehlt Dora der Lärm, der ihr früher oft auf die Nerven gegangen ist. Die Mitarbeiter standen an der Kaffeemaschine oder lehnten am Schreibtisch eines Kollegen, um Neuigkeiten auszutauschen. Plaudernde Stimmen, klappernde Tastaturen und klingelnde Telefone. Fast wie Musik. Es duftete nach Kaffee, jedes Mal stärker, wenn die große Maschine mit lautem Brummen an die Arbeit ging.

Das ist vorbei. Ohne feierliche Zeremonie versinkt eine Phase in der Vergangenheit, von der Dora nicht gewusst hat, wie viel sie ihr bedeutete. Ganz egal, wie sich die Lage entwickelt – zu Sus-Y kann sie nicht mehr zurück. Nach »Herzlich, Susanne« käme ihr das wie eine Lüge vor. Sie kennt sich gut genug, um zu wissen, dass es nicht funktionieren würde.

Während der Rückfahrt tröstet sie sich mit dem Gedanken, wie sich Jochen über ihr Fellkörbchen freuen wird. Noch immer stehen ihr die sterilen Räume von Sus-Y vor Augen, aber sie haben den Bezug zu ihrem Leben bereits verloren. Nur noch Bilder, nur noch eine Fotoserie unter dem Titel »Day after« oder »Au revoir«, die davon handelt, wie die Menschheit noch einmal alles desinfiziert, bevor sie vom Erdboden verschwindet. Dora fühlt sich ruhiger. Sie weiß immer noch nicht, wie es weitergehen soll, aber sie weiß wenigstens, wie es *nicht* weitergeht, und das ist vielleicht alles, was ein Mensch im Leben wissen kann.

32 Skulptur

Als sie am Kochlitzer Bahnhof die Regionalbahn verlässt, ist es neun Uhr abends und fast dunkel. Dora schultert den Rucksack mit ihren Büroutensilien und klemmt das Fellkörbchen auf Gustavs Frontgepäckträger. Die Helligkeitssensoren schalten die Fahrradbeleuchtung ein. Vorsichtig steuert sie über die buckligen Straßen von Kochlitz, bis sie die Landstraße nach Bracken erreicht, neben der es einen glatt asphaltierten und gut befestigten Radweg gibt. Kräftig tritt sie in die Pedale. Sie hat ein schlechtes Gewissen, weil Jochen so lang allein geblieben ist. Trotzdem genießt sie die schnelle Fahrt. Weit strecken sich die Felder, schwarz lagert der Wald an den Horizonten. Das Zirpen der Grillen setzt die Luft unter Spannung. Der Fahrtwind lässt noch die Frühlingswärme des vergangenen Tages spüren.

Dora denkt, dass eigentlich alles ganz einfach ist. Die Antwort auf alle Fragen liegt direkt vor ihren Augen. Sie verbirgt sich in der Landschaft, in Stille und Dunkelheit. Stillhalten. Dem Leben beim Stattfinden zuschauen. Sie wird den Kontakt zu Gote abbrechen, freundlich, aber bestimmt. Sie wird sich ein wenig um Franzi kümmern und dabei auf Distanz bleiben, bis das Mädchen wieder in seinem Stadtleben verschwindet. Was ihren Job betrifft, wird sich schon alles klären, sobald Corona vorbei ist. Einstweilen kann sie Gustav verkaufen – hier draußen braucht sie so wenig, dass der Erlös zwei Monate reichen wird. Alles kein Problem. Steffen hat nicht recht gehabt. Es ist nicht Zeit, mit dem Nachdenken anzufangen, sondern damit aufzuhören. Friedliche Koexistenz mit allem, was ist.

Ein hübscher Gedanke, der sich allerdings schlagartig in Luft auflöst angesichts dessen, was Dora als Nächstes sieht. Da vorne ragt etwas in die Luft. Etwas Großes. Ein schwarzer Schatten im Mondschein, dann ein Scherenschnitt, schließlich die scharf umrissene Silhouette eines Autos. Genauer gesagt des hinteren Teils eines Autos. Der vordere Teil steckt im Graben am Rand des Felds, so dass der Wagen einen schrägen Kopfstand vollführt.

Beim Näherkommen fährt Dora immer langsamer, um sich Zeit zu geben, den Anblick zu verarbeiten. Das Auto ist ein Pick-up, ein älteres Modell, vielleicht aus den Achtzigern. Es wirkt riesig in dieser Haltung, eine bizarre Blechskulptur wie aus einer Mystery-Serie, zum Beispiel *Tales from the Loop,* wo seltsame Dinge passieren, weil das Dorf auf einem Teilchenbeschleuniger steht. Als Nächstes wird sich der Pick-up aus dem Straßengraben lösen und zu schweben beginnen.

In sicherer Entfernung hält sie an und steigt ab. Um zur Fahrertür zu gelangen, muss sie Gustav ein Stück über die Straße schieben, weil der hintere Teil des Pick-ups den Radweg blockiert. Ein krasser Fall von Unordnung. En-tro-pie, skandieren ihre Gedanken. Die Räder des Fahrzeugs stehen still. Der Motor ist aus. Überhaupt umgibt eine besondere Stille das Arrangement. Dora fragt sich, wie lange sich das Auto schon in dieser Lage befindet. Wie lange ist niemand mehr vorbeigekommen? Oder ist es den Brackenern egal, wenn ein Auto im Straßengraben steckt? Friedliche Koexistenz mit allem, was ist, und niemand kümmert sich um die Entropie?

Sie lauscht in die Dunkelheit. Motorengeräusche sind nicht zu hören. Auch kein Flugzeug, keine menschliche Stimme, nicht einmal ein Tier außer den übereifrigen Grillen. Dora überlegt, ob sie träumt. Normalerweise handeln ihre Träume nicht von skurrilen Skulpturen, sondern von nervigen Alltagsszenen wie verpassten Zügen oder missglückten Präsentationen. Es scheint naheliegender, dass es sich bei dem Pick-up nicht um einen Traum, sondern um die sogenannte Realität handelt. Aber wo sind dann Polizei, Feuerwehr, Krankenwagen, Absperrungen und Gaffer, die doch normalerweise zu einem solchen Unfall gehören? Wenn es eben erst passiert ist, warum ist der Fahrer nicht ausgestiegen und steht verwirrt neben seinem aufragenden Wagen? Warum hat Dora auf dem Weg hierher nichts gehört, oder ist ein solcher Unfall gar nicht laut? Sie merkt, dass sie überhaupt keine Erfahrung mit Unfällen hat. Wer hat die schon in dieser unfallfreien Epoche, von der alle behaupten, dass sie gerade zu Ende geht. Am wahrscheinlichsten ist wohl, dass die Zeit stehengeblieben ist. Ja, die Zeit ist stehengeblieben. Dora hört auf, um das Auto herumzugehen, und bleibt ebenfalls stehen.

An der Sprunghaftigkeit ihrer Gedanken erkennt sie, dass sie einen kleinen Schock hat. Ihr Gehirn wappnet sich dagegen, was sie zu Gesicht bekommen wird, wenn sie endlich an die Fahrerkabine herantritt. Es ist so still, dass man glauben könnte, der Fahrer sei gar nicht mehr da, ausgestiegen und weggegangen, um zu Hause seinen Rausch auszuschlafen. Aber leider sieht Dora seinen Rücken.

Auto, Straße, Bäume, Mond. Letzterer steht rund und weiß über dem Feld und sorgt für passende Beleuchtung. Dora steht, ihr Fahrrad am Lenker haltend, neben dem aufragenden Pick-up im Mondlicht. Ein tolles Bild eigentlich. Die Leere der Landschaft wirkt amerikanisch, der Pick-up sowieso, und wenn Dora einen Schritt zurückträte, könnte sie das Bild verlassen, es in Ruhe betrachten und darüber nachdenken, wie meisterhaft es ausgeführt ist, wie viel es erzählt, eine Serie dramatischer Ereignisse verdichtet in einem erstarrten Moment. Dann könnte sie weiterschlendern zum nächsten Bild, auf dem ein paar Menschen in einer nächtlichen Bar sitzen.

Es geht nicht. Sie kommt nicht heraus. Sie ist Teil des Bilds, inklusive Mondlicht, Rucksack und Fellkörbchen auf dem Frontgepäckträger. Jemand anderes steht davor, schaut Dora an und fragt sich, was als Nächstes passiert.

Sie stellt Gustav ab und tritt an die Fahrertür. Der Mann ist der Kippbewegung seines Autos gefolgt und liegt über dem Lenkrad. Er rührt sich nicht. Dora weiß, dass sie jemanden anrufen muss. Polizei, Krankenwagen, Feuerwehr. Diese Sorte Entropie muss man Profis überlassen, die sich mit Rettungsspreizern, Notfalltragen und Hubschraubern darum kümmern. Vorher muss sie herausfinden, ob der Fahrer ansprechbar ist. Die Scheibe an der Fahrerseite ist heruntergelassen. Der Mann ist bei offenem Fenster gefahren, vielleicht, um nicht einzuschlafen, vielleicht, weil es eine laue Frühlingsnacht ist.

Natürlich hat sie es in Wahrheit schon die ganze Zeit gewusst. Sie hat den Wagen erkannt, und sie erkennt auch den Fahrer. Rasierter Schädel. Breite Schultern, verwaschenes T-Shirt. Er hat die Hände auf den oberen Rand des Lenkrads gelegt und den Kopf zwischen die Arme gebettet. Es sieht gemütlich aus. Weil er dabei zur anderen Seite guckt, kann Dora sein Gesicht nicht sehen. Falls er noch eins hat. Sie hat große Angst davor, dass das Gesicht weg sein könnte. Aber hier ist nirgendwo Blut. Keine Flecken auf dem T-Shirt, keine Spritzer an der Windschutzscheibe.

Und dann sieht sie noch etwas. Der Rücken bewegt sich. Die Schultern heben sich, der Brustkorb dehnt sich im Rhythmus der ruhigen Atemzüge. Dora schiebt eine Hand durchs Fenster und legt sie dem Mann zwischen die Schulterblätter. Warm. Lebendig. Sie ist so erleichtert, dass sie heulen könnte. Versuchter Totschlag, gefährliche Körperverletzung. Mit einem Mal spielt das keine Rolle mehr. Hier liegt ein Mensch, und Dora freut sich, dass er atmet. Sie streichelt den Nazi-Rücken und den Nazi-Kopf und klopft schließlich vorsichtig auf die Nazi-Wange.

»Gote?«

Sie klopft etwas fester und rüttelt an der Schulter.

»Gote? Gote!«

Ein tiefer Atemzug dehnt den massigen Oberkörper. Die Arme zucken. Dann versucht Gote, sich aufzurichten.

»Bleib liegen. Du musst stillhalten.«

Er sinkt mit dem Oberkörper zurück aufs Lenkrad, dreht aber den Kopf und will ihre Stimme orten.

»Ich bin's, Dora. Deine Nachbarin.«

Seine Augen sind geschlossen. Er sieht aus wie ein Neugeborenes, das die Mutter sucht. Dora legt ihm eine Hand auf die Stirn. Trocken. Kühl. Sie ist ihm noch nie so nahe gewesen. Überhaupt ist sie anderen Menschen selten so nah. Das ständige An-sich-Drücken und Abküssen unter Bekannten hat sie noch nie gemocht. Gut, dass Corona dem jetzt ein Ende setzt. Ihre Hand fährt über Gotes Schulter, die erstaunlich voluminös ist, mindestens doppelt so stark wie die von Robert. Eine andere Sorte Lebewesen, mit einem rostigen Raumfahrzeug aus dem All auf die Erde gestürzt. Bruchlandung in Bracken.

»Hey«, sagt Dora, was so liebevoll klingt, dass sie sich räuspern muss. »Erkennst du mich?«

Gote schlägt die Augen auf. Blank und flach, als geschähe das zum ersten Mal. Er nickt, aber Dora ist fast sicher, dass er sie nicht sehen kann. Er stemmt die Hände gegen das Lenkrad und richtet sich auf, wobei er die Arme durchdrücken muss, um sich gerade zu halten.

»Du solltest liegen bleiben. Du könntest Kopfverletzungen haben.«

»Nee. Alles okay.«

Dora registriert, dass er keinen Sicherheitsgurt trägt. Sie registriert noch etwas, das ihr wichtig vorkommt, kann es aber nicht richtig fassen.

»Ich rufe jetzt die Polizei.«

»Nein!«

Sein Blick klärt sich, er schaut Dora direkt an, versucht, etwas zu sagen, hat aber Schwierigkeiten, die passenden Worte zu finden. Dora weiß auch so, worum es geht. Kein anderer Unfallbeteiligter ist zu sehen, nicht einmal ein totes Wildschwein liegt am Straßenrand. Gote ist ganz allein in den Straßengraben gefahren, kann nicht richtig gucken und nicht richtig sprechen. Wahrscheinlich 2,5 Promille. Er ist auf Bewährung. Wenn ihn die Polizei in dieser Lage findet, wird er aller Wahrscheinlichkeit nach für geraume Zeit hinter Gittern verschwinden. Sie hört Franzis traurige Stimme: Er ist der beste Papa der Welt.

»Schafft dein Wagen es da raus?«

»Allrad«, sagt Gote. »Denke schon.«

»Du musst auf den Beifahrersitz«, sagt Dora.

Er nickt. Erstaunlich behände schiebt er seinen mächtigen Körper über Schaltknüppel und Handbremse auf die andere Seite und stemmt sich gegen das Handschuhfach, um in dem nach vorn gekippten Wagen aufrecht sitzen zu können. Dora zieht am Türgriff, die Tür lässt sich öffnen. Sie wirft ihren Rucksack auf die Pritsche, wo er sofort in den vordersten Winkel rutscht. Das Einsteigen ist nicht ganz einfach, aber auch kein echtes Problem. Sie muss den Sitz ein Stück nach vorne stellen, um die Pedale zu erreichen, auf denen sie beinahe steht. Der Schlüssel steckt in der Zündung. Der Motor springt an. Sogar das Licht funktioniert.

Wieder will Gote etwas erklären und zeigt schließlich mit Gesten, wie sie die Differentialsperre einlegen kann. Sie muss ordentlich Gas geben und die Kupplung langsam kommen lassen. Der Motor heult auf, die Vorderreifen finden Halt. Ein Ruck geht durch das Fahrzeug, es schwankt zurück, wobei die Vorderräder den Kontakt zum Grund verlieren, dann kippt es wieder nach vorne, wo es den nächsten Schub aufnimmt. Gote zeigt mit flachen Händen eine Wippe in der Luft. Dora fühlt sich wie auf dem Rummelplatz. Sie spürt, wie viel Kraft die Räder auf den Boden bringen, wenn sie Kontakt finden. Noch mehr Gas. Plötzlich ein mächtiger Satz nach hinten, und der Pick-up steht mit allen vier Rädern auf festem Untergrund, halb auf dem Radweg, halb auf der Straße.

Gote nickt anerkennend, fummelt ein Päckchen Zigaretten

aus der Tasche, zündet zwei an und gibt Dora eine. Selten hat eine Zigarette so gut geschmeckt. Selten hat Rauch im Mondlicht besser ausgesehen.

Dora springt aus dem Wagen, schiebt Gustav zum Heck des Pick-ups, öffnet die Klappe und hievt ihn, die Zigarette im Mundwinkel, auf die Ladefläche. Sie steigt wieder ein, verzichtet aufs Anschnallen und schaltet krachend in den Rückwärtsgang. Gote lässt das Beifahrerfenster herunter und legt den Ellenbogen in den Rahmen.

So fahren sie durch die Nacht, während der Fahrtwind durchs Auto wirbelt. Der Pick-up ist laut und stinkt nach Diesel. Es macht Spaß, ihn zu steuern. Dora hätte nichts dagegen, bis zum Morgengrauen so weiterzufahren.

Nach zehn Minuten ist die Reise zu Ende. Sie halten vor Gotes Haus, er steigt aus, um das Tor zu öffnen. Erleichtert beobachtet sie, wie mühelos er sich bewegt. Langsam lenkt sie den Pick-up aufs Grundstück und parkt neben dem Haus. Gote ist bereits auf dem Weg zum Bauwagen, so dass sie laufen muss, um ihn einzuholen.

»Gote!«

Er dreht sich um.

»Ist dir schlecht?«

Er schüttelt den Kopf.

»Hast du Kopfschmerzen?«

Er zögert kurz und schüttelt erneut den Kopf.

»Willst du ins Krankenhaus?«

Er grinst und tippt sich an die Stirn.

»Du darfst nicht mehr so viel trinken, Gote, hörst du? Vor allem nicht, wenn du fährst. Du hättest dich umbringen können. Oder jemand anderen.«

Jetzt salutiert er, und Dora beschließt, es gut sein zu lassen. Sicherheitshalber geht sie mit ihm bis zum Bauwagen. Er bückt sich tief, um den Schlüssel ins Schloss zu schieben. Als er es geschafft hat, richtet er sich auf.

»Dora. Danke.«

Er hat noch nie ihren Namen benutzt.

»Nacht, Gote.«

Sein Geruch nach Zigaretten und Männerschweiß ist ihr mittlerweile seltsam vertraut. Er verschwindet im Bauwagen und schließt von innen ab.

In diesem Moment wird ihr klar, was sie schon die ganze Zeit merkwürdig findet. Ein Detail, das nicht ins Bild passt. Jetzt hat sie es: Gote riecht stark, wie immer eigentlich. Aber kein bisschen nach Alkohol.

33 Vater, Tochter

Immer noch Donnerstag, 7. Mai. 23:30 Uhr. Dora hat noch
mal nachgerechnet. Der erste Donnerstag im Monat ist Cha-
rité-Tag. Also ist Jojo in Berlin. Sie hasst es, ihn um einen Gefallen zu bitten. Sie ist nicht wie Axel, der beschlossen hat,
andere Menschen für sich sorgen zu lassen. Aber hier geht
es nicht um sie. Sie muss etwas tun. Oder vielleicht sollte sie
sich raushalten. Seit einer Stunde liegt sie im Bett und dreht
sich hin und her. Einschlafen ausgeschlossen. Neben dem
Bett steht Jochens Fellkörbchen. Die kleine Hündin schläft
auf dem Rücken und sieht so glücklich aus, als wollte sie
diesen Ort nie wieder verlassen. Draußen im Schuppen steht
Gustav und ruht sich aus. Hinter der Mauer liegt Gote in seinem Bauwagen. Alles in Ordnung. Wenn da nicht die Sache
mit dem Alkohol wäre, nach dem Gote nicht gerochen hat.
　Dora war nie ein Fan von Jojos Neurologie-Monologen.
Aber zugehört hat sie trotzdem. Sie kennt Symptome und
ihre Bedeutung. Die Frage ist nur, ob es sie etwas angeht.
Und ob sie wirklich diesen Wörtern näherkommen will.
Wenn bestimmte Wörter fallen, bricht alles zusammen. Das
weiß sie aus Erfahrung. Das muss sie nicht noch einmal erleben. Die Alternative ist friedliche Koexistenz mit allem, was
geschieht. Schließlich ist Gote nur ein Nachbar. Ein ziemlich
unmöglicher noch dazu. Abschaum, wie Steffen sagt.

Bestimmt schläft Jojo schon. Es wäre absurd, ihn jetzt zu wecken. Was auch immer das Problem ist, es hat Zeit bis morgen. Oder bis nächste Woche.

Steffens Video ist seit einer Woche auf YouTube erhältlich, mit vielen lachenden Smileys und aggressiven Kommentaren. Abschaum im Unterhemd.

Sie kann das nicht. Sie kann nicht nichts tun. Sie muss wenigstens mit Jojo reden. Fragen stellen. Das Freizeichen ertönt. Sie stellt sich vor, wie am anderen Ende der Verbindung das Klingeln durch die stille Berliner Wohnung schallt. Durch große Räume mit wenigen Möbeln. Lange Schatten im Licht der einfallenden Straßenbeleuchtung. Nussbaumregale, Ledercouch, Fernsehsessel. Wenige ausgesuchte Bilder an den Wänden. Am Boden bunte Kemal-Teppiche.

Tut, tut.

Nirgendwo Staubflusen, Dreckkrümel oder Haare. Jojo und seine künftige Frau pflegen ein Maß an Ordnung, von dem Doras Leben weit entfernt ist. Ein leichter Geruch nach Zigaretten, Duschgel und Aftershave.

Tut, tut.

Die Kunstdrucke im Wohnzimmer sind von Edward Hopper. Keine Nachtschwärmer. Eine Frau am Fenster, ein Mann auf dem Balkon.

Dora legt auf und probiert die Handynummer. Es kommt vor, dass Jojo um diese Zeit noch gar nicht zu Hause ist. Aber viel wahrscheinlicher liegt er im Bett und hat keine Lust, ans Telefon zu gehen. Dora weiß, dass auch er oft nicht schlafen kann. Anders als sie erhebt er gar keinen Anspruch darauf. Weshalb Nicht-Schlafen bei ihm höchstens zur Erschöpfung, aber nicht zur Verzweiflung führt.

»Ach, du bist das.«

Auf dem Smartphone hat er ihre Nummer erkannt und ist gleich drangegangen. Für einen Moment spürt Dora, dass sie ihn liebt.

»Hallo, Jojo. Liegst du schon im Bett?«

»Fast. Ich sitze im Sessel und lese noch ein bisschen. Toller Roman von Ian McEwan. Der Mann kann ein Squash-Match so dramatisch beschreiben wie die Schlacht von Verdun.«

Natürlich, er rettet nicht nur Leben, trinkt erlesene Weine und hört moderne Klassik – er liest zwischendurch auch noch internationale Gegenwartsliteratur. Als führte er sein Leben im Haus der Geschichte, in der Abteilung für Bürgerlichkeit und Humanismus. Ein lebendes Mahnmal für Doras Generation, die die Fähigkeit verloren hat, länger als fünf Minuten bei irgendetwas zu bleiben. Dora beneidet ihn und will trotzdem nicht mit ihm tauschen. Vielleicht wird sie eines Tages noch verstehen, warum.

»Dann mal raus mit der Sprache«, sagt er, was hübsch altmodisch klingt, als wären sie Figuren in einer Sitcom aus den Achtzigern.

Und Dora erzählt. Weil sie nicht weiß, wo sie anfangen soll, erzählt sie einfach alles. Von Heini und Gote, von Franzi und Jochen, von den neuen Möbeln und dem gerodeten Garten, vom Ausflug zum Baumarkt und der Maler-Aktion. Jojo unterbricht sie nicht, er hört einfach zu. Brummt gelegentlich Zustimmung oder äußert kleine Laute des Erstaunens. Es tut so gut zu reden, dass Dora immer ausführlicher wird. Sie schmückt aus, verliert sich in Details, lässt Figuren und Szenen lebendig werden. Jojo zeigt keine Zeichen von Ungeduld. Dora versteht gar nicht mehr, was manchmal zwischen ihnen steht. Warum sie oft das Gefühl hat, dass er sich nicht für sie interessiert. Sie sind doch immer ein Team gewesen, haben immer gewusst, was der andere denkt, ganz egal, wie viel oder wenig sie gerade miteinander zu tun hatten. Vater und Tochter, eine Geschichte so alt wie die Menschheit.

Sie erzählt von Horst Wessel und von Gotes Freunden. Vollbart, Tätowierter und Sakko.

»Oha«, sagt Jojo. »Da geh ich mal auf den Balkon. Eine rauchen.«

Auch Dora geht vor die Tür und zündet eine an. Sie hört das Ratschen von Jojos Feuerzeug. Anscheinend sind Nazis und Chefärzte die letzten Menschen, mit denen man entspannt eine Zigarette rauchen kann.

Eine Weile blasen sie schweigend Rauch in die nächtliche Frühlingsluft, die eine in Bracken, der andere in Berlin.

Dann beginnt Dora, von der Plausitzer Messerattacke zu erzählen. Sie merkt, dass sie sich schämt. Als wäre sie irgendwie schuld an dem, was passiert ist. Jojo sagt nichts. Kein »War ja klar« oder »Siehste« oder »Ich habe dir gleich gesagt, dass die Brandenburger Provinz keine gute Idee ist«. Er hört weiter zu und hält eisern den Mund, was in seinem Fall einer sportlichen Höchstleistung gleichkommt.

Als sie eine Pause einlegt, hört sie, wie er die nächste Filterlose aus dem Softpack klopft. Ein Chefarzt-Geräusch, sachlich und gelassen. Dora spürt, wie es sie beruhigt. Jojo ist schon immer ein Mensch gewesen, dessen Stimmung einen ganzen Raum beeinflussen kann. Wenn er damals, als Dora und Axel noch Kinder waren, von der Arbeit nach Hause kam, lauschten sie stets auf das Geräusch seiner Schritte. An der Art, wie er über den Flur ging, konnten sie erkennen, ob es ein guter oder schlechter Abend werden würde. War Jojo gestresst, waren alle gestresst. War er fröhlich, wurden alle fröhlich. Doras Mutter war die Einzige, die seinen Launen etwas entgegenzusetzen hatte. Wenn er grimmig war, lachte sie und sagte: »Geh erst mal duschen.« Dann sorgte sie dafür, dass es ein schöner Abend wurde, so oder so.

Während Dora die Pause in die Länge zieht, raucht Jojo in Ruhe seine zweite Zigarette und fragt schließlich:

»Das Eigentliche kommt noch, oder?«

Da gibt sie sich einen Ruck und erzählt, wie sie Gote und den Pick-up im Graben gefunden hat. Dass sie weder Polizei noch Feuerwehr gerufen hat, um Gote Ärger mit den Behörden zu ersparen. Wie sie den Wagen stattdessen eigenhändig aus dem Graben steuerte.

Jojo fragt nicht, ob sie den Verstand verloren habe. Er sagt:

»Das war ziemlich clever von dir. Wegen so etwas kann seine Bewährung widerrufen werden.«

»Er konnte nicht sprechen«, sagt Dora.

Jojo schweigt einen Moment. Dann sagt er: »Er war wohl sturzbetrunken.«

»Ich glaube, er war nüchtern«, erwidert Dora.

Jojo fragt nicht, woher sie das weiß. Er überlegt.

»THC?«, fragt er.

»Glaube ich auch nicht.«

Sie hört, wie Jojo einen letzten Zug nimmt und die Zigarette vom Balkon schnippt.

»Dann fahr ich mal los«, sagt er.

Die Verbindung ist unterbrochen. Das ist wohl ein Moment, von dem es in Büchern heißt, dass »plötzlich alles sehr schnell« gegangen sei. Vor Doras innerem Auge läuft ein Film, der zeigt, wie Jojo seine Charlottenburger Wohnung durchquert. Im Flur öffnet er den Garderobenschrank und nimmt eine fertig gepackte, cognacfarbene Ledertasche mit Messingverschlüssen heraus. Er greift ein Freizeitsakko vom Haken und tritt aus der Tür. Zwei Stufen auf einmal nehmend läuft er die Treppe hinunter und geht neben seinem Schatten über den leeren Savignyplatz. Ein Mann ohne Hund, für den trotzdem keine Ausgangssperre gilt. Ein Mann mit einer Mission. Mit großen Schritten erreicht er die Parkgarage des Stilwerks, wo er einen Stellplatz für sein Auto gemietet hat. Minuten später gleitet er in seinem Jaguar durch die Stadt, perfekt klimatisiert, von Geigenklängen aus dem Soundsystem beschallt, während die Außenwelt lautlos an den Fenstern vorbeizieht. Auf der Stadtautobahn drückt er aufs Gas, und fast spürt Dora die Beschleunigung wie eine große Hand im Rücken, die sie machtvoll nach vorne schiebt. Das Violinkonzert ist von Khachaturian, eine von Jojos Lieblingsaufnahmen, etwas zu aufgeregt für Doras Geschmack, aber in ihrer plötzlich aufschäumenden Dramatik passend zu dieser Fahrt.

Jojo fährt, und Dora sitzt in Gedanken neben ihm. Als sie die Bundesstraße erreichen, dreht er die Lautstärke der Musik herunter und schaut sie von der Seite an.

»Ist schön, etwas für dich tun zu können«, sagt er.

Vor lauter Überraschung vergisst Dora beinahe, dass es sich bei diesen Worten nur um eine Einbildung handelt. Sie wirken wie eine logische Fortsetzung des Telefonats.

»Du warst schon als Kind so«, sagt Jojo. »Mit drei Jahren wolltest du dir jeden Morgen selbst die Schuhe zubinden. Hast eine halbe Stunde vor der Tür gesessen und mit den Schnürsenkeln gekämpft. Und gefaucht wie eine Katze, wenn wir dir helfen wollten.« Mit schnellem Schulterblick wechselt er die Spur, um einen Lastwagen zu überholen. »Ich fand das immer toll. Dieses Streben nach Autonomie. Axel ist ganz anders. Der lässt sich wahrscheinlich heute noch von Christine die Schleife binden.«

Jojo lacht, und Dora lacht ein bisschen mit.

»Manchmal traut man sich kaum, dich zu fragen, wie es dir geht. Von deinem Umzug aufs Land hast du uns nicht einmal erzählt.«

»Ich dachte, du interessierst dich nicht dafür«, flüstert Dora in die Nacht.

»Schon gut«, sagt Jojo. »Wir sind uns da ähnlich. Ich respektiere das.« Er beugt sich herüber aus dem Reich der Phantasie und tätschelt ihren Arm. »Ich freue mich jedenfalls, dass ich dir mal helfen kann.«

34 Herr Proksch

Als der Jaguar vorfährt, steht der Mond noch höher am Himmel. Sein silbriger Schein verdrängt das Licht der Sterne, bis auf den Abendstern, der so hell strahlt, dass man ihn für ein herannahendes Flugzeug halten könnte. Jojo steigt aus, dehnt den Rücken und sieht sich um. Dora versucht, Bracken durch seine Augen zu betrachten. Nichtssagende Häuser entlang einer nächtlichen Landstraße. Es riecht nach Dünger und Sand. Unmöglich, einem Mann wie Jojo zu erklären, warum Dora das gefällt. Für Jojo ist »Stadt« die einzig denkbare Lebensform und »Provinz« ein anderes Wort für Koma oder Tod. Er ist nicht hier, um sich vom Gegenteil überzeugen zu lassen.

Dora öffnet das Gartentor und lässt die ungeduldig fiepende Jochen hinaus. Euphorisch begrüßt sie Jojo auf dem Grasstreifen am Straßenrand, wobei sie wedelnd das ganze Hinterteil schwenkt. Nachdem sie mit Freuen fertig ist, senkt sie den dreieckigen Körper an mehreren Stellen ins Gras, um die Außengrenzen ihres Reviers zu erweitern.

Dora nimmt das Bild in sich auf. Die einsame Straße. Die spiegelnde Limousine im Licht der Straßenlaternen. Daneben ihr aufrechter Vater mit silbernen Schläfen, Freizeitsakko, schwarzer Jeans und Ledertasche, vollkommen fremd in dieser Umgebung. Ein wandelndes Portal zu einer anderen Welt.

Sie geht zu ihm und will ihn umarmen, aber er streckt ihr zur Begrüßung den Ellenbogen entgegen und grinst ironisch, als wollte er sich gar nicht an die Regeln halten, sondern sich nur darüber lustig machen. Dora erwidert die Geste, sagt ebenso ironisch: »Willkommen in Bracken!«, und zeigt anschließend auf die umliegenden Häuser, die hinter Zäunen und Mauern die Nacht aussitzen.

»Ich, Heini, Gote. Dahinten wohnt sogar ein Kabarettist.«

Sie fügt hinzu, dass Steffen schwul ist und mit einem Blumenhändler zusammenlebt, wie um zu beweisen, dass auch normale Menschen in Bracken wohnen, gemessen an dem, was jemand wie Jojo für normal hält. Gleichzeitig schämt sie sich für ihre Worte und den ironischen Ton. Sie kommt sich gegenüber dem Dorf wie eine Verräterin vor.

»Ganz schön hier«, lügt Jojo. »Wo ist er?«

Dora geht zu Gotes Tor, durch das sie erst vor drei Stunden mit Gustav herausgekommen ist. Es ist nach wie vor unverschlossen. Sie öffnet es einen Spalt und lässt ihren Vater vortreten.

Was sich ihnen darbietet, wirkt wie ein weiteres Hopper-Gemälde. Auf dem dunklen Rasen liegt ein umgestürzter weißer Plastikstuhl. Der Tisch wurde unter das Fenster des Bauwagens gezogen. Auf dem Tisch steht ein Mädchen. Das blonde Haar trägt die Kleine offen, es reicht ihr fast bis in die Kniekehlen. Sie hat beide Hände an das Bauwagenfenster gelegt, drückt das Gesicht gegen die Scheibe und versucht, ins Innere des Wagens zu sehen. Leise ruft sie: »Papa, Papa!«, und klopft vorsichtig ans Glas, was das jämmerlichste Geräusch der Welt erzeugt.

Dora und Jojo stehen wie gebannt, bis plötzlich Jochen-der-Rochen an ihnen vorbeischießt, den Tisch umtanzt, auf dem das Mädchen steht, und nicht aufgibt, bis die Kleine herunterspringt und die Hündin in die Arme nimmt. Jochen leckt ihr das Gesicht. Dora sieht, dass sie geweint hat.

»Das ist Franzi«, sagt sie, halb zu Jojo, halb zu sich selbst.

Sie geht zum Bauwagen, klettert selbst auf den Tisch und schirmt das Fensterglas mit den Händen ab. Drinnen brennt ein schwaches Licht. Es dauert eine Weile, bis Dora etwas erkennen kann. Der Wagen wirkt geräumiger, als sie erwartet hat. Er ist mit hellem Holz ausgebaut, Tisch mit Sitzecke, Küchenzeile, dazu ein Schrank mit vielen Türen, in dem auch ein kleiner Fernseher steht. Alles wirkt sauber und aufgeräumt. Direkt unter dem Fenster ein schmaler Sims, auf dem kleine geschnitzte Holzfiguren stehen. Mehrere Wölfe, liegend oder stehend. Auch Menschenfiguren, eine Frau, ein Mann, ein Kind, die aber im Vergleich zu den Wölfen schlechter gelungen sind.

An der kurzen Seite des Bauwagens, im Schatten liegend, befindet sich das Bett. Darauf türmt sich ein dunkler Wall. Vielleicht ein Berg Decken. Oder ein menschlicher Körper.

Dora klettert vom Tisch und hockt sich neben Franzi, die im Gras sitzt und Baby-Wörter in Jochens Klappohren flüstert.

»Franzi, ist dein Vater da drin?«

Das Mädchen zuckt die Schultern, ohne aufzusehen.

»Weiß nicht. Ist dunkel.«

Dora wirft Jojo, der sich dezent im Hintergrund hält, einen Blick zu.

»Pass auf, Franzi. Du musst mir einen Gefallen tun.« Sie rüttelt das Mädchen leicht an der Schulter, bis es sie ansieht.

»Jochen hat noch gar nichts zu Abend gegessen. Sie ist total hungrig. Kannst du mit ihr rübergehen und sie füttern? Du weißt ja, wo alles steht.«

Franzis Miene hellt sich auf. Sie kommt flink auf die nackten Füße und nimmt Doras Hausschlüssel entgegen.

»Bleib bei ihr und leiste ihr Gesellschaft, okay? Ich komme gleich nach. Du kannst dir selbst auch was zu essen aus dem Kühlschrank nehmen.«

Franzi nickt eifrig, läuft voraus und klopft sich dabei auf den Oberschenkel, damit Jochen folgt. Sie gehen nicht zur Straße, sondern weiter nach hinten, am Kartoffelbeet entlang und tiefer in den Garten, zu irgendeinem Franzi-und-Jochen-Schlupfloch. Die Kartoffelpflanzen sind nur schemenhaft zu erkennen, wirken aber, als müssten sie gewässert werden.

Nur der Vollständigkeit halber probiert Dora die Klinke der Bauwagentür. Abgeschlossen. Jojo hat bereits angefangen, sich auf dem Grundstück nach geeignetem Werkzeug umzusehen. Nach kurzer Zeit kehrt er mit einer Zaunstange aus rostigem Metall zurück, die er aus einem Gebüsch gezogen haben muss.

Wenn man Jojo nur in seiner Wohnung am Savignyplatz kennen würde, könnte man leicht vergessen, dass er praktisch veranlagt ist. In Doras Elternhaus gab es früher eine Werkstatt im Keller, wo sie gemeinsam gebastelt haben – Stelzen, Vogelhäuser und einmal sogar ein Klettergerüst. Dora hat Holzteile abgeschmirgelt, den Schraubstock bedient und sich die Ohren zugehalten, wenn Jojo die Bohrmaschine benutzte. Sie war stolz zu wissen, was »Gib mir mal den Sechzehner« bedeutete.

Jojo zwängt mit großer Selbstverständlichkeit das spitze

Stangenende in den Spalt und hebelt die Tür auf. Sie schwingt herum und schlägt gegen die Wand. Dora und Jojo zucken zusammen wie Einbrecher. Sie lauschen ins dunkle Innere. Aus dem Bauwagen dringt kein Ton. Ringsum setzen die Grillen ihr Nachtkonzert fort. Jojo holt seine Tasche.

»Wie heißt er mit Nachnamen?«

»Proksch.«

»Herr Proksch, nicht erschrecken«, sagt Jojo laut. »Ich komme jetzt zu Ihnen hinein.« Er betritt den Wagen. »Herr Proksch? – Er ist hier«, sagt er, zu Dora gewandt. Dann geht er noch ein paar Schritte. »Herr Proksch?«

Ein Grunzen erklingt und gleich darauf Gotes Stimme, klar und deutlich: »Ich hau dir in die Fresse!«

Vor Erleichterung hätte Dora fast geweint. Gote lebt, unzweifelhaft.

»Hau ab!«

»Herr Proksch, ich bin Arzt«, sagt Jojo unbeeindruckt. Dora staunt über seinen Mut. »Ich mache ein paar Untersuchungen mit Ihnen. Können Sie mir sagen, welcher Tag heute ist?«

Die Tür des Bauwagens wird von innen zugezogen; Jojo weiß die Privatsphäre seiner Patienten zu respektieren. Dora geht zur Mauer, stellt Gotes Obstkiste hochkant und klettert hinauf. Schon wieder sieht sie ihr Haus aus fremder Perspektive. In der Küche brennt Licht. Franzis Kopf ist nicht zu sehen; wahrscheinlich hockt sie am Boden und teilt sich mit Jochen eine Schüssel Hundefutter. So weit alles in Ordnung. Dora verlässt ihren wackligen Hochstand, schiebt die Hände in die Taschen und geht in Gotes Garten hin und her. Warten. Wenn Ärzte ins Spiel kommen, geht es immer ums Warten. Bei jedem Schritt spürt sie den Boden unter den Füßen. Die Grasnarbe, die Erde darunter, Gesteinsschichten von unvorstellbarem Ausmaß, den ganzen riesigen Planeten. Es fühlt sich an, als würde sie beim Gehen die Erdkugel drehen wie ein Zirkusbär seinen Ball. Das Warten verdichtet die Zeit und löst sie schließlich auf. Wie lang ist es her, dass sie im verwaisten Büro von Sus-Y die Reste ihres alten Lebens entfernt hat? Dora erinnert sich daran wie an eine Episode aus ferner Vergangenheit. Etwas, das einst aufregend schien und inzwischen jede Bedeutung verloren hat. Jetzt ist jetzt. Ihr Vater ist bei Gote. Jochen ist bei Franzi. Sie selbst läuft hin und her, damit sich der Planet weiterdreht, denn wenn er stehen bleibt, kommt alles ins Straucheln. Alles soll bleiben wie gewohnt. Dora will nicht, dass sich etwas ändert. Nicht schon wieder.

Die Tür des Bauwagens öffnet sich, Jojo tritt heraus, die Tasche in der Hand.

»Herr Proksch packt jetzt ein paar Sachen zusammen«, sagt er förmlich.

Das ist typisch. Wenn Jojo in die Nähe eines Patienten kommt, verwandelt er sich in Chefarzt Prof. Dr. Korfmacher, der ein Ärzte-Universum bewohnt, in dem es keine Menschen, sondern nur Fälle gibt. Dora würde sich nicht wundern, wenn er anfinge, sie zu siezen.

»Ich nehme Herrn Proksch für einige weitere Tests mit an die Charité.«

Prof. Dr. Korfmacher sagt nicht »Klinik«, sondern »Charité«. Man fährt auch nicht zur Charité, sondern an die Charité, als ginge es um eine geheimnisvolle Kultstätte.

»Jetzt sofort?«

»Jetzt sofort. Willst du mit?« Steif aufgerichtet steht er vor ihr, die Ledertasche fest in der Hand. Er strahlt Ungeduld aus. Im Bauwagen rumpelt es.

»Ich muss bei Franzi bleiben.«

Jojo nickt. Es ist ihm egal. Im Ärzte-Universum gibt es auch keine Töchter. Man ist permanent in Eile und denkt nur an den Job. Gote erscheint auf den Gitterstufen, eine Plastiktüte in der Hand, die fast leer zu sein scheint. Er starrt Jojo an, als überlege er, ob dieser Mensch vielleicht einen Stecker besitzt, den man herausziehen kann. Jojo vollführt eine auffordernde Geste und geht mit großen Schritten zum Tor. Dora hört, wie er draußen an der Straße den Kofferraum des Jaguars öffnet. Der Kofferraum schlägt wieder zu.

»Herr Proksch!«, ruft Jojo durch die Nacht.

Gote setzt sich in Bewegung. Als er an Dora vorbeigeht, blickt er sie ausdruckslos an. Er folgt Jojos Ruf wie ein Hund seinem Herrn. Im Ärzte-Universum ist der Chefarzt Chef. Nicht mal einer wie Gote kann sich seinen Befehlen verweigern.

»Ich schließe hier ab«, sagt Dora. »Und passe auf Franzi auf.«

Falls Gote sie verstanden hat, lässt er sich jedenfalls nichts anmerken. Er verschwindet durchs Tor, vor dem sirrend der Jaguar läuft. Zwei Autotüren fallen ins Schloss, der Wagen wendet in zwei Zügen, beschleunigt und fährt davon. Das Motorengeräusch ist noch eine Weile zu hören, bevor es auf der Landstraße verklingt.

Gote ist weg. Jemand hat ihn abgeholt, wie Steffen es vorausgesagt hat, auch wenn Jojo nicht die Müllabfuhr der Geschichte ist. Vielleicht ist es noch schlimmer. Dora weiß aus Erfahrung, dass es im Ärzte-Universum meistens kein gutes Zeichen ist, wenn jemand irgendwohin mitgenommen wird.

35 Raumforderung

Als das Telefon piepst, braucht Dora eine Weile, um sich zu orientieren. Es ist noch dunkel, und sie ertastet Körperteile in ihrem Bett, die weder ihr selbst noch Jochen gehören. Arme, Beine und eine Menge Haare. Franzi. Dora erinnert sich, dass sie das Mädchen schlafend vorgefunden hat, mit Jochen im Arm, und dass auch sie selbst erstaunlich schnell eingeschlafen ist, obwohl sie es eigentlich nicht mag, wenn jemand neben ihr liegt. Hastig nimmt sie den Anruf entgegen, bevor das Piepsen Franzi aufwecken kann.

»Warte kurz, Jojo.«

Sie schlüpft in Jeans und Sweatshirt und geht vor die Tür. Am östlichen Horizont zeigt sich ein heller Schein. Die Vögel zwitschern so eifrig, als wären sie mit der Kraft ihres Gesangs an der Herstellung des neuen Tags beteiligt. Am Himmel stehen noch einzelne Sterne. Es wird ein weiteres Mal sonnig werden, wolkenlos, als hätte sich die Sache mit dem Wetter ein für alle Mal erledigt. Die Hortensien brauchen Wasser. Ganz zu schweigen von den Kartoffeln. Heute wird Dora das in den Griff kriegen. Nicht nur die Kartoffeln. Alles.

»Bin gleich so weit.«

Sie klemmt das Handy zwischen Schulter und Ohr und zieht die Zigaretten aus der Hosentasche. Wenn sie so weitermacht, wird sie noch zur Kettenraucherin. Aber um ihre Nikotinsucht kann sie sich ein andermal kümmern. Was jetzt kommt, lässt sich aller Wahrscheinlichkeit nach nur rauchend ertragen.

Im Hintergrund erkennt sie die Geigenklänge von Khachaturian. Also sitzt Jojo wieder im Auto, in aller Herrgottsfrühe, auf dem Weg von Berlin nach Münster, wo er vermutlich in drei Stunden eine Vorlesung halten, in einer Besprechung sitzen oder einen Notfall operieren wird. Dora rechnet nach, ob er heute Nacht geschlafen haben kann. Ausgeschlossen. Vielleicht ist er gar nicht mehr in seiner Wohnung gewesen. Von der Charité direkt auf die Autobahn.

»Bist du so weit?« Er wirkt noch etwas förmlich, bewegt sich aber nicht mehr im Ärzte-Universum. Eigentlich klingt er ganz gut gelaunt. Schon irre, denkt Dora, wozu ein Mensch imstande ist, wenn er an das glaubt, was er tut.

»Jetzt ja. Wie war's?«

»Gute Frage.« Jojo lacht. »Während der Fahrt nach Berlin hat dein Sportsfreund kein Wort gesprochen.«

»Er ist nicht mein Sportsfreund.«

»Sogar auf Station verhielt er sich am Anfang ganz ruhig. Alles entspannt, ist ja nicht viel los zurzeit.«

Jojo hat es schon mehrfach erzählt: Wegen der Ausgangssperre herrscht wenig Betrieb in den Notaufnahmen. Außerdem vierzig Prozent Bettenleerstand wegen verschobener Untersuchungen und Operationen. Wenn wir die Menschen vor Corona gerettet haben, pflegt er zu sagen, werden sie wie die Fliegen an Herzinfarkten und Schlaganfällen sterben.

»Gut für uns, alle Geräte frei.« Jojo trinkt etwas. Wahrscheinlich hat er sich an der Tankstelle einen großen Kaffee gekauft. »Und du weißt ja, mein Team an der Charité steht Gewehr bei Fuß. Auch mitten in der Nacht. Ein Anruf genügt, und die Maschine läuft.«

Das ist Jojos Lieblingsthema: Loyalität, Teamgeist, bedingungslose Pflichterfüllung sowie die Tatsache, dass er diesem reibungslos rotierenden Menschenmechanismus vorsteht wie ein medizinischer General. Alles hört auf sein Kommando, von den höheren Offizieren bis zur einfachen Infanterie, die Bettpfannen leert und Gänge wischt. Selbst morgens um drei.

»Dr. Bindumaalini hat es sich nicht nehmen lassen, persönlich reinzukommen. Sie ist meine beste Radiologin, eine Prophetin des MRT. Leider ist dein Sportsfreund, als er sie gesehen hat, ziemlich ausgerastet.«

»Er ist nicht mein …«

»Er hat Dr. Bindumaalini als Kanackin beschimpft und quasi gleich vor Ort ihre Abschiebung beantragt.«

»Oh mein Gott.«

Dora schämt sich für Gote, dass es weh tut. Jojo lacht vergnügt. Es steigert seine gute Laune, sie ein bisschen zu peinigen. Entsprechend folgen weitere Details.

»Dr. Bindumaalini hat ihm erklärt, welche Untersuchungen sie vornehmen will, und er hat ihr erklärt, dass sie das nicht überleben wird. Um ihn zu bändigen, hätten wir vier Pfleger gebraucht. Dein Sportsfreund hat wirklich Kraft, das muss man ihm lassen.«

Jojos Sticheleien sind der Preis dafür, dass er sich ihretwegen die Nacht um die Ohren geschlagen hat. Zu seiner Erheiterung beizutragen ist das Mindeste, was Dora tun kann. Also lässt sie ein gequältes Stöhnen hören.

»Als dann noch ein Garderobenständer umfiel, hat sich Dr. Bindumaalini erst einmal zurückgezogen. Der blonden Röntgenschwester ist es ganz leicht gelungen, ihn zu beruhigen.«

»Oh – mein – Gott.«

»Für den Scan haben wir ihm was gegeben. Der hätte in der Röhre niemals stillgehalten.«

Dora realisiert, dass es sich bei diesem unangenehmen Bericht wahrscheinlich um den angenehmeren Teil des Gesprächs gehandelt hat. Sie entscheidet, eine weitere Zigarette anzuzünden.

»Und?«

»Sie haben ihn dann auf ein Zimmer gebracht, damit er sich ausschlafen kann. Ich musste schon los, habe um neun ein paar Termine in Münster. Dr. Bindumaalini hat mich gerade angerufen.«

»Und?«

»Dein Sportsfreund lässt nicht mit sich reden.«

Jedes Mal, wenn Jojo »Sportsfreund« sagt, rückt Gote ein Stück von ihr ab. Ein Sportsfreund ist kein richtiger Mensch, eher eine Situation. Dora beginnt zu ahnen, dass es Jojo nicht nur darauf anlegt, sie zu ärgern. Tief in seiner Chefarztbrust schlägt ein Herz, das lieber mit Sportsfreunden zu tun hat als mit lebenden Wesen.

»Wie meinst du das, er lässt nicht mit sich reden?«

»Dr. Bindumaalini hat es nicht geschafft, ihm die Ergebnisse mitzuteilen. Er hat sich die Ohren zugehalten und gebrüllt, dass sie ihn in Ruhe lassen soll. Dass er nichts wissen will.«

»Krass.«

»Es gibt ein Recht auf Nichtwissen. Wenn er nicht kooperiert, können wir gar nichts machen. Seine Entscheidung.«

»Und?«

»Er schläft wieder. Wie ein Baby. Als er damit fertig war, Dr. Bindumaalini anzuschreien, ist er einfach eingepennt. Ist das zu fassen?«

»Und?«

»Es besteht noch ein weiteres Problem. Dein Sportsfreund scheint nicht krankenversichert zu sein.«

Diese Nachricht bringt Dora für einen Moment aus dem Konzept, aber Jojo redet schon weiter.

»Mach dir keine Sorgen wegen der Aktion von heute Nacht, das biegen wir intern schon hin. Aber für die Zukunft ist Herr Proksch eigentlich nicht in der Situation, ärztliche Hilfe in Anspruch zu nehmen.«

»Was bedeutet das genau?«

»Vielleicht gar nichts. Man kann da therapeutisch ohnehin nicht viel machen.«

»Mensch, Jojo!« Dora hält es nicht mehr aus. »Jetzt sag doch endlich, was das verdammte MRT ergeben hat!«

»Das MRT ist nicht verdammt, sondern ein Segen der Menschheit.« Jojo gähnt. »Und ich unterliege der Schweigepflicht.« Wieder trinkt er etwas. Dora stellt sich einen riesigen Milchkaffee im To-go-Becher vor. »Ich darf dir gar keine Informationen geben. Eigentlich.«

Eigentlich will Dora auch gar keine Informationen. Eigentlich ist das Ganze sowieso eine Scheißidee gewesen. Was hat sie nur geritten, Jojo da mit reinzuziehen? Gote geht sie überhaupt nichts an. Wenn er nichts wissen will, dann will sie das erst recht nicht. Sie will das Gespräch beenden, sich wieder ins Bett legen und die Angelegenheit vergessen. Sorry, war ein Fehler, dumm gelaufen. Weitermachen.

»Okay, Jojo, dann würde ich sagen, ganz lieben Dank, und …«

Er unterbricht sie sofort.

»Andererseits habe ich den hippokratischen Eid geschworen. Und dem ist manchmal besser gedient, wenn man sich nicht allzu streng an die Regeln hält.«

»Ich finde, wir sollten unbedingt bei den Regeln bleiben«, sagt Dora. »Die Sache ist ohnehin schon viel zu kompliziert.«

»Dein Sportsfreund wird Unterstützung brauchen.«

»Er ist nicht mein Freund!« Dora hat laut gesprochen, fast geschrien. »Er ist mein Nachbar. Ich wollte nur helfen. Wenn er das nicht will, dann eben nicht. Alles gut, kein Problem.«

»So läuft das nicht.« Auch Jojo spricht jetzt lauter. »Das ist kein Spiel, aus dem man aussteigen kann. Du wolltest, dass ich komme, jetzt hängst du mit drin. Ich mache meinen Job, und zwar so gut wie möglich, verstanden?«

In der Tat, das hat Dora schon verstanden, als sie noch ein Kind war. Man hätte noch hinzufügen können: so gut wie möglich und um jeden Preis. Sie schweigt. Sie hat keine Kraft, mit Jojo zu streiten. Nicht um sechs Uhr früh, nicht nach einer solchen Nacht.

»Du bekommst von mir die nötigen Informationen, Rezepte und Verhaltensanweisungen. Der Rest ist deine Sache. Alles klar?«

Sie nickt, obwohl er das natürlich nicht sehen kann. Ihr ist klar, was als Nächstes kommt. Eins dieser Wörter. Sie hat diese Wörter immer verabscheut. Man kann sich an Wörtern anstecken. Krankheitswörter sind wie Krankheitserreger. Ihr Elternhaus war von Krankheitswörtern völlig verseucht. Gliom, Blastom, Karzinom, Astrozytom. Die Wörter klebten an allen Wänden, saßen in allen Ecken. Davon war ihre Mutter krank geworden. Neuroendokriner Tumor. Auch eins dieser Wörter. Es sind Wörter, die einem das Liebste nehmen. Man sollte sie nicht benutzen. Nicht aussprechen, nicht einmal denken. Auch nicht hören. Dora kann verstehen, dass sich Gote die Ohren zugehalten hat. Das würde sie auch am liebsten tun.

»Der Gehirn-Scan zeigt bei Herrn Proksch eine erhebliche Raumforderung.«

Eine dritte Zigarette vor dem Frühstück ist bestimmt eine schlechte Idee. Passt also perfekt zur Gesamtlage.

»Meiner Einschätzung nach handelt es sich um ein Glioblastom.«

Glioblastom ist das Ober-Scheißwort unter den Scheißwörtern. Ein dunkler Warlord in Buchstabenform. Darth Vader der Medizinersprache. Er wird stets begleitet von seinen Adjutanten namens Inoperabel, Unheilbar und Palliativ. Sofort entscheidet Dora, eine Abkürzung zu nehmen. Es bringt überhaupt nichts, sich Darth Vader in den Weg zu stellen.

»Wie lange noch?«

»Die Prognose ist schlecht. Natürlich gibt es auch Fälle ...« Es kommt nicht oft vor, dass Jojo einen Satz nicht zu Ende spricht. »Was soll's. Herr Proksch hat massive Ausfallerscheinungen. Du weißt, was das heißt.«

»Ich will wissen, wie lange.«

»Allenfalls ein paar Monate. Wenn überhaupt.«

Die Frage schleicht sich ein, ob es bei Doras Mutter genauso gewesen ist. Damals, als die Welt unterging. Hat da auch jemand »allenfalls« gesagt, direkt nach »neuroendokrin«? Dora muss diese Gedanken stoppen. In ihrem Inneren tut sich ein Abgrund auf, so tief, dass nicht einmal Bläschen heraufsteigen. Kann man in sich selbst hineinstürzen und verschwinden? Was bliebe dann übrig, ein schwarzes Loch?

»Wie geht's weiter?« Ihr System versucht, in den Bewältigungsmodus zu schalten. Jojo macht mit. Die Frage, wie es weitergeht, ist sein Lebenselixier.

»Wenn Herr Proksch aufwacht, schicken wir ihn mit dem Krankentransport nach Hause. Vorher bekommt er eine Anfangsdosis Steroide und etwas gegen die Schmerzen.« Dora nickt vor sich hin. Das klingt vernünftig. Das ist ein Plan. »Der ganze Papierkram, Arztbrief, Rezepte, Einnahmeplan, geht per Kurier an dich. Die Medikamente müssen streng nach Anweisung genommen werden.«

»Muss ich seine Frau informieren? Und was ist mit …« Sie wollte »Franzi« sagen, bringt den Namen aber nicht über die Lippen.

»Das ist deine Entscheidung«, sagt Jojo. »Aber denk bitte daran, dass ich meine Schweigepflicht gebrochen habe.«

Dora versteht. Offiziell weiß sie von nichts. Das ist ein Schutz, nicht nur für Jojo, sondern auch für sie selbst. Der Schatten, in dem sie sich bewegen kann.

»Das Wichtigste ist, dass er nicht mehr Auto fährt. Hörst du, Dora? Er darf auf keinen Fall ans Steuer. Er gefährdet nicht nur sich, sondern auch andere.«

»Und wie soll ich das bitte schön verhindern?« Dora hört ihre Stimme schrill werden. Der Bewältigungsmodus versagt schon wieder. »Bin ich sein Vormund, oder was? Verdammt, Jojo, ich kenne ihn doch kaum! Was zum Teufel soll ich tun?«

»Trink erst mal einen Kaffee.« Auch Jojo nimmt einen weiteren Schluck. Khachaturian schraubt sich in die Höhen des Finales. »Du hast mich um Hilfe gebeten, und das bedeutet etwas. Ich kenne die Bedeutung nicht. Aber du wirst sie herausfinden.« Im Hintergrund applaudiert das Philharmonie-Publikum. »Viel Glück, Liebes. Ruf mich an, wenn du Fragen hast. Ich muss jetzt auf die A2.«

Kaum hat Jojo aufgelegt, öffnet Dora den Browser auf ihrem Smartphone und sucht einen bestimmten YouTube-Kanal. Sie klickt auf »FER« und auf das erste gepostete Video. Da ist Krisse. Vielleicht sollte sie den »Papierkram«, von dem Jojo gesprochen hat, an ihn schicken. Mit schönen Grüßen von der ausgleichenden Gerechtigkeit. Bei Minute 3:42 findet sie die Stelle. Dem Bevölkerungsaustausch die völkische Raumforderung entgegenhalten. Sie lässt es immer wieder laufen. Völkische Raumforderung, völkische Raumforderung. Endlich gelingt es ihr zu lachen, und als sie einmal angefangen hat, kann sie nicht mehr aufhören. Sie lacht, bis ihr der Bauch weh tut. Es ist die blanke Hysterie. Dann geht sie in die Küche und kocht den stärksten Kaffee aller Zeiten.

36 Frühkartoffeln

»Kann man die etwa schon ernten?«

Statt Antwort zu geben, zuckt Franzi die Achseln. Dora seufzt. Sie steht in Gotes Kartoffelbeet, spritzt sich mit dem Gartenschlauch den gröbsten Dreck von den Händen und verreibt das kühle Wasser im Gesicht. Sie ist erschöpft und verschwitzt. In den letzten Stunden hat sie geschuftet wie eine Irre. In ihrem eigenen Haus hat sie sämtliche Zimmer gefegt, Wäsche gemacht und die Küche geputzt. Danach hat sie die Hortensien und den Gemüsegarten gegossen, Unkraut gejätet und noch ein paar Quadratmeter Brennnesseln vernichtet. Seit Franzi aufgestanden ist, hat Dora eine lästige Assistentin. Das Mädchen weicht ihr nicht von der Seite, folgt ihr überallhin wie ein kleiner Schatten, will helfen und steht ständig im Weg. Der Dialog: »Wann kommt Papa nach Hause?« – »Bald«, hat sich inzwischen hundertmal wiederholt.

Um Franzi loszuwerden, hat Dora sie rübergeschickt, zu Gote, der nicht da ist: Zimmer aufräumen. Zwanzig Minuten später tat ihr die Kleine schon wieder leid, so dass sie ihr folgte, die schmutzige Treppe im Wohnhaus hinauf, um ihre Fortschritte beim Aufräumen zu loben. Weil sie nun schon einmal da war, bezog sie das Bett, lüftete, putzte das Fenster, wischte den freigeräumten Boden und schmückte schließlich die Wände mit Franzis selbstgemalten Bildern. Danach sah das Zimmer so freundlich aus, dass sich Franzi an ihren Arm hängte und »Danke, danke« schrie.

Leider hat sich die Anhänglichkeit durch die Kinderzimmer-Aktion weiter vergrößert, so dass Dora erst recht meinte, bei jedem Schritt auf einen Kinderfuß oder eine Hundepfote zu treten. Noch einmal hat sie Kind und Hund fortgeschickt, aufs Feld, nachsehen, ob es schon ausreichend Frühblüher gibt, die man für einen Wiesenblumenstrauß zu Gotes Begrüßung pflücken kann. Die Ruhephase hat sie genutzt, um endlich den Bauwagen zu durchsuchen, hastig, mit zusammengepressten Kiefern, als könnte man das Unbehagen hinter den Zähnen einsperren. Gott sei Dank fand sie schnell, was sie suchte: einen Autoschlüssel am Haken neben der Tür, den zweiten in der Tischschublade. Außerdem einen weiteren Bund, in dem sie ihre eigenen Haustürschlüssel erkannte. Bei der Gelegenheit schüttelte sie gleich noch die Decken auf, wischte Staub und putzte den fast leeren Kühlschrank. Erleichtert verließ sie den Bauwagen und fing an, Gotes Kartoffeln zu wässern, die es genauso nötig haben wie ihre eigenen. Im Internet hat Dora gelesen, dass Frühkartoffeln geerntet werden, solange das Kraut noch grün ist. Etwa sechzig Tage nach der Aussaat. Sie rechnet. Als sie nach Bracken gezogen ist, waren Gotes Saatkartoffeln schon im Boden. Vielleicht hat er sie aufgrund des milden Winters schon Anfang März ausgebracht.

Das Wasser kühlt Handflächen und Stirn, was sich herrlich anfühlt. Franzi hat einen großen Strauß aus Klee, Löwenzahn, Ehrenpreis und Schaumkraut vom Feld mitgebracht und im Bauwagen auf den Tisch gestellt. Jetzt will sie sich auch abkühlen. Dora hält ihr den Schlauch hin, und das Mädchen wäscht sich Hände, Arme und Gesicht. Zum ersten Mal an diesem Tag atmet Dora tief durch. Das Gewicht von Gotes Schlüsseln ruht schwer in der Hosentasche. Ein beruhigendes Gefühl.

Genau genommen hat sich gar nichts verändert. Es ist immer noch Anfang Mai, ein ganz normaler Freitag. Der Frühling geht in die Hochleistungsphase, in den Nächten kühlt es nicht mehr so stark ab, tagsüber wird es schon richtig warm. Die Obstbäume in Doras Garten blühen, was aussieht, als wären sie mit weißem Schaum bedeckt. Sie hat sogar ein paar Bienen gesehen, obwohl es eigentlich keine Bienen mehr gibt. Alles ist, wie es sein soll. Nur ein Begriff ist hinzugekommen. Raumforderung. Was freundlicher klingt als Glioblastom. Darth Vader im frühlingsfarbenen Tarnanzug. Aufgrund dieses Worts kämpft Dora seit den Morgenstunden darum, die Kontrolle zurückzugewinnen. Das kann sie genauso gut lassen und einfach feststellen, dass die Schlüssel schwer wiegen, der Himmel blau ist und rings ums Dorf die Traktoren brummen. Alles, was Flügel und eine Stimme hat, ist in der Luft und singt. Auf der Mauer geht eine orangefarbene Katze spazieren und schaut verächtlich zu ihnen herab. Ihr seid so peinlich, eure ganze Gattung, sagt der Katzenblick.

Tatsächlich machen sie einen ziemlich ramponierten Eindruck. Dora trägt noch das T-Shirt, in dem sie geschlafen hat. Jochens Unterseite ist schlammig vom Buddeln. Franzi hat den Dreck beim Waschen noch abenteuerlicher über Gesicht und Arme verteilt. Die Katze lässt sich nieder, um hingebungsvoll ihre rechte Pfote zu putzen. Dabei tut sie so, als würde sie die beiden Rotschwänzchen nicht bemerken, die laut schimpfend versuchen, sie von ihrem Nest wegzulocken.

»Wann kommt Papa wieder?«

»Bald.«

Dora schiebt die linke Hand in die Tasche und umfasst die Schlüssel mit festem Griff.

»Warum ist er im Krankenhaus?«

»Hab ich dir doch schon gesagt. Sie haben ein paar Untersuchungen gemacht.«

»Wegen seinen Kopfschmerzen?«

»Genau.«

»Aber er hat nichts Schlimmes?«

Dora geht weg, um das Wasser abzustellen.

»Kannst du mir zeigen, wie man Kartoffeln erntet?«, ruft sie.

»Klar!«

Franzi spurtet los und kehrt gleich darauf mit einem Werkzeug zurück, das wie eine große Vogelkralle aussieht. Dora überlegt, ob Gote sie alle drei platt treten wird, wenn sie sich an seinem Beet zu schaffen machen. Aber eigentlich kommt es darauf auch schon nicht mehr an. Platt sind sie schon. Mit der Kralle greift Franzi in die Erde, lockert den Boden rings um eine Pflanze, bis sie den Strunk zu fassen kriegt, an dem sie gleichmäßig zieht. Was zum Vorschein kommt, sieht tatsächlich aus wie ein Alien-Gelege. Ein Nest aus erdverschmierten Eiern in einem Gewirr von weißen Adern. Leicht angewidert sieht Dora zu, wie Franzi die Eier herauspflückt, mit den Händen abwischt und ins Gras wirft. Sie verbietet sich, schon wieder an Glioblastome zu denken.

»Noch ziemlich klein«, sagt Franzi.

»Kann man trotzdem kochen«, sagt Dora.

»Papa, Papa!«

Dora hat weder Motorengeräusche noch das Öffnen des Tors gehört. Aber da kommt er, mit großen Schritten, die Plastiktüte in der Hand. An den Rändern scheint er zu flimmern, als wäre er schlampig ins Bild geschnitten. Dora läuft ihm entgegen.

»Gote!«

Er würdigt sie keines Blicks. Stattdessen tritt er nach Jochen, schiebt Franzi beiseite, die im Gehen versucht, seine Beine zu umarmen, und strebt auf kürzestem Weg dem Bauwagen zu. Er reißt die Tür auf und verschwindet. Die Tür knallt zu. Dann schwingt sie noch einmal auf, und das Einmachglas mit Franzis Wiesenblumenstrauß fliegt in hohem Bogen durch die Luft. Es landet im Gras. Jochen kläfft, die Katze auf der Mauer gähnt, Franzi bricht in Tränen aus.

Arschloch, denkt Dora. Dann stirb doch, am besten so schnell du kannst. Befreie die Welt von deiner Anwesenheit. Es wäre das Beste für alle und außerdem eine Maßnahme der politischen Hygiene.

Sie hätte gerne noch eine Weile so weitergedacht, aber sie muss sich auf Franzi konzentrieren, die in ihren Armen schluchzt. Dora macht Sch-sch-Geräusche, erzählt etwas davon, dass der Papa nur ein wenig gestresst sei, und wünscht sich weit weg, am besten gleich zu Alexander Gerst auf die ISS.

Nach einem späten Mittagessen behauptet sie, Jochen-der-Rochen müsse dringend spazieren gehen, und schickt Hund und Mädchen, verbunden durch eine Leine, in den Wald. Sie braucht Beinfreiheit für weitere Vorbereitungen. Sie versteckt die Autoschlüssel im Übertopf der großen Palme. Sie nimmt vom UPS-Boten einen dicken Umschlag entgegen, Absender: Charité Berlin. Sie arbeitet die Unterlagen durch und liest anschließend noch eine Menge Dinge im Internet, die sie eigentlich gar nicht wissen will. Sie leert den Inhalt eines Schraubensets aus und beschriftet die frei gewordenen Fächer mit den Namen der Wochentage. Sie ruft die Apotheke des Elbe-Centers an und gibt eine Großbestellung auf. Weil danach immer noch reichlich nervöse Energie vorhanden ist, schreibt sie eine Einkaufsliste, putzt auch noch den eigenen Kühlschrank und fängt schon mal an, sich Sorgen zu machen, weil Franzi und Jochen noch nicht aus dem Wald zurück sind.

Eine dicke Fliege stößt mit lautem Brummen gegen das Küchenfenster. Dora sitzt am Tisch und erlebt das glasklare Gefühl, nicht mehr leben zu wollen. Was soll das alles. Immer weiter brummen und gegen das Glas stoßen, mit einem Strudel aus Bläschen im Körper. Lieber will sie mit Gote tauschen. Dann kann er für sie einkaufen fahren, während sie darauf wartet, dass es zu Ende geht.

Dora tut, was sie in letzter Zeit gerne macht, wenn sie nicht weiterweiß: Sie geht zur Mauer, steigt auf den Gartenstuhl und schaut hinüber. Sie will nachsehen, ob Franzi und Jochen zurückgekommen sind. Als sie Gote am Campingtisch vor dem Bauwagen sitzen sieht, prallt sie regelrecht zurück. Er raucht und beobachtet seine Finger dabei, wie sie einen langsamen Rhythmus auf der Tischplatte trommeln. Er flimmert nicht mehr an den Rändern. Er sieht aus wie immer.

»Gote!«

Sofort hebt er den Kopf, als hätte er nur darauf gewartet, ihre Stimme zu hören. Er kommt zur Mauer und steigt auf die Obstkiste.

»Hey«, sagt er. »Wie geht's?«

»Okay«, sagt Dora zögernd. »Und dir?«

»Gut.«

Sie schauen sich an, die Köpfe fast auf gleicher Höhe, er auf seiner Kiste, sie auf ihrem Stuhl, eine Wand aus Hohlbausteinen zwischen sich. Weil sich Gote mit dem Oberkörper leicht gegen die Mauer lehnt, sind ihre Gesichter ziemlich nah beieinander.

»Mein Vater hat noch ein paar Rezepte für dich ausgestellt.«

»Gegen meine Kopfschmerzen.«

»Die Tabletten musst du regelmäßig nehmen.«

»Mach ich.«

Dora schaut ihm in die Augen, so intensiv, als wollte sie ins Innere seines Kopfes gucken. Zum ersten Mal fällt ihr auf, dass er grüne Augen mit hellen Wimpern hat. Das Weiße ringsherum schimmert gelblich und ist von feinen roten Äderchen durchsetzt. Die Tränensäcke darunter sind wie immer geschwollen. Keine schönen Augen. Aber sie blicken so treuherzig, dass es Dora das Herz zusammenzieht. Irgendwo da drin wächst etwas. Wie eine Frühkartoffel. Sie fragt sich, ob Gote Bescheid weiß. Sie forscht in seinen Augen nach dem Schrecken. Muss ein Kopf nicht wissen, was in ihm vorgeht? Vermutlich gibt es verschiedene Arten des Wissens. Wahrscheinlich können Wissen und Nichtwissen nebeneinander existieren, ohne sich im Geringsten zu stören.

»Ich muss dir noch was sagen, Gote.«

»Du hast die Schlüssel genommen.«

Jedenfalls ist er nicht schwer von Begriff.

»Mein Vater sagt, du darfst nicht Auto fahren.«

»Muss toll sein, so einen Vater zu haben.«

Schnell prüft sie seine Miene; es liegt kein Hauch von Ironie darin.

»Nein«, sagt sie. »Eigentlich nicht.« Sie überlegt kurz. »Manchmal hätte ich lieber einen Vater gehabt, der etwas Normales macht. Maurer oder Tischler oder Automechaniker.«

»Ich bin Tischler.«

Überrascht hebt Dora die Brauen. »So mit Holz?«

»So mit Holz.« Er lacht. »Ich dachte ja immer, in der Stadt wohnen die Klugen. Aber du bist echt dümmer als alle zusammen.«

»Vielleicht bin ich deshalb hergezogen.« Dora grinst. »Arbeitest du noch als Tischler?«

»Schon ne Weile nicht.«

»Warum nicht?«

Er zuckt die Achseln. »War wohl zu oft krank.«

»Bekommst du Hartz IV?«

»Ich bin doch nicht bescheuert.«

»Was meinst du?«

»Niemand lässt sich gern wie ein Stück Scheiße behandeln.«

Dora fragt sich, ob sie demnächst das Stück Scheiße sein wird, das vor einem Jobberater sitzt. Aber irgendwie ist das erst einmal egal. Sie freut sich, dass Gote nicht wütend auf sie ist. Anscheinend akzeptiert er, dass sie ihm Jojo auf den Hals gehetzt hat. Vielleicht ist er auf seine Weise sogar dankbar dafür.

»Und wovon lebst du?«

»Irgendwas geht immer. Ich brauch ja nicht viel.«

Auf diese Weise haben sie noch nie miteinander gesprochen. Er riecht auch anders. Anscheinend hat er im Krankenhaus geduscht. Außerdem trägt er ein T-Shirt, das sie noch nicht kennt, dunkelblau und vergleichsweise wenig abgetragen. Auf der Brust steht *Criminal Worldwide*. Dora beschließt, dass jetzt nicht der richtige Zeitpunkt ist, um darüber zu lachen. Stattdessen gilt es, ein schwieriges Thema anzuschneiden.

»Hör mal, Gote. Ich brauche dein Auto.«

»Hä?«

»Einkaufen, Baumarkt, Apotheke. Du darfst nicht ans Steuer.« Fast hätte sie »nie wieder« hinzugefügt. »Wenn du mal wohin musst, fahr ich dich.«

»Bist du jetzt meine Mutti?«

»Nachbarschaftshilfe. Machst du doch auch.«

»Das ist was anderes.«

»Weil ich eine Frau bin?«

»Die Karre gehört mir.«

»Du darfst nicht fahren, Gote.«

»Wenn du meinen Pick-up anpackst, brech ich dir alle Knochen.«

Das lief ja super. Gote hebt eine Hand, die ziemlich groß ist. Dora hat auch große Hände, aber die von Gote würden besser zu einer Actionfigur als zu einem Menschen passen. Er schiebt seinen Arm über die Mauer, zu langsam für eine Ohrfeige. Unbeholfen streichelt er ihr über das zerzauste Haar.

»Wird schon.« Er steigt von der Obstkiste und entfernt sich.

Etwas später schaut Dora noch einmal hinüber. Sie hat erwartet, den Garten verwaist anzutreffen, den Bauwagen verrammelt, Gote verkrochen in seiner Höhle wie ein waidwundes Tier. Stattdessen sitzt er am Campingtisch, aufrecht und in Farbe, gemeinsam mit Franzi, deren fröhliches Plaudern bis zur Mauer schallt, und verteilt gekochte Frühkartoffeln auf zwei Teller. Sie essen gemeinsam, Vater und Tochter, reichen einander Salz und Mayonnaise. Mitten auf dem Tisch steht ein Wiesenblumenstrauß in einem Einmachglas.

37 Einhorn

Um sieben Uhr früh kann sie sicher sein, dass Gote noch schläft. So leise wie möglich öffnet sie das Tor und flucht unterdrückt, weil die Angeln quietschen. Da steht der Wagen. Flüchtig registriert sie, dass das Glas eines Scheinwerfers geborsten ist und das vordere Nummernschild fehlt, sicher eine Folge des Kopfstands im Straßengraben. Aber für solche Nebensächlichkeiten hat sie keine Zeit. Mit Schwung wirft sie Jochen auf den Beifahrersitz und startet den Motor. Jetzt geht es nicht mehr ums Leise-Sein, sondern ums Schnell-Sein. Der Motor wummert, rückwärts stößt Dora vom Grundstück auf die Straße. Sie fühlt sich wie eine Diebin kurz vor der Entdeckung. Schon meint sie, Gotes wütende Stimme zu hören. Beim Anfahren schaut sie in den Außenspiegel, ob er ihr vielleicht am Straßenrand hinterherläuft wie in einem Gutmensch-Film.

Einige Kilometer hinter Bracken beruhigt sich ihr Herzschlag. Sie passt die Geschwindigkeit an, öffnet das Fenster und genießt es, wie der Fahrtwind den Geruch des Waldes heranträgt. Eine kleine Frau in einem großen Auto. Bonnie und Clyde in einer Person. Was Robert wohl sagen würde, wenn er sie in dieser Höllenmaschine sähe? »Du hast dich sehr verändert, Dora.«

Der Parkplatz des Elbe-Centers ist ziemlich leer, die Geschäfte öffnen erst in einer halben Stunde. Beim Bäcker holt sich Dora einen Kaffee und ein Croissant und setzt sich damit im Schneidersitz auf die Pritsche. Pick-up-Picknick. Damit würde sie in Berlin-Kreuzberg eine Menge Aufmerksamkeit erregen. Hier schenkt ihr niemand Beachtung. Der Mann im Hähnchenwagen, der gerade den Grill startklar macht, während ihm ein Zigarillo im Mundwinkel hängt, hat noch kein einziges Mal zu ihr herübergeschaut.

Dora stellt sich vor, wie es wäre, sich passend zum Pick-up eine neue Oberfläche zuzulegen. Fransenfrisur mit blonden Strähnchen statt brünettem Pferdeschwanz. Schwere Stiefel, Zigaretten ohne Steuermarke und ein Sweatshirt von Thor Steinar. Dazu Mettbrötchen statt Croissant.

Entspannend muss das sein. Die Ruhe nach der Kapitulation. Seit Jahren steht Dora in der Pflicht, sich um die Demokratie im Allgemeinen und Europa im Besonderen zu sorgen. Sie muss Farage, Kaczyinski, Strache, Höcke, Le Pen, Orbán und Salvini ertragen. Den Siegeszug der AfD mitansehen. Erleben, wie die Medien jeden Verstoß gegen die *political correctness* als Verbrechen behandeln, und gleichzeitig zulassen, dass sich die Grenzen des Sagbaren in Kommentarspalten und auf Talkshow-Sesseln sukzessive erweitern. Sie hat angefangen, sich zu fragen, was andere Menschen wählen. Was in den Geheimkammern ihrer Gehirne vor sich geht, während sie ihre Kinder abholen oder einkaufen fahren. Fest steht, dass alle Angst haben und dabei meinen, dass nur die eigene Angst die richtige sei. Die einen fürchten sich vor Überfremdung, die anderen vor der Klimakatastrophe. Die einen vor Pandemien, die anderen vor der Gesundheitsdiktatur. Dora fürchtet, dass die Demokratie am Kampf der

Ängste zerbricht. Und genau wie alle anderen glaubt sie, dass alle anderen verrückt geworden sind.

Das ist so verdammt anstrengend. Wie viel einfacher wäre es, eine Seite zu wählen. Mit Robert hat das nicht geklappt. Vielleicht wäre es bei der Gegenmannschaft leichter. Den Thor-Steinar-Pulli überziehen und Europa für eine Scheißidee halten. Plötzlich wäre alles logisch, alles ergäbe einen Sinn. Gote wäre nur noch ein Nachbar und die AfD eine Partei mit einem alternativen Konzept. »Frei.Wild« macht eigentlich gar keine schlechte Musik. *Exit* grübelnder Skeptizismus, *Enter* sorglose Engstirnigkeit. Bestimmt leiden Nazis nicht an Schlaflosigkeit oder kribbelnden Bläschen. Oder machen sich Sorgen, ob sie zu große Hände haben.

Als Kind hat sich Dora manchmal im Wohnzimmer auf den Teppich gelegt und sich vorgestellt, die Zimmerdecke sei der Fußboden, während sie selbst mit dem Rücken an der Zimmerdecke klebe. Die Lampe stand wie eine Statue in der Mitte des Raums, die Fenster begannen knapp über dem Boden und hatten viel zu hoch angebrachte Griffe, und wenn man eine Tür durchqueren wollte, musste man über eine sehr hohe Schwelle klettern. In Gedanken wanderte Dora durch den seltsamen Raum und freute sich an der verrückten Einrichtung. Sie weiß noch, wie leicht es war, den Schalter im Kopf umzulegen. Eine kleine Anstrengung, und die Wirklichkeit folgt neuen Gesetzen. Einfach eine neue Perspektive wählen.

Vielleicht gibt es Thor-Steinar-Pullis ja inzwischen in der Non-Food-Abteilung von REWE.

Als sie eine Stunde später den Einkaufswagen zurück zum Auto schiebt, hat sie keinen neuen Pulli dabei, dafür mehrere prall gefüllte Papiertüten. Es ist herrlich, die Sachen einfach auf die Pritsche zu stellen, statt sie schwitzend zur Bushaltestelle zu tragen. Sie darf nur nicht daran denken, was der Einkauf in der Apotheke gekostet hat. Wegen Gotes Problemen mit der Krankenversicherung hat Jojo Privatrezepte ausstellen lassen. Die Summe sprengt alle Berechnungen, wie lange sie mit ihrem Geld noch auskommen wird.

Auf dem Rückweg nach Bracken beginnt ihr Herz wieder schneller zu schlagen. Sie hat Lust, noch eine kleine Spritztour zu machen, aber das würde das Problem nicht lösen, sondern nur verschieben. Einerseits glaubt sie nicht, dass Gote imstande wäre, ihr wegen des Pick-ups etwas anzutun. Sie aus der Fahrerkabine zerren, zu Boden werfen, nach ihr treten. Andererseits muss sie wohl vernünftigerweise damit rechnen. Seit der Geschichte mit Dr. Bindumaalini steht fest, dass er zum Ausrasten neigt. Außerdem hat Steffen das auch schon erzählt. Obwohl sich Gote in Doras Gegenwart bislang einigermaßen benommen hat.

Als sie vom Gas geht und das Ortsschild passiert, sieht sie den gelben Arm eines Radladers hinter Gotes Mauer aufragen. Das Fahrzeug hat die Schaufel hochgeklappt und schiebt sich gerade rückwärts vom Grundstück. Dora hält an und schaltet die Warnblinkanlage ein, um dem Radlader das Rangieren zu erleichtern. Bedächtig kriecht das Ungetüm auf die Straße, bedankt sich mit einem Aufleuchten der Scheinwerfer und braust mit erstaunlicher Geschwindigkeit an ihr vorbei. Sie nutzt das offene Tor, um schwungvoll aufs Grundstück einzubiegen.

Neben dem Wohnhaus ist ein bräunliches Rechteck im Gras, dort, wo der Pick-up immer parkt. Als hätte man ein

Bild von der Wand genommen. Dora manövriert den Wagen genau auf den Umriss und stellt den Motor aus. Mit einem Satz springt Jochen-der-Rochen vom Beifahrersitz auf ihren Schoß und von dort durchs offene Fahrerfenster hinaus, um sich auf Franzi zu stürzen, die am Boden neben dem Campingtisch sitzt und etwas untersucht. Dora staunt immer wieder, wie sportlich die kleine Hündin sein kann, wenn es darauf ankommt.

Eine Weile bleibt sie am Steuer sitzen, tut so, als lese sie etwas auf dem Smartphone, und wartet ab, was passiert. Wie ein Kind, das auf der Straße herumtrödelt, statt mit schlechten Zensuren nach Hause zu kommen.

Nur dass sich schlichtweg niemand für sie interessiert. Gote steht mitten im Garten und betrachtet zufrieden ein gewaltiges Stück Baumstamm, das vor ihm im Gras liegt und offensichtlich soeben vom Radlader gebracht worden ist. Während er eine Runde geht, um den Koloss von allen Seiten zu begutachten, pfeift er gut gelaunt vor sich hin. Nicht »Die Fahnen hoch«, sondern ein Kinderlied, das Dora aus dem Radio kennt: »Ich bin ein Einhorn, so wurde ich gebor'n«. Schrecklicher Ohrwurm. Sie steigt aus und stellt sich neben ihn. Gemeinsam schauen sie das Holz an, als handelte es sich um eine berühmte Sehenswürdigkeit. Was es in gewisser Weise auch ist.

»Toll, oder?«, fragt Gote.

»Beeindruckend«, nickt Dora.

Der Klotz ist zwei Meter lang und so dick, dass selbst ein Riese wie Gote ihn nicht mit den Armen umspannen könnte. Die Rinde des Stamms schimmert grün-grau und weich wie Haut, die Schnittflächen leuchten in hellem Gelb und verströmen einen intensiven Duft. Deutlich sind die Jahresringe erkennbar. Bestimmt ist der Baum über hundert Jahre alt.

»Ahorn«, sagt Gote. »Gibt nichts Besseres zum Schnitzen.«

Dora erschauert bei der Vorstellung, wie ein Bauer den kleinen Setzling kurz nach dem Ersten Weltkrieg in den Garten hinter seinem Haus pflanzt, vielleicht, weil seine Frau einen Sohn geboren hat, oder weil der Krieg vorbei ist und alles besser werden wird. Als der Stamm des Ahorns dick wie ein Oberschenkel ist, zieht der Zweite Weltkrieg über den Planeten. Der Sohn des Bauern verweigert den Kriegsdienst und wird erschossen, ein Teil der Familie flieht nach der Kapitulation in den Westen. Der Bauer bleibt zurück, wird von den Sozialisten enteignet und hängt sich auf. Der Ahorn wächst weiter. Er schaut sich die DDR an, sieht das Bauernhaus verfallen und den Garten verwildern. Nach der Wende ragt er zwanzig Meter hoch in den Himmel. In seiner gewaltigen Krone brummen im Frühling Armeen von Bienen. Jeden Herbst lässt er seine Samenpropeller kreiseln. Um ihn herum wachsen Unmengen seiner Sprösslinge über das ganze Grundstück verteilt. Die neuen Hausbesitzer begrüßt er mit dem friedlichen Rauschen seiner Blätter; schließlich haben sie das Haus nur seinetwegen gekauft. Seine mächtige Gestalt ist es, die dem verfallenen Anwesen eine herrschaftliche Silhouette verleiht. Er nimmt es ihnen nicht übel, dass sie seine Sprösslinge ausreißen und die Wildnis in einen Garten zurückverwandeln. Er steht inmitten des globalisierten Turbokapitalismus, wie er auch in allen anderen Systemen gestanden hat. Nazis und Sozialismus, Flucht und Vertreibung haben ihm nichts anhaben können.

Was ihn schließlich zu Fall bringt, ist die Optimierungs-freude des 21. Jahrhunderts, und zwar in Gestalt eines eifrigen Landschaftsgärtners, der den Hausbesitzern prognostiziert, dass die Wurzeln des großen Baums eines Tages die Fundamente des Hauses angreifen werden. Außerdem macht es viel Arbeit, im Herbst die Blätter zu entsorgen, und wenn im Sturm ein Ast herunterbricht, könnte der jemanden erschlagen. Der Mann besorgt eine Genehmigung. Die Frau des Hauses weint, als der Baum fällt.

»Hab ich total günstig bekommen«, sagt Gote. »Gute Kumpel muss man haben.«

Dora zieht zwei kleine Pappschachteln hervor und drückt Tabletten aus der Silberfolie. Hochdosiertes Kortison und ein starkes Mittel gegen die Schmerzen. Gote streckt die Hand aus, sie legt die Pillen darauf, er wirft sie in den Mund und schluckt ohne Wasser. Als hätten sie ein Leben lang nichts anderes getan, als sich gegenseitig Tabletten zu reichen.

»Pass mit den Schälmessern auf, die sind scharf!«

Jetzt erkennt Dora, womit Franzi beschäftigt ist. Am Boden liegt ein Lederfutteral, das verschiedene Werkzeuge enthält. Schnitzmesser in allen Größen, verschiedene Meißel, sogar kleine Äxte.

»Ich wollte schon immer einen zweiten machen«, sagt Gote.

Doras Blick wandert zur Holzskulptur, die neben der Treppe zum Bauwagen sitzt. Erwartungsvoll blickt der Wolf zu ihnen herüber.

»Ich will auch was schnitzen«, sagt Franzi.

»Warte kurz. Da fällt genug ab.«

Gote geht zum Hintereingang des Wohnhauses und betritt

es ganz selbstverständlich, als wäre das nie ein Problem gewesen. Mit einer Motorsäge kehrt er zurück, die er in einer Hand trägt wie ein Spielzeug. Dora hört ihn singen: »Ich bin ein Ahorn, so wurde ich gebor'n.« Nur mit Mühe unterdrückt sie das Lachen.

»Hast du Nackensteaks mitgebracht?«, fragt er.

Sie überlegt, was er meint, und schüttelt den Kopf.

»Dann kannst du gleich noch mal los.« Mit der freien Hand greift er in die Hosentasche und zieht einen zerknitterten Zwanziger hervor. »Aber nicht ins Center, sondern zum Fleischer nach Wandow. Sechs Stück, in Kräutermarinade.«

Mit einem Ruck setzt er die Motorsäge in Gang, die aufheult wie ein wildes Tier.

38 Fleischlappen

Den ganzen Nachmittag erfüllt das Nörgeln der Motorsäge die Luft, so hartnäckig, dass Dora auf Gartenarbeit verzichtet und alle Fenster des Hauses schließt. Aber es ist auch drinnen zu hören, ein Geräusch, das sich ins Hirn frisst wie das Kreischen eines Zahnarztbohrers. Als sie sich für einen Spaziergang entscheidet, verfolgt es sie noch ein ganzes Stück in den Wald. Während des gesamten Ausflugs schleicht Jochen einen Meter hinter ihr, in demonstrativer Ablehnung dieser überflüssigen Unternehmung. Die Hündin ist beleidigt, weil Franzi seit Stunden in Gotes Garten am Boden hockt, vertieft in eine Schnitzarbeit, die sie mit den Armen gegen alle Blicke abschirmt.

Gegen acht Uhr am Abend geht Dora wieder hinüber. Ausnahmsweise späht sie nicht über die Mauer, sucht keinen verschwundenen Hund und plant nicht, ein Auto zu stehlen. Stattdessen trägt sie eine Salatschüssel im Arm, als ginge sie zu einer Party. Sie hat sogar die Turnschuhe gegen Sandalen getauscht, auch wenn die Einladung nur aus drei gebrummten Wörtern bestanden hat: »Kannst rumkommen, grillen.«

Als sie durchs Tor tritt, nickt Gote ihr zu, wobei er kaum von seiner Beschäftigung aufsieht. Mit einem beidhändig gefassten Messer schält er lange Späne von seinem Holzklotz, der senkrecht steht, von Rinde befreit und in eine grobe

Kegelform gebracht ist. Dora ist froh, dass die Motorsäge schweigt. Von einem Grill ist allerdings nichts zu sehen. Sie stellt den Salat auf den Tisch und setzt sich. Jochen hockt sich neben Franzi und schmollt.

Eigentlich wartet Dora ungern. Warten ist ihr immer als der Gipfel der Zeitverschwendung erschienen, geballte Sinnlosigkeit und dazu noch demütigend, denn zu jedem Wartenden gehört einer, der ihn warten lässt. Aber jetzt sitzt sie auf ihrem Campingstuhl und fühlt sich im Einklang mit der Welt, als hätte sie ihre neue Bestimmung gefunden. Es ist herrlich, nicht beachtet zu werden. Herrlich, nicht zu wissen, was kommt. Diejenige zu sein, die bloß zuschaut, während andere mit ihrer Geschäftigkeit dafür sorgen, dass die Geschichte weitergeht.

Nach einer halben Stunde legt Gote das Werkzeug beiseite, umfasst den Holzklotz mit beiden Armen, kippt ihn ins Gras, als wäre er aus Pappmaché, und rollt ihn an den Rand der Feuerstelle, wo sich in einem Kranz aus Steinen die Holzabfälle stapeln. Er reicht Dora eine Zigarette, ohne zu fragen, ob sie eine will, setzt einen langen Span in Brand, mit dem er ihr und sich selbst Feuer gibt, und wirft ihn anschließend auf den Haufen, der zögernd zu brennen beginnt. Franzi kommt herangehüpft, wirft trockene Äste in die Flammen, bis sie hoch auflodern, und holt schließlich von irgendwoher einige dicke, gut abgelagerte Scheite, die Gote mit geübter Hand platziert.

Das Feuer wächst in atemberaubender Geschwindigkeit. Die Luft wird so heiß, dass Dora zurücktreten muss. Es knistert und knallt. Fontänen aus Funken steigen in den Himmel. Franzi jubelt und kommt mit immer neuen Scheiten heran, die ihr Vater bereitwillig ans Feuer verfüttert. Es riecht gut, nach Rauch und Freiheit. Dora weiß nicht, wann sie zuletzt neben einem Feuer gestanden hat. Sie weiß noch, dass alle Fragen schweigen, während man in die Flammen starrt. Genau wie am Meer beim Beobachten der Wellen.

Irgendwann hindert Gote seine Tochter daran, weitere Scheite zu holen. Sie lassen das Feuer kleiner werden. Gote bringt ein dreibeiniges Gestell mit Ketten und einem großen Rost, der aussieht wie aus einem Mittelalterfilm. Er stellt das Gerät über die Feuerstelle, während Franzi das weiche Fleischpaket heranbringt, das Dora mittags in Wandow gekauft hat. Mit bloßen Händen legt Gote die Steaks auf den Grill und benutzt zum Umdrehen eine Gabel. Dora denkt an Heini und sein gasbetriebenes Spaceshuttle.

Die Steaks sind phantastisch, besser als alles, was Dora in letzter Zeit gekocht hat, wahrscheinlich sogar besser als das meiste, was man in Berliner Restaurants bekommt. Das Fleisch ist saftig, die Marinade schmeckt nach Knoblauch und Rosmarin. Sie sitzen zu dritt auf dem Holz-Wolf in spe, balancieren die Teller auf den Knien und säbeln große Stücke von den Fleischlappen, wobei sie einander mit den Ellenbogen anstoßen. Zwischendurch erhebt sich Gote und wendet die zweite Generation Steaks. Beilagen gibt es nicht. Die Salatschüssel steht unberührt auf dem Campingtisch. Gote hilft Franzi beim Schneiden und wirft die Fettränder Jochen zu, die zu seinen Füßen hockt und ihn anbetet, als wäre er der neue Messias, soeben vom Himmel herabgestiegen.

Nach dem Essen kehrt Franzi zu ihrer Schnitzarbeit zurück, während Dora und Gote am Feuer sitzen bleiben. Deutlich spürt sie seine Präsenz neben sich, über jeden erkenntnistheoretischen Zweifel erhaben. Sie spürt auch Franzi und dann sich selbst, aber auf ruhige Weise, nicht wie Schwindel am Rand eines Abgrunds, sondern eher wie eine Kristallisation, ein Aushärten der Umgebung, verbunden mit der Fähigkeit, klar zu sehen.

Im Studium hat sie einmal einen Text von Heidegger gelesen, in dem es, soweit sie es verstanden hat, darum ging, dass man das Sein nur durch die Angst richtig begreifen könne. Vielleicht ist das falsch. Vielleicht ist das Sein etwas, an das man sich gewöhnen kann. Dann ist *Runtime Error 0x0* kein *Error* mehr, sondern nur noch *0x0*. Die Antwort auf alle Fragen. Wie bei Douglas Adams. Auch wenn sein Supercomputer bei Bearbeitung der Frage nach dem Leben, dem Universum und dem ganzen Rest nicht auf *0x0*, sondern auf 42 gekommen ist.

»Was war das in Plausitz?«, hört Dora sich fragen.

»Hä?«, macht Gote.

»Das mit dem Messer.«

»Wer hat dir davon erzählt?«

»Sadie.«

»Was will die denn.«

Mit zusammengezogenen Brauen starrt er ins Feuer. Die friedliche Stimmung ist dahin, aber jetzt ist es zu spät für einen Rückzieher. Dora kann genauso gut weitermachen.

»Erzähl mir davon.«

Gote seufzt, steht auf und geht zu Franzi hinüber, um ihr ein paar Tipps für ihre Arbeit zu geben. Sanft legt er dem Mädchen die Hand auf die Schulter. Als er zurückkommt, seufzt er wieder.

»Was willst du wissen?«

»Was passiert ist.«

»Ging alles ziemlich schnell.«

»Fang vorne an.«

Er stützt die Ellenbogen auf die Knie, verbirgt seine Zigarette in der hohlen Hand, als ob starker Wind ginge, und schaut weiter in die Flammen, während er erzählt. Ein sonniger Septembertag. Er ist mit Mike und Denis in Plausitz gewesen, um Krisse zuzuhören. Der stand mit seinem mobilen Verstärker auf den Treppen des Kulturzentrums und schimpfte auf Angela Merkel. Warum sie Millionen von Ausländern reinlässt, während es hier nicht mal Geld für die Feuerwehr gibt. Die Zuhörer johlten, Gote und seine Freunde vernichteten ein paar Flaschen Bier. Da kam dieses Pärchen über den Marktplatz geschlendert. Den Kerl kannten sie von früher, aber die Frau sah teuer aus, mit Rock und buntem Oberteil, bestimmt aus Potsdam oder Berlin.

»Die Frau heißt Karen und kommt aus Kochlitz.«

»Glaub ich nicht.«

»Stand in den Medien.«

»Und was in den Medien steht, stimmt?«

Dora zuckt die Achseln, damit er weiterspricht.

Eigentlich hatten sie mit denen gar nichts am Hut. Aber als sie an ihnen vorbeiliefen, sagte die Frau: »Scheißnazis.« Nicht besonders laut, aber gerade laut genug, dass man es hören konnte.

»Das Seltsame an euch Nazis ist«, sagt Dora, »dass ihr euch ärgert, wenn man euch Nazis nennt.«

»Ich bin kein Nazi.«

»Siehste!«

»Ich bin nur ein bisschen altmodisch.«

Dora verschluckt sich am Bier.

»Ich hab nicht mal was gegen Ausländer«, behauptet Gote. »Solange sie bleiben, wo sie hingehören. Ich bleibe ja auch hier. Jeder sollte bleiben, wo er ist.«

»Das heißt, ich durfte auch nicht nach Bracken ziehen.«

»Vielleicht so gerade noch.«

Er holt zwei frische Flaschen aus einem Kasten, der unter dem Bauwagen steht, schlägt die Deckel ab und reicht Dora eine. Sie überlegt kurz, wie sich Alkohol mit Kortison und Schmerzmitteln verträgt, stellt aber fest, dass sie auf dieses Thema keine Lust hat.

»Ihr Großstadttanten nennt jeden Nazi, der anderer Meinung ist.«

»Du singst das Horst-Wessel-Lied, Gote. Hab ich doch gehört.«

»Was für'n Ding?«

»Horst Wessel.« Leise pfeift Dora die Melodie.

»Ach so. Ist doch nur ein Lied.«

»Das ist ein Nazi-Lied. Sogar verboten.«

»Es ist auch verboten, dass wir hier sitzen.«

Er hat recht. Sie hat schon wieder die Pandemie vergessen. Vielleicht ist ihre neue Gewöhnung ans Sein nichts weiter als Realitätsverlust.

»Du bist halt auch so ne Großstadttante.«

»Stimmt doch gar nicht. Ich wollte weg aus Berlin.«

»Das Seltsame an euch Großstadttanten ist«, sagt Gote, »dass ihr euch ärgert, wenn man euch Großstadttanten nennt.«

Dora will eine Zigarette. Gote liest ihre Gedanken und bietet ihr eine an.

»Da haben wir wohl etwas gemeinsam«, sagt er und hebt die Bierflasche, um anzustoßen. »Wir sind nicht das, was die anderen denken.«

Keine Spur von Wortfindungsstörungen. Die Sätze sprudeln nur so aus ihm heraus. Noch ein Schluck Bier, und die Plausitz-Geschichte geht weiter.

Wie Denis aufgesprungen ist. Wie sich dieser Jonas vor seine Freundin gestellt hat. Wie sie angefangen haben, sich anzuschreien und gegen die Brust zu stoßen.

»Drei gegen einen«, sagt Dora.

»Ich stand eigentlich nur dabei.«

»Ja, nee, ist klar.«

Eine Bierflasche fiel zu Boden und explodierte, die Frau fing an zu kreischen. Denis brüllte was von linken Zecken und der Typ was von Nazi-Schweinen, und plötzlich war da ein Messer.

»Wessen Messer?«

»Von dem Typen.«

»Von welchem Typen? Jonas?«

»Genau. Der hatte es dabei.«

»Du lügst mich an.«

»Ach ja?«

»In der Presse stand, dass dein Freund Mike das Messer gezogen hat.«

»Dann red doch mit der Presse und nicht mit mir.«

Eine Weile schweigen sie bockig. Dann beginnt Gote wieder zu sprechen.

»Vor Gericht haben sie diesem Jonas geglaubt, dass es nicht sein Messer war. Aber das Teil war von Nesmuk, Mann. Griff aus Olivenholz. Sowas hat Mike doch gar nicht.«

»Mit Messern kennst du dich aus.«

»Irgendwas kann jeder.« Gote nimmt einen Schluck, bevor er weiterspricht. »Mike hat es dem Typen weggeschnappt, bevor der es aufklappen konnte.«

»Und die linke Zecke niedergestochen.«

»Das war Notwehr.«

»Das glaubst du doch nicht im Ernst.«

»Die Kleine hat uns noch mit Pfefferspray eingenebelt, und dann kamen auch schon die Bullen.«

Beinahe hätte Dora gelacht. Es ist so verdammt tragisch, dass es schon fast wieder komisch ist. Bundesdeutsche Wirklichkeit: An einem sonnigen Septembertag gehen die Bürger mitten auf dem Marktplatz mit Messern und Pfefferspray aufeinander los. Und dann kommen die Bullen.

»Das Messer ist diesem Jonas zwischen die Rippen gedrungen.«

»Stand wohl auch in der Presse.«

»Der Mann hätte sterben können.«

»Ich hab eigentlich gar nichts gemacht.«

Dora überlegt, ob er sie anlügt, weil er nicht will, dass sie schlecht von ihm denkt. Oder ob er wirklich glaubt, dass er zu Unrecht verurteilt wurde. Wie viele Varianten von Wirklichkeit können nebeneinander existieren, ohne dass das Konzept zusammenbricht?

»Wir haben hier früher ganz andere Sachen gemacht. Hat nur keinen interessiert. Linke klatschen, jedes Wochenende.«

»Und Ausländer?«

»Gab ja kaum welche.«

»Erzähl's mir lieber nicht.«

Gote grinst. »Vielleicht ein andermal.«

»Es gibt gar kein Wort dafür«, sagt Dora, »wie scheiße du bist.«

Sie nimmt sich eine weitere Zigarette aus der Schachtel, die zwischen ihnen auf dem Baumstamm liegt. Gote schürt das Feuer und legt nach. Er bewegt sich wirklich völlig anders als sonst. Sicherer, freier.

»Schon komisch, oder?«

»Was?«, fragt Dora.

»Wir«, sagt Gote.

»Papa, guck mal!«, ruft Franzi.

Er legt Dora eine Hand auf die Schulter, bevor er geht, um sich anzuschauen, was seine Tochter ihm zeigen will. Gleich darauf lacht er auf und hält etwas hoch.

»Dora«, ruft er. »Franzi hat einen Knochen geschnitzt. Für Jochen!«

39 Pudding

An den folgenden Tagen konzentriert sich Dora darauf, Routine zu entwickeln. Der Zaubertrick besteht darin, die Abwesenheit von Normalität zur Normalität zu erklären. Draußen ist Pandemie, drinnen Arbeitslosigkeit, drüben ein Nazi-Nachbar mit Glioblastom. Alles bestens. Nach dem kleinen Grillfest wird es »So«, dann »Mo« und »Di«. Die Wochentage rücken artig auf ihre Plätze, in Reihenfolge gehalten von Gotes Tablettenkästchen mit den selbstgebastelten Aufklebern. Jeden Morgen klingelt der Wecker um Punkt sieben, wie bei vermutlich vielen anderen Frauen in der Republik. Als Erstes geht Dora in den Garten und steigt auf den Stuhl an der Mauer. Drüben sitzt Gote am Campingtisch, mit Kaffee und Zigarette, fast so, als würde er auf sie warten, zu einer Uhrzeit, zu der er früher niemals freiwillig aufgestanden wäre. Wenn sie pfeift, blickt er auf und kommt zu ihr, steigt auf die Obstkiste und lässt sich die Tabletten reichen, die er gleich schluckt, ohne ein Wort und ohne Wasser. Währenddessen liegt Jochen-der-Rochen auf der Freitreppe in der Morgensonne und verzehrt einen der Holzknochen, die Franzi für sie schnitzt und deren Reste Jochen später in die Küche kotzt, weshalb Dora sie im Stillen »Jochen-mit-Knochen« zu nennen beginnt.

Dora kocht Kaffee, duscht, frühstückt und zwingt sich zu einer halben Stunde Nachrichtenlektüre im Internet, weil es das ist, was normale Menschen an einem normalen Morgen tun. Bis vor ein paar Tagen wurden die wenigen Publizisten, die zur Schonung von Volkswirtschaft, Grundrechten und kollektiver psychischer Gesundheit eine Lockerung der strengsten Kontaktsperren und Arbeitsverbote forderten, wie Staatsfeinde behandelt und dem Shitstorm preisgegeben. Jetzt überbieten sich die Ministerpräsidenten gegenseitig mit Vorschlägen zur Beendigung des Lockdowns, während die Bürger mit Hochdruck ihre Pfingst- und Sommerferien planen. Anscheinend lassen sich Schulschließungen, Versammlungsverbote, Home-Office und Wirtschaftskrise noch irgendwie verkraften. Aber wenn die Urlaubszeit beginnt, hat die Pandemie Pause. Wer eben noch in den Kommentarspalten Lockerungsbefürwortern den Tod wünschte, will sich nun mit Massen anderer Urlauber an der Ostsee treffen. Gleichzeitig drohen Politiker mit Abschaffung der Normalität oder bejubeln ihre Wiedergewinnung, je nach Interpretation der Umfragewerte. Rückkehr zur Normalität, neue Normalität, schnelle Normalität, nie wieder Normalität.

Das Interessanteste an den Beiträgen ist, dass Dora sie lesen kann. Sie verspürt ein leichtes Kribbeln, aber es ist auszuhalten. Anscheinend ist sie nicht mehr zuständig dafür, sich über Absurditäten aufzuregen. Das dürfen jetzt andere machen. Da ist kein Mitmachbefehl, kein Imperativ, nichts, wogegen sie sich sträuben müsste. Dora schaut der Aufregung zu, und dann schaut sie wieder weg.

Nach der Pflichtlektüre beginnt die Gartenarbeit. Seit regelmäßig gewässert wird, verwandelt sich das Gemüsebeet in eine grüne Oase, während außen herum das Gras verdorrt und der Boden immer rissiger wird. Das Wetter hat wohl beschlossen, erst mit dem blauen Himmel aufzuhören, wenn die Vegetation vernichtet ist. Im Nachbargarten hat Gote, der einen Hauswasserbrunnen besitzt, mehrere Rasensprenger in Betrieb genommen. Das rhythmische Klacken und Zischen ist die Hintergrundmusik von Doras Vormittagen.

Wenn sie eine Pause braucht, steigt sie auf den Stuhl, um Gote bei der Arbeit zuzusehen. Im Holzklotz steckt ein großes Tier, das er vorsichtig befreit. Oben gucken bereits zwei gespitzte Ohren heraus, auch ein Stück Stirn ist zu sehen. Immer wieder tritt er zurück und betrachtet den Klotz in aller Ruhe, als wartete er darauf, dass ihm das Holz verrät, was als Nächstes zu tun ist. Irgendwann empfängt er die Botschaft, wählt ein Werkzeug und macht sich wieder an die Arbeit. Mit großer Sorgfalt entfernt er alles, was nicht nach Wolf aussieht.

Um halb eins geht Dora ins Haus und kocht das Mittagessen. Seit sie mit Gotes Pick-up zum Einkaufen fährt, ist der Kühlschrank gut gefüllt; dafür schmilzt ihr Kontoguthaben, das eigentlich noch zwei Monate reichen sollte, wie Schnee in der Sonne. Gelegentlich denkt sie über Radiowerbung nach, wird aber nicht tätig. Den Anruf bei Jojo schiebt sie ebenfalls vor sich her. Wenn das Öl in der Pfanne siedet und die ersten Eier aufgeschlagen werden, kommen Franzi und Jochen ins Haus gelaufen. Offensichtlich verfügen Hündin und Mädchen über einen ausgezeichneten Geruchssinn oder jedenfalls ein sicheres Zeitgefühl. Sie lassen sich auf den kühlen Fliesenboden fallen, beide erhitzt und mit Sägespänen bedeckt, und warten darauf, große Teile von Doras Mittagessen hinunterzuschlingen, wobei sie die Gemüseanteile sorgfältig aussortieren. Nach dem Essen verziehen sie sich wieder auf die interessante Seite der Mauer.

Für Dora ist das okay. Hauptsache, es geht allen gut. Sie ist die Arbeiterin im Maschinenraum, unsichtbar, aber maßgeblich dafür verantwortlich, dass ihr Stück Wirklichkeit bestmöglich funktioniert. Und das tut es. Franzi ist der Beweis. Die Kleine wirkt wie ausgewechselt. Seit Tagen ist sie nicht mehr in Babysprache verfallen. Wenn sie Berge von Essen in sich hineinschaufelt und danach mit Jochen wieder ins Freie tobt, durchströmt Dora ein Glücksgefühl, fast so, als wäre die Kleine ihre eigene Tochter.

Vielleicht liegt es an Franzi, dass Dora eines Nachts von ihrer Mutter träumt. Die Mutter steht in der Küche bei offenem Fenster, weil sie gern den Vögeln zuhört, während sie kocht. Dora ist noch ein Mädchen, vielleicht in Franzis Alter. Sie lehnt im Türrahmen und schaut zu, wie die Mutter gelegentlich eine Brotrinde oder klein geschnittene Apfelschalen hinauswirft. Amseln, Blaumeisen, Rotkehlchen und Grünfinken flattern aus den Baumkronen herunter, um sich die Leckerbissen zu holen. Aus dem Wohnzimmer ruft Jojo, dass sie noch die Ratten anlocken wird, wenn sie weiter Küchenabfälle in den Garten schmeißt, aber darüber lacht die Mutter nur, wobei sie die flachen Hände an die Wangen legt, als müsste sie ihren Kopf zusammenhalten, damit er beim Lachen nicht auseinanderplatzt. Dora spürt, wie sehr sie ihre Mutter liebt. Diese fröhliche, energiegeladene Frau.

»Na, Mäuschen?«, sagt die Mutter. »Ich mache Pudding. Großer Topf. Statt Abendessen.«

Pudding-statt-Abendessen kommt gelegentlich vor, wenn die Mutter gute Laune und keine Lust auf »richtiges« Kochen hat. Für Axel und Dora ist es jedes Mal ein Fest. Sie dürfen sich mit der Schokoladenmasse vollstopfen, bis sie nicht mehr können. Manchmal gibt es noch heiße Kirschen oder Vanille-sauce dazu. Selbst im Traum spürt Dora, wie ihr das Wasser im Mund zusammenläuft. Als die Mutter näher kommt, um sie einen Löffel vom heißen, noch flüssigen Pudding kosten zu lassen, begreift Dora plötzlich, dass sie gar kein Kind mehr ist. Sie stehen sich auf Augenhöhe gegenüber. Gleich groß. Gleich alt. Oder ist sie schon älter als die eigene Mutter? Geht das überhaupt? Ist das nicht ein Verbrechen gegen die Natur?

Die Mutter pustet auf den Löffel und hält ihn Dora vors Gesicht. Brav öffnet sie den Mund. Der Pudding schmeckt köstlich. Zunge, Gaumen, der ganze Körper kennt diesen Geschmack.

»Lecker«, sagt sie.

»Ruf deine Kinder«, sagt die Mutter. »Essen ist gleich fertig.«

Dora stutzt. Franzi fällt ihr ein. Aber Franzi ist gar nicht ihre Tochter.

»Ich glaube, ich habe keine Kinder«, sagt sie.

Jetzt stutzt die Mutter. »Ach komm.«

»Wirklich«, sagt Dora.

»Aber wieso denn nicht?«

Während Dora überlegt, bekommt sie den nächsten Löffel Pudding. Und dann noch einen. Die Mutter füttert sie. Es ist nicht unangenehm, aber eigentlich ein bisschen zu viel.

»Ich habe zu große Angst«, sagt Dora mit vollem Mund. »Dass ich sterbe und meine Kinder allein lasse. So wie du es getan hast.«

Die Mutter prustet los. Sie legt die Hände an die Schläfen und lacht so heftig, dass Dora erschrickt. Der Löffel fällt zu Boden. Die Mutter krümmt sich und schnappt nach Luft.

»Du kannst…«, keucht sie und kann kaum weitersprechen. »Du kannst doch nicht, nur weil…«

Ein Eichelhäher fliegt heran und landet auf dem Fensterbrett. Er lässt seinen Warnschrei hören. Die Mutter bricht auf dem Küchenboden zusammen.

»Nur weil ich…«, stößt sie hervor. Dann löst sie sich auf.

Dora erwacht schweißgebadet. Sie muss das T-Shirt wechseln. Gott sei Dank ist es schon nach fünf, so dass sie nicht versuchen muss, noch einmal einzuschlafen. Sie setzt sich mit einer Tasse Kaffee auf die Freitreppe und wartet darauf, dass die Sonne über den Horizont steigt. Das Unterbewusstsein ist ein Idiot. Es war doch Robert, der keine Kinder wollte. Auch wenn sie selbst nicht gerade engagiert gegen seine Weigerung gekämpft hat. Und jetzt hat sie niemanden mehr. Dora gehört eigentlich nicht zu den Frauen, die dem Ticken der biologischen Uhr Beachtung schenken. Trotzdem ist sie 36. Wenn sie gleich heute einen passenden Mann kennen lernt und sich mit allem tüchtig beeilt, hat sie noch eine reelle Chance. Mit einem Mal wird ihr klar, was die selbstgewählte Dorfeinsamkeit außer Beinfreiheit und Schwielen an den Händen noch bedeutet: Die Männer, mit denen sie bis auf Weiteres zu tun haben wird, sind Gote, Heini, Tom und Steffen. Wenn sie was anderes sucht, muss sie sich bei Tinder anmelden.

Manchmal pfeift Gote abends an der Mauer und lädt sie ein, zum Grillen herüberzukommen. Manchmal steht auf der Mauer ein Topf mit gekochten Frühkartoffeln für sie bereit. Vor dem Schlafengehen geht Dora ein letztes Mal zur Mauer und pfeift. Dann kommt Gote, steigt auf die Obstkiste, und sie rauchen gemeinsam, wobei sie schweigen.

40 Pieps

Eine Woche später ist das Geld alle.

Beim Einkaufen am Samstagmorgen zieht Dora nur noch Lebensnotwendiges aus den Regalen: einen Berg Nudelpakete und stapelweise Dosen mit Tomatensoße. Dazu Milch, Brot, zwei Kisten Bier. Als sie an der Kasse fünf Zigarettenpackungen aus dem Gitterkasten nimmt, weiß sie schon, dass es knapp wird. Sie beginnt zu schwitzen. Die Maske macht das Atmen schwer und rutscht vor die Augen, wenn sie nach unten schaut, weshalb ihr beim Versuch, die EC-Karte aus dem Portemonnaie zu ziehen, der Inhalt des Münzfachs auf den Boden fällt. Hinter ihr warten die Menschen geduldig darauf, dass sie ihre Siebensachen unter Kontrolle bringt, mit dem typischen Brandenburger Stoizismus, der jedem erlaubt, auf seine Weise nicht klarzukommen. Dora hält die Luft an, während sie die EC-Karte in den Schlitz steckt. Sie fühlt sich wie eine Trickbetrügerin. Wenn das Gerät die Bezahlung verweigert, wird sie »Was ist denn da los?« und »Das verstehe ich nicht« rufen, während alle anderen ausdruckslos in die Luft gucken. In diesem Moment ist sie froh über ihre Gesichtsbedeckung. Ein weißes Pokerface mit blauen Herzchen, bei eBay bestellt. Transaktion erfolgreich. Dora atmet aus. Mit ihrem halbvollen Wagen verlässt sie das Einkaufscenter.

Zuhause ruft sie ihr Online-Banking auf. 4,34 Euro unter

null. Sie lädt die Seite neu. Die Zahl verschwindet und erscheint wieder. Minus 4,34 Euro. Keine Zahl, sondern ein Urteil. Dora muss sich um eine Stundung ihrer Kreditraten kümmern. Sie muss zum Jobcenter. Oder Jojo anrufen. Nicht irgendwann, sondern jetzt sofort.

Aus dem Nachbargarten schallen fröhliche Stimmen herüber. Dora geht zur Mauer und steigt auf den Stuhl. Ein Fußballspiel ist in vollem Gang. Gote gegen Franzi und Jochen. Die Taktik der Mädchen-Hund-Mannschaft besteht darin, Gotes Beine zu umklammern beziehungsweise sich in seinen Stiefeln zu verbeißen, um ihn am Laufen zu hindern. Im Pulk schieben sie sich Richtung Tor, das von zwei Bierkästen markiert wird, wobei der Ball eine Nebenrolle spielt. Laut tönt Franzis Lachen herüber.

Auf einmal begreift Dora, was zwischen Eltern und Kindern ist. Da findet eine Liebe statt, so abgrundtief und grenzenlos, dass sie das Fassungsvermögen des Verstands übersteigt. Auf der Rückseite dieser Liebe wohnt die Angst, einander zu verlieren. Ebenso grenzenlos, ebenso abgrundtief. Das ist mehr, als ein Mensch ertragen kann. Eine maßlose Übertreibung, ein Unfall der Natur. Vielleicht angemessen für ein Tier, das seine Jungen unter Einsatz seines Lebens verteidigen muss. Aber nicht für Menschen. Ein Tier weiß nichts von der Zukunft. Es läuft nicht herum und fragt sich die ganze Zeit, was als Nächstes passiert. Es kann seine Jungen versorgen und beschützen, ohne Vorstellung von den vielfältigen möglichen Katastrophen, die sie bedrohen. Aber Lebewesen, denen die Evolution ein Bewusstsein verliehen hat, ein Zeitgefühl und das Wissen um die Vergänglichkeit allen Seins, sollten nicht mit derart uferlosen Gefühlen ausgestattet sein. Das ist pervers. Kein Wunder, dass die Menschen immer neurotischer werden.

Dora hält den Anblick von Franzi und Gote nicht länger aus und springt vom Stuhl.

Das ist nicht dein Kind und schon gar nicht dein Mann, sagt sie zu sich selbst. Du bist hier nur für die Logistik zuständig.

Sie zwingt sich, Jojos Nummer zu wählen. Er geht sofort dran und klingt gut gelaunt. Wahrscheinlich sitzt er am späten Samstagmittag noch immer im Morgenmantel am Küchentisch und liest die Wochenendausgabe der FAZ, in präziser Umsetzung seines Idealbilds von einem gelungenen Leben. Vorausgesetzt, es kommen keine Notrufe rein. Möglicherweise hat er sogar ein paar Stunden geschlafen.

»Hey, Liebes, was gibt's?«

»Gut. Super.«

Dora merkt zu spät, dass ihre Antwort nicht zur Frage passt. Sie stellt sich das Haus vor, in dem Jojo sitzt. Die kleine Küche gibt es nicht mehr. Sie ist jetzt ein Gästebad, während Esszimmer, Wohnzimmer und Teile des Flurs zu einer offenen Wohnküche mit Kochinsel verbunden wurden. Die Möbel sind nicht mehr bunt zusammengewürfelt, sondern gut aufeinander abgestimmt, schwarzes Leder und silberne Rohre, für die Jojo ein Faible hat, während bunte Tücher an den Wänden Sibylles buddhistisches Geschmacksuniversum repräsentieren.

»Ich habe eine Bitte.«

»Brauchst du Geld?«

Manchmal fragt sich Dora, ob man im Medizinstudium lernt, Gedanken zu lesen. Vielleicht ist das eine geheime Fähigkeit von Gehirnspezialisten.

»Kein Problem, Liebes.« Auch ihr Schweigen hat er richtig gedeutet. »Immerhin bist du jetzt Hausbesitzerin. Und wahrscheinlich auf Kurzarbeit.«

»Sie haben mich gefeuert.«

Jojo schluckt hörbar, dann räuspert er sich.

»Also, ich kann aber nicht…. Das sollte nicht heißen…«

Da ist der Jojo, den Dora kennt. Er bekommt Angst, dass er sie die nächsten zehn Jahre alimentieren muss. Großzügige Gesten gehören zu seinem Selbstbild. Aber allzu teuer sollte es auch nicht werden.

»Ist nicht so, dass ich nicht helfen will. Ich dachte nur…«

»Schon gut, Jojo«, sagt Dora schnell.

»Ich dachte mehr an eine Einmalzahlung.«

»Ich auch.«

»Ich überweise dir was.«

»Danke, Jojo.«

»Ist doch selbstverständlich.«

Dora fragt nicht, wie viel er überweisen will. Er wird nicht knauserig, aber auch nicht besonders spendabel sein. Ein Weile wird sie damit über die Runden kommen, vielleicht bis Ende des kommenden Monats. Irgendwie ist das Gespräch ziemlich peinlich geworden. Das scheint Jojo auch so zu sehen, denn er wechselt das Thema.

»Wie geht's eigentlich deinem Sportsfreund?«

»Er spielt Fußball.«

»Das darf man nicht überbewerten«, sagt Jojo.

Gerade hat Dora noch überlegt, das Telefon hochzuhalten, damit Jojo die fröhlichen Stimmen von drüben hört. Aber jetzt wird sie wütend, so plötzlich, als gäbe es dafür einen Schalter in ihrem System. Eine Kindheitsepisode fällt ihr ein. Dora war vielleicht sechs oder sieben Jahre alt, als sie zu Ostern im Garten eine Pferdekutsche von Playmobil fand, die sie sich schon lange gewünscht hatte. Glücklich lief sie ins Haus, um sie Jojo zu zeigen.

»Komisch«, sagte dieser, »genau die gleiche Kutsche gibt es bei Spielwaren König.«

Dora erwiderte, dass der Osterhase sie dann vermutlich dort besorgt habe.

»Ein Hase?«, rief Jojo. »Bei Spielwaren König? Hat er die Kutsche mit seinen Pfoten aus dem Regal gezogen? Hat er Schlitze in seinem Fell, wo er das Geld aufbewahrt?«

Noch immer kann Dora den Schmerz fühlen, den diese Worte verursacht haben. Sie glaubt sich sogar zu erinnern, dass Jojo gelacht hat, als ihr die Tränen in die Augen stiegen.

»Es könnte doch sein«, sagt sie trotzig.

»Was?«, fragt Jojo.

Dass der Osterhase bei Spielwaren König einkaufen geht, denkt Dora.

»Dass es Proksch besser geht«, sagt sie laut.

»Höchstens vorübergehend.«

»Die Raumforderung könnte ein Artefakt gewesen sein.«

Artefakte sind helle Flecken, die sich im MRT zeigen können, ohne etwas zu bedeuten. Technische optische Täuschungen. Jojo zu fragen, ob er ein Artefakt für ein Glioblastom gehalten hat, ist etwa so, als zweifelte man daran, dass ein Tierarzt Katzen und Hunde unterscheiden kann.

»Dora...«, beginnt Jojo zögernd.

»Gote ist freundlich. Er lacht. Er ist ein ganz anderer Mensch geworden, weißt du? Er hat wieder angefangen, mit Holz zu arbeiten. Du müsstest sehen, wie toll er schnitzt.«

»Dora«, wiederholt Jojo.

Sie hört, wie er sich eine Zigarette anzündet. Seine neue Partnerin will nicht, dass er im Haus raucht. Vielleicht ist er in den Garten gegangen, ohne dass Dora es mitbekommen hat. Vielleicht schaut er gerade den Busch an, hinter dem die Pferdekutsche gelegen hat. Falls der Busch noch da ist.

»Manchmal grillen wir zusammen. Seine kleine Tochter ist glücklich. Überglücklich sogar, das kannst du mir glauben.«

Als würde Franzis Glück irgendetwas beweisen. Als ginge es darum, so schnell zu sprechen, dass Jojo nicht zu Wort kommt. Als wüsste Dora nicht längst, was er als Nächstes sagen wird.

Sie kann sich an eine weitere Episode erinnern. Als sie aus dem Osterhasenalter herausgewachsen war, bekam sie einen Wellensittich namens Pieps. Der kleine Vogel war so zahm, dass er auf ihrem Zeigefinger landete und am Boden des Kinderzimmers herumlief, um sein Spiegelbild in den Metallfüßen ihres Betts zu bewundern. Irgendwann hörte Pieps zu fressen auf und hatte keine Lust mehr, seinen Käfig zu verlassen. Jojo sagte, dass Pieps krank sei. Dora wollte das nicht wahrhaben. Sie behauptete, dass Pieps nur müde sei, oder beleidigt, weil sie so wenig Zeit für ihn habe. Sie fand immer neue Erklärungen, während Jojo wiederholte, dass Pieps vermutlich sterben werde. Wenig später lag der Wellensittich auf dem Rücken am Boden des Käfigs. Dora war sicher, dass Jojo Schuld daran trug. Sie hasste ihn dafür.

Jetzt nimmt er einen tiefen Zug und lässt den Rauch hörbar entweichen. Sag es nicht, denkt Dora. Halt einfach deinen verdammten Mund.

»Rund um das Glioblastom bilden sich häufig Ödeme,

die auf die Hirnsubstanz drücken«, sagt Jojo. »Wenn die Schwellungen durch das Kortison zurückgehen, tritt für den Patienten zunächst Erleichterung ein.«

Die Wörter sind Handgranaten, die rings um Dora zu Boden fallen. Und das Wort »zunächst« ist eine Wasserstoffbombe. Am liebsten würde sie wegrennen.

»Aber es gibt doch Fälle…« Sie muss husten, etwas sitzt ihr im Hals. »Ich erinnere mich an einen Patienten von dir, bei dem der Tumor einfach nicht weitergewachsen ist. Er hat Jahrzehnte damit gelebt. Ich weiß noch, dass du erzählt hast, wie er manchmal bewusstlos wurde. In der Dusche. In der Fußgängerzone. Alle dachten, jetzt geht es zu Ende, aber dann hat er einfach immer weitergemacht.«

»Solche Fälle gibt es«, bestätigt Jojo. »Aber sie sind selten. Extrem selten, verstehst du.«

Dora spürt das Ding in ihrer Kehle wachsen. Vielleicht ist das auch ein Tumor, an dem sie gleich ersticken wird. Vielleicht wachsen die Dinger überall, beliebig, unkontrollierbar, produktiv wie Frühkartoffeln. Am liebsten würde Dora brüllen. Sie will anschreien gegen Wörter wie »zunächst« und »extrem selten«. Eine Welt, in der es so zugeht, ist eine beschissene, verkorkste, fehlerhafte Welt. Menschen und Tiere, die von einer Sekunde auf die andere krank werden und sterben – was soll das bitte sein? Jedes Haushaltsgerät, bei dem so etwas passiert, würde man sofort an den Hersteller zurücksenden. Totale Fehlkonstruktion. Bitte umtauschen innerhalb von vierzehn Tagen.

»Du musst aufpassen, dass du nicht zu viel Verantwortung übernimmst«, sagt Jojo. »Herr Proksch ist dein Nachbar. Es ist nett, dass du ihm hilfst. Die meisten Menschen würden einfach weggucken. Aber du darfst dich nicht identifizieren. Am Ende hat das Ganze überhaupt nichts mit dir zu tun.«

Das klingt verdammt richtig und ist trotzdem kompletter Blödsinn. Alles hat mit ihr zu tun, wie sollte es anders sein? Schließlich ist jeder Mensch sein eigenes Fenster zur Welt. Sie schafft es gerade noch, »Okay, Jojo, danke noch mal«, zu sagen, bevor sie das Gespräch vom Smartphone wischt.

41 Gebrüll

Die Wölfin wächst. Sie wächst von oben nach unten. Nach den Ohren erscheinen Stirn, Hinterkopf und schließlich das Gesicht mit leicht geöffneter, lächelnder Schnauze. Es macht Spaß, Gote bei der Arbeit zu beobachten. Er bewegt sich so sicher, beharrlich und konzentriert. Wenn er den Kopf der Wölfin streichelt, sieht es aus, als berührte er etwas Lebendiges.

Am Mittwoch grillen sie ein weiteres Mal. Dora isst Fleisch, bis sie nicht mehr kann. Als sie endlich aufseufzend zurücksinkt, fühlt sie sich ruhig und schwer. Das Gespräch mit Jojo liegt vier Tage zurück und steht im Begriff, sich in eine historische Anekdote zu verwandeln. Jochen kaut an einem Knochen, Gote raucht, Franzi bringt einen Stapel bunter Spielkarten und erklärt Dora die Regeln. Das Spiel macht Spaß. Gote öffnet zwei Flaschen Bier und eine Limo. Er mischt wie ein Profi. Sie schreien aus vollem Hals »Uno!«, wenn sie die letzte Karte in Händen halten. Sie lachen in ungetrübter Schadenfreude, wenn ein Gegner vier Karten ziehen muss. Sie ärgern sich von Herzen, wenn es ihnen selbst passiert. Gote haut die Faust auf den Tisch, knufft Franzi gegen die Oberarme, holt neue Limo und frisches Bier.

Als sie endlich genug haben, ist es fast Mitternacht. Das Feuer ist heruntergebrannt. Die Straßenlaterne vor Heinis Haus verströmt orangefarbenes Licht. Dora streichelt Franzi zum Abschied den Kopf, gibt Gote die Hand und spürt, wie die Mückenstiche an ihren Beinen zu jucken beginnen. Im Eifer des Gefechts hat sie sich widerstandslos zerstechen lassen.

Sie kann nicht schlafen. Die Insektenstiche verwandeln sich in Juckreiz-Vulkane und die Gedanken in Endlosschleifen. Außerdem ist es zu warm. Als Dora aus dem Bett steigt, um vor dem Haus eine zu rauchen, kommt sogar Jochen-der-Rochen mit vor die Tür.

Erst ist es mehr eine Ahnung als ein Geräusch. Dora glaubt, etwas zu hören, und dann wieder nicht. Fernes Gebrüll. Anschließend Stille, bis sie meint, sich getäuscht zu haben. Aber der nächste Schrei ist so laut, dass kein Zweifel mehr möglich ist. Sie rennt die Freitreppe hinunter, durch den Vorgarten auf die Straße und am Straßenrand entlang durchs nächtliche Dorf, Jochen dicht hinter ihr.

Sie sieht ihn schon von Weitem. Er steht unter der Laterne vor Toms und Steffens Haus. Eine große, klobige Gestalt, schwarz wie ein Scherenschnitt im Gegenlicht, den rechten Arm gereckt. Verkorkste Freiheitsstatue, ohne Fackel, dafür mit geballter Faust, die er erst schüttelt, dann flach ausstreckt.

»Eyyy!«, brüllt er. »Eyyy!«

Dora ist schon neben ihm, als sich die Haustür öffnet. Tom tritt heraus, barfuß, mit nacktem Oberkörper. Er trägt nur eine schwarze Jogginghose, mit der er aussieht wie ein Judoka. Alles an ihm wirkt kompakt, als verberge sich große Kraft in seinem gedrungenen Körper. Er verschränkt die Arme vor der Brust und blickt Gote ruhig ins Gesicht.

»Ist es mal wieder so weit?«, fragt er.

»Schick deine Kanacken raus, du Schwuchtel!«, schreit Gote. »Ich mach die alle platt!«

Ungerührt sieht Tom zu, wie Dora versucht, Gotes gereckten Arm nach unten zu ziehen. Genauso gut hätte sie versuchen können, den dicksten Ast einer Eiche abzubrechen. Währenddessen will Jochen Gote begrüßen und gibt frustriert auf, als sie nicht beachtet wird.

»Scheiß Arschficker! Scheiß Kanacken!«

»Bring deinen besoffenen Kampfhund nach Hause«, sagt Tom zu Dora.

Dora fragt sich flüchtig, ob menschliche Gehirne für die Rassismus-Produktion eigentlich Alkohol oder Tumore brauchen. Leider kennt sie die Antwort schon. Das geht auch mit gesundem Kopf. Gote schüttelt sie mit einer Bewegung ab, die sie zur Seite wirft.

»Aufs Maul!«, brüllt er.

»Wenn er keine Ruhe gibt, rufe ich die Polizei«, sagt Tom.

»Quatsch«, sagt Dora. »Wir brauchen keine Polizei.«

»Ich denke schon.«

»Schwanzlutscher!«, schreit Gote.

»Gote«, ruft Dora, »schau mich an!«

Er scheint sie gar nicht wahrzunehmen. Als würde er sich in einem Paralleluniversum befinden. Dieses Mal riecht er nach Alkohol, und zwar stark. Wenn ihn die Polizei so antrifft, wird sie ihn mitnehmen. Man wird die Bewährung widerrufen und ihn einbuchten, und wenn Jojo recht hat, kommt er da lebend nicht mehr raus. Dann ist das fröhliche UNO-Spiel die letzte Gelegenheit gewesen, bei der Franzi ihren Vater gesehen hat. Das darf nicht passieren, auf keinen Fall.

»Komm, Gote«, sagt Dora sanft. »Wir gehen nach Hause.«

Für einen Moment erkennt er sie. Er schaut sie an, die Augen leicht zusammengekniffen, als könnte er nicht gut sehen. Dann schüttelt er den Kopf und geht ein Stück zur Seite, taumelt über den breiten Grasstreifen am Straßenrand, den Blick zu Boden gerichtet, als suchte er etwas.

»Was tut er da?«, fragt Tom.

Dora ahnt, was Gote tut. Er sucht einen Knüppel. Oder einen Stein.

»Geh ins Haus und schließ die Tür«, sagt sie zu Tom. »Gib mir ein bisschen Zeit. Ich sorge dafür, dass er nichts kaputt macht.«

Tom schnaubt durch die Nase. Er ist kein Typ, der sich im Haus verschanzt, während draußen einer randaliert.

»Seit wann bist du eigentlich Gotes Frauchen?«

»Seit wann regelst du deine Angelegenheiten mit der Polizei?«

Gote bückt sich und hebt etwas auf.

»Kanacken, Schwanzlutscher«, murmelt er.

Tom zieht das Handy aus der Tasche seiner Jogginghose.

»Nein!«, ruft Dora und läuft auf Tom zu, bis sie direkt vor ihm steht. Jochen nutzt die Gelegenheit, um durch den Türspalt im Haus zu verschwinden. Dora versucht, Tom das Handy aus der Hand zu nehmen. Er stößt sie unsanft zu Seite, so dass sie sich an der Hauswand festhalten muss, um nicht ins Straucheln zu geraten. In diesem Augenblick kommt auch noch Steffen an die Tür, ohne Brille, die langen Haare zerzaust. Mit den Füßen schubst er Jochen vor sich her.

»Was ist denn hier los?«

»Gote macht mal wieder Stunk«, sagt Tom. »Und Dora spielt Nazi-Hostess.«

Jochen quiekt, als Steffen sie mit einem letzten Schubser ins Freie befördert.

Schon wieder wird Dora wütend. Noch unbändiger als während des beschissenen Jojo-Telefonats. Offensichtlich sind alle gegen sie, die ganze verdammte Welt: Jojo, Tom und Steffen, Robert, Susanne, die Pandemie und das Glioblastom. Gote, dieser Vollidiot. Sie hat keine Lust mehr, sich das gefallen zu lassen. Bestünde irgendeine Chance, Tom zu Boden zu werfen, würde sie es versuchen. Weil sie zu schwach ist, kann sie nur schreien.

»Dann holt doch die Polizei«, schreit sie. »Und erzählt ihnen auch gleich von eurem kleinen Straßenhandel. Wird die Steuerfahndung interessieren.«

Sie will das eigentlich nicht. Sie will gar keinen Ärger machen, weder drohen noch erpressen. Aber es gibt einfach nichts, was sie sonst tun kann gegen die ganze Scheiße, die dauernd passiert.

»Ihr seid so verlogen!«, schreit sie. »AfD wählen und dann die Bullen holen, wenn ein Nazi vor der Tür steht!«

Tom und Steffen blicken sie erstaunt an. Sie überlegt, die beiden auch noch anzuspucken. Vielleicht ist ihr das anzusehen.

»Ich versteh nicht, was hier läuft«, sagt Tom. »Was mischst du dich überhaupt ein?«

»Gote ist krank«, sagt Dora. »Im Kopf.«

Tom lacht. »Wer hätte das gedacht!«

»Er stirbt.«

»Von mir aus!« Tom lacht noch lauter.

»Warte mal.« Steffen gibt Tom ein Zeichen, dass er das Lachen einstellen soll. »Ich glaube, es geht um was anderes.«

Sie darf es niemandem erzählen, schon gar nicht den Knalltüten von nebenan. Gote will das nicht, und Jojo hat es auch verboten. Aber noch dringender muss sie verhindern, dass die Polizei kommt.

»Ich will, dass er die restliche Zeit zu Hause verbringt. Mit Franzi. Kapiert ihr das?«

Jetzt schauen sich Tom und Steffen verunsichert an. Regelrecht betroffen.

»Was ... hat er denn?«, fragt Steffen.

»Das geht euch einen Scheißdreck an«, sagt Dora. »Fangt einfach an, euch wie Menschen zu benehmen.«

Gote stöhnt plötzlich auf. Er steht unter der Laterne und presst beide Hände an den Kopf. Jochen-der-Rochen läuft zu ihm und schnuppert an seinen Unterschenkeln. Gote lässt sich auf ein Knie sinken. Da passiert es wieder: Die Zeit bleibt stehen, die Wirklichkeit gerinnt. Nacht, Dorfstraße, Laterne. Die schnuppernde Hündin vor der Statue des griechischen Denkers. Auch Tom und Steffen scheinen zu merken, dass etwas anders ist als sonst. Sie stehen stumm da und betrachten das Bild. Gote ruht auf einem Knie, die Stirn in die Hand gestützt. Niemand spricht. Jetzt der Abspann, denkt Dora. Noch ein bisschen gucken und träumen, dann aufstehen und gehen. Stattdessen muss sie schon wieder handeln. Sie läuft zu Gote, legt ihm sanft eine Hand auf die Schulter. Er hebt das Gesicht und sucht sie mit blindem Blick.

»Komm jetzt«, sagt Dora.

Schwankend steht er auf und lässt sich führen. Schwer liegt sein Arm auf ihren Schultern. Sie gehen langsam, Schritt für Schritt. Toms und Steffens Blicke spürt sie im Rücken. Aber sie dreht sich nicht um.

42 Floyd

Am nächsten Morgen sitzt Gote nicht wie gewohnt am Campingtisch, um auf seine Medikamente zu warten. Der Bauwagen wirkt verrammelt, der Garten verwaist. Aus dem zugeschnittenen Stamm ragt der fertige Kopf der Wölfin, so lebensecht, dass Dora erwartet, das Tier müsste gleich den Kopf wenden und versuchen, den Rest seines Körpers aus dem Holz zu befreien. Erst auf den zweiten Blick bemerkt Dora, dass Franzi an der Hintertür des Wohnhauses sitzt. Die Kleine schaut leer vor sich hin. Spätestens jetzt ist klar, dass etwas nicht stimmt.

Dora ruft Franzi zu sich an die Mauer und bittet sie, herüberzukommen und schon mal Frühstück zu machen. Als das Mädchen im Gutsverwalterhaus verschwunden ist, geht sie auf Gotes Grundstück und drückt die Klinke am Bauwagen. Die Tür ist unverschlossen. Dora öffnet sie einen Spalt und sieht Gote im Halbdunkel auf der Pritsche liegen, auf dem Rücken, die Hände hinter dem Kopf verschränkt. Ein friedliches Bild. Sie überlegt gerade, ob sie ihn wecken soll, als er von selbst die Augen öffnet und sie anschaut. Er bemüht sich, etwas zu sagen, bringt aber kein Wort heraus. Dann lächelt er. Ein schmerzliches Lächeln. Fast liebevoll.

Sollte es je einen Zweifel daran gegeben haben, ob Gote weiß, wie es um ihn steht, räumt dieses Lächeln ihn aus.

Dora tritt an die Pritsche und hockt sich hin. Das Schluchzen kommt aus dem Nichts, packt sie an den Schultern und schüttelt sie. Sie presst die Lippen zusammen, kann aber nicht verhindern, dass sie Geräusche von sich gibt. Da spürt sie Gotes Hand auf ihrem Kopf. Er streichelt ihr Haar. Er klopft ihr den Rücken, als hätte sie sich nur verschluckt. Sie kommt auf die Beine. In der Hosentasche hat sie die Tabletten, im Spülbecken steht ein Glas, das sie zur Hälfte mit Wasser füllt. Sie hebt seinen Kopf und hilft ihm beim Schlucken. Danach schickt sie eine WhatsApp an Jojo.

»Kann ich die Dosis erhöhen?«

Sie räumt ein bisschen auf und schaltet den altmodischen CD-Player ein, der auf dem kleinen Esstisch steht. Die CD-Hülle liegt daneben, die Band heißt »Wolf Parade«. Während Dora den Abwasch macht, sieht sie durchs Fenster den fertigen Holzwolf an der Treppe sitzen. Er schaut zu seiner Freundin hinüber, die noch bis zu den Schultern im Stamm steckt.

And you've decided not to die / Alright / Let's fight / Let's rage against the night.

Ihr Magen fühlt sich an, als hätte sie Steine gegessen. Sie stellt gerade den letzten Teller ins Abtropfgitter, als das Smartphone piepst. Wenn Jojo nicht im OP steht, zieht er schneller als sein eigener Schatten.

»Kannst du, wird aber nichts nützen.«

Am liebsten würde sie das Telefon zu Boden schleudern und mit der Ferse zertreten wie ein Insekt. Um Gotes Lippen spielt noch immer das seltsame Lächeln. Dora tritt zu ihm und legt ihm eine Hand auf die Stirn.

»Bleib liegen«, sagt sie. »Ruh dich noch etwas aus.«

Sie unterdrückt den Impuls, ihm mit einer Hand die Augen zu schließen.

Nach dem Frühstück unternimmt sie mit Franzi einen Spaziergang in den Wald. Die Kleine geht schweigend neben ihr her, was Dora entgegenkommt, weil sie mit ihren eigenen Gedanken beschäftigt ist.

Sie hält nach Eichelhähern Ausschau oder nach anderen Vögeln, die sich damit auskennen, dass das Leben immer weitergeht. Aber keiner lässt sich blicken. Außerdem ist es zu warm. Seit dem Morgen steigen die Temperaturen. Gegen Mittag werden sie wahrscheinlich dreißig Grad erreichen. Auch der Frühling hat keine Lust mehr und will das Feld dem Sommer überlassen.

Als sie die Wegkreuzung erreichen, klebt Doras T-Shirt am Rücken. Erschöpft lässt sie sich auf die Bank fallen. Hier ist sie Franzi zum ersten Mal begegnet. Erst war sie nur ein Rascheln und Kichern im Unterholz, dann ein kleiner Quälgeist, der nach Jochen-dem-Rochen süchtig wurde. Dora kommt es vor, als läge ihre erste Begegnung schon Jahre zurück. Damals war sie noch neu in Bracken und dachte, die gescheiterte Beziehung zu Robert sei ihr größtes Problem.

Franzi setzt sich neben sie auf die Bank und streicht mit beiden Händen über das Holz. Dora betrachtet sie von der Seite. Das Leben wird definitiv weitergehen. Schon jetzt laufen irgendwo Menschen herum, mit denen Franzi die Zukunft teilen wird. Auf einem Bolzplatz in Berlin tobt ein Junge mit dem Fußball herum, glücklich über die Corona-Lockerungen, nicht ahnend, dass er eines Tages eine junge Frau aus Bracken mit sehr langen blonden Haaren heiraten wird. Irgendwo malt ein Mädchen mit Buntstiften, das schon bald Franzis beste Freundin werden wird. Vielleicht sitzt ein junger Mann mit Mundschutz und Kopfhörern in der U-Bahn, der sie in dreißig Jahren in einen Autounfall verwickeln wird, bei dem sie sich beide Arme bricht. Alles ist schon da, es ist der Welt eingeschrieben, befindet sich in Vorbereitung, wartet auf den passenden Moment, um sich zu ereignen. Ganz von selbst. Es gibt kein Rad, das man drehen, keinen Hebel, den man ziehen muss. Bloß dasitzen. Dora merkt, wie sie sich ein wenig entspannt.

Als Franzi Luft holt, um etwas zu sagen, verkrampft sie sich gleich wieder in Erwartung der verhassten Babysprache. Aber die Stimme der Kleinen ist normal.

»Die hat mein Papa gemacht«, sagt sie.

Darauf hätte Dora selbst kommen können. Natürlich ist die Bank Gotes Werk. Der Nachbarin fehlen Stühle und dem Wald eine Bank. Schnell mal hinstellen. Von Anfang an, schon bevor sie ihn richtig kannte, hat Dora seine Präsenz gespürt, wenn sie hier saß.

»Guck, da.«

Franzi lehnt sich zur Seite, wobei sie halb auf Doras Schoß zu liegen kommt. Sie zeigt auf die Innenseite der Holzklötze, auf die das Sitzbrett genagelt ist. Dora bückt sich. Da ist etwas eingeritzt, zwei Dreiecke mit einer verbindenden Linie, wie ein Markenzeichen oder eine Art Signatur.

»Sind das Segelboote?«, fragt sie.

Franzi betrachtet sie mit einem mitleidigen Kinderblick, der besagt: So dumm können wirklich nur Erwachsene sein.

»Alter, das sind Ohren.«

Jetzt erkennt Dora es auch: stilisierte Wolfsohren, aufmerksam gespitzt in Erwartung dessen, was kommt. Irgendwie scheint der ganze Ort hier die Ohren zu spitzen und der Zukunft entgegenzublicken.

»Damals haben wir noch in Bracken gewohnt. Mama, Papa und ich. Alle zusammen.«

Dora spürt es kommen. Franzi hat sich etwas überlegt. Etwas Großes. Eine Lösung für alle Probleme der Welt. Deshalb war sie so schweigsam auf dem Weg hierher.

»Du könntest ihn heiraten.«

»Wen?«

»Meinen Papa.«

Das ist es also. Das hat Franzi sich ausgedacht. Dora räuspert sich.

»Ich glaube nicht, dass das geht.«

»Magst du meinen Papa nicht?«

Die Antwort ist überraschend schwierig. Seit Dora in Bracken wohnt, geht es um eine Menge Dinge, aber am wenigsten darum, ob man jemanden mag. Vielleicht ist »mögen« etwas, mit dem vor allem Menschen in Städten beschäftigt sind.

»Doch«, sagt sie schließlich. »In gewisser Weise mag ich ihn.«

»Reicht das nicht?« Franzi wird lauter. »Ist das für dich nicht genug?«

Dora hat es kommen sehen, und da ist es. Es zieht herauf wie ein Unwetter, blitzschnell. Eben noch blauer Himmel und Sonnenschein, plötzlich schwarze Wolkenwände und Sturm. Franzi springt von der Bank und baut sich vor Dora auf.

»Mach doch einfach!«, schreit sie. »Damit wir eine richtige Familie sind!«

»Franzi…« Als Dora die Hand ausstreckt, schlägt das Mädchen nach ihr. »Wir sind doch schon so wie eine Familie, findest du nicht? Du, dein Papa, Jochen und ich.«

»Das ist nicht echt. Das sind nur die Corona-Ferien. Ich wünschte, Corona wäre für immer!« Franzi stampft mit den Füßen. »Ich will nie mehr zurück nach Berlin!«, schreit sie. »Die Kinder in der Schule finden mich blöd. Und es gibt überhaupt keine Tiere. Vor allem keine Rochen.«

Jochen glaubt, ihren Namen gehört zu haben, kommt heran und drückt sich gegen Franzis Unterschenkel. Das Mädchen sinkt auf die Knie und schließt die Hündin in die Arme. Es weint in Jochens Fell, und die kleine Hündin lässt es sich gefallen.

»Ihr könntet ein Baby bekommen«, schluchzt Franzi. »Ich hab mir schon immer einen kleinen Bruder gewünscht.«

Dora setzt sich neben Franzi auf den Waldboden. Sand, Kiefernzapfen, kleine Äste, trockenes Gras. Der Duft ist intensiv wie ein Parfüm.

»Oder willst du kein Baby?«

Überraschenderweise ist diese Antwort ganz leicht.

»Doch«, sagt Dora. »Ich möchte schon eins.«

»Siehste.« Franzi hebt das Gesicht, die Wangen nass, die Augen verquollen. »Mein Papa bestimmt auch.«

Dora muss lächeln. Franzi wertet das als gutes Zeichen und lächelt zurück.

»Soll ich ihn fragen?«

»Lass mal«, erwidert Dora. »Ich denke erst noch ein bisschen darüber nach.«

»Versprochen?«

»Versprochen.«

Franzi streckt die Arme aus und gibt Dora einen nassen Kuss auf die Wange. Dann wischt sie das Gesicht mit dem Saum ihres T-Shirts ab und rappelt sich auf.

»Komm, Jochen!«

Die beiden springen in den Wald, wo sie zwischen den Stämmen herumtoben. Franzi ruft und lacht. Die Verzweiflung ist genauso schnell verschwunden, wie sie gekommen ist. Glückliche Kindheit, in der sich die Gefühle gegenseitig vom Hof jagen. Dora bleibt am Boden sitzen, befühlt das Moos und lässt Sand durch die Finger rinnen. Von ihrem Platz aus kann sie das eingeritzte Ohren-Zeichen im Holz der Bank sehen.

Als sie ins Dorf zurückkommen, hören sie schon von Weitem das Quengeln der Motorsäge. Franzis Gesicht leuchtet auf, als hätte man einen Dimmer hochgedreht. Sie läuft voraus, Jochen folgt im Schweinsgalopp, und auch Dora beschleunigt ihre Schritte.

Gote steht im Garten, eine Zigarette im Mundwinkel, und winkt ihnen entgegen. Er schaltet das nörgelnde Monster ab und ruft ein freundliches »Guten Morgen«, obwohl es inzwischen fast zwölf Uhr ist.

»Hey, Pudelchen! Ich hab dir Rohlinge zugeschnitten. Falls du noch ein paar Knochen für Jochen schnitzen willst.«

Zu seinen Füßen liegt ein kleiner Stapel Scheite, die er entrindet und in zylindrische Form gebracht hat. Franzi stürzt sich darauf, als wäre es Nahrung nach drei Hungertagen. Dora hat noch nie gehört, dass Gote seine Tochter »Pudelchen« nennt.

Sie kommt näher und betrachtet die Wölfin. Man sieht den Hals und sogar ein Stück Brustfell. Gote muss in der letzten Stunde sehr fleißig gewesen sein. Schon jetzt ist die Wölfin ein stolzes Tier. Sie trägt den Kopf hoch und hält den Blick des Betrachters mit ruhiger Aufmerksamkeit fest. Ihr Fell ist leicht gewellt, man meint, mit den Fingern hindurchfahren zu können. Auch der fertige Wolf am Eingang des Bauwagens schaut seit Neuestem fröhlicher in die Welt. Er scheint sich auf seine Gefährtin zu freuen.

Im Lauf des Nachmittags fährt Dora mehrmals das Notebook hoch, um nach dem Kontostand zu sehen. Gegen sechs ist Jojos Geld angekommen. Wie erwartet hat er sich mittelmäßig großzügig gezeigt. Aber wenn sie etwas besser wirtschaftet, könnte das Polster zwei Monate reichen. Das fühlt sich gut an, fast so, als wären alle Probleme gelöst.

Weil Dora ohnehin gerade vor dem Bildschirm sitzt, macht sie noch schnell ein Nachrichtenportal auf. Merkel und die Ministerpräsidenten. Corona-Demonstrationen. Das Land ist gespalten, was sonst.

Die eigentliche Meldung hätte Dora fast übersehen. Es ist schon vor drei Tagen passiert, aber anscheinend nicht wichtig genug, um neben Corona die Aufmerksamkeit der Berichterstatter zu erregen. Fassungslos liest sie den kurzen Bericht: In Minneapolis hat sich ein Polizist acht Minuten lang auf den Hals eines 46-Jährigen gekniet, bis dieser das Bewusstsein verlor. Der Mann hat um sein Leben gefleht und mehrfach »*I can't breathe*« gesagt. Kurze Zeit später starb er im Krankenhaus. Jemand hat das Geschehen mit dem Handy gefilmt. Das Opfer ist schwarz, der Täter weiß.

Dora googelt nach dem Handyvideo. Sie zögert, es zu öffnen, und tut es dann doch. Immer wieder sagt der Mann »*I can't breathe*«. Er ruft nach seiner Mama. Der auf dem

Hals des Mannes kniende Polizist sieht aus wie Gote. Eigentlich sieht er überhaupt nicht aus wie Gote. Er trägt kurz geschorene Haare und Drei-Tage-Bart und hat die Sonnenbrille auf die Stirn geschoben. Ganz entspannt kniet er da auf dem Hals, die Hände auf die Oberschenkel gestützt. Als wäre gar nichts. Als würde nichts Besonderes passieren. Immer wieder schaut er auf und blickt direkt in die Kamera. Halb lächelnd. Relaxed. Ein zweiter Polizist geht am Straßenrand hin und her. Auch relaxed. Am helllichten Tag. Passanten sind zugegen. Keiner tut was. Es ist entsetzlich. Die Ruhe der Szene. Die Normalität. Irgendwann fühlt jemand dem Opfer den Puls. Man zerrt den Körper auf eine Bahre. Es gibt ein bisschen Aufregung, aber nicht viel.

Dora guckt noch einmal von vorn und spürt, wie ihre Hände zittern. Hände sollten nicht zittern. Schon gar nicht, wenn sie so groß sind. Während der nächsten Stunden wird sie das Zittern nicht mehr los. Immer wieder erklärt sie sich selbst: Das in Minneapolis war nicht Gote. Das hat mit Gote nichts zu tun. Ihr Verstand versucht sich in einem Proseminar über die Unterschiede zwischen deutschem und amerikanischem Rassismus. Aber auf einer anderen Ebene ist ihr das gleichgültig. Rassismus ist, wenn man bestimmte Menschen für wertlos hält. Das ist grauenvoll, und das gilt überall auf der Welt.

Als sie später am Abend noch einmal zur Mauer geht, sieht sie drüben Gotes massigen Körper neben dem Campingtisch liegen. Und plötzlich geschieht etwas mit ihr. Das Zittern verschwindet. Ihre Hände sind nur noch groß. Angenehm groß. Hände, die zupacken wollen, um Probleme zu erledigen. Mit einem Mal weiß Dora, dass sie das kann.

Man braucht gar keine Emotionen dazu. Keine Wut, keine Angst, kein Entsetzen. Der ganze Wahnsinn dieser verkorksten Welt legt es nahe, auf Emotionen zu verzichten. Man braucht auch kein spezielles T-Shirt und keine Sticker am Auto oder besondere Musik. Man kann es einfach tun. Gote regt sich nicht. Dora kann zu ihm gehen und sich auf seinen Hals knien. Acht Minuten und 46 Sekunden lang. Währenddessen kann sie sich ein bisschen umschauen oder etwas auf ihrem Smartphone lesen. Dann den Puls fühlen. Problem erledigt. Vielleicht ergibt das sogar richtig Sinn. Sie hätte sich selbst, Franzi, das Dorf und überhaupt die ganze Welt von Gotes Anwesenheit befreit. Vielleicht hätte sie Schlimmeres verhindert, wer weiß.

Aber da kommt Franzi gelaufen. Sie kauert sich neben ihren Vater und rüttelt ihn an der Schulter. Weinend ruft sie seinen Namen. Und da geschieht noch etwas. Das Erkenntnisgetriebe schaltet in den nächsten Gang. Es geht nicht darum, wozu man fähig ist. Es geht auch nicht darum, wer was verdient hat. Nicht einmal darum, für oder gegen Nazis zu sein. Das Zauberwort heißt »trotzdem«. Trotzdem weitermachen, trotzdem da sein. Trotz allem liegt da drüben ein Mensch.

Deshalb springt Dora mit einem Satz über die Mauer, rennt zu dem liegenden Körper, fühlt ihm den Puls. Bringt ihn mit viel Geschrei, ein paar kräftigen Ohrfeigen und schließlich einem halben Eimer Wasser zu Bewusstsein und auf die Füße. Begleitet ihn zum Bauwagen, wobei sie ihn halb stützen, halb tragen muss. Die drei Eingangsstufen hinauf, was mehrere Anläufe erfordert. Sie bereitet ihm ein Bett am Boden, weil es ihr nicht gelingt, ihn auf die Liege zu hieven. Sie verabreicht ihm noch ein paar Pillen und sagt zu Franzi, dass er sich nur ausschlafen muss, damit es ihm am Morgen besser geht. Sie hofft sogar, dass es so sein wird. Trotz allem.

43 Blühende Freundschaften

Es ist erst halb sieben am Morgen, aber Dora hört schon auf dem Weg zur Mauer, wie Gote drüben singt. Nicht »Ich bin ein Einhorn«, sondern den Song von »Wolf Parade«, den sie neulich auf seinem CD-Spieler gefunden hat. Er trifft die Töne erstaunlich sicher, seine Stimme klingt angenehm tief.

Eine Weile schaut sie ihm vom Stuhl aus bei der Arbeit zu. Mit Feuereifer schnitzt er an seiner Wölfin. Dazu trägt er ein blau-schwarz kariertes Hemd mit kurzen Ärmeln, das sie noch nie an ihm gesehen hat. Sein Schädel ist frisch rasiert, und selbst auf die Entfernung wirkt er sauber, als hätte er nach dem Aufstehen mit dem Gartenschlauch geduscht. Schwer zu glauben, dass dieser Mann am Vorabend reglos im Gras gelegen haben soll.

Gerade ist er damit beschäftigt, die Rückenlinie zu perfektionieren. Zum ersten Mal fällt Dora auf, dass sich an der rechten Seite der Wölfin auf Bodenhöhe eine Ausbuchtung befindet. Vielleicht hat Gote an dieser Stelle vergessen, das überflüssige Rohmaterial wegzuschneiden. Oder es ist ein Sockel für mehr Standfestigkeit. Dora nimmt sich vor, ihn gelegentlich danach zu fragen.

Als sie pfeift, kommt er sofort zur Mauer und klettert so zackig auf die Obstkiste, als wollte er im nächsten Augenblick salutieren. Dora gibt ihm die Tabletten, und er legt tatsächlich zwei Finger an den Schirm einer nicht vorhandenen Mütze, bevor er zu seiner Schnitzerei zurückkehrt. Sie denkt, dass es vermutlich keine besonders gute Idee ist, den ganzen Tag in der prallen Sonne zu arbeiten, zumal sie ihn niemals etwas anderes trinken sieht als Kaffee oder Bier. Andererseits kommt es darauf vermutlich auch nicht mehr an.

Beim Frühstück öffnet sie ein Nachrichtenportal und findet weitere Schlagzeilen zu George Floyd, genauer gesagt, zu den Anti-Rassismus-Protesten, die sich in den USA formieren. Der Gouverneur von Minnesota hat die Nationalgarde mobilisiert und den Notstand für Minneapolis und die umliegenden Gebiete ausgerufen. Trump gibt seinen üblichen Unsinn von sich, stößt Drohungen aus und weigert sich anzuerkennen, dass bei der Polizei strukturelle Probleme existieren. In Deutschland zeigt man sich gewohnt fassungslos, allerdings, wie Dora scheint, gemischt mit Erleichterung, weil der Rassismus gerade woanders stattfindet, während die deutschen Unbelehrbaren derzeit eher mit Corona-Leugnen als mit Abendland-Verteidigen beschäftigt sind.

Sie legt das Smartphone weg und fängt an, ihr Kartoffelbeet zu wässern. Die Gießkannen muss sie in der Küche füllen und durch die Hintertür zum Gemüsebeet schleppen. Schon nach Kannen Nummer 11 und 12 fühlen sich ihre Arme ein paar Zentimeter länger an. Als auf der Straße ein weißer Kastenwagen bremst, ist sie froh über die Unterbrechung. Sie lässt die Gießkannen stehen und geht über den vorderen Teil des Flurstücks zum Zaun. Der Motor des Transporters tuckert im Leerlauf, während Tom und Steffen aussteigen und von der anderen Seite an den Zaun kommen. Sie wirken feierlich, wie sie da nebeneinanderstehen. Als wollten sie etwas verkünden.

»Morgen«, sagt Steffen.

»Tach«, sagt Tom.

»Wässern besser in den Abendstunden«, sagt Steffen.

Es entsteht eine Pause. Dora überlegt, ob es etwas Schlimmes sein kann, das man ihr hier so quasi-offiziell mitteilen will.

»Wir fahren einkaufen«, sagt Tom. »Brauchst du etwas?«

»Nein, danke«, sagt Dora. »Ich habe ja Gotes Wagen.«

»Bist du seine…«, beginnt Tom.

»Halt die Klappe«, sagt Steffen.

Es tritt eine weitere Pause ein, in der deutlich wird, dass es um etwas anderes geht. Tom räuspert sich.

»Hör mal, wir haben uns was überlegt. Wir wollen eine Party machen. Ein Dorffest.«

»Man darf ja jetzt wieder«, meint Steffen, »mit Abstand und so.«

Dora ist nicht sicher, ob das stimmt, und noch weniger versteht sie, was die beiden von ihr wollen. Was hat sie mit einem Dorffest zu tun?

»Pass auf«, sagt Tom. »Es geht darum, dass… dass Gote dabei ist.«

»Man könnte sagen, das Fest ist für ihn.«

»Aber wenn wir ihn einladen, kommt er bestimmt nicht. Es ist besser, wenn du ihn mitbringst.«

Ganz langsam fällt der Groschen. Ein Fest für Gote.

»Schrille Idee«, sagt sie. »Aber nett.«

»Wie wäre es nach Pfingsten?«, fragt Tom. »Ende nächster Woche?«

Dora sucht nach einer passenden Formulierung, aber Steffen hat schon verstanden.

»Es geht natürlich auch früher«, sagt er. »Praktisch sofort. Wie wäre es – übermorgen?«

Auf einmal findet Dora die beiden rührend. Wie sie auf ihre Weise versuchen, etwas richtig zu machen.

»Übermorgen ist super«, sagt sie.

»Glaubst du, er kommt?«

»Ich sorge dafür.«

»Sehr gut. Rinjehaun«, sagt Steffen.

»Da ist noch was«, sagt Tom.

Der Rosmarin, denkt Dora. Ich habe ganz vergessen, den Rosmarin zu ersetzen. Aber dann kommt etwas völlig anderes. Tom bietet Dora einen Job an. Ein faires Angebot auf Stundenbasis. Er streckt den Ellenbogen über den Zaun, und sie stößt ihren dagegen. Danach fährt der Lieferwagen davon.

Kurze Zeit später sitzt sie auf der Freitreppe, eine große Tasse Milchkaffee neben sich und den Rechner auf den Knien, während die Gießkannen noch immer vergessen neben dem Kartoffelbeet stehen. Sie konnte keine Minute warten. Sie stürzt sich auf Toms Auftrag wie eine Verhungernde auf das Essen. Es tut so gut, den Kopf anzustrengen. Die Gedanken purzeln durcheinander wie junge Hunde, die man endlich in den Garten gelassen hat. Alles ist schon da. Vor allem der Name: »Blühende Freundschaften« muss der Online-Auftritt heißen. Tom hat erzählt, dass er dabei ist, den Blumenhandel ins Internet zu verlegen. Wegen Corona und darüber hinaus. Vor allem Steffens Gestecke gehen weg wie heiße Semmeln. Darauf kann man aufbauen. Als Erstes muss man die Zielgruppe verjüngen. Blumen mag jeder, aber die Gestecke bedürfen einer hippen Neuinterpretation. Dora hat auch schon eine Idee: die Reaktivierung der Helmut-Kohl-

Puppe aus der 90er-Jahre-Satiresendung »Hurra Deutschland«. Kohls blühende Landschaften gibt es bis heute nicht, die blühenden Freundschaften von Bracken hingegen schon. In Doras Kopf existieren bereits unzählige witzige Filme, in denen die Kohl-Puppe Ärger für ihre Deutsche-Einheit-Versprechen bekommt. Kohl begegnet Rentnern, Arbeitslosen, jungen Müttern mit Vollzeitjob. Am Ende jedes Spots schenkt er den Empörten ein Gesteck. Ein satirisches Format mit einem Gummi-Altkanzler als Testimonial ist dermaßen absurd, dass es zwangsläufig zum PR-Thema werden muss. Dora setzt darauf, dass Tom die Idee nicht verstehen und Steffen sie lieben wird.

Auch den nächsten Tag verbringt sie mit der Arbeit an ihren Kampagnenansätzen. Nebenan schnitzt Gote am Wolf. Die Floyd-Proteste weiten sich aus. Es wird immer wärmer, Gewitter werden angekündigt und finden nicht statt. Jojo ruft an und erzählt, dass die Autobahnen voll sind mit SUVs, die Campinganhänger, Boote, Pferde oder Flugzeuge durch die Gegend ziehen. Auf den Landstraßen knattern Motorradgruppen, die Ostseebäder platzen aus allen Nähten.

»Stell dir mal vor, wer da jetzt in den Strandkörben sitzt«, sagt er. »All die Leute, die in den letzten Wochen Corona-Tagebücher geschrieben, Corona-Regeln befolgt, Corona-Talkshows geguckt, Corona-Gespräche geführt und Corona-Kritiker angeschrien haben. Aber jetzt ist Pfingsten.«

Er lacht. Dora kann förmlich hören, wie er dabei den Kopf schüttelt. Sie findet den plötzlichen Urlaubseifer auch komisch, hat aber keine Lust auf sarkastische Witze. Jojo kündigt an, am Dienstag nach Pfingsten vorbeizukommen, um »nach dem Rechten zu sehen«, wobei er sich königlich über sein Wortspiel amüsiert, das er sich vermutlich schon vor dem Telefonat zurechtgelegt hat. Dora sagt danke, legt auf und arbeitet weiter.

Erst am Abend begreift sie, was Jojos Anruf wirklich zu bedeuten hat. In der Buche vor dem Haus sitzt ein Eichelhäher und dreht den Kopf, um sie abwechselnd mit dem linken und dem rechten Auge anzusehen. Nie zuvor ist einer in den Garten gekommen. Aber da sitzt er und hat eine Botschaft für sie, die lautet: Alles wird gut. Der Wendepunkt ist überschritten. Dora ist nicht mehr arbeitslos, sondern steht im Begriff, eine regionale Ein-Frau-Agentur zu werden. Sie verdient ihren Lebensunterhalt und tut gleichzeitig etwas für ihre neue Heimat. Tom und Steffen sind keine Gegner, sondern Freunde. Was sie für Gote planen, ist keine vorgezogene Beerdigungsfeier, sondern ein Willkommensfest im neuen Leben.

Denn Jojo tut niemals etwas ohne Grund. Er hat seinen Besuch in Bracken angekündigt, und das hat etwas zu bedeuten. Genauer gesagt kann es nur eins bedeuten: Er wittert eine Heilungschance. Wenn es um Heilungschancen geht, ist Jojo wie ein Bluthund auf der Fährte. Am Dienstag wird er feststellen, dass das Anwachsen der Raumforderung zum Erliegen gekommen ist, so, wie es in seltenen Fällen passiert. Er wird keine großen Hoffnungen machen wollen, aber doch dringend anraten, mit einer Therapie zu beginnen. Dora wird ihren Sportsfreund dazu überreden und ihn danach regelmäßig zur Chemo fahren. Eine neue Routine wird sich einstellen. Dora wird »Blühende Freundschaften« erfolgreich machen und danach weitere kleine Unternehmen aus der Region als Auftraggeber gewinnen. Irgendwann wird die Schule wieder beginnen, und Franzi wird an den Wochenenden und in den Herbstferien zu Besuch kommen. Vielleicht wird sie, wenn Gote ganz gesund ist, sogar endgültig nach Bracken ziehen. Der Eichelhäher lächelt. Vielleicht ist es auch ein Grinsen. Obwohl das mit einem Schnabel eigentlich nicht möglich ist.

44 Fest

Am Sonntagabend gehen sie gemeinsam zum Dorfplatz. Gote trägt in jeder Hand einen vollen Bierkasten, was bei ihm natürlich ganz leicht aussieht. Dora hält zwei große Brötchentüten in den Armen, die sie vorhin noch an der Aral-Tankstelle in Plausitz besorgt hat, um nicht mit leeren Händen auf dem Fest zu erscheinen. Im Zeitschriftenregal zeigten die Titelseiten der Tageszeitungen zum ersten Mal seit Wochen keine Menschen mit Atemschutzmasken mehr, sondern brennende Autos auf nächtlichen Straßen, gereckte Fäuste und das Motto »*Black Lives Matter*«, mit dem immer mehr Menschen überall auf der Welt gegen die Ermordung von George Floyd demonstrieren. Auch in Berlin sind Demonstrationen angemeldet. Schon davon zu hören fühlt sich an wie das Öffnen eines Fensters in einem stickigen Raum.

Franzi hat Jochen an der Leine, springt im Hopserlauf an der Straße entlang und singt dabei: »Wir gehn zu einer Party, wir gehn zu einer Party«, während Jochen, die nicht weiß, was los ist, aber immer gern Franzis Freude teilt, an ihrer Seite ein Tänzchen aufführt.

Gegen die Dorffest-Idee hat Gote keinen Widerstand geleistet. Als Dora ihn fragte, ob er sie begleiten wolle, war er gerade damit beschäftigt, den Kopf seiner Wölfin zu polieren. Er brummte Unverständliches wie einer, der nicht zuhört und auch nicht zuhören muss, weil es ihm sowieso egal ist, wie er den Abend verbringen wird. Jetzt geht er neben Dora und schirmt ihren Körper mit seinem eigenen vom Straßenverkehr ab. Wenn sie ein wenig Richtung Fahrbahn drängelt, drängelt er sie zurück. Gelegentlich schaut er auf sie herunter, mit einem schiefen Lächeln, als machte er sich darüber lustig, dass sie schon wieder nicht weiß, was sie von ihm halten soll. In Zeiten von George Floyd geht sie mit einem Nazi zum Fest. Es gelingt ihr einfach nicht, eine Haltung zu finden. Vielleicht, denkt Dora, ist das Einnehmen von Haltungen nur so lange richtig und wichtig, wie man die Dinge aus sicherer Distanz betrachtet.

Der Dorfplatz ist nichts weiter als eine von kleinen Straßen umgebene, mehr schlecht als recht gemähte Wiese, auf der ein paar alte Eichen, morsche Sitzbänke und zwei kaputte Fußballtore stehen. In der Mitte der Fläche gibt es eine Feuerstelle, in der ein großes Lagerfeuer brennt. Obwohl sie früh dran sind, ist schon einiges los. Tom und Steffen stehen am Getränketisch, schauen mit Gastgeberblick in die Runde und versuchen, mit lauten und fröhlichen Sprüchen für gute Stimmung zu sorgen. Sadie trinkt Kaffee, hat ihre Haarfarbe von Platinblond zu Kobaltblau geändert und ihre Kinder mitgebracht. Fünf Feuerwehrmänner stoßen mit Bierflaschen an und halten sich in Sadies Nähe. Ein paar ältere Frauen sitzen auf den Bänken, kichern miteinander und trinken etwas aus kleinen Gläsern, das so pink ist, als käme es von einem anderen Stern. Im Gebüsch hinter den Eichen rascheln weitere Kinder.

Neben dem Feuer hat Heini seinen Spaceshuttle-Grill aufgebaut. Er trägt die Serien-Griller-Schürze und wendet lange

Reihen von Würsten, Frikadellen und Nackensteaks. Statt einer Begrüßung sagt er zu Dora: »Die kannst du selber essen«, womit er die Tankstellenbrötchen meint.

Gote schiebt die Bierkisten unter den Getränketisch und macht die Runde, um nach Brandenburger Art jeden Einzelnen zu begrüßen, wobei einige den Ellenbogen zum Corona-Gruß heben, während sich andere nach kurzem Zögern zum Handschlag entschließen. Franzi tut es ihm gleich. Dora mag keine Partys und kein Händeschütteln, hat aber keine andere Wahl, als Gote und Franzi zu folgen, wobei sie zur Begrüßung jeweils ein verkrampftes Nicken produziert, das die anderen mit »Hallo« oder »'n Abend« beantworten, ohne dass sich irgendjemand vorstellen würde. Dora ist ziemlich sicher, dass alle hier wissen, wie sie heißt, während sie keine Ahnung hat, wer die anderen sind.

Weitere Gäste kommen hinzu und verteilen sich locker über die Wiese. Dora ist froh, einen Platz zwischen Grill und Getränketisch gefunden zu haben, wo sie geschützt stehen kann. Gote steht neben ihr, hat einen Pappteller in der Hand und verzehrt in gewohntem Tempo Grillwürstchen.

»Ich mache mir keine Sorgen wegen Corona«, sagt Heini. »Wird nicht lange halten, schließlich ist es *made in China*.« Anscheinend hat er sich in ein neues Witze-Segment eingearbeitet, und Dora überlegt, ob der Platz am Grill wirklich so eine gute Wahl darstellt.

Tom beginnt ein Gespräch mit Gote, der artig zu allen Aussagen nickt, während er stoisch weiterisst. Das Wetter und die Dürre. Der dritte trockene Sommer in Folge. Ausgefallene Ernten, das Leiden der Landwirtschaft. Gote nickt. Weitere Nachbarn nähern sich und bilden einen Halbkreis.

Anscheinend weiß hier jeder außer Gote, dass es eine Gote-Party ist. Gote nickt und nimmt von Heini das nächste Würstchen entgegen. Die Borkenkäfer, der sterbende Wald. Ausgelaugte Böden, die man nicht düngen darf.

»Falls Sie Hamsterkäufe tätigen, denken Sie daran, dass die Tiere auch gefüttert werden müssen.« Heini ist ganz in der Welt der Corona-Witze angekommen. Die Runde nimmt die Anregung gerne auf. Jetzt geht es um die Frage, wie man arbeiten soll, wenn die Kinder nicht in die Schule oder Kita gehen. Um die Frage, wie man überleben soll, wenn man nicht arbeitet. Wie wichtig der Lockdown gewesen sein kann, wenn plötzlich alle in den Urlaub fahren. Gote isst und nickt. Wenn Dora richtig zählt, vertilgt er gerade die vierte Grillwurst. Das Gespräch wendet sich der Frage zu, wie man zur Arbeit kommen soll, wenn man bald keinen Diesel mehr fahren darf.

»Dann kaufen wir alle Elektroautos!«, ruft ein Feuerwehrmann, und die Runde lacht schallend.

Dora holt sich ein Bier und bringt Gote eins mit. Als er eine Zigarette aus der Schachtel zieht, vergisst er nicht, ihr auch eine anzubieten. Langsam beginnt sie sich zu entspannen. Niemand außer ihr selbst scheint sich zu fragen, wer sie eigentlich ist, was sie hier will und in welcher Beziehung sie zu Gote steht. Ihr Bier trinkt sie fast auf ex. Flüchtig registriert sie, dass Jochen und Franzi nicht in der Nähe sind. Sie flitzen mit den Dorfkindern durchs Gebüsch. Jemand drückt ihr ein pinkfarbenes Gläschen in die Hand. Die Flüssigkeit schmeckt nach Erdbeerkaugummi. Die Leute werden immer netter, die Party immer lustiger.

Zwei Dörfer weiter hat die letzte Landarztpraxis geschlossen. Völlig unklar, wo die Alten jetzt ihre Diabetes-Rezepte herkriegen sollen.

»Aber Hauptsache, in Bayern gibt's Corona-Tests«, sagt Sadie, und alle lachen.

Einer erzählt, dass in den letzten Wochen drei Gasthöfe in der Umgebung dichtgemacht haben.

»Deshalb müssen wir am Lagerfeuer trinken«, sagt ein anderer.

»Bis sie uns das auch verbieten.«

»Dann stehen wir zum Quatschen eben am Straßenrand.«

Heini schaut ein wenig gekränkt, während die Runde so sehr lacht, dass einige ihre Bierflaschen wegstellen müssen. Dora bemerkt, dass Steffen ein kleines Schreibheft aus der Tasche gezogen hat und sich unauffällig Notizen macht.

»Aber ohne dem seine Pflanzkanacken«, verkündet Gote mit Blick auf Steffen. Es ist das erste Mal, dass er überhaupt etwas sagt. Steffen ignoriert die Bemerkung. Dora schlägt Gote auf den Arm und macht »Na, na«, als wäre er ein Hund, der eine Scheibe Schinken vom Tisch geklaut hat, woraufhin die Umstehenden ein weiteres Mal in Gelächter ausbrechen und Doras »Na, na!« wiederholen, bis sie sich wieder beruhigen können.

Dora fragt sich, ob sie und Gote Freunde sind, wenn sie schon eine gemeinsame Lachnummer abgeben? Ob es einfach irgendwie passiert ist. Alle Umstehenden heben die Flaschen und stoßen an, auch mit Dora, die gerade Teil von etwas wird, ohne recht zu wissen, wovon.

Auch wenn Dora keine Partys mag, muss sie zugeben, dass diese gelungen ist. Gote sieht zufrieden aus, er hat weder Kopfschmerzen noch Ausfallerscheinungen. Franzi flitzt mit den anderen Kindern über den Dorfplatz, als wäre sie niemals weg aus Bracken gewesen. Jochen ist mittendrin, purzelt vor Begeisterung über die eigenen Füße und macht mit ihrer Anhänglichkeit Franzi zum Star.

Einer von der Feuerwehr bringt Dora noch ein Würstchen und eine Flasche Bier und klopft ihr auf die Schulter, als hätte sie irgendetwas gut gemacht. Das Gespräch dreht sich jetzt darum, wer an seinem Haus etwas geändert hat, die Einfahrt gepflastert oder einen neuen Schuppen gebaut, außerdem darum, wie die Kartoffeln wachsen und welche Sonderangebote es im Baumarkt gibt. Steffen steckt sein Notizbuch weg und schlendert zu einer anderen Gruppe.

Franzi könnte in Plausitz zur Schule gehen. Dora und Jochen könnten sie morgens zur Bushaltestelle begleiten. Wenn sie einmal den Bus verpasst, würde Dora sie mit dem Pick-up in die Stadt fahren. Bei der Gelegenheit gleich einkaufen gehen. Danach einen wohlverdienten Kaffee trinken und an einem ihrer neuen Aufträge arbeiten, für den Heizungsbauer W. und die Schneiderei F. und wen es noch so geben mag in der Region. Vielleicht könnte sie nicht nur Werbestrategien entwickeln, sondern auch neue Geschäftsmodelle für die Post-Corona-Zeit.

Gote sitzt auf der Bank wie festgeschraubt, raucht und nickt gelegentlich. Kaum vorstellbar, dass er noch vor wenigen Tagen bewusstlos im Garten gelegen hat. Eine Erstverschlechterung, nach der es jetzt aufwärtsgeht. Heini hat einen langen Witz begonnen, in dem ein Affe im Flugzeug sitzt, und erzählt immer weiter, obwohl keiner zuhört.

Nach Pfingsten ist Dora mit Tom verabredet, um die Blühende-Freundschaften-Kampagne zu besprechen. Wenn er mit ihrer Arbeit zufrieden ist, wird er sie bestimmt weiterempfehlen. Tom sieht aus wie einer mit vielen Kontakten. Sie überlegt, wann sie zuletzt die kribbelnden Bläschen gespürt hat, und kann sich nicht erinnern. Für übermorgen hat Jojo seinen Besuch angekündigt. Inzwischen ist Dora sicher, dass er Neuigkeiten für sie hat. Er hat sich die MRTs noch einmal angesehen, Fachmagazine durchgearbeitet, mit befreundeten Spezialisten gesprochen. Er kommt, um Herrn Proksch, der nicht wissen will, was in seinem Kopf vor sich geht, zu einer Therapie zu überreden.

Dora folgt einer Unterhaltung über die Qualität der neuesten Mähroboter und denkt, wie wenig Polarisierung es in Wahrheit gibt. Kein Ost und West, unten und oben, links oder rechts. Weder Paradies noch Apokalypse, wie es Medien und Politik häufig schildern. Stattdessen Menschen, die beieinanderstehen. Die sich mehr oder weniger mögen. Die aufeinandertreffen und sich wieder trennen. Dora gehört dazu, Gote gehört dazu. Auch wenn sich beide wenig bewegen und kaum etwas sagen. Auch wenn bestimmt alle wissen, dass Gote im Gefängnis war, und denken, dass Dora seine neue Freundin ist. Sie machen eine Party, um die einzige Wahrheit zu feiern, die es gibt: dass sie alle hier und jetzt gemeinsam auf diesem Planeten sind. Als Existenzgemeinschaft. Sitzend oder stehend, schweigend oder redend, trinkend und rauchend, während die Erde sich dreht, die Sonne sinkt und das Feuer herunterbrennt. Was für ein verdammtes Wunder. Angesichts dessen kann die Vorstellung von Spaltung doch nur ein Irrtum sein.

Dora fragt sich, ob Gote, wenn sie ihm eines Tages das Leben gerettet haben wird, irgendwann auf dem Hals eines

Schwarzen kniet. Oder in eine Berliner Shisha-Bar rennt, um Menschen mit Migrationshintergrund zu erschießen. Sie denkt an Ärzte im Lazarett, die feindlichen Soldaten das Leben retten. Der Fehler im System ist nicht die Lebensrettung, sondern der Krieg.

Als das Feuer tatsächlich heruntergebrannt und die Sonne untergegangen ist, haben die meisten Gäste die Party verlassen. Die Verbliebenen rücken näher an die Feuerstelle heran, schauen in die Pfütze aus Glut und senken die Stimmen, als dürfte die Nacht nicht beim Dunkelsein gestört werden. Etwas Klares in kleinen Gläsern macht die Runde, und Dora trinkt jedes Mal aus, wenn einer der Schnäpse zu ihr kommt. In den Wipfeln der Eichen lassen junge Eulen ihre Bettelrufe ertönen. Fledermäuse gehen lautlos auf die Jagd, Grillen zirpen in der Hoffnung auf Liebe. Dora sitzt auf einer der Bänke, die wahrscheinlich auch Gote gebaut hat. Franzi kommt heran und klettert auf ihren Schoß. Sie schlingt die Arme um den warmen Kinderkörper und drückt ihn an sich. Jochen lässt sich erschöpft zu ihren Füßen fallen und streckt die Hinterbeine in Rochenhaltung von sich. Gemeinsam sehen sie zu, wie Funken in den Himmel steigen, wenn einer der Feuerwehrleute in der Glut stochert.

»Wenn das Feuer stirbt«, fragt Franzi, »dann geht es da rauf, oder? In den Himmel?«

»Könnte man sagen.«

»Und wenn Menschen sterben, machen sie das auch.«

»Manche Leute glauben das.«

»Und was glaubst du?«

Die Frage kommt so überraschend, dass Dora nachdenken muss, was mit alkoholisiertem Gehirn gar nicht so einfach ist. Sie weiß nicht genau, was sie glaubt. Nicht an Gott. Aber an einen Zusammenhang.

»Ich glaube, dass in der Natur nichts verloren geht. Wir bleiben alle hier. Wir ändern nur unsere Form.«

»Zum Beispiel in einen Eichelhäher«, sagt Franzi und klingt so friedlich, dass Dora sie noch einmal drückt.

Danach sprechen sie nicht mehr. Dora meint, das Mädchen sei eingeschlafen. Aber als Gote neben sie tritt und »Wir gehen« sagt, kommt Franzi sofort auf die Beine. Auf dem Rückweg am Straßenrand geht sie an Doras Hand. Jochen trottet hinter ihnen. Gote schützt sie alle mit seinem Körper vor dem Straßenverkehr, der um diese Uhrzeit gar nicht mehr stattfindet. Im Gehen spürt Dora den Schnaps in Armen und Beinen. Sie hat wahrscheinlich mehr getrunken als Gote, der, wenn sie sich recht erinnert, die kleinen Gläser immer weitergereicht hat. Ehe sie sich's versieht, ist sie mit Gote und Franzi durchs Tor gegangen, statt zum Gutsverwalterhaus weiterzulaufen.

»Warte kurz«, sagt Gote. »Ich bringe Franzi ins Bett.«

Franzi streckt die Arme aus und lässt sich von ihm hochheben. Gote trägt sie wie eine Puppe. Mit einem Fuß schiebt er die Hintertür des Wohnhauses auf und geht mit dem Mädchen hinein, als würden sie das immer so machen. Dora steht leicht schwankend im Garten, hört ihn die Treppe hinaufpoltern und stellt sich vor, wie er Franzi ins Bett legt, zudeckt und ihr einen Kuss auf die Stirn drückt. Das Glück des Mädchens spürt sie förmlich am eigenen Leib.

»Ich will noch eine mit dir rauchen,« sagt Gote, als er zurück ist.

»Klar.«

»An der Mauer, okay?«

Dora nickt, braucht aber ein paar Sekunden, um zu verstehen, was er meint. Sie muss sich in Bewegung setzen, den Garten verlassen, an der Straße entlang auf ihr eigenes Flurstück gehen. An der Maucr steigt sie auf den Gartenstuhl. Drüben steht Gote schon auf der Obstkiste. So hat sie ihn zum ersten Mal gesehen. Angenehm, ich bin hier der Dorf-Nazi. Er nimmt zwei Zigaretten aus der Packung, schiebt sie zwischen die Lippen, zündet beide an und gibt Dora eine. Sie rauchen schweigend. Über ihnen die Sterne, manche so hell, als stünden sie im Begriff, auf die Erde zu stürzen. Gote so nah, dass sie seinen Atem hört und das Pochen des Pulsschlags an seinem Hals sieht. *0×0. Kein Error.* Dora denkt, dass sie über eine Menge Dinge nachdenken müsste. Aber das geht nicht. Sie ist zu betrunken. Sie rauchen, bis sich die Glut in die Ränder der Filter frisst und kein weiterer Zug möglich ist. Dann schnippen sie die Kippen weg, zeitgleich.

»Okay«, sagt Gote.

45 Schütte

Sie kocht gerade Kaffee, als jemand an die Eingangstür häm-
mert. Draußen steht Gote. Schon wieder ein neues Hemd.
Kurzärmelig und gelb-blau gestreift. Die Farben sind so hässlich, dass Dora an Fasching denken muss.

»Tach.«

Statt einer Erwiderung reicht sie ihm seine Tabletten, die
sie heute am liebsten selbst nehmen würde. Der Kopfschmerz
pocht hinter den Schläfen, sie kann ihr linkes Auge kaum
offen halten, und es ist gut möglich, dass sie unter Sprachfin-
dungsstörungen leiden wird, sobald sie es mit Sprechen versucht. Ihr war nicht klar, wie viel sie auf dem Dorffest tatsächlich getrunken hat. Dazu das schwüle Wetter und viele
Zigaretten. An Teile der vergangenen Nacht kann sie sich
nur verschwommen erinnern. Hat Gote sie wirklich gebeten, sich an die Mauer zu stellen, um noch eine zu rauchen,
und falls ja, wie ist es ihr gelungen, nicht vom Gartenstuhl
zu stürzen?

Gote registriert ihren Gesichtsausdruck und zeigt sein
schiefes Grinsen. Die Pillen schluckt er beiläufig, als hätte
das längst keine Bedeutung mehr. Nur eine alte Gewohnheit
zwischen ihnen.

»Komm«, sagt er. »Bring die Autoschlüssel mit.«

Er wartet an der Tür, während sie zurück ins Haus geht,

die Schlüssel aus dem Übertopf der Palme fischt, ihren Kaffee in einen To-go-Becher füllt und sich vor dem Spiegel im Bad die Haare zum Pferdeschwanz bindet. Während der paar Schritte am Straßenrand versucht Dora, einen großen Teil ihres Kaffees zu trinken, in der Hoffnung, dass sich wenigstens ihre Sicht klären wird. Das Tor steht offen. Neben dem Pick-up hüpft Franzi auf und ab, offenbar hinreichend ausgeschlafen trotz der kurzen Nacht, nimmt sich kaum Zeit, Jochen zu begrüßen, und ruft ein ums andere Mal: »Wir machen einen Ausflug, wir machen einen Ausflug!« Dora will zurück ins Bett.

Gote streckt die Hand aus: »Ich fahre.«

Wahrscheinlich stellt er aktuell ein geringeres Sicherheitsrisiko dar als sie selbst. Auch mit Kater kann Dora erkennen, wie es ihm geht. Klarer Blick, entspannter Gesichtsausdruck, leicht hängende Unterlippe. Er ist gut drauf, jedenfalls besser als sie.

»Wohin fahren wir?«

»Wirste sehen.«

Er steigt ein und lässt den Motor an. Mühsam klettert Dora auf den Beifahrersitz, Franzi und Jochen steigen hinten ein. Auf der Mauer sitzt die orangefarbene Katze und schaut verächtlich auf sie herab. Unter den Katzenblicken kann Dora förmlich spüren, wie umständlich und unelegant die menschlichen Manöver sind.

Sie fahren ein Stück Richtung Kochlitz. Die Fenster sind heruntergelassen, ein warmer Wind streicht durch den Wagen. Gote fährt langsam und konzentriert, als wollte er Straßenverkehrsteilnehmer des Monats werden. Vor Kochlitz biegt er ab. Die Straße führt durch den Wald. Nach einer Weile reduziert Gote das Tempo noch weiter und behält den linken Straßenrand im Auge; anscheinend wartet er auf eine Abzweigung. Schließlich findet er, was er sucht; er bremst, biegt ab und steuert den Pick-up auf eine bucklige Piste, die immer tiefer in den Wald dringt. Vor einiger Zeit müssen schwere Forstfahrzeuge den Boden aufgewühlt haben; danach hat ihn die Sonne zu einer Buckellandschaft gebacken. Die Schnauze des Pick-ups hebt und senkt sich wie die eines Motorboots bei starkem Wellengang. Dora stützt beide Hände auf das Armaturenbrett, um sich nicht den Kopf zu stoßen; auf der Rückbank jubelt Franzi wie in der Berg-und-Tal-Bahn. An sandigen Stellen graben sich die Reifen in den Boden, das Heck driftet zur Seite, und Dora glaubt jedes Mal, dass sie stecken bleiben. Aber Gote fährt souverän, arbeitet mit Kupplung und Gas, dreht das Lenkrad im richtigen Moment und bringt den Wagen auf festen Untergrund zurück.

Als der Weg etwas besser wird, beginnt Dora, die Fahrt zu genießen. Die Vormittagssonne verwandelt den Mischwald in ein dreidimensionales Gemälde aus Schatten und Licht. Sie atmet den Duft von warmem Holz und trockenem Moos und nimmt noch einen Schluck Kaffee dazu. Das perfekte Frühstück. Im Rückspiegel sieht sie, wie Franzi den halben Oberkörper aus dem offenen Fenster hängen lässt und in die vorbeiziehenden Baumwipfel schaut.

Schließlich lässt Gote den Pick-up auf ein Wiesenstück rollen und stellt den Motor ab. Für einen Augenblick empfindet Dora die Stille als ohrenbetäubend. Dann erkennt sie die Geräusche des Waldes: das gleichmäßige Rauschen der Bäume, das Hochspannungssurren der Insekten, die Kakophonie der Vogelstimmen, das Rattern eines fleißigen Spechts. Für einen

Moment bleiben sie sitzen und lauschen dem Konzert, bis Franzi die Tür aufstößt und »Ausflug, Ausflug!« ruft.

»Schön hier«, sagt Dora zu Gote, der so tut, als hätte er sie nicht gehört.

Franzi und Jochen sind schon im Wald verschwunden. Hier und da leuchtet das bunte T-Shirt des Mädchens zwischen den Bäumen. Gote hebt einen Korb von der Pritsche und setzt sich in Bewegung, Dora geht an seiner Seite. Obwohl sie nicht länger als eine halbe Stunde gefahren sind, wirkt der Wald anders als in der Gegend um Bracken. Hier gibt es keine Kiefernplantagen, sondern alt und groß gewordene Laubbäume, Eichen, Buchen, Birken. Etwas Verwunschenes bestimmt die Atmosphäre. Als käme sonst kein Mensch hierher. Dora sieht einen vergessenen Holzstapel, halb vermodert und eingesunken, den bestimmt niemand mehr holt. Ein Stück weiter liegen eingewachsene Drahtrollen für einen Wildzaun, den niemand baut, sowie ein umgestürzter Jägerhochsitz, den keiner repariert. Der Weg ist gemustert von den paarigen Hufen der Rehe und Hirsche. Unermüdlich klopft der Specht.

Im Gras sind die Formen eines ehemaligen Fahrwegs zu sehen. Sie folgen der Spur in den Wald, bis sich nach einigen hundert Metern eine weite Fläche öffnet, keine Lichtung, sondern ein großes Gelände, das krautig wie eine Heidelandschaft und nur hier und da von Sträuchern bestanden ist. An manchen Stellen wachsen so viele Blumen, dass sie dem Auge wie bunte Pfützen scheinen, Bienen fliegen in Scharen auf wilde Malven und Klee. Gote bleibt stehen.

»Früher waren das Äcker.« Seine Armbewegung umfasst das ganze Gebiet. »Dahinten standen die Ställe. Jetzt sind nur noch Fundamente im Boden.«

Gote führt sie über die Wiese. Ein Stück weiter toben Franzi und Jochen im hohen Gras. Dora schmeckt die würzige Luft, es riecht fast wie im Teeladen. Vielleicht ist das der schönste Ort, an dem sie jemals gewesen ist. Ein friedlicher, duftender, magischer Flecken, der nur der Vergangenheit und den Tieren gehört.

»Dort drüben stand das Wohnhaus.«

Dora beschirmt die Augen mit der Hand und erkennt von Unkraut überwachsene Mauerreste. Drei Linden halten ihre mächtigen Kronen in den Himmel. Sie haben das Haus überlebt, das sie einst beschatten sollten.

»Die Gebäude wurden nach und nach abgetragen. Als alles leer stand, haben sich die Brackener das Material geholt.«

Gote deutet auf Reihen vergleichsweise niedriger Bäume, die dicht beieinanderstehen und ihre wuchernden Triebe zu einem undurchdringlichen Gestrüpp verbunden haben.

»Das war der Obstgarten. Kirschen, Äpfel, Pflaumen.«

Die ganze ehemalige Plantage ist von einer Flechte bedeckt, die jedes einzelne Zweiglein mit einem silbernen Spitzenbesatz verziert. Ein Wohnplatz für Elfen, Zwerge oder andere Fabelwesen.

»Brennholzlager, Brunnen, Werkstatt, Geräteschuppen.«

Gote deutet auf verschiedene Stellen, an denen rein gar nichts zu sehen ist. Sie gehen noch ein paar Schritte und setzen sich auf den Stumpf einer gewaltigen Eiche, der vermutlich schon vor dreißig Jahren als Sitzgelegenheit gedient hat. Ihre Oberarme berühren sich. Franzis Lachen steigt hoch zu den Wolken, denen die Sonne grelle Ränder malt.

Dora merkt es inzwischen im Voraus, wenn 0×0 sich ankündigt. Die plötzliche Gewissheit, dass sie wirklich existiert. Ein sanftes Absinken des Magens, ein Leichtwerden des Kopfes und Aufklaren des Blicks. Die Dreidimensionalität der Umgebung. Vielleicht ist 0×0 ein wenig wie Sterben. Den Verdacht, dass es mit Gote zusammenhängt, hatte sie von Anfang an. Er zieht die Gegenwart an. Eine spezielle Form von Gravitation. Selbst der geschickteste Verstand schafft es nicht, einen wie ihn für eine Erzählung zu halten.

»Du kennst dich hier gut aus«, sagt sie.

»Wir haben hier gewohnt.«

Wahrscheinlich hätte sie selbst darauf kommen müssen. Er hat sie an den Ort seiner Kindheit geführt. Zu seinem Elternhaus, das es nicht mehr gibt. Plötzlich sieht sie die Umgebung mit anderen Augen, als hätte jemand ein neues Dia in den Projektor geschoben. Sie sieht Gote als kleinen Jungen, wie er durch ein Weizenfeld rennt. Pflaumen in der Obstplantage pflückt. Mit seinem Vater auf dem Traktor sitzt.

»Die Baracken von Bracken, die Hütte von Schütte. Haben sie in der Schule immer gesungen. War nicht ganz leicht, da hinzukommen. In die Schule, meine ich.«

Es dauert einen Moment, bis sich Dora an den Wikipedia-Eintrag erinnert: Siedlungsplatz Schütte, unbewohnt.

»Nach der Wende ging es noch eine Weile weiter. Dann hieß es auf einmal, das hier gehört jemand anderem.« Er vollführt eine Geste, als wollte er die Wiesen und ehemaligen Felder einfach beiseiteschieben. »Ich war dreizehn, als wir wegmussten.«

Jetzt entdeckt Dora den Eichelhäher. Irgendwie hat sie schon die ganze Zeit auf ihn gewartet. Er sitzt in den Ästen eines jungen Ahorns und schaut zu ihnen herüber.

»Wir sind dann nach Plausitz gezogen. Mein Alter hat

Arbeit gesucht. Zur Schule war es nicht mehr so weit. Dafür hockten wir alle in dieser winzigen Bude. Schlimmer als Knast. Da ist man wenigstens mal allein.«

Der Eichelhäher hüpft auf seinem Ast ein Stück näher heran. Ganz offensichtlich sucht er die Nähe der Menschen.

»Im Sommer 92 hat mich mein Vater mit nach Rostock genommen. Im Barkas, wie Touristen. Ich fand's toll. Endlich raus aus der Bude. Abends Pyro, Bier und geile Stimmung. War ein Volksfest. Kann man nicht anders sagen.«

Dora versteht nicht gleich, was er meint. Dann begreift sie und schlägt innerlich auf dem Boden auf. Ein Sturz aus großer Höhe. Rostock-Lichtenhagen, das Sonnenblumenhaus. Die heftigsten rassistischen Ausschreitungen seit dem Zweiten Weltkrieg.

»War wie ne Auferstehung. Endlich wieder was los.«

Dora überlegt, ob er sich rechtfertigen will. Ob er ihr Schütte vorführt, um zu erklären, warum er Nazi geworden ist. Aber das passt nicht zu Gote. Außerdem ist nicht der Punkt, was er bezweckt. Der Punkt ist, dass sie immer wieder abhebt. Wolkige Selbstfindungsträume, *Runtime Error*, Existenzgefühl. Prima Sache, das Sein zu spüren, an der Seite von jemandem, der es schon mit dreizehn oder vierzehn für eine Auferstehung hielt, die Unterkünfte von vietnamesischen Vertragsarbeitern anzuzünden.

Die angebotene Zigarette lehnt Dora ab. Sie kann nicht so tun, als wäre nichts. Ihr ist schlecht.

Immerhin ist er kein Reichsbürger, sagt sie sich. Er leugnet nichts, glaubt nicht an QAnon, gehört zu keinem bewaffneten Untergrund und ist nicht Mitglied der NPD. Lichtenhagen ist dreißig Jahre her.

Aber irgendwie helfen solche Gedanken nicht. Sie sollte aufstehen und verschwinden. Zu Fuß zurück nach Bracken. Rein ins Haus und Tür zu. Wenn sie nur nicht so schwach wäre. Scheiß Dorffest. Scheiß Übelkeit. Gotes Worte fallen ihr wie Steine in den Magen.

»Nach Lichtenhagen ging's noch weiter. Wir sind rumgefahren, ne richtige Tour. Wismar, Güstrow, Kröpelin. Haben in den Seen gebadet und im Auto gepennt. Abends Randale vor den Heimen. Die Gesichter der Bullen hinter den Plexiglas-Schilden werde ich nie vergessen. Die hatten Angst vor uns. Mein Vater hat mir nie erlaubt, ganz nach vorne zu gehen. Ich durfte auch nichts werfen. Aber einmal habe ich geholfen, ein Polizeiauto umzukippen. Geht ganz leicht mit ein paar Leuten. Zusammen mit ein paar Leuten geht alles leicht. Das ist es, was ihr vergessen habt.«

Dora weiß nicht, wer »ihr« sein soll, und will es auch gar nicht wissen. Sie hält den Blick auf den Eichelhäher gerichtet, der hinunter auf den Boden geflattert ist und sie mit schräg gelegtem Köpfchen ansieht wie eine Taube, die gefüttert werden will.

»Warum erzählst du mir das?«, fragt sie.

»Ich dachte, wir sind Freunde«, sagt Gote.

»Ich verstehe diesen Hass nicht.«

»Jeder hasst irgendwen. Sonst geht nichts voran.«

»Das ist Blödsinn.«

»Du hasst Nazis.«

»Ich hasse überhaupt niemanden.«

»Du hältst dich für was Besseres.«

Dora springt auf. Plötzlich ist da wieder diese irrsinnige Wut. Es wird höchste Zeit, Gote die Meinung zu sagen. Was er sich dabei denkt, sie hierherzubringen und dermaßen auf die Tränendrüse zu drücken. »Ich dachte, wir sind Freunde.« Soll sie vielleicht Mitleid kriegen mit dem armen Dorf-Nazi? Sie will ihm sagen, wie schlecht er ist. Menschenverachtend, gewaltbereit. Wie peinlich sie seine Flaggen an der Straße findet. Was für unfassbar dämliches Zeug seine Freunde auf YouTube labern und dass er sich seinen Hass sonst wohin stecken kann. Am besten auch gleich noch, was für ein beschissener Vater er ist.

Aber dann fallen ihr nur zwei Sätze ein, und die schreit sie heraus:

»Und ob ich was Besseres bin! Hundertmal besser als du!«

Gote reagiert nicht, dafür wird Dora etwas klar. Die Worte klingen richtig, und es hat sich herrlich angefühlt, sie herauszuschreien. »Und ob ich besser bin.« Aber auf den zweiten Blick ist dieser Satz die Mutter aller Probleme. Am Ortsrand von Bracken und im globalen Maßstab. Ein Langzeitgift, das die ganze Menschheit von innen zerfrisst.

Verwirrt lässt sich Dora wieder auf den Baumstumpf sinken. Ihre Wut ist restlos verpufft. Aus dem Henkelkorb nimmt Gote ein Brötchen, von dem er kleine Stücke abreißt und dem Eichelhäher hinwirft. Der Vogel lässt sich Zeit, aber schließlich kommt er herangehüpft und stürzt sich auf die Krümel. Fast berührt er dabei Doras Turnschuhe.

»Hör mal auf zu heulen«, flüstert Gote.

»Ich wusste nicht, dass die Brot fressen«, flüstert Dora.

»Jeder frisst Brot.«

»Und hasst irgendwen.«

»Früher hab ich hier immer Vögel gefüttert. Es ist, als würden sie sich erinnern.«

»Wie alt wird ein Eichelhäher?«

»Nicht alt genug.«

Er gibt ihr das Brötchen. Sie wirft ein paar Krümel auf den Boden und hält dem Vogel dann ein größeres Stück hin. Er hüpft heran und zieht sich wieder zurück, dreht den Kopf, flattert auf der Stelle und ringt mit der Idee, ihr aus der Hand zu fressen. Angst gegen Gier.

46 Hochsitz

»Da lang.«

Er stapft voran, Dora folgt, eine Anhöhe hinunter, quer durch die Heide. Franzi und Jochen schließen sich an. Sie gehen am Waldrand entlang, dann auf einem Sandweg ein Stück zwischen den Bäumen. Anscheinend gibt es ein Ziel. Als sich der Wald erneut öffnet, bleiben sie stehen.

»Noch ein Acker?«

»Kartoffelfeld. Früher.«

Das klingt nach dem Titel eines Buchs, das Dora nicht zu Ende lesen würde. In einiger Entfernung verrät ein Schilf-saum die Existenz eines kleinen Sees. Gote führt sie zu einem Hochsitz, den man über eine lange Leiter erreichen kann. Bevor sie sich an den Aufstieg machen, entnimmt er dem Henkelkorb drei Ferngläser und hängt jedem von ihnen eins um den Hals. Sekunden später ist Franzi bereits die Leiter hinaufgeklettert.

»Gib mir die Töle.«

Dora zögert kurz, bevor sie Jochen vom Boden aufhebt und Gote überreicht. Die Hündin leckt ihm übers Kinn und lässt sich widerstandslos tragen. Mit dem Korb in der Hand und Jochen auf dem Arm steigt Gote langsam die Sprossen hinauf. Als auch Dora oben angekommen ist, legt er einen Finger an die Lippen.

»Jetzt leise.«

Sie müssen nicht lange warten. In einiger Entfernung landet ein Pärchen Graureiher und stakst gemächlich auf den Schilfgürtel zu, um nach Beute Ausschau zu halten. Durchs Fernglas wirken die Vögel zum Greifen nah. Die grauen Flügel mit den dunklen Unterseiten, der weiße Hals, der schwarze Balken im Gesicht wie die Maske eines Räubers.

»Da ist ein Storch!«, flüstert Franzi.

Tatsächlich ist ein weiterer Vogel gelandet, noch größer, im typisch schwarz-weißen Gewand. Nickend durchsucht er auf seinen roten Beinen das hohe Gras.

Als Nächstes kommen Kraniche, deren schiere Größe Dora erstaunt. Mit ihren langen Beinen, der roten Kopfzeichnung und den aufgeplusterten Hinterteilen wirken sie wie exotische Fremdlinge. Wohlgenährte Wildgänse unternehmen einen Schwimmausflug über den See, empörte Stockenten protestieren: »Rääb-räb-räb-räb.«

»Fasane«, sagt Gote, und schon fliegen drei bunte Hähne mit lautem Flügelknattern auf.

Wie groß hier alle sind, denkt Dora. Vor allem im Vergleich zu den winzigen Meisen, Rotkehlchen und Zaunkönigen, die sie mit ihrer Mutter durchs Küchenfenster beobachtet hat. Damals galten ihnen schon die Elstern als schwarz-weiße Riesen.

»Da!« Gote erhebt sich halb von der Sitzbank und verharrt mit gebeugten Knien, während er das Fernglas ans Gesicht presst und das Rädchen für die Schärfe bedient. »Das gibt's doch nicht.«

»Was denn? Was denn?«, ruft Franzi und wird streng ermahnt, nicht so laut zu sein.

Dora folgt Gotes Blick und hebt ihr eigenes Glas vor die Augen. Sie sieht einen unscheinbaren, braun-scheckig gefärbten Vogel, kleiner als ein Rebhuhn. Sein Schnabel ist mittellang, dabei dünn und gerade wie ein chirurgisches Instrument. Hier und da stößt er damit in die Wiese. Ohne Gotes Aufregung hätte Dora dem Vogel keine Beachtung geschenkt. Er sieht langweilig aus, irgendeine Art von Schnepfe oder Stelze.

»Ein Kampfläufer«, flüstert Gote. »Ganz selten. Vielleicht noch dreißig Paare insgesamt. Nicht weit von hier gibt es ein riesiges Reservat. Ich habe noch nie einen in freier Natur gesehen.«

»Kommst du öfter hierher, um Vögel zu beobachten?«, fragt Dora.

Es klingt förmlich und aufgesetzt. Der Ausbruch von vorhin hallt in ihr nach. Und ob ich was Besseres bin. Es ist nicht ganz leicht, sich normal zu verhalten. Aber Gote tut ohnehin wieder einmal so, als hätte er sie nicht gehört. Er hilft seiner Tochter, ihr Fernglas einzustellen. Als Franzi »Ich seh ihn, ich seh ihn!« ruft, ist Dora beinahe sicher, dass sie lügt.

Als sie vom Vögelbeobachten genug haben, hebt Gote den Korb auf die Knie und packt ein Picknick aus. Er reicht Dora eine Thermoskanne mit Kaffee und Franzi eine Flasche Orangenlimonade. Dazu gibt es salzige Jagdwurst und noch mehr von den halbtrockenen Tankstellenbrötchen, die er von der Party mitgenommen haben muss. Es schmeckt so gut, dass Dora die Augen schließt. Obwohl der Kaffee zu stark gesüßt und die Brötchen vom Vortag sind.

»Das ist der schönste Tag meines Lebens«, sagt Franzi.

»Blödsinn«, schnauzt Gote.

Sogar Dora zuckt zusammen. Franzi schluckt. Tapfer rückt sie dichter an ihren Vater heran.

»Wohl«, beharrt sie.

Da legt Gote ihr den Arm um die Schultern und zieht sie an sich. So verharren sie, während Dora danebensitzt und sich so still verhält, als wollte sie sich in Luft auflösen. Es wäre ein guter Augenblick dafür.

Während der Rückfahrt hängt Franzi wieder halb aus dem Fenster und quietscht vor Vergnügen, wenn sie auf der Buckelpiste hin und her geschleudert wird.

»Glaubst du, dass man sich ändern kann?«, fragt Dora.

»Man kann sterben«, erwidert Gote.

»Das meine ich nicht.«

»Ist aber ne ziemliche Veränderung.«

Er grinst vor sich hin, während sie überlegt, was sie eigentlich von ihm wissen will.

»Du bist immer mit Denken beschäftigt«, sagt Gote. »Lass die Welt doch sein, wie sie ist.«

Dora nimmt ihr Handy aus der Hosentasche und schreibt eine Nachricht an Jojo.

»Es geht ihm gut. Keine Symptome. Er philosophiert.«

Die Antwort erfolgt noch in derselben Minute.

»Komme morgen gegen 19 Uhr. Bringe Sushi mit.«

Nachts um drei ist Dora plötzlich hellwach und geht vor die Tür. Hinter der Mauer wird ein Film gedreht. Oder ein UFO ist gelandet. Über Gotes Garten steht eine Sphäre aus grellem Licht, das die Baumkronen erfasst und sich scharf abgrenzt gegen die Schwärze der Nacht. Wie magisch angezogen läuft sie zur Mauer und steigt auf den Stuhl. Auf der Treppe des Bauwagens steht ein großer Scheinwerfer, stark genug, um eine ganze Baustelle zu erhellen. Gote ist mit seiner Wölfin beschäftigt, mit dem unteren Teil des Rückens, Hinterläufen und Schwanz. Sein Oberkörper wippt im Takt der Armbewegungen. Er ist völlig in seine Arbeit versunken, Zeit und Raum entrückt. Die Wölfin schaut Dora an, die Ohren gespitzt, den Fang zu einem Lachen geöffnet, halb freundlich, halb lauernd. Wahrscheinlich wird sie losspringen, sobald Gote ihre Füße befreit hat.

Lange schaut Dora zu. Sie kann den Blick nicht abwenden. Sie steht auf dem Stuhl, bis Knie und Rücken schmerzen. Als sie beschließt, wieder ins Bett zu gehen, ist es nach vier, und Gote schnitzt noch immer wie besessen. Ein paar Meter entfernt liegt die orangefarbene Katze auf der Mauer, mit eingeklappten Pfötchen, ins Jetzt geschmiegt.

47 Power Flower

Power Flower. Die beiden Wörter weigern sich, Doras Verstand zu verlassen. Als hätten sie in ihr ein Wirtstier gefunden, aus dem sich Lebensenergie saugen lässt. Sie kreisen durch ihren Kopf und infizieren alle anderen Gedanken. Die Brennnesseln sind ein erbarmungsloser Gegner. Power Flower. Doras Beine sehen bereits aus, als wäre sie von Piranhas angegriffen worden. Power Flower. Jojo will gegen sieben hier sein, jetzt ist es erst vier. Power Flower.

Was für eine bescheuerte Idee, die hinteren Ecken des Flurstücks zu roden. Niemand braucht die hinteren Ecken eines so großen Geländes. In den hinteren Ecken leben Schmetterlinge und andere hochwichtige Insekten, die sich dort naturschutzgerecht vermehren. Außerdem wachsen mannshohe Disteln, die wie Monster aus dem Weltall aussehen, mit dicken, stachligen Gliedmaßen und unzähligen Köpfen. Die hinteren Ecken sind überhaupt nicht Doras Territorium, was ihr mit jedem Versuch, eins der Monster aus dem Boden zu ziehen, immer deutlicher wird. Power Flower.

Sie hat die Kampagne für Tom noch einmal umgekrempelt. Der Gummi-Kanzler erschien ihr doch zu gewagt und »Blühende Freundschaften« zu sarkastisch. Jetzt soll die Marke »Power Flower« heißen. Für ihre Präsentation morgen hat sie Claims, Social-Media-Konzepte und Content-Ideen vorbereitet. Sie will Tom einen Newsletter vorschlagen, der den Kunden regelmäßig neue Kreativideen vorstellt. Vielleicht auch Videos und eine DIY-Sparte. Sie hat die Power-Flower-Domain reserviert und hängt seitdem in einer Schleife fest.

Den ganzen Tag ist sie schon so nervös. Sie hat wenig geschlafen und wenig gegessen und viel zu lange in der prallen Sonne auf überlegene Vegetation eingedroschen. Franzi und Jochen sind vor ihrer Gereiztheit in den Wald geflohen und seitdem nicht mehr aufgetaucht.

Sie fühlt sich wie ein Kind, das man am Geburtstag nicht zum Geschenketisch lässt, sondern zwingt, bis zum Abend zu warten. Der Geburtstagstisch ist Jojo, und die Geschenke sind die Informationen, die er ihr mitbringen will. Den ganzen Tag schon versucht Dora, sich einzureden, dass sein Besuch vielleicht gar nichts zu bedeuten habe, aber da spielt ihre Aufregung nicht mit. Jojo fährt nicht »trotz der aktuellen Lage« und »in Zeiten wie diesen« in die verhasste Provinz, nur, um mit ihr gemeinsam Sushi zu essen. Er hat einen Plan, und dieser Plan wird möglicherweise alles verändern. Jojo war vielleicht nicht immer ein guter Vater, aber er war stets ein hervorragender Arzt. Seine Lebensrettungsquote ist für ihn das, was für einen Marathonprofi die Laufzeiten sind. Wenn ihm Gote eine neue Kerbe in seinem Chirurgenskalpell verschaffen kann, wird er alles tun, um ihn entgegen jeder Wahrscheinlichkeit zu retten.

Sie massakriert mit der Sense ein paar weitere Monsterdisteln, die in vorwurfsvoller Zeitlupe zu Boden sinken. Frustrierend zu wissen, dass sie ohnehin nachwachsen, weil Dora es nicht schafft, die Strünke aus dem Boden zu ziehen. Mit dem Unterarm wischt sie sich den Schweiß von der Stirn.

Ihr Rücken schmerzt wie am ersten Tag, als sie beschlossen hat, die harte Erde für ein viel zu großes Gemüsebeet umzubrechen.

Gegen fünf geht sie unter die Dusche und genießt, wie das kalte Wasser über ihren Körper strömt. Es wäscht ihr den Schweiß aus den Haaren, kühlt die schwieligen Finger und beruhigt das Brennen an den zerkratzten Unterschenkeln. Dora formt die Hände zu einer Schale und trinkt. Wer noch nie mit Sense oder Spaten gegen die Natur gekämpft hat, weiß gar nicht, was Wasser ist. Am liebsten würde sie einfach unter der Dusche bleiben, bis Jojo kommt. Aber nach einer Weile wird es zu kalt. Dora tritt aus der Kabine, wickelt die Haare in ein Handtuch und den feuchten Körper in ein zweites und bleibt ganz still auf der Badematte stehen. Ihre Nervosität wird plötzlich stärker.

Inzwischen kennt sie eine Menge Formen von Unruhe, Furcht und Aufregung. Sie hat die verschiedenen Zustände beobachtet, analysiert und katalogisiert. Sie ist eine Archivarin der Nervositäten. Eines Tages wird sie ein Unruhe-Museum eröffnen, in dem man die verschiedenen Gattungen hinter Glas betrachten kann, von aufsteigenden Bläschen oder insektenartig wimmelnder Anspannung über das quälende Nagen der Sorge bis zum zerstörerischen Wüten von Panikattacken. Was sich aktuell in ihr breitmacht, hat mit dem üblichen Kribbeln nichts mehr zu tun, ist aber auch keine grundlose Panikattacke. Es gehört eher zur Klasse der begründeten Irritationen. Mit anderen Worten: Irgendetwas stimmt hier nicht.

Als Dora ins Nebenzimmer tritt, wo sie sich aus gestapelten Umzugskisten einen Kleiderschrank gebaut hat, ist sofort klar, was nicht stimmt. Die Klamottenstapel sind in Unordnung geraten. Zwei Hosen liegen sogar am Boden. Jemand war an den Kartons und hat die Kleidungsstücke durchwühlt.

Ungläubig betrachtet Dora die verrutschten Stapel, als müsste ihr jeden Moment einfallen, dass sie das selbst gewesen ist. War sie aber nicht. Sie legt ihre Kleidung immer ordentlich zusammen. Jemand muss im Haus gewesen sein. Als sie aus dem Garten hereinkam, ist ihr nichts Ungewöhnliches aufgefallen; allerdings hat sie den direkten Weg ins Bad genommen und nicht in die anderen Räume geschaut. Das muss sie jetzt nachholen. Sie zieht Unterwäsche, Jeans und ein gestreiftes T-Shirt aus den Stapeln und kleidet sich in Windeseile an. Im schlimmsten Fall befindet sich noch jemand im Haus. Obwohl sie immer noch glaubt, dass es eine harmlose Erklärung geben muss. Wahrscheinlich hat Franzi beschlossen, Verkleiden zu spielen, und vergessen, um Erlaubnis zu fragen.

Mit zögernden Schritten, als könnte der Boden nicht richtig tragen, geht Dora als Erstes in die Küche, wo sie die spärliche Einrichtung untersucht. Auf den zweiten Blick sieht man die Veränderungen. Schubladen sind aufgezogen und nicht sauber geschlossen worden. Die Kaffeedose steht offen, obwohl Dora stets darauf achtet, den Deckel zu schließen, damit das Aroma nicht verfliegt. Ein Zeitschriftenstapel liegt anders als zuvor.

Im Flur ist ihre Jacke vom Nagel an der Wand gefallen. Im Schlafzimmer liegen die Matratzen schief, eine Decke hängt halb aus dem Bett. Da Dora so wenig besitzt, wirkt das Ganze wie die Sparversion einer Hausdurchsuchung.

Allerdings auch nicht wie etwas, das Franzi zustande bringen könnte. Wer auch immer hier etwas gesucht hat, ist mit System ans Werk gegangen. Er hat nicht versucht, den Einbruch zu vertuschen, aber sich bemüht, möglichst wenig Zerstörung anzurichten.

Das Büro spart sich Dora für den Schluss auf. Alles, was wertvoll ist, befindet sich dort. Sie hat keine Ahnung, was sie machen soll, wenn Notebook, Tablet und Smartphone nicht mehr da sind. Das sind ihre Arbeitsgeräte. Sie weiß nicht einmal, ob sie so etwas wie eine Hausratversicherung besitzt.

Die Tür ist angelehnt, Dora schiebt sie mit dem Fuß auf. Das Notebook steht auf dem Boden, wo sie es zurückgelassen hat. Die Erleichterung darüber wandelt sich in Entsetzen, als sie sieht, was sich stattdessen verändert hat. Jetzt wünscht sie fast, das Notebook würde fehlen. Dann wäre die Angelegenheit ein normaler, dämlicher Einbruch, inklusive Polizeiprotokoll, Ratlosigkeit und dem sinnlosen Versprechen, sich zu melden, sobald es neue Ermittlungsergebnisse gibt.

Die große Palme liegt auf den Dielen. Ihre ausgebreiteten Arme ragen durchs halbe Zimmer. Power Flower, niedergestreckt. Jemand hat die Pflanze aus dem Übertopf gehoben und einfach hingeworfen. Jemand mit starken Armen und dem unbedingten Willen zu finden, was er sucht. Blumenerde ist auf den Boden gefallen und von den Schuhen des Einbrechers durch den Raum getragen worden. Dora braucht keine kriminaltechnische Untersuchung, um zu wissen, wessen Schuhe das gewesen sind. Sie weiß jetzt auch, was fehlt. Trotzdem geht sie nachsehen. Der Holzübertopf ist leer. Die Autoschlüssel sind weg.

48 Stau

Wahrscheinlich wollte er nur kurz irgendwohin. Er hätte sie fragen können, aber er wusste, dass sie nein gesagt hätte. Vielleicht geht es ihm so gut, dass er den Sinn des Fahrverbots nicht mehr versteht. Gestern sind sie gemeinsam im Wald gewesen, Gote hat am Steuer gesessen, ohne Probleme. Vielleicht wollte er zu seinen Nazi-Freunden. Oder noch einmal nach Schütte, allein. Oder er plant eine Überraschung für Franzi. Hat das Mädchen vielleicht demnächst Geburtstag? Dora weiß es nicht. In anderthalb Stunden wird sie Jojo fragen, ob man das strenge Autoverbot etwas lockern kann. Damit Gote nicht jedes Mal bei ihr einbrechen muss, wenn er eine Spritztour unternehmen will.

Sie atmet durch. Geht zurück ins Bad. Kämmt sich die nassen Haare. Verzichtet aufs Föhnen. Um sich selbst zu beweisen, wie wenig Sorgen sie sich macht, räumt sie erst einmal das Haus auf, was schneller geht als erwartet. Sie schafft es sogar, die Palme aufzurichten.

Dann läuft sie zur Mauer. Steigt auf den Stuhl und schaut hinüber. Der Pick-up steht nicht im Garten. Natürlich nicht. Dora kann sich nicht erinnern, den Motor gehört zu haben, aber sie war auch lange in den hinteren Ecken des Flurstücks, im Kampf gegen die Vegetation. Danach hat sie unter der Dusche gestanden, mit Wasser in den Ohren.

Franzi sitzt mit einem Messer im Schatten und schnitzt, Jochen neben sich, die wahrscheinlich auf ihren nächsten Holzknochen wartet.

»Wo ist dein Papa?«

Mädchen und Hund heben die Köpfe.

»Weg.«

»Alles klar.« Dora tut, als wäre das völlig normal, was im Grunde auch stimmt. Nicht weiter schlimm. Kein Problem. »Wann ist er los?«

Franzi überlegt und zuckt die Schultern. »Eben erst, glaube ich.«

Das kann alles und nichts bedeuten. Franzi befindet sich noch im glücklichen Stadium vor der Entwicklung eines gültigen Zeitgefühls. Für sie können fünf Minuten eine Stunde dauern und umgekehrt, je nachdem, was sie gerade macht. Die Vertreibung aus dem Paradies erfolgte nicht durch den Verzehr eines Apfels, sondern durch die Erfindung der Uhr.

»Weißt du, wohin er wollte?«

Franzi schüttelt den Kopf. Sie findet das nicht seltsam. Warum auch. Ihr Vater fährt weg, lässt sie allein, kommt irgendwann wieder. Das Mädchen macht sich keine Sorgen, und das ist gut so. Dora auch nicht. Eigentlich. Wichtig ist nur, dass Gote zu Hause ist, wenn Jojo kommt. Falls er ihn noch einmal untersuchen will. Was er mit Sicherheit will. Zur Not muss Jojo eben warten. Jojo hat kein Problem damit, lange aufzubleiben, nötigenfalls bis Mitternacht und länger, vor allem, wenn eine gute Flasche Wein in der Nähe ist. Blödes Timing, aber letztlich halb so wild. Gote hätte sie wirklich fragen können, sie hätten schon eine Lösung gefunden. Aber so ist Gote eben. Er hat seine Gründe und macht sein eigenes Ding.

Jeden anderen würde sie einfach auf dem Handy anrufen. Oder ihm eine WhatsApp schicken: »Wo steckst du, verdammt?« Aber Dora weiß nicht einmal, ob Gote ein Handy besitzt. Er ist der Einzige, den sie kennt, der nicht mit einem Kommunikationsgerät verwachsen ist. Vielleicht besteht darin das Geheimnis seiner besonderen Präsenz. Trotzdem würde Dora viel dafür geben, ihn in diesem Moment erreichen zu können.

Sie geht zurück ins Haus, deckt den Küchentisch für zwei Personen, dekantiert eine Flasche Rotwein, wie Jojo es mag, und weiß danach nichts mehr mit sich anzufangen. Sie lauscht die ganze Zeit nach draußen. Nicht auf das elegante Sirren von Jojos Jaguar, sondern auf das Blubbern des Pickups. Die Unruhe lässt sie durch die Räume tigern. Arbeitszimmer, Schlafzimmer, Flur, Küche, Bad. Auf dieser Route haben sie Fangen gespielt, Gote, Franzi und sie. Es kommt ihr vor, als wären seitdem Jahre vergangen. Damals ist die Welt noch eine andere gewesen. Dora war eine Städterin im Corona-Exil und Gote der Störfaktor hinter der Mauer. Jetzt ist sie eine solo-selbstständige Dörflerin mit Adoptivtochter und Gote ein Freund mit Raumforderung.

Freund. Das hat sie jetzt wirklich gedacht. Sie läuft schneller. Arbeitszimmer, Schlafzimmer, Flur, Küche, Bad. War es Heidegger, der gesagt hat, dass angesichts des Abgrunds die Flucht zurück in den Alltag keine Lösung sei? Wahrscheinlich kannte Heidegger den *Error 0x0* nicht. *0x0* ist eine selbstgezimmerte Holzbank am Rand des Heidegger-Abgrunds. Der Abgrund ist das Wissen, dass alles Sein nur ein Durchgangsstadium zwischen dem Noch-nicht-Sein und dem Nicht-mehr-Sein darstellt. Auf der Holzbank kann man nebeneinandersitzen, um gemeinsam hinabzuschauen. Vorübergehend.

Um kurz nach halb sieben klingelt das Telefon.

»Tut mir leid, Liebes«, sagt Jojo. »Sieht so aus, als würde ich mich ein wenig verspäten. Ich stehe auf der Bundesstraße im Stau.«

Dienstagabend, denkt Dora. Bestimmt der Pendlerverkehr.

»Finde ich seltsam«, sagt Jojo. »Zurzeit pendelt doch keiner. Die einen sind im Home-Office, die anderen an der Ostsee.« Er schnaubt verächtlich. »Da muss ein Unfall passiert sein. Ich denke mal, sie haben die Straße gesperrt.«

Auf der Bundesstraße passieren ständig Unfälle. Die Bundesstraße ist ein modernes Massengrab. Schmale Fahrbahn, dicht stehende Alleebäume. Traktoren, Lastwagen, Motorräder und Spezialtransporte, die zu leichtsinnigen Überholmanövern verleiten. Weiße Kreuze stehen am Straßenrand, mit Blumen oder Kerzen dekoriert. An manchen Tagen findet Dora es interessant, dass Menschen Angst vor Krankheiten haben können, während sie auf der Bundesstraße unbesorgt 140 km/h fahren. Heute nicht.

»Würde es dir etwas ausmachen, wenn ich schon mal ein bisschen vom Sushi esse?«, fragt Jojo. »Ich habe wahnsinnigen Hunger.«

Ein weiterer Unfall auf der Bundesstraße muss absolut nichts bedeuten, das weiß Dora genau. Aber leider glaubt sie nicht, was sie weiß.

»Du musst nach vorn gehen«, sagt sie.

»Wie bitte?«

»Steig aus, geh nach vorn und sieh nach, was passiert ist.«

»Was ist das denn für eine Schnapsidee?«

»Ich bitte dich darum.«

»Dora, ich verstehe nicht, was das soll. Für Gaffer gibt es ein Bußgeld, und außerdem ...«

»Du bist Arzt, verdammt«, sagt Dora scharf. »Du darfst nach vorn. Kannst du nicht einfach tun, worum ich dich bitte?«

Jojo schweigt einen Moment.

»Okay«, sagt er knapp und unterbricht die Verbindung.

Dora nimmt ihren Rundgang durch die Räume wieder auf, aber das genügt ihr nicht mehr. Sie läuft in den Garten, in die hinterste Ecke, hebt die Sense auf und fällt eine weitere Distel. Auch das ändert nichts. Ihre Gedanken lassen sich nicht mehr kontrollieren. Sie sieht Jojo an der Schlange wartender Autos entlangwandern. Sie sieht die Gesichter der Fahrer hinter den Windschutzscheiben, die trotz wachsender Ungeduld nicht wagen, ihre Fahrzeuge zu verlassen. Manche haben das Seitenfenster geöffnet und dampfen eine E-Zigarette, wobei sie so gewaltige Wolken erzeugen, als würde der Wagen brennen. Atemmasken an den Rückspiegeln. Jojo wandert. Ganz vorne Krankenwagen, Polizei, Feuerwehr. Kein Hubschrauber. Das kann ein gutes oder schlechtes Zeichen sein. Genau wie der herumstehende Krankenwagen, der nicht losfährt. Sehr gut oder sehr schlecht. Auf der Fahrbahn bewegen sich Männer in Uniformen. Sie machen sich bereit, einzelne Autos an der Unfallstelle vorbeizuleiten. Jojo muss sich beeilen, wenn der Jaguar nicht zum Verkehrshindernis werden soll. Jetzt sieht er das aufragende Heck des verunfallten Fahrzeugs. Es ist ein Pick-up. Es wirkt riesig in dieser seltsamen Haltung, eine bizarre Blechskulptur.

Dora wirft die Sense fort und rennt durch den Garten auf

die Straße und hinüber zu Gote. Franzi und Jochen sitzen noch immer am Boden und schauen kaum auf. Dora bleibt wie angewurzelt stehen. Sie entdeckt, was ihr vorhin beim Blick über die Mauer entgangen ist. Die Wölfin steht nicht mehr an ihrem gewohnten Platz. Ein Teppich verstreuter Holzschnitzel zeigt an, wo Gote in der Nacht so eifrig gearbeitet hat. Aber die Wölfin hockt ein paar Meter weiter an der Treppe des Bauwagens, neben ihrem Gefährten. Sie ist ein bisschen kleiner, schlank und wunderschön, mit gespitzten Ohren und diesem belustigten Ausdruck im Gesicht. Jetzt erkennt Dora auch, was es mit der Verdickung des Sockels auf sich hat. Zu Füßen der Wölfin kauert ein Welpe, pummelig und niedlich, der mit verliebtem Blick zu seiner Mama aufsieht. Da sitzen sie zusammen, Mutter, Vater, Kind, und nichts fehlt ihnen. Nichts wird ihnen jemals fehlen.

Schon beim Anblick der Wolfsfamilie weiß Dora, was geschehen ist. Aber sie braucht Gewissheit. Mit schnellen Schritten geht sie zum Bauwagen, die kleine Gittertreppe hinauf, und drückt gegen die Tür. Unverschlossen. Sie tritt ein. Kopf und Körper fühlen sich taub an. Alle Farben wirken gedämpft, die Geräusche weit weg. Der Bauwagen ist aufgeräumt und geputzt, das Bett sorgfältig gemacht. Mitten auf dem winzigen Esstisch steht eine weitere Holzskulptur, präsentiert wie ein Geschenk. Sie ist so klein, dass sie auf Doras Handfläche passt.

Eine Mischlingshündin, mopsähnlich, mit geringeltem Schwanz. Sie liegt auf dem Bauch, hebt ihr hechelndes Gesicht dem Betrachter entgegen und scheint glücklich zu lachen. Die Hinterbeine hat sie zur Seite gestreckt, so dass ihr gedrungener Körper der Dreiecksform eines Rochens ähnelt.

Wenn man die Figur umdreht, erkennt man auf der Unterseite ein geritztes Zeichen. Zwei Dreiecke, spitz wie Wolfsohren.

Jetzt ist restlos klar, was Gote, der Vollidiot, getan hat. Was er in seiner grenzenlosen Dummheit für eine gute Idee hielt.

»Du verdammter Trottel«, sagt Dora laut, aber nicht so laut, dass man es draußen hören kann.

Sie sinkt auf den Stuhl und sitzt wie erstarrt, die kleine Holz-Jochen an sich gedrückt wie etwas Lebendiges. Das Entsetzen ist ein Gigant, der seine Opfer gerne noch eine Weile anstarrt, bevor er sie packt.

Als das Smartphone piepst, brennen Doras Augen so stark, dass sie die Nachricht kaum lesen kann. Sie stammt von Jojo.

»Proksch ist tot.«

49 Proksch ist tot

Zwei Stunden später stehen die flachen Plastikboxen mit Jojos Edel-Sushi unberührt auf dem gedeckten Küchentisch. Sie haben es nicht einmal geschafft, das Sushi im Kühlschrank zu verstauen. Nur Jochen-der-Rochen interessiert sich dafür. Immer wieder hebt sie witternd den Kopf. Nach ihrem Rechtsgefühl gehört Essen, das um diese Uhrzeit noch nicht vom Menschen verzehrt wurde, eindeutig dem Hund.

Alles verschwimmt um Dora herum, die Konturen der Ereignisse genauso wie die Konturen des Hauses. Selbst Jojo fügt sich nahtlos in die Umgebung. Ganz selbstverständlich benutzt er das Bad, holt sich, ohne zu fragen, ein weiteres Bier, weil Bracken wohl nicht der richtige Ort zum Weintrinken ist, und hat sogar Jochens Wassernapf aufgefüllt. Er fühlt sich demonstrativ wohl in Doras neuem Zuhause, von dem sie nicht einmal weiß, ob es noch ihr Zuhause ist. Beim letzten Mal hat er das Haus nicht von innen gesehen. Jetzt bewundert er die breiten Holzdielen, lobt die minimalistische Ausstattung der Räume, die gute Bausubstanz des Gebäudes sowie die Tatsache, dass er in der Küche rauchen darf. Seine ungerührte Haltung soll das Universum stabilisieren. Es ist der krisensichere Ruhe-bewahren-Modus eines erfahrenen Arztes, für den Gespräche mit Hinterbliebenen alltäglich sind. Jojo schafft es sogar, Witze über Jochens Sushi-Sehnsucht zu machen.

Tatsächlich schafft sein Benehmen einen gewissen Halt. Was aber nur dazu führt, dass Dora in den Momenten des Wahrhabens umso tiefer stürzt. Die absurde Idee, dass sie Gote niemals wiedersehen wird, legt sich alle paar Minuten wie eine schwarze Decke über sie. Gote ist mehr »da« gewesen als jeder andere Mensch, den sie kennt. Er kann nicht einfach weg sein. Das geht nicht. Es ist unmöglich.

Proksch ist tot. Ein zutiefst falscher Satz. Ein ums andere Mal fragt sie Jojo, ob er sich nicht geirrt haben könnte. Und dieser antwortet geduldig: »Da gibt's keinen Zweifel, Liebes. Ich habe das Auto erkannt und den Mann. Oder was von beiden übrig war.«

Dora versucht trotzdem, ihm nicht zu glauben. Bis ihr Blick wieder auf den kleinen Holzhund fällt, der neben den Sushi-Schalen auf dem Küchentisch liegt. Wenn sie ihn anfasst und mit den Händen umschließt, begreift sie von Neuem, dass es stimmt. Gote ist gegangen, um nicht mehr wiederzukommen. Nie wieder werden sie gemeinsam an der Mauer stehen und rauchen. Nie wieder Vögel beobachten oder zusammen im Auto sitzen. Nie wieder darf sie sehen, wie glücklich Franzi an seiner Seite ist. Das ist ungeheuerlich.

Dora probiert verschiedene Sätze an sich selbst aus: So gut kanntest du ihn doch gar nicht. Jetzt hat Bracken keinen Dorf-Nazi mehr. Du hättest es ohnehin nicht verhindern können.

Nichts funktioniert. Wenn sie die Holz-Jochen berührt, stürzt sie innerlich in den Abgrund.

Als der tote Körper ihrer Mutter geholt wurde, hat niemand geweint. Sie haben alle stumm in ihren Zimmern gesessen, jeder in seinem eigenen. Eine schreckliche Stille senkte sich über das Haus. Als hätte die Mutter alles mit sich genommen, Liebe, Geborgenheit, Familie. Nichts blieb außer Trümmern und Nacht. Selbst die Vögel im Garten schwiegen.

Das geht nicht. An so etwas darf man sich nicht erinnern. Wenigstens die Vergangenheit muss in der Kiste des Vergessens bleiben. Mit aller Kraft drückt Dora den Deckel zu. Mit einer Papierserviette wischt sie sich das Gesicht ab und raucht eine weitere von Jojos filterlosen Zigaretten, von denen sie schon Halsschmerzen hat.

Vor einer knappen Stunde hat sie einen Teller belegte Brote zu Franzi hinübergebracht und ihr angeboten, den restlichen Abend im Gutsverwalterhaus zu verbringen. Aber Franzi wollte weiterschnitzen. Sie hat nicht einmal gefragt, wann ihr Papa wiederkomme.

Danach hat Jojo Dora gezwungen, Nadines Nummer herauszufinden. Sie hat sich gewehrt. Sie hat gesagt, dass sie es Franzi selbst erzählen will. Dass sie ihr das schuldig sei. Dass sie das Mädchen inzwischen besser kenne als jede andere. Dass sie in den letzten Wochen wie eine Familie zusammengelebt haben. Sie wird Franzi bei sich aufnehmen. Für die erste Nacht. Danach kann Franzi die restlichen Corona-Ferien bei ihr verbringen. Und die Sommerferien. Sie kann für immer bei ihr bleiben. Sie wird in Plausitz zur Schule gehen. Dora und Jochen werden sie morgens zur Bushaltestelle begleiten, und wenn sie einmal den Bus verpasst, wird Dora sie mit dem Pick-up nach Plausitz bringen. Bei der Gelegenheit gleich einkaufen gehen. Danach einen wohlverdienten Kaffee trinken und an einem ihrer neuen Aufträge arbeiten, für Kleinunternehmer aus der Region, für die sie ganz neue Geschäftsmodelle entwickelt.

»Franzi will nicht zurück nach Berlin!«, hat Dora gerufen. »Sie will auf keinen Fall zurück nach Berlin.«

Jojo hat sie angeschaut, als wäre sie verrückt geworden. Er hat sie an den Schultern gepackt und ihr erklärt, dass sie nicht Franzis Mutter ist. Laut und scharf. Du – bist – nicht – ihre – Mutter! Du musst diese Nadine anrufen, jetzt sofort!

Als Dora keine Kraft mehr hatte, um sich zu sträuben, hat sie Tom angerufen, der die Nummer von Sadie kannte, von der sie die Nummer von Frau Proksch bekam.

Frau Proksch sprach kein Brandenburgisch. Kein »jetze« und »denne« und »als wie« und »Dingens«. Sie sprach mit der leicht gestelzten Sorgfalt einer Frau, die sich alles Dialektale abtrainiert hat. Sie freute sich, die neue Nachbarin kennen zu lernen und zu hören, dass es Franzi gut geht. Dora wollte nicht mit ihr sprechen. Nadine Proksch ist doch gar nicht mehr Gotes Frau. Nadine Proksch hat nicht die geringste Ahnung, was vor sich geht. Dora ist vor Ort, Dora kümmert sich um alles, Dora arbeitet im Maschinenraum, damit an der Oberfläche alles weiterläuft. Das hier ist ihre Geschichte und nicht die von Nadine Proksch. Wenn Jojo nicht da gewesen wäre, hätte sie sofort wieder aufgelegt.

Gote hatte einen Unfall.

Wie harmlos das klang. Geradezu niedlich.

Nadine Proksch sagte nicht viel. Sie sagte nur, dass sie sofort ins Auto steige. Dass sie, mit dem Handy in der Hand, schon auf dem Weg zur Wohnungstür sei.

Nach einem Blick auf die Uhr steht Dora auf. Jetzt kann es nicht mehr lange dauern. Jojo folgt ihr vors Haus. Jochen muss drinnen bleiben, es ist besser so. Sie stehen auf der Freitreppe, als ein roter Honda Civic die Plausitzer Landstraße herunterrast, am Ortsschild stark abbremst und vor Heinis Haus zum Stehen kommt. Eine blonde Frau steigt aus und überquert im Laufschritt die Straße. Ein sehr langer, geflochtener Zopf klopft ihr beim Laufen auf den Rücken. Sie grüßt nicht zu Dora und Jojo herüber, sie hat sie gar nicht gesehen. Dora überlegt, zur Mauer zu gehen, entscheidet sich aber dagegen. Es ist auch so schon unerträglich. Sie hört Franzis überraschte, glückliche Stimme, ihre fröhlichen Mama-Mama-Rufe, dann ein kurzes Stocken und anschließend wildes Protestgeschrei.

»Nein«, schreit Franzi. »Ich komme nicht mit! Ich will nicht!«

Dora und Jojo sehen, wie Nadine Proksch ihre schreiende Tochter über die Straße zieht und mit sanfter Gewalt ins Auto verlädt. Franzi weiß nicht, warum. Sie weiß nur, dass sie plötzlich abgeholt wird. In die Stadt. Weg von hier. Sie kann sich nicht verabschieden. Weder von Dora noch von Jochen. Noch von ihrem Papa. Sie schreit, Nadine Proksch schreit auch. Endlich schlagen die Türen zu. Das Auto fährt an.

Jojos Proksch-ist-tot-Nachricht ist schlimm gewesen. Das Auffinden der kleinen Hundefigur war furchtbar. Aber das hier ist das Schlimmste vom Schlimmen. Danach weint Dora keine Träne mehr. Weinen wäre angesichts dieser Katastrophe völlig unangemessen. Geradezu lächerlich.

Gegen zehn knurrt Jojos Magen so laut, dass es in der ganzen Küche zu hören ist. Er fragt, ob es für Dora in Ordnung wäre, wenn er etwas isst. Sie setzt sich zu ihm, öffnet Plastikboxen, packt Holzstäbchen aus, verrührt Wasabi-Paste mit Sojasoße, obwohl ihr klar ist, dass sie selbst keinen Bissen hinunterkriegen wird. Sie hat den Eindruck, dass sie nie wieder etwas essen kann. Gleichzeitig weiß sie aus Erfahrung, dass das Leben die erstaunliche Eigenheit besitzt, einfach weiterzugehen. Die Sonne wandert über den Himmel, die Flüsse fließen, und die Lebewesen essen und schlafen, ganz gleich, was am Tag zuvor geschehen ist. Geschickt greift Jojo Nigiri-Stücke und Maki-Rollen mit den Stäbchen, belegt sie mit Ingwer, taucht sie in Soja und schiebt sie sich im Ganzen in den Mund. Er kaut lange, bevor er schluckt. Schweigend wohnt Dora dem Schauspiel bei. Der Fisch hat auch mal gelebt. Jojo isst ungerührt. Seine Vernünftigkeit, seine Fähigkeit, im Angesicht der Katastrophe eine große Portion Sushi zu verzehren, wirkt wie ein Beruhigungsmittel. Vielleicht macht er das immer so, auch mit den Hinterbliebenen in der Klinik. Er isst ihnen etwas vor. Kauend verkörpert er das große Weitermachen. Diese Fähigkeit hat Jojo trainiert wie einen Muskel. In allen Gesten, selbst in seiner Art, bewusst zu schlucken, liegt die Botschaft, dass er das Geheimnis des Lebens begriffen hat, welches darin besteht, kein Geheimnis zu sein, sondern nur das Leben selbst mit seiner Gewohnheit, so lange weiterzugehen, bis es zu Ende ist. Weitermachen ist die einzig sinnvolle Antwort auf das Weitergehen. Die einzige Chance auf Anpassung an das Ungeheuerliche.

Dora fragt sich, ob Jojo glücklich ist. Sie vermutet, dass sein Trick darin besteht, sich diese Frage nicht zu stellen. Wer kein Glück verlangt, wird nicht mit Unglück bestraft. In einem wie Jojo steigen keine kribbelnden Bläschen auf. Jojo trinkt Bier zum Sushi und schließt die Augen, weil es ihm so gut schmeckt. Er hat Hunger, und das ist alles, was momentan zählt. Er isst auch noch die Hälfte von Doras Anteil und gibt Jochen den Rest. Jetzt sind es schon zwei, die demonstrieren, dass Essen alles ist, was zählt.

Jojo zündet sich eine Zigarette an und bläst den Rauch zur Zimmerdecke. Offensichtlich genießt er es, in geschlossenen Räumen zu rauchen. Eine kleine Zeitreise. Dafür muss man nach Bracken kommen. So etwas darf man weder in Münster noch in Berlin.

»Was glaubst du, warum er es getan hat?«, fragt Jojo.

Dora antwortet trotzig und prompt: »Er hat nichts getan. Es war ein Unfall.«

»Liebes. Es gab keine Bremsspuren.«

»Vielleicht hatte er Ausfallerscheinungen. Und hat deshalb nicht gebremst.«

»Keine Bremsspuren, keine Schlangenlinien, keine mitbetroffenen Fahrzeuge. Mit 120 Sachen schnurgerade gegen einen Baum.«

Dora schaut auf die kleine Holz-Jochen. Die Figur ist ein Abschiedsgeschenk. Eine Bitte, ihn auf bestimmte Weise in Erinnerung zu behalten. Wenn deine Töle noch einmal in meinen Kartoffeln gräbt, trete ich sie platt, denkt Dora. Außerdem gibt es noch die Wolfsfamilie. Gote hat die letzte Nacht durchgearbeitet, weil er sie unbedingt fertig kriegen wollte. Mutter-Vater-Kind.

»Er wäre sowieso bald gestorben«, sagt Jojo.

Fast hätte Dora gelacht. Dieser Satz ist eine der Tretminen der Corona-Debatte. Ausgerechnet Ärzte scheinen mit diesem Satz vergleichsweise wenig Probleme zu haben. Aber der entscheidende Punkt ist, dass er auf Gote nicht zutrifft.

»Woher willst du das wissen?«

»Ich bin wohl eine Art Experte.«

»Es ging ihm besser.«

»Das lag am Kortison.«

»Viel besser!«

»Sowas ist leider vorübergehend.«

»Du kanntest ihn doch gar nicht!« Dora schreit fast. »Du hast ihn nicht erlebt!«

»Aber viele andere.«

»Warum bist du dann hier?« Jetzt schreit sie wirklich. Für einen Augenblick lockert die Vernunft den Griff. Fast ist das eine Erleichterung. »Du bist doch gekommen, um ihn noch einmal zu untersuchen! Weil du eine Heilungschance gewittert hast! Du besuchst mich doch nicht zum Spaß. Du doch nicht!«

»Dora.« Jojo sieht regelrecht erschrocken aus. »Das ist alles nur in deinem Kopf.«

»Wieso in meinem? Was ist in meinem Kopf?«

Die Raumforderung ist nur in deinem Kopf. Dieser Nachbar ist zu raumfordernd für deinen Kopf. Du solltest etwas mehr Raum fordern für deinen Kopf. Power Flower, denkt Dora verzweifelt, im Versuch, die eine Denkschleife durch eine andere zu ersetzen.

»Ich bin nicht wegen Proksch gekommen. Sondern deinetwegen.« Mit beiden Händen greift Jojo nach den ihren. »Ich wollte dich unterstützen. Du hast hier Palliativarbeit geleistet. Das ist schwierig, selbst für Menschen, die es gelernt haben.«

»Palliativarbeit!«

Dora spuckt den Begriff aus. Wieder so ein Wort. Immer diese Wörter, die das Leben vergiften, und immer ist es Jojo, der sie mitbringt. Sie breiten sich aus wie Viren. Vielleicht sterben mehr Menschen an Wörtern als an Corona.

»Ich habe überhaupt nichts geleistet. Wir haben gegrillt. Vögel beobachtet.«

Ist das wirklich erst gestern gewesen? Die Fahrt nach Schütte? Offensichtlich ist »gestern« keine zeitliche Größe mehr, sondern der Name einer anderen Dimension. Jetzt beginnt Dora doch wieder zu weinen, dieses Mal leiser und stetiger, wie leichter, gleichmäßig fallender Regen. Jojo streichelt ihre Hände.

»Vielleicht hat er es getan, um euch die letzten Wochen zu ersparen. Seiner kleinen Tochter, aber vielleicht auch dir. Nicht, obwohl es ihm besser ging, sondern *weil* es ihm besser ging. Weil er es jetzt noch tun konnte. Kein Dahinsiechen, kein Verschwinden bei lebendigem Leib, kein quälendes letztes Kapitel im Krankenhaus. Sterben kann ein verdammt hässliches Geschäft sein.«

Dora will ihm ihre Hände entziehen, hat aber nicht die Kraft dazu. Er darf diese Dinge nicht sagen und tut es einfach trotzdem. Sie weiß, dass er in diesem Moment an Doras Mutter denkt, und das darf er nicht, nicht auf diese Weise.

»Jetzt ist Franzi ein kleines Mädchen, das seinen Vater bei einem tragischen Autounfall verloren hat. Von einem Moment auf den anderen. Nachdem sie eben noch fröhlich zusammen gespielt haben.«

»Geschnitzt.«

»Dann eben geschnitzt.«

Eine Weile schweigen sie, während Dora einfach weiterweint.

»Alles okay«, sagt Jojo schließlich leise. »Er war doch nur dein Nachbar.«

»Er war mein…« Doras Aufbrausen fällt sofort wieder in

sich zusammen. Es gibt ohnehin keinen Begriff dafür, was Gote für sie war. Und keinen Grund, es Jojo zu erklären.

»Weißt du, was ich mich vorhin an der Unfallstelle gefragt habe?«

Dora schüttelt den Kopf.

»Ob dein Sportsfreund irgendwann losgezogen wäre, um vor einer Berliner Synagoge um sich zu schießen.«

Eigentlich hätte sich Jojo für diese Ansage eine Ohrfeige verdient, aber stattdessen muss Dora unter Tränen lächeln.

»Den Gedanken hatte ich auch schon«, gibt sie zu.

Jojo drückt ihre Hände.

»Er hat es aus Liebe getan«, sagt er. »Sei ganz sicher.«

Dora nickt.

»Du wirst sehen, der Schmerz vergeht. Schneller, als du denkst. Das ist nur heute so schlimm.« Ein weiteres Mal drückt er ihre Hände, dieses Mal mit abschließender Kraft, die besagt: Wir haben geredet, wir hatten Gefühle, jetzt kehren wir zur Normalität zurück.

Dora denkt an eine kleine Situation vor ein paar Jahren. Jojo und Axel stritten über Erziehungsmethoden, und Jojo wusste wie so oft alles besser. Da wollte Dora ihn plötzlich fragen, ob er überhaupt selbst Kinder habe. Gerade noch rechtzeitig gelang es ihr, die Frage zu unterdrücken.

Jojo steht auf.

»Ich fahre jetzt los. Ich muss in ein paar Stunden im OP sein.«

Dora schaut auf die Uhr. Kurz vor Mitternacht. Sie weiß nicht, ob Jojo den Berliner oder den Münsteraner OP meint. Sie fragt auch nicht nach. Er wird es schaffen, so oder so. Sie folgt ihm zur Haustür, sieht zu, wie er durch den Vorgarten geht und das Gartentor öffnet. Er dreht sich noch einmal um. Hebt winkend die Hand. Zum ersten Mal im Leben verspürt Dora Lust, »Papa« statt »Jojo« zu sagen. Und das tut sie auch.

»Gute Nacht, Papa! Ich meine, gute Fahrt.«

Er hört sie nicht. Er sitzt schon im Wagen und drückt zum Abschied die Hupe, bevor der Jaguar ihn davonträgt, die Dorfstraße hinunter, Richtung Autobahn.

Dora möchte zur Mauer gehen. Sie will nachschauen, ob Franzi, die kleine Nachteule, noch im Garten ist. Sie will, dass Gotes Kopf noch einmal über der Mauer erscheint. Um die letzte Zigarette des Tages mit ihr zu rauchen. Aber da ist nichts mehr. Hinter der Mauer befindet sich nur noch ein schweigendes Nichts.

Was stellst du dich an. Das ist doch genau das, was du wolltest. Du wolltest alles loswerden. Familie. Beziehungen. Verantwortung. Nähe. Den ganzen Nervkram. Berlin. Robert. Die Agentur. Corona. Axel und die Anekdoten aus dem Heldenleben eines Familienvaters. Freunde, Bekannte. Die Überfüllung, das Geplapper, die Bildschirme, die Geschwindigkeit und Aufgeregtheit. Den Alarmismus der Medien. Die Arroganz der Metropole. Parks mit Leinenzwang. Car-Sharing, Fahrrad-Sharing und Roller-Sharing. Kribbelnde Bläschen und Schlaflosigkeit. Den ganzen Scheiß. Du wolltest auch keinen Nazi hinter der Mauer und keine nervige Pflegetochter. Du wolltest das Nichts. Das hast du jetzt. Freu dich doch.

Sie geht in die Küche. Jochen hat sich wie ein Donut in ihrem Leoparden-Körbchen zusammengerollt. Ihr Körper zittert leicht. An den Temperaturen kann es nicht liegen, denn es ist warm. Am Hunger auch nicht, denn sie hat eine Menge Sushi gegessen. Bei jedem Atemzug lässt sie ein leises Winseln hören. Sie vermisst Franzi. Jetzt schon. Vielleicht auch Gote. Das ist es also, was bleibt. Das ist das Ergebnis der großen Befreiung: ein trauriger kleiner Hund.

50 Regen

Eigentlich kann das gar nicht sein. Trotzdem ist es so: Dora erwacht von Donnergrollen. Sie liegt im Bett und lauscht einem Geräusch, das sie noch nie gehört hat, seit sie hier lebt. Ein Prasseln und Rauschen, durchsetzt von einzelnen Klopfgeräuschen. Dazu hin und wieder metallisches Klirren. Das Schlafzimmer sieht anders aus als sonst. Trübes Licht färbt die Wände grau, die wenigen Einrichtungsgegenstände stehen schattenlos herum. Es riecht auch anders, feucht und melancholisch. Seit Doras Umzug hat in Bracken Tag für Tag die Sonne geschienen, als wären Wolken, Wind und Regen eine rein städtische Angelegenheit, oder als wäre das Dorf von einer großen, innen blau gestrichenen Glocke abgedeckt. Und ausgerechnet heute, nach monatelanger Trockenheit, ja Dürre, beginnt es zu regnen. Ausgerechnet am Tag der Beerdigung. Keine App hat den Regen angekündigt. Keine Federwolken sind aufgezogen, kein Südwind hat eingesetzt. Die Schwalben flogen nicht tief, die Fernsicht war nicht besonders. Der Sonnenuntergang am Vorabend war wie immer spektakulär. Es muss sich um einen Irrtum handeln.

Dora steigt aus dem Bett, tritt ans Fenster, und da ist er, unzweifelhaft: der Regen. Er fällt in langen, leicht schrägen Schnüren vom Himmel. Die Blätter der Bäume zittern unter seiner Berührung. Die sandige Erde ist plötzlich dunkel und schwer. Die Vögel schweigen. Vermutlich hocken sie aufgeplustert in den Nestern, die Flügel angelegt, und lassen die Tropfen an ihrem gefetteten Gefieder abperlen.

Als es auf dem Dorffest ums Wetter ging, hat eine Frau zu Dora gesagt: Bracken ist wie die Wüste. Wenn es mal regnet, explodiert die Natur. Dann sieht es hier total anders aus. Wart's ab, du wirst es erleben.

Dora weiß nicht, ob sie das erleben wird. Sie weiß überhaupt nicht, wie es weitergehen soll. Während der letzten Tage hat sie immer nur bis zu diesem Sonntag gedacht. Als würde ein folgender Montag überhaupt nicht mehr stattfinden. Als müsste die Geschichte an einem verregneten Sonntag im Juni zu Ende gehen. Sie ist nicht nach Bracken gekommen, um Gottfried Proksch zu treffen. Aber jetzt weiß sie nicht, ob sie ohne ihn weitermachen kann.

Sie geht zur Haustür und schiebt Jochen-den-Rochen, die es hasst, bei Nässe ins Freie zu gehen, mit dem Fuß nach draußen. Sie atmet ein und genießt den Geruch des nassen Gartens, der sie auf eine Zeitreise zurück in die Kindheit schickt. »In Münster regnet es, oder die Glocken läuten«, hieß es damals über ihre Heimatstadt. Sie weiß noch, wie sich die vielen Regentage angefühlt haben: das gleichmäßige Rauschen, das gedämpfte Licht, die Trägheit, die sofort einsetzt, wenn das Leben wegen schlechten Wetters nichts Spezielles von einem will. Man kann vor sich hin vegetieren, ohne sich zu fragen, ob es vielleicht etwas Sinnvolles zu tun gebe. Der Regen stellt die Welt auf Standby. Dora erinnert sich, wie sie neben Axel auf der Rückbank von Mamas Auto herumgehangen hat, auf dem Weg zu irgendeiner nachmittäglichen Klavier- oder Turnstunde, hypnotisiert vom rhythmischen Quietschen der Scheibenwischer, lustlos bis zur Schläfrigkeit. Hinter den Scheiben zerstrahlten die bunten Lichter der Ampeln zu Sternen. Dora zeichnete die waagerechten Spuren der Regentropfen mit dem Finger nach. Das Auto roch wie ein nasses Tier. Dazu das halblaute Brabbeln des Radios und Mamas gereizte Kommentare zum Verhalten der anderen Fahrer. Auch Langeweile und schlechte Laune können ein Stück Heimat sein.

Sie erlaubt Jochen, zurück ins Haus zu schlüpfen, und geht in die Küche, um Kaffee zu kochen. Sie fühlt sich wie zerschlagen. In den letzten Tagen ist sie in Erledigungen fast ertrunken. Ohne Jojos Anweisungen wäre sie verloren gewesen. Er übermittelte ihr Befehle per WhatsApp, die sie dankbar ausführte.

Als Erstes verlangte er, dass Dora trotz allem ihre Power-Flower-Präsentation bei Tom und Steffen ablieferte. An der Außenseite ihres Verstands registrierte sie, dass Tom von ihren Ideen begeistert war und sie sogleich mit der Umsetzung beauftragt hat. Damit würde sie, gemäß Jojos Fahrplan, nach der Beerdigung beginnen. Als Nächstes galt es, im Plausitzer Klinikum anzurufen und sich als Frau Proksch auszugeben. Niemand fragte nach. Ohne Umschweife teilte man ihr mit, dass sich Gote noch immer im dortigen Kühlraum befinde, aus dem er schnellstens verschwinden solle, da man auf die Kapazitäten zu achten habe. Eine Leichenöffnung sei nicht angeordnet worden, die Polizei hege keinerlei Zweifel an ihren eigenen Feststellungen. 127 km/h, Alleebaum, keine weiteren Unfallbeteiligten. Klarer Fall. Man warte schon »die ganze Zeit« darauf, dass sich »endlich« ein Bestatter melde.

Dora legte auf und dachte, dass Gotes Geheimnis ohne Obduktion tatsächlich gewahrt bleiben würde, so, wie er es sich wahrscheinlich gewünscht hatte. Niemand würde erfahren, ob er, wie Jojo behauptete, »sowieso gestorben wäre«.

Dann kam das Beerdigungsinstitut »Letzte Reise« an die Reihe. Gemäß Jojos Anordnungen heulte Dora hemmungslos am Telefon, damit man sie nicht nach einem Identitätsnachweis fragte. Als sie wieder deutlich sprechen konnte, bat sie darum, alle Formalitäten am Telefon oder per E-Mail zu erledigen, wegen Corona, womit sich »Letzte Reise« gerne einverstanden erklärte. Einen Sarg könne sie im Internet aussuchen, ebenso Blumenschmuck, passende Sprüche und das Design der Trauerkarten. Immer wieder musste sie versichern, dass Gote, der seit seinem Tod nur noch »Herr Proksch« heißt, wirklich keine Aufbahrung, keinen Festredner und keine Zeitungsanzeigen wünsche. Mit jeder Zurückweisung sank bei »Letzte Reise« die Laune. Gleichzeitig wuchs in Dora das Gefühl, eine Hochzeit zu planen, wenn auch »in Zeiten wie diesen« nur im kleinen Stil. Sie ist noch nie die Frau von jemandem gewesen und schon gar keine Witwe. Seit Gotes Tod scheinen sie offiziell zusammenzugehören.

»Letzte Reise« klärte alles mit dem Brackener Friedhof. Sie stimmten den Termin telefonisch mit Dora ab und schickten die Vertragsunterlagen per Post an Gotes Adresse. Man erinnerte sie daran, noch die Kopie ihres Personalausweises zu übersenden, was sie ein weiteres Mal vergaß.

Tom und Steffen kamen vorbei, um ihr zu sagen, dass sie die Kränze stiften würden.

»Er war ein Arsch«, sagte Steffen. »Aber einer von uns.«

Was die Sprüche auf den Kranzschleifen betraf, plädierte Tom für »Einer weniger« und Dora für »Hier ruht der Dorf-Nazi«. Sie lachten zusammen, was unheimlich guttat. Schließlich entschieden sie sich für »Unserem Freund und Nachbarn« sowie für eine weitere, kleinere Schleife, auf der »Meinem lieben Papa von Franzi« stehen sollte.

Bei »Letzte Reise« fiel die Laune endgültig in den Keller, als Dora anrief, um den Blumenschmuck abzubestellen. Sie hatte sich für den günstigsten Sarg aus Kiefernholz entschieden. Wahrscheinlich hätte Gote Buche oder Eiche vorgezogen, aber sie wusste so schon nicht, woher sie das Geld nehmen sollte.

Über der Einladungsliste, die sie dem Bestattungsinstitut schicken musste, brütete sie am längsten. Sie hatte »Nadine und Franziska Proksch«, »Sadie«, »Tom/Steffen« sowie »Herr Heinrich« aufgeschrieben. Von Nadine Proksch erfuhr sie per SMS, dass Gotes Eltern tot waren und zu seinem Bruder schon seit Jahren kein Kontakt mehr bestand. Doras Frage, wie es Franzi gehe, blieb unbeantwortet. Auf einem Spaziergang durchs Dorf schrieb sie noch ein paar Namen und Hausnummern von Briefkästen ab. Danach enthielt die Liste zehn Einträge, was dank Corona nicht traurig, sondern angemessen erschien.

Jojos nächste Anweisung lautete: »Drüben klar Schiff machen. Unterlagen suchen!!«, mit mehreren Ausrufungszeichen.

Da ging die Arbeit erst richtig los. Zwei Tage verbrachte Dora mit Gotes Hausstand. Sie hat aufgeräumt, Lebensmittel entsorgt, Wohnhaus und Bauwagen gründlich geputzt. Sie hat die restlichen Schlüssel an sich genommen und die

Hauswasserpumpe stillgelegt. Tatsächlich hat sie auch Unterlagen gefunden: einen Leitz-Ordner voller Dokumente, erstaunlich sauber geführt. Kfz-Papiere, Grundbuchauszüge, Scheidungsdokumente, alte Rentenbriefe, Personalausweis, sogar einen Reisepass ohne Eintrag. Sie hat alles mit zu sich genommen und einen Nachmittag lang sortiert. Sie hat herumtelefoniert und Verträge gekündigt. Jetzt ist Gote aus der Welt der Lebenden abgemeldet. Die kleine Holz-Jochen saß dabei, immer dicht neben dem Notebook, als wollte sie mit auf den Bildschirm sehen.

Zwischendurch hat Dora viel nachgedacht. Zum Beispiel über Liebe. Sie hat immer geglaubt, dass das, was Filme und Romane »Liebe« nennen, in Wahrheit nicht existiert. Oder jedenfalls nicht in der beschriebenen Form. Für sie gab es das nicht: Menschen, die sich begegnen und sofort wissen, dass sie füreinander bestimmt sind. Die für immer zusammenbleiben. Die sich gegenseitig glücklich machen. Die den anderen anblicken und Aufregung empfinden. Die sich streiten und wieder versöhnen. Die ständig tollen Sex miteinander haben. Die vor Sehnsucht schier vergehen, wenn sie einander eine Weile nicht sehen. Die im Alter nebeneinander auf einer Parkbank sitzen und sich an den Händen halten. Dora weiß nicht einmal, ob sie Robert richtig geliebt hat. Sie weiß nicht, ob Pärchen, die sie kennt, einander richtig lieben. In erster Linie scheint es immer darum zu gehen, wer zu wem passt. Gleiche Schulbildung, gleich gutes Aussehen, ähnliche Vorlieben in Sport, Musik und Politik. Wie beim Rating. Parameter, Prozente. Das bietet Inhalt zu Gesprächen: Der und die passen doch gar nicht zusammen. Zu dem anderen hat sie besser gepasst. Ob der noch mal eine Passende findet?

Manchmal denkt Dora, dass etwas in ihr kaputtgegangen ist, als ihre Mutter starb. Die Fähigkeit, einen anderen Menschen von Herzen zu lieben, obwohl man weiß, dass er sterblich ist. Manchmal denkt sie auch, dass das 21. Jahrhundert schuld ist. Rating und Ranking, Match oder Nope. Aber meistens denkt sie, dass Romane und Filme eben lügen.

Sie und Robert haben gut zusammengepasst. Sie haben sich gut verstanden und eine schöne gemeinsame Wohnung gefunden. Trotzdem hat etwas gefehlt. Sie waren ein großes Funktionieren mit einer leeren Mitte. Und schließlich ist ihnen auch noch das Funktionieren verloren gegangen.

Dann hat ihr das Leben einen Nachbarn verordnet. Einen Nazi hinter der Mauer. Er war hässlich und hat gestunken. Wäre er ein Produkt gewesen, hätte er in den Kundenbewertungen auf Amazon nur einen Stern bekommen. Er hatte schreckliche Freunde. Er trank. Er war wegen versuchten Totschlags vorbestraft. Dora mochte ihn nicht. Sie hatte Angst vor ihm. Sie haben maximal nicht zusammengepasst. Auf Tinder wären sie einander niemals begegnet. Dafür hätte der Algorithmus gesorgt.

Aber Gote ist einfach nicht verschwunden, ungeachtet der miserablen Übereinstimmungswerte. Er blieb, wo er war. Irgendwann begriff Dora, dass es mit diesem Da-Sein und Da-Bleiben etwas auf sich hat. Man kann es teilen. Gotes Dasein hat sich ihr mitgeteilt. Er hat es mit ihr geteilt. Am Ende haben sie gemeinsam existiert. Verbunden durch die Mauer, die sie trennte.

Jetzt ist er weg. Aber er hat etwas zurückgelassen, eine neue kleine Überzeugung in Doras Kopf: Wenn sie Gote treffen konnte, kann sie vielleicht noch jemand anderen treffen.

Wenn es in Wahrheit doch nicht um Punkte, Prozente oder Sterne geht, gibt es da draußen vielleicht jemanden für sie. Der in diesem Augenblick in einer Kölner Wohnung mit seinen Kindern beim Homeschooling streitet. Oder am Leipziger Flughafen große Kisten in den Frachtraum eines Flugzeugs lädt. Oder auf den Malediven Tauchanzüge auswäscht. Jemand, der noch nicht weiß, dass sie sich eines Tages begegnen werden.

Von Heini hat sie erfahren, wer im Dorf den Radlader fährt. Es bedurfte nur eines kurzen Gesprächs, und am Freitagabend dröhnte die große Maschine heran. Dora sah zu, wie die Wolfsfamilie auf der riesigen Schaufel in die Luft gehoben und die Straße hinuntergefahren wurde, bis zur Dorfmitte, wo der Friedhof liegt. Gote hätte die Idee gefallen, da ist sie sicher.

Gestern hat sie versucht, in seinem Garten zu grillen. Das Feuer wollte nicht richtig brennen. Das Bier trank sie nur zur Hälfte, und das Nackensteak verfütterte sie an Jochen. Es hat einfach nicht geschmeckt.

Ein paarmal hat sie sich vor dem Zubettgehen auf den Gartenstuhl an der Mauer gestellt und geraucht. Drüben fehlen Gote, Franzi und jetzt auch die Wölfe. Dora überlegt, mit dem Rauchen aufzuhören. Es ist eine verdammt traurige Angelegenheit.

Der Regen fällt. Er wird, während Dora Kaffee trinkt, sogar noch stärker. Sie steht am Fenster und denkt, dass es schön ist, mit einer Tasse in der Hand in den Regen zu schauen und ein bisschen zu frieren. Es bedeutet, dass man am Leben ist. Allerdings besitzt sie keinen Regenschirm. Auch keine Regenjacke. Keine Gummistiefel, kein Käppi, keinen Hut. Als es Zeit wird aufzubrechen, zieht sie ein dickes Sweatshirt an und setzt sich eine Tüte von REWE auf den Kopf. Die Tüte ist aus Papier. Schon auf dem Weg zum Gartentor wird klar, dass es so nicht geht. Der Regen wird sie in wenigen Minuten bis auf die Haut durchnässen, die Temperaturen liegen bei höchstens zehn Grad. Jochen weigert sich, einen Fuß vor den anderen zu setzen, und muss an der Leine durchs Gras gezogen werden.

Nach kurzem Zögern überquert Dora die Straße und klingelt bei Heini. Er öffnet sofort, als hätte er auf sie gewartet. Hinter ihm durchquert eine Frau den Flur, die freundlich »Hallo« sagt und wieder verschwindet. Dora ist ziemlich sicher, sie noch nie gesehen zu haben. Vielleicht arbeitet sie im Schichtdienst. Oder sie ist eine heimliche Geliebte. Wenn Dora sich nicht verschätzt, ist sie einen guten Kopf größer als Heini.

»Scheiße«, sagt er. »So ein Mist.«

Erst denkt Dora, er meint das Wetter, aber es geht wohl um Gote. Kurz sieht es aus, als wollte er sie umarmen. Dann fällt ihm Corona wieder ein. Oder die Tatsache, dass er ein Mann ist und außerdem Brandenburger. Ratlos sieht er sie an. Als sie nach Regenkleidung fragt, kehrt die Betriebsamkeit zurück. Er wuselt zurück ins Haus und bleibt lange fort. Dora lauscht dem Trommeln der Tropfen auf dem Vordach und blickt gelegentlich auf die Uhr.

»Ohne uns können sie nicht anfangen«, sagt Heini, als er wieder erscheint, und Dora überlegt, ob das ein Witz sein soll.

Heini trägt jetzt gelbes Ölzeug, Jacke und Hose, dazu Gummistiefel in der gleichen Farbe. Die Kapuze hat er über den Kopf gezogen. Hinter ihm erscheint die große Frau in einem dunkelgrünen Wachsmantel und mit breitkrempigem Hut, der sie wie ein englischer Lord beim Jagdausflug aussehen lässt. Aus dem Gelb seines Körpers löst Heini noch ein Paar Gummistiefel in der gleichen Farbe sowie eine Regenjacke, die er an Dora weiterreicht. Sie bekommt noch einen gelben Südwester. Als sie fertig angezogen ist, hebt sie Jochen vom Boden auf und steckt sie unter die Jacke. Sie gehen gemeinsam los, mangels Bürgersteig am Straßenrand, wie es in Bracken üblich ist.

Weil es auch keine Gullys gibt, hat sich die Fahrbahn in einen Fluss verwandelt, in dem das Wasser Richtung Dorfmitte fließt. Neben Heini und seiner Frau im Regenzeug fühlt sich Dora wie ein kleines Mädchen, das gleich mit seinen Eltern zu den Seehundbänken vor Spiekeroog aufbrechen wird.

Auf dem Friedhof endet diese Phantasie mit einem Schlag. Beim Anblick des offenen Grabs erschrickt Dora so sehr, wie sie es nach den Trauervariationen der vergangenen Tage nicht mehr für möglich gehalten hätte. Noch am Morgen ist eine Textnachricht von Jojo gekommen: »Wer den Tod akzeptiert, kann damit leben«, und Dora hat gedacht, dass er recht hat und dass ihr das auf alle Fälle gelingen wird.

Aber einem offenen Grab können solche Sprüche nicht das Maul stopfen. Es sperrt die Kiefer auf und lacht die Menschen aus. Dora presst Jochen an sich, als könnte der warme kleine Körper sie vor der höhnischen Grube schützen.

Der Sarg, den sie ausgesucht hat, steht auf einem Rollwagen, bedeckt von einem Blumenmeer. Tom und Steffen haben ganze Arbeit geleistet. Die beiden Wölfe sitzen schon am Kopf der Grube, wie Trauergäste, die ein wenig zu früh gekommen sind.

Dora kann nicht glauben, dass Gote wirklich hier ist. Es ist ja auch sonst keiner da. Auf dem menschenleeren Friedhof wirkt der Sarg wie ein Stück Requisite. Vielleicht gehört auch die Grube zum Bühnenbild. Ein kleines Theaterstück sollte aufgeführt werden und wurde wegen Regens abgesagt. Dora will nach Hause. Die Vorstellung ist ausgefallen.

Aber dann lösen sich mehrere Gestalten von der Wand der Natursteinkirche, wo sie sich untergestellt hatten. Sie tragen Regenschirme oder haben die Kapuzen fest um die Köpfe geschnürt. Als Dora sieht, wie viele es sind, durchströmt sie ein warmes Gefühl. Sie hätte nicht gedacht, dass ihr das etwas bedeutet. Tom und Steffen gehen Hand in Hand, was Dora nie zuvor bei ihnen gesehen hat. Sadie hat zwei Frauen mitgebracht, die auch auf dem Dorffest waren. Auch die Feuerwehrmänner sind da. Unter schwarzen Regenschirmen nähern sich zwei weitere Gestalten: Vollbart und Sakko. Völlig unklar, wie die von Gotes Tod erfahren haben. Aber in dieser Gegend hat der Sandboden eben Ohren. Sie nicken gemessen in die Runde und stellen sich abseits, wie es die Corona-Richtlinien vorsehen. Outlaws im Anpassungsmodus. Krisse wischt sich verstohlen die Augen.

Reglos umstehen die Trauergäste das offene Grab. Im Hintergrund lächeln die Wölfe. Der Regen hat etwas nachgelassen, ist feiner geworden und scheint jetzt nicht mehr von oben nach unten zu fallen, sondern wie Sprühnebel von allen Seiten zu kommen. Fehlt nur noch der Pfarrer. Dora erschrickt heftig bei dem Gedanken, dass sie vergessen haben könnte, sich um einen Pfarrer zu kümmern. Aber dann erinnert sie sich an eine Nachricht von »Letzte Reise«. Die evangelische Gemeinde sei trotz der Konfessionslosigkeit von Herrn Proksch zur Ausrichtung der Beerdigung bereit; Pfarrer Heinrich werde das übernehmen.

Dora schaut sich um, blickt auf die Uhr und setzt Jochen, die unter dem Regenmantel zappelt, auf den Boden. Neben sich registriert sie eine Bewegung und sieht, wie die große Frau den Regenhut absetzt und an Heini weiterreicht. Ihr Haar ist zu einem festen Dutt gesteckt, auf den sich sogleich feine Regentröpfchen setzen. Sie öffnet den Wachsmantel, unter dem ein schwarzer Talar mit weißem Beffchen zum Vorschein kommt. Dieser Verwandlungsvorgang hat etwas Unlogisches an sich. Pfarrerin Heinrich und der Serien-Griller. Auf Tinder hätten sie sich vermutlich nicht getroffen. Dafür hätte der Algorithmus gesorgt.

»Wir haben uns hier zusammengefunden«, sagt Pfarrerin Heinrich, und plötzlich spürt Dora eine Leerstelle neben sich, mächtig wie ein Stück dunkler Materie. Eine naturgesetzwidrige Abwesenheit, deren Umrisse denen eines kleinen Mädchens entsprechen. Sie will rufen: »Halt, wir können nicht anfangen!«, und hört in diesem Augenblick ein Auto heranfahren und heftig bremsen. Ein roter Honda Civic hält vor dem Maschendrahtzaun, der den Friedhof umgibt. Als sich die Beifahrertür öffnet, beginnt Jochen, an der Leine zu zerren, als wollte sie aus dem Halsband schlüpfen. Franzi rennt mit Riesenschritten durchs Tor, den Kiesweg entlang, auf die Trauergemeinde zu. Sie trägt eine lilafarbene Softshell-Jacke, unter deren Kapuze das lange blonde Haar vollständig verschwindet. Dazu abgeschnittene Jeans und pinke Turnschuhe, was einen schönen Kontrast zu Doras und Heinis gelbem Ölzeug ergibt. Pfarrerin Heinrich lächelt dem Mädchen zu, Jochen besteht mit empörten Sprüngen auf ihrem Begrüßungsrecht, und Dora sucht nach einer Möglichkeit, ihre kleine Freundin zu umarmen, was sich aber partout nicht ergeben will.

Als sich die Lage beruhigt, drückt Dora ihr wenigstens Jochens Leine in die Hand, was Franzi mit geistesabwesendem Lächeln quittiert. Das Mädchen ist so weit weg wie der Mond. Nur noch ein Franzi-Körper, den Berlin kurz ausgespuckt hat, um ihn so schnell wie möglich wieder einzusaugen. Dora erinnert sich an den blonden Zopf, wie er zwischen den Bäumen des Waldes blitzt. Sie sieht Sonnenflecken im Gras und wie Franzi und Jochen gemeinsam über eine Wiese laufen. Der Geruch nach Tannennadeln und Pilzen. Der Motor des wartenden Hondas läuft. Es ist das abscheulichste Geräusch der Welt.

»Wir haben uns hier zusammengefunden, um Abschied zu nehmen.«

Niemand weint. Sie schweigen wie Versteinerungen. Im Hintergrund lächeln die Wölfe, Mutter, Vater, Kind. Während der Ansprache von Pfarrerin Heinrich überlegt Dora, welche Vogelarten es in Berlin gibt. Und zwar in passender Menge. Es dürfen nicht zu viele sein, wie bei Tauben oder Spatzen, die die eigene Häufigkeit bedeutungslos macht. Aber auch nicht so wenige wie bei Zaunkönigen, deren Existenz man wegen ihrer Seltenheit vergisst. Amseln? Im Aussterben begriffen. Krähen? Zu laut, zu düster, zu viele. Elstern? Zu aggressiv. Schwalben? Zu hoch oben. Turmfalke? Zu schwer zu erkennen.

Als Dora eine Bewegung in einer der hohen Fichten wahrnimmt, die zwischen den Gräbern stehen, kennt sie die Lösung. Sie packt Franzi am Arm.

»Sieh mal dort«, flüstert sie.

Dem schlechten Wetter zum Trotz hockt ein orangefarbenes Eichhörnchen zwischen den Ästen der Fichte und beobachtet aus schwarzen Knopfaugen das Geschehen.

»Das ist dein Papa«, flüstert Dora. »Er wird dich besuchen, so oft er kann. Und immer auf dich aufpassen. Er hat dich wahnsinnig lieb.«

Franzi schaut verständnislos in den Baum. Wahrscheinlich hat sie gar nicht zugehört. Sie sieht Dora nicht an und scheint auch die Wölfe nicht zu bemerken. Sie folgt den Worten der Pfarrerin mit leerem Blick und ignoriert sogar Jochen, die an ihren Knien leckt.

Als die Zeremonie zu Ende ist, kommen vier Männer, um den Sarg an langen Stricken in die Grube zu senken. Alle Anwesenden werfen Erde darauf. Auch Franzi schaufelt ein paar große Brocken, die laut auf den Deckel der Holzkiste schlagen. Dora beugt sich zu dem Mädchen hinunter.

»Du kannst immer herkommen«, sagt sie. »Zu mir. Und zu Jochen. In den Ferien. Wann immer du willst. Wir freuen uns.«

Franzi nickt, und in diesem Augenblick weiß Dora, dass sie das Mädchen niemals wiedersehen wird. Der Honda hupt. Franzi drückt ihr die Leine in die Hand, reißt sich los und rennt über den Kiesweg zum Auto. Dora wendet sich ab. Sie kann nicht mitansehen, wie das Mädchen einsteigt. Am liebsten würde sie sich die Ohren zuhalten, um das Aufheulen des Motors nicht zu hören.

Alle kommen zu ihr, verbeugen sich leicht, statt die Hände

zu reichen, und kondolieren, als wäre sie tatsächlich die hinterbliebene Frau Proksch.

»Danke, Dora«, sagt Tom, und sie weiß erst nicht, was er meint, aber irgendwie weiß sie es dann doch.

Den Rückweg geht sie allein. Heini ist seiner Frau in die Kirche gefolgt, die anderen Trauergäste haben sich zerstreut. Jochen läuft vor ihr her und freut sich auf ein trockenes Plätzchen. Heute wäre ein guter Tag, um die Holzöfen auszuprobieren. Gote hätte ihr geholfen. Er wäre mit einem Stapel Holzscheite herübergekommen und hätte Feuer gemacht, bevor sie daran gedacht hätte, ihn zu fragen.

Der Regen lässt weiter nach. Es bleibt eine Art Nebel zurück, der sich als feuchter Film auf Gesicht und Hände legt. Der Wasserstrom auf der Straße ist versiegt. Es tropft von den Bäumen. Die ersten Vögel nehmen ihren Gesang wieder auf. Von irgendwoher ist das Klappern von Störchen zu hören. Vor Toms und Steffens Haus stehen zwei Portugiesen am Rand einer riesigen Pfütze, plaudern, rauchen und heben grüßend die Hände, als Dora vorbeigeht. Gotes Haus schweigt.

In Zukunft muss hier jemand nach dem Rechten sehen. Durch die Fenster gucken, jeden Freitag. Vielleicht auch lüften, heizen, Wasserhähne auf- und zudrehen und andere praktische Dinge tun, die man im Internet nachlesen kann. Dora hat die Schlüssel. Auf der Mauer sitzt die orangefarbene Katze und schaut zu ihr herüber.

Inhalt